심훈 전집 5

직녀성(하)

엮은이 소개

김종욱 金鍾郁
서울대학교 국어국문학과 교수.
저서로는『한국 소설의 시간과 공간』(2000),『한국 현대소설의 서사형식과 미학』(2005),
『한국 현대문학과 경계의 상상력』(2012) 등의 연구서와『소설 그 기억의 풍경』(2001),
『텍스트의 매혹』(2012) 등의 평론집이 있다.

박정희 朴旺熙
서울대학교 교수학습개발센터 연구교수.
대표적인 논문으로「심훈 소설 연구」(2003),「영화감독 심훈의 소설『상록수』연구」
(2007),「심훈 문학과 3・1운동의 '기억학'」(2016) 등이 있으며 편저로『송영 소설 선집』
(2010)이 있다.

심훈 전집 5
직녀성(하)

초판 1쇄 발행 2016년 9월 16일

지 은 이 심 훈
엮 은 이 김종욱・박정희
펴 낸 이 최종숙
펴 낸 곳 글누림출판사

책임편집 이태곤
편 집 문선희・박지인・권분옥・최용환・홍혜정・고나희
디 자 인 안혜진・이홍주
마 케 팅 박태훈・안현진

주 소 서울시 서초구 동광로46길 6-6(반포4동 577-25) 문창빌딩 2층(우06589)
전 화 02-3409-2055(편집부), 2058(영업부)
팩 스 02-3409-2059
등 록 제303-2005-000038호(2005.10.5)
전자메일 nurim3888@hanmail.net
홈페이지 www.geulnurim.co.kr

정가 38,000원
ISBN 978-89-6327-360-0 04810
       978-89-6327-355-6(전10권)

* 잘못된 책은 바꿔드립니다.
* 이 도서의 국립중앙도서관 출판예정도서목록(CIP)은 서지정보유통지원시스템 홈페이지(http://seoji.nl.go.kr)와
  국가자료공동목록시스템(http://www.nl.go.kr/kolisnet)에서 이용하실 수 있습니다.(CIP제어번호: CIP2016021420)

05

심훈 전집

직녀성(하)

김종욱 · 박정희 엮음

1. 『직녀성』은 ≪조선중앙일보≫(1934.03.24.~1935.02.26.)에 연재된 것을 저본으로 삼았다. 연재가 끝날 때마다 [연재횟수, 연재년월일]의 형식으로 서지사항을 표기했다. 해당 연재일의 연재회수, 소제목 등의 오류는 '정정기사' 내용 등을 반영하여 바로 잡았으며, 오류 내용은 〈바로잡은 서지정보〉에 일괄 정리하였다.

2. 이 책의 맞춤법은 1988년 1월 19일 문교부 교시 '한글 맞춤법'에 따르는 것을 원칙으로 삼되, 작품의 분위기와 어휘의 뉘앙스 등을 해치지 않기 위해 방언이나 구어체 표현, 의성어·의태어, 외래어 등은 그대로 두었다.

3. 저본에서 사용하는 부호(×, ○, △ 등)를 그대로 따랐으며, 판독이 불가능한 경우 글자수만큼 □로 표시하였다. 다만 대화를 표시하는 부분은 " "(큰따옴표), 대화가 아닌 생각 및 강조의 경우에는 ' '(작은따옴표)를 바꾸어 표기했으며, 책 제목의 경우에도 『 』로, 시와 단편소설 등의 작품제목은 「 」로, 영화명·그림명·곡명·연극명 등은 〈 〉로 통일하여 표기했다.

4. 저본에서 한자를 괄호로 병기한 경우는 그대로 따랐으며, 한글 어휘와 한자의 음이 일치하지 않을 경우에는 [ ]로 바꾸어 표기하였다. 저본에 표시되지 않은 외국어(특히 일본어)는 [ ] 안에 번역문을 넣어 독자들의 이해를 돕고자 했다. 그리고 외래어의 장음 표시는 모두 생략하였다.

간행사

『심훈 전집』을 내면서

심훈 선생(1901~1936)은 일본제국주의의 지배라는 아픈 역사를 살아가면서도 민족문화의 찬란한 발전을 꿈꾸었던 위대한 지식인이었습니다. 100편에 육박하는 시와 『상록수』를 위시한 여러 장편소설을 창작한 문인이었으며, 시대의 어둠에 타협하지 않고 강건한 필치를 휘둘렀던 언론인이었으며, 동시에 음악·무용·미술 등 다양한 예술분야에 조예가 깊은 예술평론가였습니다. 그리고 "영화 제작을 필생의 천직"으로 삼고 영화계에 투신한 영화인이기도 했습니다.

그런데 오늘날 심훈 선생은 『상록수』와 「그날이 오면」의 작가로만 기억되는 듯합니다. 문학뿐만 아니라 언론과 영화, 예술 등 문화 전반에 걸쳐 있던 다채롭고 풍성했던 활동은 잊혀졌고, 저항과 계몽의 문학인이라는 고정된 관념만이 남았습니다. 이제 새롭게 『심훈 전집』을 내놓게 된 것은 다양한 분야에 걸쳐 있는 선생의 족적을 다시 더듬어보기 위해서입니다.

50년 전에 심훈 전집이 만들어졌던 적이 있습니다. 1966년 사후 30주년을 기념하여 작가의 자필 원고와 자료를 수집하고 간직해 왔던 유족의 노력으로 『심훈문학전집』(탐구당, 전3권)이 간행되었던 것입니다. 여기에는 일기와 서간문, 시나리오 등등 여러 미발표 자료들까지 수록되어 있어 심훈 연구에 있어서 매우 뜻 깊은 사건이었습니다. 그런데, 세월이 흐르면서 이 전집은 일반 독자들이 쉽게 구할 수 없을 뿐더러 새로 발견된 여러 자료들을 담지 못한다는 아쉬움을 남기고 있었습니다. 그래서 심훈 선생이 갑작스럽게 세상을 뜬 지 80년이 되는 2016년에 새롭게 『심훈 전집』을 기획하기에 이르렀습니다.

이번 전집을 엮으면서 다음과 같은 점을 염두에 두고자 했습니다.

이 전집에서는 최초 발표본을 저본으로 삼았습니다. 그동안 우리가 쉽게 접할 수 있었던 여러 소설들은 대부분 단행본을 토대로 한 것이었습니다. 그런데 이 전집에서는 신문이나 잡지에 최초로 발표되었던 텍스트를 바탕으로 삼았으며, 필요한 경우 연재 일자 등을 표기하여 작품 발표 당시의 호흡과 느낌을 알 수 있도록 노력했습니다.

그렇지만 시가의 경우에는 작가가 출간을 위해 몸소 교정을 보았던 검열본 『심훈시가집』(1932)을 저본으로 삼았습니다. 비록 일제의 검열 때문에 출판되지 못했을지라도 이 한 권의 시집을 엮기 위해 노심했을 시인의 고뇌를 엿보기 위해서입니다. 그리고 최초 발표지면이 확인되는 작품의 경우에는 원문을 함께 수록하여 작품의 개작 양상도 함께 검토할 수 있도록 구성하였습니다.

마지막으로 영화감독 심훈의 면모를 최대한 담으려고 노력했습니다. 예컨대 영화소설 「탈춤」의 경우 스틸사진을 함께 수록하여 영화소설적 특성을 확인할 수 있게 했으며, 영화 관련 글들에 사용된 당대의 영화 사진과 감독·배우를 비롯한 영화인들의 사진을 글과 함께 수록했습니다. 그리고 무엇보다 그간 소개되지 않았던 심훈의 영화 관련 글들을 발굴하여 수록했습니다. 이를 통해 영화감독 심훈의 모습은 물론 그의 문학을 더 다채롭게 이해하는 계기가 되길 기대합니다.

이러한 의도와 목적이 실제 전집에서 어떻게 구현될 수 있는가에 대해서 편집자들은 여전히 두려움을 갖고 있습니다. 누구나 그러하겠지만, 전집을 간행할 때마다 편집자들은 자신들의 작업이 정본으로 인정받기를, 그래서 더 이상의 전집이 만들어지지 않기를 꿈꿀 것입니다. 하지만, 전집을 만드는 과정은 어쩌면 원텍스트를 훼손하는 과정이기도 합니다. 하나의 예를 들어보겠습니다.

심훈의 『상록수』에서, 인물들이 대화를 나눌 때에는 부엌을 '벅'이라고 쓰는데 대화 이외의 서술에서는 '부엌'이라고 쓰고 있습니다. 그리고 『대지』를 번역할 때에는 대화 이외에서 '벅'이라는 표현을 사용합니다. 여기에서 '벅'이나 '벅'은 특정 지역에서 사용하는 방언인데, 이것을 그대로 놓아둘 것인가, 일괄적으로 바꿀 것인가에 두고 오랫동안 고민했습니다. 처음에는 작가의 의도를 고려하여 그대로 살려두었는데, 현대 독자의 입장에서 다시 보니 전혀 낯선 단어여서 가독성을 현저히 떨어뜨리고 말았습니다. 결국 전집에서는 '부엌'으로 수정하게 되었습니다.

이런 예들은 무수히 많습니다. 원래의 느낌을 최대한 살리겠다는 원칙을 세워두긴 했지만, 현재의 독서관습을 무시하기도 어려웠습니다. 그래서 편의상 고어나 방언의 경우 『표준국어대사전』의 표제어로 실려 있으면 그대로 살려두긴 했지만, 이 또한 자의적이라는 생각을 떨쳐버릴 수 없습니다. 결국 원본의 '훼손'에 대한 책임은 전적으로 우리 두 사람에게 있습니다. 물론 이 책임을 덜기 위해서 주석을 활용할 수 있겠지만, 이번 전집에는 주석을 넣지 않았습니다. 실제 주석 작업을 진행한 결과 그 수가 너무 많은 것이 이유라면 이유입니다. 어휘풀이, 인명·작품 등에 대한 설명, 원본의 오류와 바로잡은 내용 등에 대한 주석이 너무 많아서 독서의 흐름을 방해했기 때문입니다. 대신 이 주석의 내용을 알아보기 쉽게 정리해서 『심훈 사전』으로 따로 간행하고자 합니다.

마지막으로 전집을 준비하는 과정에 도움을 주신 분들에게 감사한 마음을 전합니다. 새로운 자료를 소개해준 분도 있고 읽기조차 힘든 신문연재본을 한 줄 한 줄 검토해준 분도 계셨습니다. 권철호, 서여진, 유연주, 배상미, 유예현, 윤국희, 김희경, 김춘규, 장종주, 임진하, 김윤주 등. 이분들의 도움이 있었기에 이 전집이 나올 수 있었습니다. 이 자리를 빌어 다시 한 번 감사한 마음을 전합니다. 그리고 유난히도 더웠던 여름 내내 어수선한 원고 뭉치를 가다듬고 엮은이를 독려하여 이렇게 멋진 책으로 만들어주신 글누림출판사의 최종숙 대표님과 이태곤 편집장님께 다시 한 번 고마움을 전합니다.

2016년 9월 심훈의 기일(忌日)에 즈음하여
엮은이 씀

차 례

🙂 서지사항

『직녀성』은 1934년 3월 24일부터 1935년 2월 26일까지 ≪조선중앙일보≫에 연재
된 작품이다. 연재 마지막 횟수가 313회로 되어있으나 오기를 바로잡으면 총310회
이다. 이 작품은 한성도서주식회사에서 1937년 9월과 10월에 상권과 하권으로 나누
어 발간되었다. 1937년에 단행본으로 간행될 때 신문연재본의 「달밤의 비극」부터 「끊
어진 오작교」까지가 상권에, 「약혼」부터 끝까지가 하권에 수록되었다. 그리고 많은
부분 개작이 이루어졌다. 그러나 이번 전집본에서는 신문연재본을 두 권으로 나누
면서 분량을 고려해 상권은 처음부터 「인간지옥」까지, 하권은 「약혼」부터 끝까지의
내용을 수록하였다. 한편 신문연재본 마지막(1935.02.26.)에 "1935.2.20"라는 탈고일
이 기록되어 있다.

🙂 바로잡은 서지정보

연재일	정정 내용
1934.09.09.	157회, 끊어진 오작교 ② → 156회, 끊어진 오작교 ①
1934.09.11.	158회, 끊어진 오작교 ③ → 157회, 끊어진 오작교 ②
1934.09.12.	159회, 끊어진 오작교 ④ → 158회, 끊어진 오작교 ③
1934.09.13.	160회, 끊어진 오작교 ⑤ → 159회, 끊어진 오작교 ④
1934.09.14.	161회, 끊어진 오작교 ⑥ → 160회, 끊어진 오작교 ⑤
1934.09.15.	162회, 끊어진 오작교 ⑦ → 161회, 끊어진 오작교 ⑥
1934.09.16.	163회, 끊어진 오작교 ⑧ → 162회, 끊어진 오작교 ⑦

1934.09.18.	164회, 끊어진 오작교 ④ → 163회, 끊어진 오작교 ⑧
1934.09.19.	165회, 끊어진 오작교 ⑤ → 164회, 끊어진 오작교 ⑨
1934.09.20.	166회, 끊어진 오작교 ⑥ → 165회, 끊어진 오작교 ⑩
1934.09.21.	167회, 끊어진 오작교 ⑦ → 166회, 끊어진 오작교 ⑪
1934.09.22.	168회, 끊어진 오작교 ⑧ → 167회, 끊어진 오작교 ⑫
1934.09.23.	169회, 끊어진 오작교 ⑨ → 168회, 끊어진 오작교 ⑬
1934.09.24.	169회, 끊어진 오작교 ⑨ → 169회, 끊어진 오작교 ⑭
1934.09.25.	170회, 끊어진 오작교 ⑩ → 170회, 끊어진 오작교 ⑮
1934.09.26.	171회, 끊어진 오작교 ⑪ → 171회, 끊어진 오작교 ⑯
1934.09.27.	172회, 끊어진 오작교 ⑫ → 172회, 끊어진 오작교 ⑰
1934.09.28.	173회, 끊어진 오작교 ⑬ → 173회, 끊어진 오작교 ⑱
1934.09.29.	174회, 끊어진 오작교 ⑭ → 174회, 끊어진 오작교 ⑲
1934.09.30.	175회, 끊어진 오작교 ⑮ → 175회, 끊어진 오작교 ⑳
1934.10.01.	176회, 끊어진 오작교 ⑯ → 176회, 끊어진 오작교 ㉑
1934.10.02.	177회, 끊어진 오작교 ⑰ → 177회, 끊어진 오작교 ㉒
1934.10.03.	178회, 끊어진 오작교 ⑱ → 178회, 끊어진 오작교 ㉓
1934.10.04.	180회, 끊어진 오작교 ⑳ → 179회, 끊어진 오작교 ㉔
1934.10.05.	181회, 끊어진 오작교 ㉑ → 180회, 끊어진 오작교 ㉕
1934.10.06.	182회, 끊어진 오작교 ㉒ → 181회, 끊어진 오작교 ㉖
1934.10.07.	183회, 끊어진 오작교 ㉓ → 182회, 끊어진 오작교 ㉗
1934.10.21	196회, 약혼 ㉛ → 195회, 약혼 ⑬
1934.10.22	197회, 약혼 ㉜ → 196회, 약 혼⑭
1934.10.23	198회 → 197회
1934.10.24	192회 → 198회
1934.10.25	193회 → 199회
1934.10.26	194회 → 200회

1934.10.27	195회 → 201회
1934.10.28	196회 → 202회
1934.10.29	197회 → 203회
1934.10.30	198회 → 204회
1934.10.31	199회 → 205회
1934.11.01	200회 → 206회
1934.11.02	209회, 반역의 깃발 ⑫ → 207회, 반역의 깃발 ⑪
1934.11.03	210회, 반역의 깃발 ⑬ → 208회, 반역의 깃발 ⑫
1934.11.04	211회, 반역의 깃발 ⑭ → 209회, 반역의 깃발 ⑬
1934.11.05	211회, 반역의 깃발 ⑮ → 210회, 반역의 깃발 ⑭
1934.11.06	212회, 반역의 깃발 ⑯ → 211회, 반역의 깃발 ⑮
1934.11.07	213회, 반역의 깃발 ⑰ → 212회, 반역의 깃발 ⑯
1934.11.09	214회, 반역의 깃발 ⑱ → 213회, 반역의 깃발 ⑰
1934.11.10	215회, 반역의 깃발 ⑲ → 214회, 반역의 깃발 ⑱
1934.11.11	216회, 반역의 깃발 ⑳ → 215회, 반역의 깃발 ⑲
1934.11.12	217회, 반역의 깃발 ㉑ → 216회, 반역의 깃발 ⑳
1934.11.13	218회 → 217회
1934.11.14	219회 → 218회
1934.11.16	220회 → 219회
1934.11.17	221회 → 220회
1934.11.18	222회 → 221회
1934.11.19	223회 → 222회
1934.11.20	224회 → 223회
1934.11.21	225회 → 224회
1934.11.22	226회 → 225회
1934.11.23	227회 → 226회

1934.11.24	228회 → 227회
1934.11.25	229회 → 228회
1934.11.28	230회 → 229회
1934.11.29	231회, 봄은 왔건만 ② → 230회, 봄은 왔건만 ③
1934.11.30	232회, 봄은 왔건만 ③ → 231회, 봄은 왔건만 ④
1934.12.01	233회, 봄은 왔건만 ③ → 232회, 봄은 왔건만 ⑤
1934.12.02	234회, 봄은 왔건만 ④ → 233회, 봄은 왔건만 ⑥
1934.12.03	235회 → 234회
1934.12.04	236회 → 235회
1934.12.05	237회 → 236회
1934.12.06	238회 → 237회
1934.12.07	239회 → 238회
1934.12.08	240회 → 239회
1934.12.09	241회 → 240회
1934.12.10	242회 → 241회
1934.12.11	243회 → 242회
1934.12.12	244회 → 243회
1934.12.13	245회 → 244회
1934.12.14	246회 → 245회
1934.12.15	247회 → 246회
1934.12.16	248회 → 247회
1934.12.17	249회 → 248회
1934.12.19	250회 → 249회
1934.12.20	251회, 조그만 생명 ② → 250회, 조그만 생명 ⑫
1934.12.21	252회 → 251회
1934.12.22	255회 → 252회
1934.12.23	256회 → 253회 *이후 연재 횟수 오기 바로잡음.

직녀성(하)

끊어진 오작교(烏鵲橋)

① 인숙은 고독과 번민 속에 쌓여서 그날그날을 보냈다. 장근 두 달 동안이나 남편에게서는 엽서 한 장 오지 않고 간신 간신히 변통해 보내는 학비를 받고도 받았다는 회답조차 없었다. 궁금한 것을 참다못해서 쓰지 않으려던 편지를 길게 쓰고 탈 없이 지낸다는 소식이나 전해서 안심을 시켜 달라고 애원을 하다시피 해서 부쳤건만, 그 역시 꿩 구워 먹은 자리였다. 돈이나 편지가 되돌아오지 않는 것을 보면 받는 사람이 있는 것만은 분명한데

'그 계집 때문에 나까지 영영 잊어버렸나? 모든 것을 알고도 모르는 체 하구 있는 내가 무얼 잘못했길래 편지 답장까지 안할까?'
하니 무한히 섭섭한 것을 지나쳐, 어느 정도까지 반감이 생길 지경이었다. 그러나 기다리지도 않고 긴치도 않은 장발에게서는 한 주일에 한 번씩이나 편지가 왔다. 처음에는 봉희에게 애틋한 사랑을 고백하고

나는 가을날 황혼의 쓰르라미와 같이 봉희 씨의 이름을 부르며 나 홀로 애를 태우다가 죽겠소이다. 몇 번이나 나의 정성을 다한 긴 글월을 보

15

내도 종무소식이니 봉희 씨의 너무나 냉정한 태도에 내 몸이 얼어붙는 것 같습니다.

하고 배달증명으로까지 편지질을 하더니, 봉희가 제 편지를 뜯어보지도 않고 찢어서 코를 풀어 버리는 것을 보기나 한 듯이

당신의 지리가미가 되어 버리는 나의 필적을 조상합니다. 그러나 기억해 두십시오 오는 봄방학에는 돌아가는 대로 본처와는 민적상으로까지 깨끗이 이혼을 하고 나서 당신과 정식으로 약혼을 하고야 말 작정입니다.

하고 대단한 결심을 보였다. 그래도 봉희는 장발의 등기편지를 받을 때마다 인제는 찢어버리기도 수고스러운 듯이

"온 별 추근추근한 녀석을 다 보겠네. 얘 체신국 부조는 작작 해둬라."
하고 겉봉도 안 뜯고 방바닥에, 책상 위에 아무데나 팽개를 쳤다. 그러나 그 편지는 봉희가 나간 사이에 인숙이가 뜯어보았다.

"아무리 열병 앓는 사람처럼 허튼 수작을 하더래두 나중에 무슨 짓을 할지 모르니 그런 생각은 아주 단념하라구 간단하게 답장을 써 보내구려. 그래야 이담에라두 귀찮은 일을 안 당하지 않우?"
하고 시누이에게 회답하기를 권해도 보았다. 그러면 봉희는

"피! 할 일이 없으면 낮잠을 자지."
하고 들은 척 만 척할 뿐이다. 그 뒤로 장발에게서는 편지가 오지 않고 『근대의 연애관』이니 『연애와 결혼』이니 하는 따위의 책이 뒤를 달아 왔

다. 인제는 방침을 변경해서 연애학을 책으로 공부를 시켜 가며 실지로 시행해 볼 계획인 모양이다. 봉희는 책 제목에 끌려서 그런 책을 읽어는 보면서도 연애나 결혼의 상대자로는, 세철을 책상머리에다가 앉혀 놓고 생각하는 것을 장발이가 꿈에나 알 리가 없었다.

책을 대 여섯 권씩이나 보내도 여전히 감감소식이니까, 장발은 '이인숙 씨 친전'으로 만지장서를 보냈다. 그 내용을 간단히 추려 보면 '일생의 간절한 소원이니 봉희 씨의 마음을 돌리도록 힘을 써 줍시오. 다른 남자와 교제하는 것을 삼가도록 주의를 시켜 줍시오. 그러면 인숙 씨에게 결초보은할 날이 올 것입니다.' 하는 것이었다.

인숙은, 속으로는 웃으면서도 그 편지를 봉희에게는 보이지 않았다. 그러나 "방학에 돌아오는 대로 본처와는 이혼수속까지 하고 당신과 약혼을 하겠소이다."라고 써 보낸 가장 중요한 편지는, 봉희가 집어던진 것을 주워서 의걸이 밑바닥에다가 감추어 두었다. 그것은 다른 생각이 아니라, 장발은 봉환과 가장 친한 사이니까 남편이 돌아오면, 그 편지를 내어 보이며 시누이의 의향을 간접으로 장발에게 전하게 해서, 일이 더 버르집어지기 전에 단념을 시켜 보려는 생각으로서였다.

🙂 156회, 1934.09.09.

② 어느덧 봄방학 때가 가까웠다. 그동안 여러 차례 봉희의 편지를 받고 또 병이 생겨서 학교에도 못 가고 치료를 받는 중이라고 겨우 엽서 한 장을 했던 봉환에게서, 돌연히 전보가 왔다. ××일 ××시 도착이라는 간단한 전보였다.

뜻밖에 전보를 받은 인숙은 부랴부랴 문밖 별장으로 시부모에게 사람을 내보내서 아들이 돌아온다는 기별을 하고 일변 남편의 이부자리를 내널어 말리고 먼지 하나 없도록 방을 치우고 저녁 반찬 준비를 하느라고 잠시도 앉을 틈이 없었다. 큰동서 작은동서도

"아직 방학은 했을 리가 없는데 서방님이 어째서 별안간 나오신다나?"

하고 끝에 동서를 도와서 시동생을 맞는 준비를 거드는 체하였다. 큰동서는 여전히 골골하며 겨우내 늙은이처럼 기침을 하느라고 워낙 칠칠하지 못한 사람이 바싹 바스러졌고, 과부댁은

"인젠 성교나 믿어야지."

하고 어느 새부터는 천당 길을 닦는다고 주일이면 명동 뾰족집 천주교당으로 예배를 보러 다녔다. 불도를 하는 시할머니의 눈을 기고 몰래 다녔다. 친정에 천주교를 믿는 사람이 있어서, 수녀들과 왕래를 하다가 성세까지 받았다.

"이 세상에서 날 시비할 사람이 누구야. 소망이 그친 나 같은 여편네가 성교나 믿지 뭘 하겠나."

하고 다니는 동안에 앉으나 서나 땅이 꺼지도록 한숨을 쉬는 버릇만은 떨어졌다. 그러나 남의 말이라면 신이 나서 흔들비쭉이 노릇을 하는 천성은 조금도 변함이 없다.

하루아침에 남편을 꿈결같이 작별한 후, 단 하루도 마음을 놓지 못하고 화조월석에 지나치게 그리워하던 인숙은 남편의 전보를 받고도, 그다지 반가운 줄 몰랐다. 첫째 신병이 있다니 집에 와 치료를 하기 위해서 갑자기 나오는 것 같아서 걱정만 앞을 섰다. 또는 막상 집에 돌아와 보면 집안 형편이 떠날 때와는 딴판으로 군색하기가 비길 데 없으니, 약 한 첩마음대로 못 먹고 도리어 심화나 내지 않을까 하는 것도 미리 염려가 되

지 않을 수 없다.

그러나 그보다도 남에게 말도 하지 못할 큰 의문이 가슴속에서 꿈틀거리는 것을 억제할 수 없다. 그것은

'그 일본 계집애를 데리고 나오지나 않나?'

하는 추측이다.

인숙은 남편이 동경서 연애하는 여자를 데리고 와서 지낼 여러 가지 경우를 공상하다가

'설마 내가 있는데 조선까지 끌구야 올라구.'

하고 남편을 믿어도 보았다. 더할 수 없이 의초 좋게 지내던 몇 해 동안을 추억하고

'객지니깐 잠시 오입을 했는지 모르지만….'

하고 저와 나란히 누워 원앙의 꿈을 꾸던 수놓은 베개를 꺼내어 잇을 시치며 시간을 기다리는데, 봉희가 학교에서 돌아왔다. 오라비가 갑자기 귀환한다는 말에 그다지 놀라는 기색도 보이지 않고 반가워하지도 않으면서

"그럼 정거장엘 나가야겠구려. 새언니두 같이 나갑시다."

하고 책상 위에다가 책보를 던진다.

"내가 뭘 하러 나가우?"

"어쩐 말요? 사랑하는 남편이 오시는데 마중을 안 가다니…."

"그렇지만 이 모양을 하구…."

하고 인숙은 머리를 쪽찌고 들어앉았던 터라, 그 모양대로 정거장에 나가기가 안됐는데 또는 시부모가 시간 전에 들어오면 무어라고 할지 몰라서

"작은아씨나 나가우."

하니까

"그럼 머리를 틀어 올리구 나가구려. 내 틀어 줄게."

하고 다 틀어서 반은 강제로 올케의 머리를 학교에 다닐 때처럼 틀어 올렸다. 인숙은 체경을 들여다보며

"아이 왜 이렇게 어설플까."

하고 뒷거울을 대고는 빗치개로 기다랗게 자란 목덜미의 솜털을 망건 쓴 사람이 살짝을 밀어 올리듯 하니까

"모양일랑 고만 내구 어서 옷을 갈아입어요. 시간이 됐는데."

하고 봉희는 팔뚝시계를 보고 어서 나가기를 재촉한다.

157회, 1934.09.11.

③ 문밖 별장에 나갔던 하인은 "대감께서 감환이 계셔서 마님께서도 들어오지 못합신다"는 전갈을 가지고 들어왔다. 용환에게도 아우가 귀환한다는 통지를 하려도, 전화요금을 못 내서 통화정지를 당했기 때문에 큰 사랑에는 빈 전화통만 달려 있었다.

"어서 갑시다. 우리 둘이나 마중을 나가야지."

하고 봉희는, 어쩐지 정거장까지 나가기를 점적해 하는 올케를 억지로 일으켜 세웠다. 인숙은 여학생 복색을 차린 것이 암만해도 어색해서 다시 한 번 체경 앞에서 뒷모양을 비추어 보는데, 봉희는

"글쎄 모양은 그만 보구 어서 나가요."

하고 앞을 서 나간다. 인숙은 부엌으로 들어가서 다시 한 번 저녁 분별을 하고는 내키지 않는 걸음걸이로 봉희의 뒤를 따라 전찻길로 나갔다.

정거장에서 입장권을 사가지고, 마중을 나가는 사람들 틈에 끼어 개찰구로 나가면서도 인숙은, 무슨 까닭인지 저도 모르게 머리가 들려지지 않았다. 기차가 도착할 시간이 일 분씩 삼십 초씩 닥쳐올수록, 플랫폼 기둥에 달린 전기시계의 분침이 돌아가는 대로, 인숙은 공연히 조마조마하였다. 그다지도 그리워하던 남편의 마중을 나온 것 같지가 않고, 동경보다도 더 먼 곳으로 전송을 하러 나온 것 같아서 철로 길에 뻗어 나간 두 줄기 평행선을 아득히 바라다보고 섰다.

'어떻게 인사를 할까.'

'데리고 나오는 사람이 있으면 어떡하나.'

'무슨 병인지 걸어서 내릴 만이나 한가.'

이러한 생각을 하고 섰는데 철로바탕이 우르르 하고 울리는 소리와 함께 시꺼먼 이무기 대가리 같은 기관차가 가까이 달려들었다.

우렁찬 기적소리는 인숙의 가슴속까지 진동을 시켰다. 마중을 나온 수많은 사람들은 객차의 마디마디로 와르르 달려들었다. 봉희는 사람의 물결을 헤치고 삼등차간으로 뛰어올라갔다. 기차가 정거를 하자, 내리는 사람과 마중을 나온 사람들이 뒤섞여서 눈망울이 핑핑 돌도록 어수선한데 객차와 멀찌감치 떨어져서 기둥에 몸을 반쯤 가리고 선 인숙의 눈에는 봉환이가 나타나지 않았다. 뛰어올라갔던 봉희도 오라비를 찾지 못하고 허둥지둥 내려온다.

'전보까지 치고 이 차에 오지 않을 리는 없는데….'

하고 인숙은 봉희에게로 달려가며

"웬일이요?"

하고 물었다. 그러자 이등차간의 창문을 밀어 올리며 바깥을 휘휘 내둘러보는 중절모자를 오그려 쓴 청년의 시선과 인숙의 시선이 마주쳤다.

"오빠 저기 계시구려!"

하고 인숙은 급히 봉희의 소매를 잡아당기며 봉환의 편을 가리켰다. 봉
희는 이등차간으로 뛰어올라갔다. 삼등차를 타고 오는 줄만 알았고 학생
모자를 쓴 사람만 찾았기 때문에 얼른 눈에 띄지 않았던 것이다. 인숙은
가슴이 두근거려서 한 걸음도 옮겨 놓지 못하고 섰는데, 봉환은 인숙이
가 나온 것을 흘깃 보자, 보지 못할 것이나 눈에 띈 듯이 고개를 돌리며

"아카보—"

하고 짐을 나르는 붉은 모자를 불렀다. 봉희는

"오빠!"

하고 안아나 달라는 것처럼 두 팔을 벌리고 오라비의 앞으로 달려들었
다. 봉환은 누이를 보고도 그다지 반가워하지를 않고

"응, 너 나왔니? 난 아무도 안 나오는 줄 알았구나."

하고 그제야 단장을 짚고 일어선다. 미술학교의 단추를 단 학생복을 입
고 기다란 스프링코트의 허리띠를 나나니 허리처럼 졸라매었는데 얼굴
에는 혈색이 하나도 없고 두 볼이 여위어서, 얼른 알아보지를 못할 만치
나 초췌하다.

봉희는 손가방을 들고

"어서 내리셔요. 새언니두 나왔는데…."

하고 일어서기를 재촉하다가 바로 오라비의 앞자리에서 핸드백의 거울
을 들여다보며 분첩으로 콧등을 두드리는 양장미인을 발견하였다.

🖼 158회, 1934.09.12.

④ 봉희는 그 양장미인의 아래 위를 곁눈으로 살짝 훑어보았다. 서울서는 보지 못하던 장미꽃 무늬를 은은하게 놓은 연연한 양보라 양복을 이브닝드레스와 같이 기다랗게 늘여 입고 살빛과 분간할 수 없는 실크 양말에 뱀 껍질 같은 구두를 신었다. 잠자리날개에 물을 들인 것 같은 모자에 반쯤 가려진 얼굴에는 푹 꺼진 눈두덩에도, 홀쭉한 두 뺨에도 또는 조그맣게 오므린 입술에도 엷게 또는 진하게 연지를 바르지 않은 데가 없다. 그 때문에 흰 콧마루가 더 오뚝해 보이고 새까만 눈동자까지 톡 불거져 보이는 것 같다. 양장한 미인도 봉희를 할끔 쳐다보고는 '이 학생이 당신의 누이냐'는 듯이 봉환의 얼굴을 쳐다본다. 봉환은 차창 밖에서 남편이 어서 내리기만 기다리고 서있는 인숙에게 눈짓을 해 보이며 봉희의 귀에만 들리도록

"너희는 먼저 들어가거라. 어디 좀 다녀서 곧 들어가마."

하고 짐은 다 아카보에게 들려 보내고도 엉거주춤하고 내리지를 않는다. 저와 마주 앉은 여자와 동행이 아닌 것같이 보이려 함인지, 또는 그 여자의 눈에 창밖에 선 인숙을 보이지 않으려 함인지 그런 눈치를 얼른 채지 못한 봉희는

"왜요? 다른 사람들은 거진 다 내렸는데요. 새언니가 저렇게 기다리고 섰는데…."

하고 오라비와 양장미인을 번갈아 보며 어서 내리기를 재촉한다.

"글쎄 먼저 들어가!"

봉환은 눈살을 잔뜩 찌푸리며 짜증을 더럭 낸다.

"도— 시다노? 사 오리마쇼." (왜 그러세요? 자 내립시다.)

하고 양장미인은 일어서서 지리가미로 구두코를 닦으며 봉환에게 일본

말로 묻는다. 봉환은 허둥거리면서 제 몸으로 차창을 가리고 서서

"아도카라 웃쿠리 오리다호—가 이이요" (나중에 천천히 내리는 게 좋아)

하고 역시 일본말로 대꾸를 한다.

봉희는 빨끈해 가지고 홱 돌아서 플랫폼으로 뛰어내렸다. 그제야 양장미인이 오라비가 데리고 나온 여자인 줄 알았을 뿐 아니라, 정거장까지 마중을 나온 친누이와 아내를 반가워하기는커녕, 먼저 들어가라는 꾸중까지 듣고서야 그 자리에 섰을 수가 없었던 것이다.

봉희는 차간에서 뛰어 얼굴이 새빨개가지고

"우린 어서 들어갑시다."

하고 올케의 손목을 잡아끌었다. 인숙은 아래 입술을 깨물고 시누이에게 끌려서 구름다리로 올라갔다. 층층대를 하나씩 올려 딛는 인숙의 발은 이리저리 헛놓여서 봉희가 부축을 하지 않으면 쓰러질 듯하다. 조금 심하게 형용을 하면 교수대로 끌려 올라가는 사형수의 걸음걸이 같다고 할까.

누구보다도 민감한 인숙은 남편이 상상하던 바와 같이 다른 여자를 데리고 나와서 하필 정거장에서 저와 마주칠까 보아 겁이 나서 문칫거리고 내리지를 않고 누이를 쫓아내려 보낸 눈치를 챘던 것이다. 더구나 차창 안에서 봉환이와 마주 서서 어른거리는 양장미인을, 먼발치로나마 유리가 뚫어지도록 똑똑히 들여다보았다. 모든 것을 짐작하는 봉희가 끼지 않더라도 지금이라도 그 자리를 피하려던 차였다. 인숙은 누가 등 뒤에서 자꾸만 떠다 미는 것처럼 급히 정거장 구내를 벗어져 나왔다. 죽기를 쓰고 참았던 눈물이 앞을 가려서 두어 번이나 시멘트 바닥에 고꾸라질

뻔하였다.

"아이고 내가 뭘 하러 정거장엘 나왔던가."

하고 땅이 꺼지도록 한숨을 쉬면서도 저보다도 더 분해서 할딱거리며 말도 못하는 봉희에게 장님처럼 끌려서 전차에까지 올라탔다.

한 정류장쯤 가자, 다른 승객들이 제 얼굴을 들여다보는 것 같아서 인숙은 차창 밖으로 얼굴을 돌렸다. 윤이 지르르 흐르는 택시 한 대가 바로 인숙의 눈앞을 달려간다. 신혼여행을 가는 듯이 한 쌍의 남녀가 자동차 쿠션에 어깨를 마주 비비면서….

😊 159회, 1934.09.13.

⑤ "왜 둘이만 들어오나?"

"서방님은 문밖으로 나가셨나?"

동서들은 마루 끝으로 내다르며 맥이 풀려서 들어오는 인숙을 보고 묻는다.

"누가 아우? 정거장에서 바로 자동차를 타고 어디로 가나 봅디다."

하고 봉희가 구두를 벗어서 댓돌에다 메어붙이니까 인숙은

"아무 말두 마우. 내 특청이니…"

하고 몰래 시누이의 옆구리를 찔렀다. 정거장까지 나갔다가 남편의 얼굴도 똑똑히 보지 못하고 쫓겨 들어온 것을 동서들에게 알리고 싶지가 않았다. 제가 더 할 수 없는 창피와 모욕을 당한 까닭이 아니라, 그래도 남편이 곧 뒤따라 들어올 줄을 믿었던 것이다. 인숙은 조금도 이상한 눈치를 보이지 않으려고 속으로 무진 애를 쓰며 제 방으로 들어가 옷을 갈아입으려는데 동서들은 거기까지 쫓아 와서

25

"그래 신병이 계시다더니 대단하지는 않으시던가?"

하고 큰동서가 물으면, 작은동서는

"병은 무슨 병, 옳—아. 참 상사병두 병은 병이니까. 아무튼 방이 식는데 어서 자리나 깔아놓게."

하고 야비한 소리까지 해가며 인숙을 놀린다. 인숙은 무어라고 말대답을 했으면 좋을지 모르고 돌아서서 치마를 갈아입는데

"왜 얼굴빛이 저런가? 너무 반가워서 혈색이 다 없네그려."

하고 과부댁은 체경 속으로 동서의 얼굴을 빤히 들여다보며 얄궂게 군다. 봉희도 옷을 갈아입으며

"새언닌 별안간 속이 거북하대서 간신히 데리구 들어왔는데, 어서들 나가요. 편히 좀 눕기나 하게."

하고 소리를 지르다시피 해서 올케들을 내보냈다. 봉희는 벽을 향해서 돌아선 인숙의 어깨를 짚으며

"새언니, 너무 속상해 하지 마우."

할 수밖에 무어라고 위로해줄 말이 없었다. 인숙은 벙어리가 된 것처럼 입을 꼭 다물고 오장이 썩는 듯한 한숨과 함께 경대 앞에 가 펄썩 주저앉으며 틀어 올렸던 머리를 풀어 내린다. 봉희의 눈에는 머리를 풀고 돌아앉는 인숙이가 두 번째 상제가 된 것같이 가엾고 애련해 보여서 고개를 돌렸다. 그와 동시에

'내가 시집이라구 가서 저런 경우를 당하면 어떡하나.'

하는 생각이 들었다. 결혼이라는 것이 몸서리가 쳐지리만치 무서운 것 같기도 하였다. 또 한편으로는

'나 같으면 머리를 박박 쥐어 뜯어가며 한바탕 통곡을 해도 시원치 않

을 텐데, 새언니는 참 용하게 참는다.'

하였다. 인숙은 전과 같이 머리를 쪽찐 뒤에 저고리 고름으로 눈두덩을 누르고 일어서더니 행주치마를 두르고 찬마루로 나간다. 부엌으로 내려가 뜬 숯으로 풍로에 불을 피워 고추장 두부찌개를 데우고 솥 속에 넣어 둔 밥이 식지나 않았나 하고 소댕을 열고 손을 대어보았다. 식성이 괴팍한 남편은 동경으로 가던 날까지도 김치 깍두기를 입에다 대지를 않았지만, 술에 비위가 상하지도 않은 사람이 얼근한 고추장찌개는 좋아했었다. 그래서 오늘 저녁에는 송이버섯에 기름기와 두부를 넣고 솜씨껏 끓여 놓고 나간 찌개가 식어서 다시 데우는 것이었다.

'늦더래두 집으로 와서 저녁은 먹겠지. 몸도 불편한데 며칠 동안이나 시달려왔으니까 일찌감치 쉬겠지.'

하고 남편이 그 여자를 어디다가 데려다만 두고 즉시 집으로 올 것을 믿었다.

그러나 그다지도 외롭게 지내면서 일구월심에 돌아올 날만 고대하던 남편이건만 저를 따뜻이 안아 주고 지난 이야기로 긴 밤을 짧게 새워 보리라고는 언감생심 바라지도 않았다.

'환장이 되기 전에야 설마 집에까지 와서도 나를 못 본 체하랴.'

하고 풀떡풀떡 풍로에다 부채질을 하였다. 커다란 쥐 한 마리가 우중충한 부엌 바닥으로 썰썰 기어갔다. 찌개는 보글보글 끓어 오지 뚜껑이 조금씩 들먹거리는 대로 인숙의 마음은 바짝바짝 졸아붙는 것 같았다.

🙂 160회, 1934.09.14.

6 큰대문 밖에서 자동차소리가 들렸다.

'이제야 오나 보다.'

하고 인숙은 오금에다 용수철을 댄 것처럼 발딱 일어나 중문간으로 나갔다.

동서들도 봉희도 따라 나왔다. 인숙은 감히 제 몸을 드러내지도 못하고 문 뒤에 가 숨바꼭질하듯이 가려 섰는데

"서방님 오십니다."

하고 행랑계집애가 댕기꼬리를 내저으며 먼저 뛰어들어온다. 뒤를 이어 봉환이가 손가방 하나를 들고 단장을 짚고 들어오는데, 조금 어기적거리는 걸음걸이가 보통 때와는 다른 것이 여러 사람의 눈에 이상히 보였다. 소슬대문과 사랑 대문과 큰 사랑 귀 연 곳이며 마당 한복판에까지 대여섯씩이나 외등을 달아서 대낮같이 환하던 저의 집이 왜 이렇게 우중충한가 하는 듯이 사면을 둘러보며 들어온다. 그동안 전등료까지 몰려서 외등은 모조리 휴등을 한 줄 알 리가 없다.

"아이고 서방님, 얼마나 고생을 하셨어요?"

제일 무관히 지내던 큰형수가 끝엣시동생의 손이라도 잡을 듯이 반겼다. 서로 말도 안하고 시스럽게 지내던 작은형수는 시동생을 보자

"그래두 산 사람은 만날 때가 있건만…"

하고 죽은 남편의 생각이 별안간에 났는지 치맛자락으로 얼굴을 뒤집어쓰고 소리를 내어 울면서 엎드러지며 곱드러지며 저의 방으로 들어가 버린다. 봉희는 정거장에서 무안을 당한 것이 그저 풀리지 않아서

"어딜 갔다 인제야 오세요?"

하고는 쏘아붙이듯이 한마디를 하고 따라 들어갔다.

봉환은 저를 바로 쳐다보지도 못하고 제 뒤를 따라 들어오는 아내에게

는

"잘 있었우?"

한마디도 안 하고

"할머닌 그저 별당에 계시냐?"

하고 봉희에게다 물어보고는 여전히 어기적거리는 걸음으로 별당으로 올라간다. 별당노인은, 더구나, 근자에도 집안에 무슨 일이 있든지 알려 고도 들지 않고 여승 하나만 데려다 두고 지내는 터이라, 손자가 오는 줄 도 모르고 있었다.

할머니를 뵙고 내려온 봉환은 저의 방으로 들어가 옷이라도 갈아입을 생각을 안 하고 어머니가 쓰다가 폐방을 한 대방으로 들어가는 것을

"아이 그 방엔 겨우내 불을 안 땠는데…."

하고 큰형수가 가까운 건넌방으로 데리고 들어갔다.

"시장하실 텐데 어서 진짓상 보아 오게."

큰동서의 말이 아니라도 남편이 옷을 갈아입고 나면 저녁상을 들여오 려고 인숙은 다시 부엌으로 내려갔다. 봉환은

"저녁은 기차 식당에서 먹었는데요"

하고 남의 집에나 온 것처럼 스프링코트도 벗지 않고 쭈그리고 앉았는데 인숙이가 반찬은 여러 가지가 놓이지 않았어도 깨끗하게 행주질을 친 밥 상을, 어른 앞에나 되는 것처럼 공손히 받들고 들어왔다.

봉환은 제 댁을 흘끔 쳐다보고는 무엇에 토라진 계집애 모양으로 눈을 아래로 내리깐다. 인숙은 그제야 전기 불빛에 남편의 얼굴을 똑똑히 보 았다. 머리는 장발이만치나 길러 넘겼는데 콧날이 상큼하도록 얼굴이 여 위고, 중병을 앓다가 퇴원을 한 사람처럼 핏기가 하나도 없다. 인숙은 남

편이 수척해진 것이 무한히 가엾기도 하고 마주 대하고 보니 참을 수 없이 밉고 분한 생각이 폭발되어 당장에 밥상을 집어치우고 와락 달려들어서 몸부림을 해가며 목을 놓고 실컷 울고나 싶은 충동을 느꼈다. 그렇건만

　'그저 참자. 참는 게 제일이다.'

하고 혀끝을 꼭 물었다. 큰동서는 내외가 이야기할 기회를 주려고

　"원체 가려 잡숫는 성미에 음식이 맞지 않아서 퍽 어려우셨지요?"

하고 주발 뚜껑을 벗겨 놓고는 일어서 나갔다. 봉환은

　"아니요"

하고 먹는 체라도 안 할 수 없어서 수저를 들었다. 그러나 식성까지 변했는지 고추장찌개는 숟가락도 대지 않고 편기를 하던 게장도 밀어 놓는다.

　'아마 싱거운 일본 반찬에 비위가 젖어서 별안간 짠 거나 매운 것은 못 먹나 보다'

하고 인숙은 동치미 보시기를 다가놓으며 간신히 알아들을 만하게

　"어디가 그렇게 편치 않으세요?"

하고 남편의 얼굴을 쳐다보았다.

🙂 161회, 1934.09.15.

　7 봉환은 말대답하는 것조차 귀찮은 듯이

　"가래톳이 서서…."

하고 말끝도 맺지를 않는다.

　"너무 걸으셨던 게로군요. 그래 약이나 바르셨어요?"

인숙은 억지로라도 한마디 더 하지 않을 수 없었다.

봉환은 고개만 끄떡이며 숟가락을 놓는다.

"식당에서 잡수셨더래두…. 밤에 시장하실 텐데!"

하고 혼잣말하듯 하고는

"숭늉 가져와."

하고 동자치를 불렀다. 봉환은 숭늉도 마시지 않고 일어선다.

"양복이 거북하실 텐데 옷을 갈아입으시지요."

하고 인숙은 남편의 앞을 서서 저의 방으로 내려간다.

"조선옷은 일 없우."

"셔츠나 있건…."

하고 아내의 뒤를 따랐다. 제 댁의 방에는 들어갈 생각이 없건만 형수의 방에서 옷을 갈아입을 수가 없었던 것이다.

깨끗이 치워 놓은 방 아랫목에는 두 내외의 자리를 나란히 펴놓고 머리맡에는 자리끼까지 떠다 놓았다. 봉희가 시키지 않은 짓을 해놓고 어디론지 나가 버렸던 것이다.

"어느새 자리는 누가 펴놨어?"

하고 인숙은 슬그머니 제가 한 일이 아니라는 변명을 하고 삼층장을 열고 와이셔츠를 꺼냈다. 조선 옷은 남편이 언제 오든지 입을 수 있도록 몇 벌씩 해서 차곡차곡 개켜 두었건만 부득부득 입으라고 할 수는 없다.

봉환은 앉지도 않고, 기선과 기차 속에서 더러워진 와이셔츠만 갈아입고 '언제 저 자리에서 둘이서 잤더냐'는 듯이 아랫목을 내려다보더니

"아버지한테 나갈 테요."

하고는 뒤도 안 돌아다보고 나간다.

"지금 문밖엘 어떻게 나가셔요? 늦어두 들어오실 테죠?"

인숙은 따라 나가며 물었다.

"글쎄…."

하고 봉환은 우물쭈물하고 사랑채로 나갔다. 전화로 택시를 부르려다가 사랑을 지키는 상노아이가

"전화가 안됩니다."

하는 소리에

"집전화까지 팔어 먹었단 말이냐."

하고 큰형을 빗대어 놓고 골을 더럭 내고는 걸어 나갔다.

인숙은 자리 위에 가 엎드려 소리를 죽여가면서 울었다. 정거장에서부터 참고 참았던 눈물이 샘물처럼 퐁퐁 솟는 것을 막을 수 없다.

남편이 아무리 마음이 변했기로서니 어쩌면 그렇게 냉정해졌을까. 계집애같이 편성이라 너름새가 없는 줄은 잘 알지만 다른 계집에게 홀려서 정신이 빠졌기로 제가 무엇을 잘못했기에 남남간보다도 더 쌀쌀하게 굴까. 장모가 돌아가신 뒤에 처음 만나는데 빈 인사라도 한마디 있어야 할 것이 아닌가. 그보다도 방에 들어와서는 잠깐 앉지도 않고 자기의 아쉬운 일만 피고 언제 들어와 자겠다는 말조차 분명히 해주지 않고 저를 피해 나갈 까닭이 무엇인가.

다른 여자를 데리고 오는 줄 알고 정거장에 나간 것도 아니요, 그저 장가를 들지 않았다고 저를 산송장을 만들어 놓고 그 여자를 속여 가지고 나온 것이 아닌 담에야, 아내가 남편의 마중을 나간 것은 정당한 일이 아닌가.

인숙은 모든 것이 분하고 야속한 것보다도, 귀로 들은 것 눈으로 본

것까지 도무지 모르는 체하고 그늘에서 눈물을 흘리는 것이 몹시도 어리석은 생각이 들었다.

'울면 뭘 해. 나를 동정해 줄 사람두 없는 걸.'

하고 진저리를 치며 일어나는데

"오빠 또 어디루 갔우?"

하며 봉희가 들어왔다.

"누가 아우."

하고 울던 얼굴을 보이지 않으려고 고개를 돌렸다.

"어쩌면 그렇게 남남간 같아졌우? 남자들은 걸핏하면 '바람에 불리는 갈대와 같이 변하기 쉬운 여자의 마음'이라구 노래까지 지어 부르지만, 아마 사내의 마음은 고양이 눈깔만치나 잘 변하나 봐."

하고 책보를 미리 싸들고 큰오라비댁의 방으로 건너갔다.

밤은 깊어 새로 한 시를 치고 두 시를 쳐도 꿈결같이 다녀나간 봉환은 돌아올 줄 몰랐다. 인숙은 얼이 빠진 사람처럼 앉은 채, 주인 없는 베갯머리를 지키며 밤을 밝혔다.

☻ 162회, 1934.09.16.

⑧ 종로 큰 거리에 있는 살롱 파리에는 저녁때부터 손들이 모여든다. 손들이란 대개는 별로 하는 일이 없이 룸펜처럼 어슬렁거리고 돌아다니는 장안의 모던보이들이다. 파산을 당한 백만장자의 아들의 낮잠 터도 되고, 귀족의 집 서방님들이 커피 한 잔을 놓고 마냥 늘이잡고 앉아서 지난밤 늦도록 카페나 요릿집에서 유흥하던 끝에 피곤을 푸는 곳도, 근자에 길거리마다 생기는 이른바 살롱이라는 차 파는 집이다.

저녁때가 되어 해만 설핏하면 어디로선지 재킷 치레를 한 운동선수, 코가 삐뚤어지려는 도중에 있는 권투 선수, 주머니 속에는 차 한 잔 값도 없으면서도 유행의 첨단을 걸으려고 애를 쓰는 각가지 복색의 남녀배우들, 또 그리고 세월 만난 레코드 회사의 이른바 전속 예술가들이며 간판장이도 못 되는 화가에 신문기자가 구름과 같이 모여들어 십전짜리 사교판이 벌어진다.

한편에서는 배우 축들이 레코드를 틀어놓고 카운터까지 끌어내려 억지로 껴안고 폭스트롯을 추느라고 뒤법석을 하고 먼지를 풍겨서 맨 구석 테이블에서 친구들과 코코아를 마시고 앉았던 봉환은 몇 번이나 눈살을 찌푸렸다.

"동경서는 저런 일이 없어. 찻집이 이렇게 난잡해서야 점잖은 사람들이 들어와 조용히 쉬겠나? 차두 이게 뭐야. 커피라구 맹물처럼 희길래 코코아를 달랬더니 이건 사탕물일세그려."

하고 봉환은 사시로 차를 저어 입맛을 보다가 내던진다.

"그야 은좌(銀座) 같은 데서 한 잔에 일 원씩이나 주구 마시는 차 맛만 할 수가 있나."

하는 것은 박귀양이란 봉환의 친구로 봉환의 아버지에게 빚을 물려 파산 지경에 이르게 한 박 남작의 서자다.

두 친구가 오래간만에 길에서 만나서 잠시 다리를 쉬려고 들어왔던 것이다. 적서는 다르나마 두 사람은 같은 귀족의 아들이요, 순전한 서울 태생이라 어딘지 모르게 친한 사이로 아버지들끼리는 절교를 하고 지내는 것과는 딴판으로 의취가 서로 맞았다. 손발이 여자와 같이 조그만 박귀양은 응달에서 핀 옥잠화같이 흰 얼굴을 쳐들고

"나두 이 봄엔 꼭 가구야 말걸세"

하며 동경 이야기며 그곳 화단의 형편을 물었다. 저보다 먼저 가서 공부를 하는 것보다도 첨단적 생활을 하는 것이 여간 부럽지가 않은 눈치다.

이야기를 하는 동안에 만나자는 약속도 없는데 하나둘씩 친구들이 모여들었다.

"요— 언제 왔나?"

"아, 이거 윤 군 아닌가? 예서 만나긴 뜻밖일세. 난 엽서 한 장 못했네만 그래 재미 좋았나?"

하고 달려들어 봉환의 손을 쩔레쩔레 흔들었다. 그 중에는 연전 미술전람회 때에 함께 입선이 되어 축하회에서 싸움을 하던 골덴바지도 왔고 계란 한 개에다가 모필로 글자를 일천오백 자나 서캐 알보다도 더 작게 쓰는 재주를 가져서 고리삭다고 곤달걀이라는 별명을 듣는 친구도 의외로 만나게 되었다.

여러 친구들은 봉환을 둘러싸고 차를 마시며 담배를 피우며 동경 이야기로 꽃이 피었다. 봉환은 그동안에 제 고장 말은 잊어버리기나 한 듯이 조선말은 간신히 양념같이 쓴다. 곤달걀은

"허 저 사람두 어지간히 변했군."

하면서

"장발 군이 요전번 왔을 때 들었는데 자네는 동경 가서 공부하는 재미뿐이 아니데그려."

하고 도수 깊은 안경 속으로 눈웃음을 치며— 묻는다.

"너무 재미가 좋아서 얼굴이 다 못됐네그려. 윤 군은 원체 미남자니까 …."

하고 봉환이보다도 색골로 생긴 박귀양이가 곤달걀의 말을 거들었다.

　봉환은 그 말을 듣고

　"아 참!"

하고 무엇을 잊어버린 것처럼 급히 일어서 전화실로 들어가더니 어느 일본 여관의 전화번호를 불렀다.

　163회, 1934.09.18.

　⑨ 봉환이가 전화를 걸러 간 동안에 박귀양은 저도 봉환의 비밀을 안다는 듯이

　"장발이가 나한테두 몇 번 놀러 왔었는데 윤 군이 모델 중에 제일 육체미가 있는 여자하구 죽자 사자 하는 사이가 됐다데그려. 그런데 이번에 데리구 왔기가 쉬울걸."

하고 자못 부러운 듯이 여러 친구의 귀에다 속삭였다.

　"거참 스피드 시대로군."

하고 곤달걀도 매우 감심한다.

　"실 한 오라기두 감지 않은 나체미인을 제 눈앞에다 세워 놓구 보다가 수십 명 수백 명 중에서 하나를 고른 게니까 아마 동경서두 대표적 육체미인일걸. 아무튼 윤 군은 행복자야. 일본 계집애들두 귀족의 아들이라면 무조건하구 녹거든 녹아."

하고 골덴바지 역시 입에 침이 말라서 육체미인을 찬미하는데, 봉환이가 전화실에서 나왔다. 봉환은 얼굴이 더 핼쑥해 가지고 뒤통수를 긁으며

　"난 먼저 가봐야겠는데!"

하고 친구들의 양해를 구하니까

"여보게 오늘은 자네를 주빈으로 모실 텐데 가는 데가 어딘가? 두 말 말구 앉게 앉어."

하고 끌어다 앉히니까

"어따가 엿을 붙여 놓구 온 게지. 압다 이 사람아 데리구 온 여자가 그동안에 어디루, 달아나겠나?"

하고 곤달걀이 어림만 치고 넘겨짚었다. 봉환은 금세 얼굴빛이 변해서

"그게 무슨 소린가? 데리구 온 여자라니?"

하고 짐짓 놀라 보인다. 그러나 별명이 곤달걀이니만치 사람이 고리삭은 대신에 그런 등사에는 체험도 많아서 눈치가 빠른 안경잡이는

"압다 이 사람아, 우리가 모를 줄 아나? 아마 지금 어느 일본 여관에다 전화를 걸었지?"

하고 봉환의 얼굴을 노려보니까

"여보게, 좋은 수가 있네. 자네가 가지를 말구 자네의 고이비도를 이리루 모셔오게. 그래야 우리 같은 서울뜨기두 동경 미인을 배알하는 영광에 목욕을 해보지 않겠나?"

하고 귀양이가 한 술을 더 뜬다.

그제야 봉환은 계집애처럼 얼굴이 빨개져 가지고

"그건 어떻게들 알았어."

하고 다시 한 번 뒤통수를 긁는다. 저의 짐작이 쩍말없이 들어맞은 것이 유쾌해서 곤달걀과 박귀양은 야구 응원이나 하듯이 궁둥이를 쳐들며

"히야, 히야."

하고 손뼉을 쳤다.

"어서 일어나게. 전화를 걸구 택시 하나만 보내면 오 분 안에 뚜르르

올 게 아닌가."

하고 귀양은 봉환의 양복 소매를 잡아당기며 사뭇 졸라댄다.

"가만있게. 예비지식이 있어 가지구 미인을 대해야 더 감흥이 생기지 않겠나? 자 우리 윤 군의 로맨스를 먼저 듣세."

하고 이번에는 골덴바지가 제안을 하였다.

"그두 좋아."

하고 여럿은 또다시 찬성의 박수를 하였다. 형세가 이야기를 안 하고는 견디어 내지를 못할 것을 각오하고 봉환은

"로맨스란 별거 있나, 와다(和田)라는 화가의 집으로 그림을 그리러 다니다가 서루 눈이 맞었다구 할까? 나두 사비시이하게 지내는 판이니까 같이 산보두 댕기구, 구경두 가구, 댄스홀에서 서루 춤두 추구, 그러다가… 그담엔 자네들의 상상에 맡기네. 동경이란 젊은 사람들이 살기란 참 정말 자유로운 데니까… 그러다 아파트에서 동거를 하다가 집에 볼일이 있어서 나오게 됐는데 첨엔 나 혼자 올 생각을 했더니, 정거장까지 전송을 나와서는 별안간 저두 조선 구경을 하구 싶다구 따라서데그려. 제 돈으로 표까지 사가지구 뛰어오르는 걸 어떡하나. 아 그러나 경성역에서 뜻밖에 혼사이(본처)하구 딱 마주쳤네그려."

😊 164회, 1934.09.19.

⑩ "온 저런, 그래서 어떡했나. 외나무다리에서 만났네그려. 맨 첫번 됐던 모델하구 두 번째 모델이 충돌을 했구먼. 염복두 오복에 들는지는 모르지만 아무튼 자넨 행복한 사람일세."

하고 친구들은 번차례로 봉환을 위여댄다.

"아닌 게 아니라 신구 모델이 상우례를 할 뻔했네. 집에다 전보는 쳐 났지만 그 사람이 정거장까지 나올 줄은 몰랐거든. 하나는 그걸 모르구 부득부득 내리자네그려."

"그래서?"

귀양이가 자꾸만 의자를 들고 다가앉는다.

"마침 내 누이가 올라왔기에 먼저들 들어가라구 소리를 질렀지. 이 핑 계 저 핑계를 해서 간신히 뒤떨어져 들어왔네만 아주 똥이 끓었었네. 하 나는 거머리처럼 잠시 잠깐두 떨어져 주지를 않으니 어떡하나. 글쎄 집 안에 들어 엎드렸지 뭣 하러 정거장까지 나왔느냐 말야. 온 어찌나 밉살 스러운지. 그땐 소리 없는 총이 있으면 놓구 싶데."

하고 생각만 해도 불쾌한 듯이 봉환이가 눈살을 찌푸리니까

"앗게 여보게, 자네 부인이야 현숙하기루 소문이 난 부인넨데 옛날 생 각을 하기루서니 구박을 해서는 못 쓰느니."

하고 곤달걀이 낫살이나 먹은 사람의 말을 한다. 봉환은 담배를 재떨이 에다 비벼 끄며

"그 머리를 틀어 올리구 통치마에 구두를 신은 꼴이란 어찌나 어색한 지. 새빨간 댕기를 들여서 곱게 쪽지구 파—란 비취 비녀를 꽂구서 긴 치 마를 입었을 땐 그래두 그럴듯해 보였어."

하고 몸에 배지 않은 여학생 복색을 급히 차리고 나갔던 인숙의 자태는, 눈앞에 그려보기도 싫은 모양이다.

"암 미술가의 눈이란 그렇게 날카로워야지. 더구나 그동안 눈이 훨씬 높아졌네그려. 그렇지만 우리 집 여편네란 물건은, 여학생 복색을 한 번 해보기가 평생소원이라네."

하고 귀양이가 연방 봉환의 비위를 맞춘다.

"아 자네 '고이비도'가 본처가 있는 줄을 모르나?"

한 귀퉁이에 가 턱을 고이고 앉았던 골덴바지가 딴청을 부렸다.

"그까지 건 말할 필요가 있어야지. 그렇지만 내가 누이까지 돌려 쫓는 걸 보구 무슨 눈치를 챘는지 '이모—도상'을 왜 먼저 돌려보냈느냐구 자꾸만 물어서 꾸며대느라고 땀을 흘렸네."

"그럼 오늘날 밤에두 자네 부인의 그리던 회포를 풀어 주지 못했네그려?"

"처음 온 걸. 더군다나 여관에서 혼자 자게 할 수가 있어야지."

그 말을 듣자 곤달걀은

"그게 될 말인가. 열 계집 버리는 법은 있지만 본마누라를 괄시하는 건 반댈세. 일부함원이면 오월비상이거든. 오입을 하다가 들어가두 본처의 그늘이 안식처(安息處)니. 번연히 딴 짓을 하구 들어온 줄 알면서두 된장찌개나마 구수하게 끓여주려구 애를 쓰거든. 하지만 자네 워낙 편성이 돼놔서…."

하고 코 밑에 까무스름한 수염을 꼬아 올린다.

귀양은 무엇을 공상하느라고 두 눈만 깜박깜박하고 앉았다가,

"아 잔소리들 그만하구 우리 일치단결해서 '동경의 여왕'을 모셔 오두룩 하세. 여보게 윤 군, 어서 여관에 전화를 걸게. 어서 어서."

하고 성화같이 재촉을 한다.

"참 얘기 바람에 도끼자루가 썩을 뻔했네그려. 자, 나 같은 사람은 위험성이 없으니 안심하구 모셔오게."

하고 곤달걀도 슬그머니 부추긴다. 봉환은 친구들에게 제 미인을 보여주

고 자랑하고 싶은 생각도 없지 않아서

"그럼 내가 장가를 든 사람이란 것은 눈치두 보이지 말어야 하네."

하고 뒤를 다지고 일어섰다. 귀양은 봉환의 뒤를 쫓아 일어서며

"가만있게, 내 택시를 불러 줄게 자네가 타구 갔다 오게."

하고 앞을 서서 단골로 부르는 자동차부에 전화를 걸었다.

165회, 1934.09.20.

[11] 봉환이가 못 이기는 체하고 택시를 타고 간 뒤에 남아 앉은 청년 화가들은 저희가 사랑하는 애인이나 기다리는 듯 마음을 졸이며 봉환의 두 번째 모델을 기다렸다. 그 중에도 귀양은 변소로 가서 거울 앞에서 얼굴에 손수건질을 하고 머리에 빗질을 해서 여자처럼 똑바로 가르마를 타고는 넥타이까지 고쳐 매고 나왔다. 그러고는 일본 여자의 예찬(禮讚)이 벌어졌다.

"어느 모로 보든지 조선 여자보다는 낫단 말야. 우선 그 후리소데의 우미한 거라든지, 절기마다 변하는 옷감의 색채라든지 됐거든 됐어."

"겉모양은 그만 두구래두 남편 비위 맞추는 데는 고만이지. 참 정말 입에 혀 같거든. 살아주는 날까지는 절대 복종이니까. 바이올린 하는 김군이 데리구 온 여자하구두 술을 다 같이 먹어 봤네만 사내한테 서비스 잘 하기룬 일본 여자가 세계 제일일거야. 좀 나근나근하구 싹싹한가. 참 감칠맛이 있지."

귀양이와 골덴바지가 입에 침이 마르도록 찬미를 하니까 곤달걀도 지지 않으려는 듯이

"그뿐인가 일본여자는 하다못해 인바이(매춘부)까지두 날마다 목욕을

41

해서 부숭부숭하단 말야. 섣달 그믐날이나 돼야 목간을 한 번 하거나 말
거나 하는 조선 여자와는…."

하는데 골덴바지가 손을 들어 말을 가로막으며

"여보 우리 여편넨 일 년에 한 번은커녕 십년을 같이 살았는데 단 한
번두 목욕하는 걸 못 봤소"

해서 여러 사람을 웃겼다. 봉환이가 간 지 반시간 만에야 자동차가 돌아
왔다. 여러 친구가 기대하던 것과는 의외로 봉환이만 혼자 타고 왔다.

"우리 다른 데루 가세. 여기는 재미가 좀 적어서…."

하고 친구들을 자동차에다 태우고 본정으로 가서 '명치제과'로 들어갔다.
봉환은 조선 사람이 많이 모여드는 곳에 색다른 여자를 데리고 들어오기
가 싫었던 것이다.

'명치제과' 위층 구석자리에는 과연 오늘의 여주인공이 먼저 와서 기
다리고 있었다. 봉환은 여러 친구에게 차례차례로 인사를 시켰다.

귀양은 정말 여왕 앞이나 되는 듯이 구십도 이상이나 허리를 굽히어
은근히 인사를 하였다. 봉환은, 귀양을 화가요 박 남작의 아들이라고 특
별히 소개를 하였다.

사요코라고 부르는 여자는 여러 사람이 상상하던 거와는 딴판으로 양
장을 하지 않고 무늬가 혼란한 일본 옷을 입고 왔다. 단발을 한 목덜미에
살결이 분을 따고 넣은 듯이 흰데 바짝 조려 맨 오비 위로 부풀어 오른
듯한 젖가슴이며 잔허리로부터 다비를 신은 발뒤꿈치까지 흘러내린 곡
선이, 그런데는 매우 민감한 귀양의 눈을 뇌살시킬 만큼이나 육감적이다.
간단히 화장을 한 얼굴은 그다지 두드러지게 특징은 없으나 말을 할 적
마다 표정이 변한다. 조금 크고 새까만 두 눈동자는 야광주처럼 요염한

빛을 발하고 일년감같이 빨간 입술을 새어나오는 순전한 동경 말에는 애교가 똑똑 떤다. 사요코는 슈크림을 들며

'조선에도 저렇게 해끔하게 생긴 남자가 있나.'

하는 듯이 귀양과 주고받는 말이 많았다. 곤달걀과 골덴바지는 안중에 없는 듯이 이과회(二科會)가 어떠니, 제전(帝展)에 출품된 작품이 어땠느니 하고 될 수 있는 대로 미술에 관한 고상한 이야기를 끄집어내었다. 그러자 전기불이 들어오니까

"우리 저녁 먹으러 가세. 조선 음식을 대접허구 싶은데 어디가 좋을까?"

하고 귀양이가 모자를 집으니까 사요코는 반색을 하며

"아라 우레시이와. 아다시 죠센노 오코지소— 다베데미다갓다노." (아이 좋아라. 조선 음식을 먹어 보구 싶었어요)

하고 허리를 납신하며 미리부터 귀양에게 치사를 한다.

다섯 사람은 국일관에서 저녁을 먹었다. 곤달걀은

"우리야 시종무관두 아니구 온 멋쩍어서…"

하고는 저 아는 기생을 불러서 조선의 명물인 '기생'을 사요코에게 보여 주었다. 사요코는 모든 것을 호기심에 빛나는 눈으로 보았다. 귀양이가 장난으로 권하는 새빨간 깍두기를 입에다 넣었다가 얼굴이 깍두기 빛이 되어 눈물을 흘리며

"마루데 바쿠단다와." (사뭇 폭발탄 같군요)

하고 뱉었다. 여러 사람은 허리를 잡으며 웃었다.

귀양은 술이 얼근히 취해 가지고 자정 때까지나 사요코를 붙잡고 봉환의 눈치를 보아가며 춤까지 추었다. 봉환은 기생을 껴안고 댄스를 하는

체하다가 그만 두었다.

어쩐 일인지 술은 입에 대지를 않았다.

😀 166회, 1934.09.21.

12 봉환은 집에 보고 싶은 사람이 있어서 돌아온 것이 아니라, 저 혼자 몰래 나와서 돈 변통도 할 겸 병도 고치려고 사요코에게는 친환이 있어 잠깐 다녀오겠다는 핑계를 하고 떠나다가 발목을 잡혀 나온 것이다.

둘이 아파트에서 동거를 하는 동안, 집에서는 청구하는 대로 돈을 부쳐 주지 않아서 저의 체면을 유지하지 못하리만치 군색하게 지냈다.

"집에야 돈이 있지만 아버지가 완고해서 학비 이외에는 보내주지를 않지만 직접 나가서 변통을 하면 한 일 년 놀고도 생활할 돈쯤이야 변통할 수 있다."

고 거짓말을 하고 사요코가 모델 노릇을 해서 모은 돈까지 수백 원이나 집어 썼다.

사요코는 봉환이가 조선 귀족의 아들이라 그만 돈이야 저금한 것보다 튼튼하리라 하고 두말없이 생활비를 대어 왔다. 그것을 봉환은 무작정하고 더끔더끔 집어 써서 지금 와서는 서로 연애를 하고 동거하는 여자라느니보다 사요코의 채무자가 되고 말았다.

"집에만 가면 어머니를 졸라서래두…."

하고 믿었으나 전등 전화를 끊고 지낼 정도로 집안 형편이 말씀 아닐 줄은 참말 뜻밖이었다. 오던 이튿날은 아버지 어머니에게

"이 지경으로 가다가는 밥을 굶게 될는지두 모르니 너도 정신을 바짝 차리고 그림 공부니 뭐니 다 집어치우고 이왕 돌아온 김에 어디 취직이

나 할 생각을 해라."

고 한나절이나 연설 말씀을 들었다. 그러고 보니 아무것도 모르고 놀러만 다니자는 사요코의 처치도 곤란하거니와, 일본 여관 중에도 상등 여관에 가 무턱대고 들어 놓았으니 하루에도 칠팔 원씩이나 나는 비용을 감당해낼 도리가 없는데, 사요코의 주머니도 이제는 빈털터리다.

봉환은 짜증밖에 나는 것이 없었다. 그래도 돈 구처를 하려면 큰형에게밖에 말을 해볼 데가 없는데, 용환은 신문사도 내놓고 어디로 종적을 감추어 코빼기도 얻어 볼 수가 없었다. 그러나 돈 때문에 당하는 정신상 고통보다도 봉환에게는 남몰래 받는 육체상 고통이 더 컸다. 그것은 사요코와 관계를 한 이래 악성의 임질이 전염되어서 여간 심한 고통을 받지 않았다.

사요코는 여러 번 그런 병을 앓아서 인제는 아주 만성이 되었기 때문에 이따금 도지기만 하면 병원에를 다니면서

"이 병을 앓아보지 못하면 남자의 자격이 없다."

고 아파서 쩔쩔매는 봉환을 도리어 놀리기까지 하며 탕평으로 지낸다. 그러나 처음으로 그런 고질에 걸린 봉환은 자살이라도 해버리고 싶도록 저 혼자 여간 고통을 받는 것이 아니다. 주사를 맞고 약을 먹고 별별 짓을 다해도 특효약이 없는 그 병은 완치가 될 가망이 없다.

"아아 이 못된 병을 평생 두구 앓는단 말이냐."

하고 하루도 몇 번씩 한탄을 하였다. 몸뚱이를 불에다 태워버리기 전에는 없어질 것 같지 않은 눈에도 보이지 않는 수억만 개의 병균이, 전신의 세포 속으로 파고 들어서 혈구를 물어뜯고 거미줄 같은 혈관을 통해서 그 독을 퍼뜨리는 듯 그런 생각만 해도 몸서리가 저절로 쳐졌다. 날마다

밤마다 극도의 불안과 우울과 공포에 싸여 지내면서도 그럴수록 거의 하루 저녁도 사요코를 가까이 하지 않을 수가 없었다. 참을 수 없이 육감적인 사요코의 유혹을 이길 수도 없거니와, 여자에게 불만을 주어서 다른 남자에게 빼앗길까 보아 겁도 났던 것이다.

"나를 원망치 마세요. 그 대신 난 당신한테 무어든지 다 바쳐오지 않어요."

하고 잠시도 떨어지지 않는 여자를 진드기처럼 떼어버릴 용기는 나지 않았다. 그러다가

'뜨뜻한 온돌방에서 한약이나 먹으면 차도가 있을까'

하고 병을 조리하러 나온다는 것이, 앞뒤가 절벽인 산골 속에 가 빠지게 된 것이었다.

어느 날 밤 봉환은 별별 궁리를 다 하던 끝에 남의 여편네를 보듯이 집안사람의 눈을 기어 인숙의 방에를 들어갔다.

🙂 167회, 1934.09.22.

13 봉환은 그동안 하루 한번쯤 집에는 손님처럼 다녀나가서 인숙에게는 말 한마디 걸어볼 기회를 주지 않았다.

밤이면 밤마다 눈물로 베개를 삼으면서도 딴 계집을 데리고 와서 저를 못 본 체하는 남편을 미워할 줄은 몰랐다. 무한히 섭섭하고 야속한 것이야 숨길 수 없는 감정이건만 어쩐지 남편이 미워지지는 않았다. 가래톳인지 무엇인지 모르지만 몸에 병이 있는 사람이 더구나 돈도 여간 군색하지가 않을 텐데 여관 잠을 자고 얼굴이 노래서 다니는 것이 보기에 딱하고 가엾었다.

"아무튼 자네는 딴 오장을 가진 사람일세. 나 같으면 서방님을 방 속에다 몰아넣구 한바탕 몸부림이라두 치겠네."

하고 큰동서가 선동을 하듯 하면

"그러면 뭐 시원하겠어요? 제가 뭐랬다가 덧들리면 하루 한번 얼굴 구경두 못하게요."

하고 쓸쓸히 웃었다.

'남편이 딴 계집을 보더래두 아예 시기를 하지 마라. 참고 기다리면 돌아오는 날이 있으리라.'

하고 간곡히 타이르시던 돌아가신 어머니의 유언과 같은 말씀을 시시때때로 생각하고 또는 젊어서는 오입을 하셨어도 돌아가시는 날까지 어머니와 서로 의지하고 해로를 하시던 아버지 생각을 하고는 제 마음을 눌렀다.

'난봉을 부리려면 일찌감치 부려서 실컷 속아봐야 본마누라가 고마운 줄을 아는 법이야.'

하는 경험 있는 사람들의 말을 귀담아 들은 적도 있어서

'참을 수 있는 대로 참어 보자, 눈 딱 감고 나 할 도리나 하면 마음을 돌리는 날이 있겠지.'

하고 저의 생각이 틀리지 않을 것을 막연하게나마 믿기 때문에, 집안 식구에게 눈물을 보이지 않고 지낼 수가 있었다.

…뜻밖에 남편이 들어온 것을 보자, 제 자리 하나만 동그마니 펴놓고 앉아서 봉희가 보던 잡지를 뒤지고 앉았던 인숙은 깜짝 놀라 일어났다.

"웬일이세요?"

하는 말이 부지중에 나왔다.

'남편이 아내의 방엘 들어오는데 어째 놀랄까?'

하고 인숙은 금방 "웬일이세요?" 한 말을 뉘우쳤다. 봉환은 앉으려고도 안 하고 방안의 세간만 휘휘 둘러보더니 한참이나 머뭇거리다가 도둑놈처럼

"…돈 있수?"

하고 불쑥 한마디를 한다. 그 순간에 인숙은 남편이 장가를 들던 이듬해엔가 공을 차다가 수챗구멍에 빠져 바지에 구정물을 주르르 흘리고 들어와서 "나 옷 주" 하고 맨 처음 말을 건네던 때 생각이 문득 났다. "나 옷 주"와 "저 …돈 있수?"가 말의 의미는 딴판이면서도 그 국축된 어조는 비슷하였던 것이다. 인숙은 "없어요" 하는 말이 차마 입 밖을 나오지를 않았다. 남편은 동경으로 떠날 때처럼 돈 변통을 하는 재주가 저에게 그저 있을 줄 믿는 눈치나, 복순에게 잡혀 쓰라고 돌려준 금붙이도 그저 찾지 못하고 있는 줄은 그 누가 알아주랴.

"지금은 없지만…. 얼마나 소용이 되세요?"

인숙은 무작정하고 금액을 물어 보았다.

"우선 한 백 원만…."

봉환은 백 원이 몇 원밖에 안 되는 적은 것처럼 쉽게 불렀다. 인숙은 하도 엄청나서

'아이구 백 원?….'

하고 입이 딱 벌어졌다. 그러나 좌우간 대답은 안 할 수가 없어 무엇을 잘못하고 사과나 하듯이

"내게 웬 돈이 그렇게 있겠어요?"

하고 머리를 숙였다. 봉환은 퉁명스럽게

"그만 두."

하고 돌아서 나가려 한다.

"나 좀 보세요."

하고 인숙은 봉환의 앞을 막아섰다.

14 봉환은 문고리를 잡은 채 인숙을 돌아다본다.

"돈은 내 힘껏 돌려볼 테니 며칠만 기다려주세요."

하고 우선 안심을 시킨 뒤에 인숙은

"얘기 할 일이 좀 있는데 잠깐만 앉었다 나가세요."

하고 남편의 양복 소매를 잡았다.

"얘긴 무슨 얘기요?"

하고 봉환은 마지못해 주저앉는다. 그것도 돈을 변통해 주마는 바람에 잠시 하라는 대로 해보는 것이다.

인숙은 남편의 앞에 가 마주 앉으며

"어쩨 그동안 하구 싶은 얘기가 없겠어요? 그렇지만 속에 쌓인 얘기는 꺼내지도 않을 테예요."

하고 아랫입술을 꼭 깨물고 흥분을 새긴 뒤에

"저… 특청 하나 할 게 들어 주시겠어요?"

한다.

"무슨 말인지 어서 하우. 내게 특청을 할 게 뭐란 말요?"

봉환의 말씨는 여전히 부드럽지가 못하다. 인숙은 조금 다가앉으며

"다른 때와도 달리 신병이 계시다면서 일본 여관에서 조섭이 되시겠

어요? 신색이 아주 말씀이 아니신데… 큰사랑 작은사랑이 텅 비었는데 집에 와서 조섭을 하두룩 하세요 네?"

하고 간청을 한다.

봉환은 손톱여물만 썰며 잠자코 앉았다. 속으로는

'나 혼자 어떻게 와있으란 말야. 남의 속도 모르고….'

하면서도

'같이 온 여자는 어떻게 하란 말요?'

하는 말은 차마 입 밖을 나오지 않았다. 그러나 그 눈치를 채지 못할 인숙이가 아니다.

"보시다시피 집안 형편이 이 지경인데 첫째 여관 비용은 뭘루 대실 예산이세요?"

하더니 잠깐 무엇을 생각해 본 뒤에

"내가 있어서 거북하실 테니까 신병이 나으실 때까지 우선 혼자만 와 계셨으면 좋겠는데요. 그러면 아버님 어머님께서두 좀 좋아하시구 맘을 놓으시겠어요? 그래두 조선 사람한텐 탕약이 맞나 보던데… 아무튼 보약이라두 몇 제 잡수셔야겠어요. 저렇게 혈색이 하나두 없으셔서…."

인숙의 말은 애원하는 조로 변하였다. 봉환은 머리를 떨어뜨리고 앉아서 여전히 말대답을 못한다. 실상 봉환은 제 댁의 간곡한 소청이 아니라도 사요코와는 얼마 동안 떨어져 있고 싶었다. 그 병에는 자극성이 있는 음식보다도 여자를 가까이 하는 것이 대기인데 지금처럼 찬 다다미방에서 고다쓰(이불 속에 넣고 자는 화로) 대신으로 사요코와 한 이불 속에 들게 되면 도저히 병 생각만을 할 수가 없게 된다. 그래서 사요코에게 피동적으로 충동을 받는 기회나 회피해 보았으면 하였다. 뜨뜻한 온돌방에서 사지를 뻗고 누워서 한 열흘 동안만 마음 놓고 약을 먹으면 당장 고통을 받는 것보다는 훨씬 차도가 있을 것 같았다. 그러나

'나와 사요코의 사이를 떼어 놓으려고 집에 와 있으라는 게지. 말은 안 해두 빤히 다 알구 있으면서….'

하고 정성껏 권하는 인숙의 진정을 의심하지 않을 수 없는 모양이다.

"좌우간에 대답을 해주세요 내일부터라두 사랑을 말끔 치어 놓을게요."

하고 인숙은 대답을 재촉하고 나서

"이왕 여기까지 따러온 사람이야 어디루 달어날라구요."

하고 한마디 부연을 달고는 안 나오는 웃음을 억지로 입모습께 담아 보였다. 봉환은 마지못해 고개를 쳐들며

"이러구 저러구 먼점 돈 변통이 돼야지."

하고 일어선다. 인숙은 그 이상 말을 삼가고, 손님을 작별하듯이 어기적거리고 나가는 남편을 우중충한 중문 밖까지 따라 나갔다. 별빛이 새파란 이른 봄의 밤하늘에서 쏟아지는 듯 바람은 쌀쌀하였다.

169회, 1934.09.24.

⑮ 그날 밤 인숙은 자리가 더 쓸쓸한 것 같았다. 간신히 잠이 들어 외로운 꿈을 맺다가는 누가 바늘로 찌르기나 하는 것처럼 깜짝 놀라 눈을 떴다.

'백 원씩이나 어떻게 구처를 하나.'

하고 돈 때문에 걱정이 되어서 잠을 이루지 못하고 입술이 타도록 조바심을 하였다.

'이번 소청은 어떻게든지 들어 주어야 할 텐데.'

하고 별별 생각을 다 하던 끝에 값나가는 물건은 없지만, 제가 가지고 있는 것은 모조리 잡히기로 결심을 하였다. 지금 인숙에게 귀중품이라고는 혼인 때 어머니가

"옛날 물건이 돼서 모양은 없다만 이담에 고쳐서 두구두구 무슨 때에나 끼어라."

하고 함 속에다 깊숙이 넣고 잠가까지 주신 여덟 돈쭝이나 되는 순금 가락지뿐이었다. 그 가락지는 외할머니가 물려주신 것이라 삼대 째나 기념품으로 내려오는 것으로

'이것만은 아무리 급한 일이 있든지 내 손에서 내놓지를 않으리라.'

하고 남편이 동경으로 떠날 때에나, 어머니 상사를 당했을 때도 없는 셈만 치고 꺼내지를 않았던 것이다. 그뿐 아니라 돌아가신 어머니 생각이 나면 밤중에 일어나서 봉희도 몰래 어머니의 손때가 묻은 금가락지를 꺼내서 어루만지고 끼어보고 하면서 몇 번이나 눈물을 짓던 물건이다. 그 다만 하나밖에 없는 소중한 물건을 내놓을 수밖에 없는 생각을 하니 인숙은 무한히 섭섭한 생각을 금할 수 없었다. 더구나 그 인자하시던 어머니의 마지막 유언이나 거슬리는 것 같아서 여간 죄송하지가 않았다. 그러나 얼마 전만 같아도, 수십 년이나 이 집에 드나드는 방물장사를 다리를 놓아서 월수 돈도 얻어 쓸 수 있었건만 이제 와서는 빚 얻을 데를 진권해 줄 사람도 없어 잘잘못간에 남편의 발등에 떨어진 불똥을 꺼주려면 그 금가락지를 잡히는 도리밖에 없었다. 금값이 올랐다니까 막 팔아버리면 적어도 오육십 원은 받을 것 같으나 그것은 할 수가 없었다.

이튿날 저녁에 인숙은 어둡기를 기다려 장발에게 이불을 이어 보내던

행랑어멈을 시켜서 시집에서 해준 대로 차곡차곡 개켜 둔 채 한 번도 입어 보지 않은 옛날 비단 옷에 모본단 채단이며 예물로 받았던 피륙까지 말끔 몰아다가 가락지와 함께 잡혀 왔다. 행랑어멈이 다녀와서

"좀 더 내라구 쌈 싸우듯 해둡쇼. 육십 원밖엔 더 못 주겠다니 어떡헙니까."

하고 식구들 몰래 하는 중난한 심부름이라 얼굴에 땀까지 흘렸다.

"시세가 그밖에 안 되는 걸 억지루 어떡하겠나."

하면서도 인숙은 이왕이면 남편이 청구한 액수대로 백 원을 채워주고 싶었다. 작은동서에게는 사천이 있는 줄을 아나 말을 붙이기도 싫고 사정을 한댔자 들어줄 리도 없다. 봉희를 새중간에 넣고 말을 해볼까.

'작은아씨 저금한 것까지 죄다 써버렸는데….'

하고 심부름을 시킬 염의조차 없었다.

'그래두 한 번 말이나 비쳐 볼까.'

하고 인숙은 이튿날 아침 봉희와 겸상을 해서 밥을 먹으면서 사정을 해보았다. 봉희는 올케의 말을 듣자

"새언닌 참 딴 오장을 가졌구려. 나 같으면 돈이 누렁머리를 앓어두 안 주겠수. 없는 사람한테 적선을 하면 고맙단 말이나 듣지. 그래 새언닌 그렇게 모른 체를 하면서 무슨 얼굴로 뻔뻔스럽게 돈을 얻어 달란단 말요."

하고 얼굴에 핏대를 올려가며 오라비를 꾸짖는다. 인숙은 멀쑥해서

"누군 좋아서 돈 말을 하는 줄 아우? 몸에 병만 없으면 나두 모르는 체하겠수만…."

하고 일어섰다. 그러나 그날 저녁 봉환은 저 혼자 약속한 대로 빚쟁이와

같이 인숙의 앞에 나타났다.

😀 170회, 1934.09.25.

⑯ 어떻게 변통을 하였느냐는 말도 번번이 미안하다는 말도 없이, 봉환은 제가 맡겨 두기나 했던 것처럼 그 돈 육십 원을 받아 양복바지 꽁무니에다가 찌르고 나갔다. 도리어 인숙이가 백 원을 채우려다 못해서 미안하지만 급한 대로 써달라는 것과 다만 한마디

"내일 저녁부터라도 집으로 들어오실 테지요?"

하고 뒤를 다지듯 물어보았을 뿐이다. 봉환도

"글쎄 의논해 봐서…."

하고 겨우 한마디를 남기고 나가버렸다. 그러나 인숙은 아내로서의 무거운 의무를 다한 듯이, 또는 큰 빚이나 갚은 듯이 마음이 거뜬한 것을 느꼈다.

이튿날 인숙은 이른 아침부터 작은사랑을 말끔히 치워놓도록 상노에게 당부를 하고 불을 지피게 한 뒤에 아직도 외풍이 세어서 병풍을 내다 두르고 손수 나가서 머리맡에는 방장까지 쳤다. 집안 식구들이 무어라고 하든, 그런 것은 거리낄 것이 없다는 듯이 이부자리를 끌고 나가서 보료 위에다가 폭신폭신하게 깔아 놓았다. 겉에서 보기에 인숙은, 몇 해 외국으로 여행을 하던 남편을 맞이하는 정성스러운 아내와 같았고, 사실 인숙이 자신도 그러한 기분으로 방을 치우고 남편이 돌아오기를 기다렸다.

봉환은 인숙의 성의에 감복하였다느니보다 제 몸이 하도 괴롭고 현 상태로만 지나가다가는 생명이 위태할 지경이니까 사요코에게 양해를 구했다.

"암만해두 조선 약을 먹어야겠는데 탕약을 먹고는 더운 방에서 취한을 해야 한다고 아버지 어머니가 여간 걱정을 하시지 않어서 당분간 집에 가서 조리를 해보겠다."

고 빌다시피 하였다. 그러니까 사요코는

"그럼 집이 넓을 텐데 나두 조선 집에 들어가서 지내보고 싶어요"

하고 내달았다. 봉환은 하는 수 없이

"아직 조선 가정은 퍽 완고해서 정식으로 결혼을 하기 전에는 동거생활을 하락하지 않을 뿐 아니라, 음식도 '폭발탄'처럼 맵거나 짜서 되려 여간한 고통이 아닐 것이라"

고 여러 가지로 핑계를 하였다.

사요코는 봉환의 속을 뚫고 들여다보려는 듯이 한참이나 빤히 쳐다보더니

"모— 아다시가 이야니 낫다노? 도—데모 이이와."(고만 내가 싫어졌어요? 아무래도 좋아요)

하고 눈을 흘기고 토라져서 봉환은 하는 수 없이 이틀 밤이나 사정사정을 하고 일주일 작정을 한 뒤에 집으로 들어왔다.

집에 돌아와서도 봉환은, 인숙은 가까이 오지를 못하게 하였다. 무슨 약인지 모르는 약을 한 제나 지어 가지고 들어와서 달여 달라고 들여보낸 뒤에 약 시중은 상노아이를 시켜서 밤에도 인숙에게는 작은사랑에 나올 기회를 주지 않았다. 인숙도

'집에 와 누운 남편이 인제야 어디로 가랴.'

하고 안심이 되어서 병원에 음식을 나르듯이 맵고 짜지 않은 반찬을 만들어 하루 세끼를 내보냈다.

그러다 하루는 저녁을 한술 뜨는 체만 하다가 들여보내서

'몸이 더 불편한가?'

하고 몹시 궁금한 김에 인숙은 약을 달여 들고 신발 소리도 내지 않고 작은사랑채를 나갔다. 분합마루로 사뿐히 올라서 방안의 동정을 살펴본 뒤에 아무도 없는 줄을 알고 살그머니 미닫이를 열었다. 봉환은 병풍을 향하고 돌아누워서 훌쩍훌쩍 울고 있었다. 인숙은 도로 나가려다가

"약 잡수세요 그런데 왜 저녁은 안 잡수셨어요?"

하고 들릴락 말락 하게 물었다.

"뭣 하러 나왔우? 들어가우."

하고 봉환은 짜증을 더럭 내며 돌아누운 채 뒷손질을 한다. 인숙은 남편이 무슨 생각을 하고 혼자 누워서 우는지 알 수 없지만 심화를 돋아 주지 않으려고

"약 여기 있어요."

하고는 백지로 덮어 쟁반에 받쳤던 약보시기를 문갑 위에다 가만히 놓고 나가려는데 마당에서

"윤 군 있나?"

하는 남자의 목소리와 함께

"고 고카라 하이룬데쓰카?"(이리로 들어가요?)

하는 일본 여자의 목소리가 들렸다.

🙂 171회, 1934.09.26.

[17] 상노아이에게 물어보아서 봉환이가 작은사랑에 누운 줄 안 귀양은, 들어오라는 말도 듣기 전에 사요코를 데리고 분합마루로 우적우적 들어

온다. 귀양은 봉환이가 여관에 없는 사이에 찾아갔다가 심심해 죽겠다는 사요코와 단 둘이 마주 앉아서 온종일 트럼프를 하고 저녁까지 같이 먹은 뒤에

"밤에는 보는 사람이 없을 테니 봉환에게로 놀러 갑시다. 온 입때까지 한 번 가보지를 못했다니 말이 되나요."

하고, 그러지 않아도 자꾸만 가보고 싶다고 조르는 사요코를 충동해 가지고 왔던 것이다.

인숙이보다도 먼저 귀양과 사요코의 목소리를 알아들은 봉환은, 딴 정신이 번쩍 나는 듯 홱 돌아누우며 황급히 방안을 휘휘 둘러보더니

"여보, 저리루 들어가우. 어서 어서!"

하고 발치의 반침을 가리킨다. 인숙은 금세 상기가 되어서 가도 오도 못하고 쩔쩔매는데 바로 장지 밖에서

"윤 군, 벌써 자나? 들어가두 괜찮은가?"

하는 귀양의 목소리가 창호지 한 겹을 격한 지척에서 들린다. 봉환은 말도 못하고 얼굴이 샛노래가지고 허둥대며 어서 반침 속으로 들어가라고 인숙에게 연거푸 눈짓을 한다.

그 순간이었다. 인숙도 저 자신도 예상치 못하던 용기가 솟았다.

'내가 왜 숨어? 무슨 나쁜 짓을 했나. 정당한 내 남편의 약을 가지고 나왔는데 누가 무서워서 창피스럽게 반침 속으로 들어갈 필요가 어디 있어.'

하고 남편의 비굴한 태도에 분개하는 동시에 일종의 반항심이 끓어올랐다. 봉환은 눈꼬리가 샐쭉해 가지고 제 말에 얼른 복종치 않는 인숙을 독이 오른 수리처럼 노려본다. 인숙은 남편의 눈치를 힐끗 보자

"내가 나가면 고만이죠!"

하고 정면의 장지를 열고 웃간에 섰는 귀양과 그 등 뒤에 섰는 양장을 한 사요코에게 "들어오세요" 하는 듯이 조금 머리를 숙여 보이고 나갔다. 사요코는 남치마를 길게 늘이고 분합마루로 태연히 걸어 나가는 인숙의 뒷모양을 한참이나 유심히 바라보더니 방으로 들어오자 대뜸

"아노히도 다—레. 기레이나 히도네."(저 여자가 누구에요? 퍽 예쁜데요.)

하고 감심한 듯이 묻는다. 몸을 반쯤 일으키고 안석에 가 기대앉았던 봉환은 뜻밖에 인숙의 안차고 깐깐한 태도에 성미도 났거니와, 사요코와 정면으로 마주친 것이 형용할 수 없이 불쾌해서 쌈닭을 떼어놓은 것처럼 할딱거리며 대답을 못한다. 전후 눈치를 약빨리 챈 귀양이가

"이거 온 실례가 많으이그려."

하고 앉으려니까

"자네가 뭐라구든지 꾸며대게. 난 말두 하기 싫으니."

하고 봉환은 사요코 몰래 눈짓을 해보였다. 사요코는 앉으려고도 안 하며

"왜 내가 묻는 말은 대답을 안 하구 조선말로들만 해요?"

하고 쇠면서 바짝 토라졌다. 봉환은 그 말은 짐짓 못 들은 체하고 일본말로

"손님처럼 굴지 말구 어서 앉기나 해."

하고 간신히 한마디를 하였다. 귀양은 까만 눈동자를 깜박거리며 여자처럼 생글생글 웃더니

"조선서 이 집과 같이 왕가와 가까운 궁가에서는 내인이라는 여자를 두구 시중을 들리는 법인데, 늙은 사람두 있지만 대개는 젊은 여자들이

약 심부름 같은 것을 하는 법이요. 사요코상은 첨 보니까 그렇지 알구 보면 뭐 이상할 게 없지요."

하고 군색하게 꾸며 대었다. 사요코는 귀양의 뻔들뻔들한 얼굴을 말끄러미 보더니

"조선의 젊은 양반들은 퍽 행복하군요. 그런 미인들이 곁에 뫼시구 있으니깐 결혼할 필요두 없겠는데요."

하고 한마디를 비꼬아 던졌다.

172회, 1934.09.27.

⑱ 사요코는 샐쭉해 앉았다가 곁눈으로 방안을 둘러보며 일부러 조선 가정의 예법과 풍속에 관한 것을 귀양에게 물었다. 귀양도 사요코가 화제를 돌린 것을 다행히 여기는 눈치를 보이면서 친절을 다해서 말대꾸를 해준다.

봉환이가 웬만치 마음이 너그럽고 능갈친 남자 같으면 그런 경우에 임시처변으로 그럴듯하게 휘갑을 치련만, 사요코를 데리고 온 귀양이보다도, 일부러 정면으로 충돌을 한 인숙의 소위가 미워서 그저 눈살을 펴지 못하고 누웠다.

"자 고만 가십시다."

하고 사요코는 귀양이와 같이 가자고 눈짓을 한다. 어찌 보면 귀양과 사요코가 동부인을 해서 봉환이란 친구의 병 위문을 온 것 같기도 하다. 그것은 더욱 신경과민이 된 봉환의 눈에 그렇게 보였을 것이다. 봉환은 몸을 일으키며

"여기서 자구 가구려. 온돌방에서두 한 번 자보는 게 좋지 않어."

59

하고 권해 보지 않을 수 없었다. 사요코가 같이 있자고 아주 들어붙을까 보아 적지 아니 걱정이 되면서도, 사요코가 귀양이와 어깨를 겯고 나가는 것은, 더군다나 길을 모르니까 사요코가 혼자 있는 여관까지 데려다 주고 또 "잠깐 앉았다 가라"고 권하는 대로 올라가서 마냥 능장을 부리고 앉았다… 이런 생각을 하니 아무리 거북한 경우가 있더라도, 오늘 밤만은 사요코를 내놓기가 싫었다. 사요코는 일어서며 비웃는 듯이 봉환을 내려다보며

"간호부가 둘씩은 필요가 없겠지요? 그렇지 않아요?"

하고는 당분간 만나지 못할 사람처럼

"부디 잘 조섭이나 하세요"

하고 입에 발린 말을 흘리듯 하고 하느적거리고 나간다. 귀양은 두 사람의 눈치를 번갈아 보며

"난 집으로 바루 갈 텐데 오늘 저녁엔 여기서 쉬시지요. 밤두 늦었는데…."

하고 외면치레로 자꾸만 사요코를 붙잡는 체하였다. 그럴수록 사요코는

"나 혼자두 넉넉히 찾아갈 테니 걱정 마세요"

하고 양말을 치켜 신고 나가 버렸다. 봉환은 귀양이와 같이 가지 않는데 안심이 되어, 사요코를 더 붙잡지 않고

"그럼 큰 길로 나가서 택시를 불러 타구 가라"

고 일러 보냈다. 귀양은 봉환의 대리나 보는 듯이 대문간까지 따라 나가서 사요코와 무어라고 귓속까지 하고 들어왔다.

봉환은 여전히 오만상이나 찌푸리고 누웠는데 귀양은

"여보게 당장에 꾸며대느라구 진땀을 흘렸네. 하필 외나무다리에서 마

주쳤으니 거 모양이 됐나? 그런 줄 모르구 들어온 내 불찰두 있지만, 이 사람아 사세가 급허니 저 반침 속에라두 들어가 숨으시라구 그러지."

하고 촐랑거린다. 봉환은 눈을 무섭게 뜨고 귀양의 얼굴을 똑바로 쳐다보며

"자네가 데리구 오구선 무슨 딴소린가?"

하고 소리를 버럭 지른다. 귀양은 그 말이 양심에 찔려서 움찔하였다. 실상 귀양은 사요코와 단 둘이서 이런 이야기 저런 이야기를 주고받은 끝에 봉환에게 버젓한 아내가 있다는 것을 긴한 체하고 밀고하였던 것이다. 사요코는 눈이 방울처럼 동그래져서

"아라마소―?"(아 정말 그래요?)

하고 얼른 곧이를 듣지 않는 것을

"그야 지금이래두 가보면 알 걸요. 내게는 조금두 거짓말을 할 필요가 없으니까요."

하고 귀양은 제 말이 확실하다는 증거를 직접 보이기 위해서 "입때 한 번두 안 가보다니 그게 말이 되느냐"고 사요코를 데리고 왔던 것이다. 공교히 인숙이와 마주치지를 않았더라도 눈치 빠른 사요코는 봉환의 신변의 무엇을 보고든지 봉환에게 아내가 있는 낌새를 채었을 것이다. 귀양은 얼굴이 빨개가지고

"내가 할 일이 없어서 자네 고이비도를 일부러 끌구 댕기겠나. 그러다간 자네 신경쇠약에 걸리겠네."

하고 간사스런 웃음을 웃어 보이며 살금살금 꽁무니를 뺐다. 그러나 큰길로 나온 귀양의 발길은 저의 집으로 향하는 것이 아니었다.

173회, 1934.09.28.

61

[19] 그날 밤 인숙은 매우 흥분이 되어서, 오라비가 온 뒤에 혹시 들어와 잘까 하고 다른 방에 가 자는 봉희를 찾았다. 봉희는 벌써 그러한 이야기의 상대도 되려니와 새삼스럽게 혼자 자기가 쓸쓸하였던 것이다. 그러나 봉희는 방방이 찾아보아도 집에는 없었다.

전에는 졸업만 하면 동경으로 가서 음악을 배우느니 고등사범에를 들어가느니 하던 봉희가 갑자기 마음이 변해서 사범학교 연습과에 들어간다고 시험준비서를 사들이고 하더니, 요새 며칠은 어디 야근이나 하는 것처럼 저녁이면 집에 없었다.

'세철이한테를 다니지나 않을까? 너무 가까이 다니면 재미가 적은데….'

하고 속으로 매우 염려를 하면서도 인숙은 그야말로 제 코가 석자나 빠져서 시누이의 일을 염려할 마음의 여유가 없었다.

인숙은 전등불을 끄고 홀로 누워서 분한 김에 취한 저의 행동이 경솔하지나 않았나 하고 반성해 보았다. 생각해볼수록 저의 태도가 떳떳하다고 스스로 인정될 때, 아무리 절대로 복종을 해오던 터이기로 너무나 몰염치한 남편의 태도에 다시 한 번 분개하지 않을 수가 없었다.

'대체 나를 뭘루 아는 거야? 아내라는 것보다두 사람대접을 안 하는 거지. 눈 가리고 아웅 하는 셈으루 자기 체면만 생각하구 여자의 인격은 아주 무시하는 거지 뭐야.'

하고 혼자서 뇌까렸다. 그러다가 지금은 원산경찰서에 그저 있는지 그동안 감옥으로 넘어갔는지 소식조차 그친 복순을 생각하였다. 복순이가 이야기 끝에 결혼 문제만 나면

"결혼이란 남녀 간에 달콤한 애정보다도 서루 인격을 존중할 줄 알어

야만 정말 부부애가 생기는 법이지요 그렇지만 우리 조선 여자를 가만히 보아요 결혼하는 날부터 제 자유와 인격을 박탈당하구서 남자가 지배하는 가정이란 감옥 속에 갇혀서, 한평생 압제와 굴복의 쇠사슬을 차게 된단 말이요 더구나 아내라는 사람이 남편보다 지식 정도가 얕은데다가 경제적으로 동전 한 푼 벌어들일 재주가 없으니까 꼭 종노릇밖에 할 게 없거든요 그러니깐 자식을 낳아 주는 도구는 될지언정 낳아 놓은 자녀의 교육 문제라든지 한 걸음 더 나아가서 결혼 문제까지라도 입을 벌릴 권리가 없지 않겠어요?"

하고 나서는

"그러길래 나 같은 사람은 얼굴두 못 생겨서 탐내는 사내놈두 없지만 되지두 못한 것들이 남편인 체하구 제 여편네라면 윽박지르고 압제부터 하려고 덤비는 것이 아니 꼽살머리스러워서 이대루 혼자 늙을 작정이에요"

하고 기염을 토하는 말을 구절구절이 기억을 자아내가면서 곰곰 생각해 보았다. 처음에 그런 말을 들을 때에는 워낙 복순이가 풍을 잘 떨고 감격하기 잘 하는 여자라

'제가 행복한 결혼생활을 못하니까 괜히 남자만 헐뜯구 욕을 하는 게지.'

하고 인숙은 복순의 말에 그다지 실감을 느끼지 못했었다. 그러던 것이 요새 와서는 차츰차츰

'복순이가 한 말이 참말이로구나.'

하는 생각이 들었다.

과연 남편이란 사람이 진심으로 저를 사랑해 준 때가 있었던가? 아무

꽃이나 탐하는 봉접과 같이 춘기발동기에 저를 희롱하였을 뿐이었다. 그러면 남편은 아내로서의 저의 인격을 존중해 주는가? 번연히 장가든 여자를 곁에 두고 행랑계집애에게 동정(童貞)을 빼앗기고 가정교사인 복순에게까지 기어오르지를 않았던가. 엄연한 아내의 존재를 무시하고 살아 있는 사람을 없는 것처럼 거짓말까지 해서 일본 계집애를 데리고 와서는, 거짓말이 탄로 날 것이 겁이 나서 나를 더러운 걸레나 헌 세간처럼 반침 속에까지 틀어넣으려고 들지를 않았는가?

"아아 결혼? 결혼생활?"

하고 인숙은 어둠 속에서 진저리를 쳤다.

174회, 1934.09.29.

⟨20⟩ 그런 일이 있은 후 봉환은 작은사랑의 덧문을 닫은 채 누워서 교통이 차단된 상태로 지냈다. 사요코는 그날 밤 잔뜩 토라져서 간 뒤에는 발그림자도 안 하고 인숙이 역시, 병화를 돋아줄까 염려가 되어서 사랑에는 나가지를 않았고 급한 일이 없이는 나가기도 싫었다. 집안사람들이 보기에도 몸도 성하지 못한 남편을 받치느라고 자꾸만 사랑으로 드나드는 것 같은 눈치를 보이고 싶지도 않을 뿐 아니라, 남편의 감정이 저절로 풀리기 전에 제가 먼저 구차스럽게 변명을 하지 않더라도 저편에서 먼저 머리를 숙이고 아쉬운 말을 할 날이 있으리라고 그때를 기다렸던 것이다.

그러나 봉환은 그 병에는 극해인 술을 몰래 사다 마시고야 밤이면 잠이 들었다. 술도 소주보다도 더 지독한 위스키를 병나발을 불고 나서는 혼자 웃고 혼자 울고 하다가 열병 환자 모양으로 방속에서 펄펄 뛰며 세간을 와지끈 와지끈 부수기가 일쑤였다.

돈을 쓰지 못하는 화, 병의 고통을 이기지 못하는 화, 인숙에게 대한 미움, 사요코와 귀양에게 대한 질투의 불길이 화산과 같이 터져 올라서 땅땅 몸부림을 하는 것이었다.

그러다가 어느 날 밤에는 거의 자정 때나 되었는데 행랑계집애가 안으로 뛰어들어오더니

"아 서방님이 사랑 덧문을 발길로 걷어차구 풀대님을 하신 채 큰 길루 뛰어 나가시드니만 인력거를 타구 전찻길루 나가셨어요"

하고 제가 감시하고 있던 정신병 환자나 놓친 듯이 호들갑을 떤다.

인숙은 막 자려다가 놀라서 치마를 두르고 일어나 앉았다.

'별안간 일본 여관엘 가구 싶던 게지.'

하면서도 인숙은 머릿속이 뽀송뽀송해져서 잠은 천리만리나 달아났다.

'차라리 그 계집한테나 갔으면 맘이 놓이지만 홧김에 다른 데로 가서 위험한 짓이나 하지 않을까?'

하고 여간 염려가 되는 것이 아니었다. 학교서 낙제를 하고 처음으로 술을 먹고 들어와서 애를 먹이던 때는 아득한 옛날 같으나, 그래도 그때는 저 역시 나이가 어려서 어른들의 운에 따라서 걱정을 했을 뿐이었다. 그러나 지금 와서는 걱정이 되느니보다 저의 신병에 직접으로 위험을 느꼈다. 병화까지 잔뜩 난 사람이 게다가 술이 취해서 미친 사람처럼 뛰어나갔다니 어떠한 낭패스러운 짓을 할는지, 저 때문에 사요코와 말다툼을 하다가 그 팔팔한 성미에 칼부림까지라도 하면 어떡할까. 다행히 그런 일은 없다 하더라도 몸이 여간 쇠약하지가 않은데 술이 취해 정신을 잃고 돌아다니다가 개골창에라도 들어박히면 이 밤중에 누가 알기나 할까.

인숙은 남편에게 대한 이제까지의 불평과 불만을 까맣게 잊어버린 듯이 안절부절을 할 수 없을 정도로 염려가 되었다.

그러나 어디로 갔는지도 모르고 허청 사람을 보내볼 수도 없고 저 자신이 일본 여관으로 찾아 나설 수도 없는 형편이다. 거기까지 쫓아간다 손치더라도 저 때문에 더 풍파가 일고, 어쩌면 활활 타는 불에다가 기름을 끼얹는 결과를 지을 것이 분명하다.

'이를 어쩌면 좋아. 이럴 수도 없고 저럴 수도 없고'
하고 혼자서 가슴을 찧다가 큰동서의 방으로 가서
"작은아씨!"
하고 오늘도 늦게야 들어와서 자는 봉희의 어깨를 흔들었다. 봉희는
"아이 왜 이러우? 막 잠이 들려는데…."
하고 귀찮은 듯이 반대편으로 돌아누워 버린다. 인숙은 무안해서 시누이에게도 더 손을 대지 못하고 맥없이 일어서 나왔다.

⊙ 175회, 1934.09.30.

21 숙은 방으로 마루로 들락날락하며
"서방님이 들어오시거든 곧 내게 알려라."
하고 행랑계집애를 대문 밖에다 세워 놓고 봉환을 기다렸다.

인숙은 바람 부는 소리까지 귀를 기울이며 가슴을 졸여가면서 기다리자니 슬그머니 저의 남편이 가엾은 생각이 들었다. 부모가 있다 하나 문밖으로 피신을 해서 집에서는 밥을 해먹는지 죽을 쑤어 먹는지 모른 체하고, 동기인 큰형과는 남남간처럼 본 체 만 체로 지낼 뿐더러 아버지가 보내는 돈을 중간에서 잘라 쓴 것 때문에 서로 불상견으로 지낸다. 누이

동생인 봉희조차 오라비를 부랑자로 지목을 하고 무슨 나쁜 물이나 드는 듯이 가까이 하려고 들지도 않으니 사실 따지고 보면 남편의 신세가 여간 외로운 것이 아니다. 더군다나 지차의 아들로 어려운 것을 조금도 모르고 자라난 사람이, 남처럼 분재를 해서 단출한 살림을 해보기는 고사하고 용돈 한 푼 얻어 쓰지 못하고 계집의 뒤치다꺼리를 하지 못해서 쩔쩔매는 터에, 몸에 심상하지 않은 병까지 가졌으니 잘잘못간에 처지를 바꾸어 보면 남편의 사정이 여간 딱하고 가엾은 것이 아니다. 이렇게 생각을 고쳐 할수록

'그이를 위해 수고 받들어 줄 사람은 그래도 세상엔 나 하나밖에 없다. 어디 가서 객사를 하더라도 그다지 설워해줄 사람조차 없지 않은가.'
하니 제 몸에 어떠한 욕이 닥쳐오든지 뼈가 으스러지는 한이 있더라도 이생에 연분이 있어 이제껏 저의 모든 것을 바쳐온 이 천지간에 다만 하나인 남편을 위해서는 무슨 일이든지 하리라 하였다.

'자기야 무슨 짓을 하든지 나만은 꾸준히 나 할 도리나 차리리라.'
하고 두 번 세 번 마음을 고쳐먹었다. 인숙은 새로 두 시 세 시가 지나도록 돌아오지 않는 남편을 충충한 중문간에 가 달달 떨고 서서 기다렸다.

…봉환은 술기운을 빌어 간신히 잠이 들었다가 비몽사몽간에 사요코가 귀양이와 신혼여행을 떠나서 어느 온천 여관에서 묵고 있는 광경이, 환영으로는 너무나 똑똑히 보였다. 더구나 귀양의 득의만만한 태도와 저를 비웃는 듯한 표정이 바로 눈앞에서 보는 듯하였다. 평상시에도

'계집이라면 회를 쳐먹을려구 드는 조놈의 자식이 암만해두 눈치가 달러.'
하고 저 없는 사이에 여관으로 사요코를 찾아다니는 것까지 짐작을 하고

속으로 잔뜩 치의를 하고 있던 터이라, 꿈인지 생시인지도 모르고 정신 없이 뛰어나갔던 것이다. 그야말로 몽유병자(夢遊病者)와 같이 나가서 인력거를 타고 사요코가 있는 여관에 인력거를 대었다. 여관의 문은 닫혀서, 초인종을 누르고 문을 발길로 차며 "고멘나사이"를 연거푸 불러도 대답이 없다가 한참만에야 하녀가 눈을 비비며 나왔다. 봉환을 잘 아는 눈치 빠른 하녀는 현관에서 무릎을 꿇고

"이라샤이마세."

하다가 무슨 생각을 했는지 깜짝 놀란 듯이 발딱 일어나 위층으로 황급히 뛰어올라간다.

'사요코에게 내가 왔다는 통지를 하려면 저렇게 곤두박질을 해서 올라갈 리가 없는데.'

하고 봉환은 더욱 의심이 더럭 나서 구두를 벗어던지며 하녀의 뒤를 비틀거리며 따라 올라갔다.

슬리퍼도 신지 않은 봉환의 발자국 소리가 위층 복도에 쿵쿵거리고 나니까 맨 끝의 방의 장지가 열리더니 하녀가 마주 나오며

"사요코 상은 감기가 들어서 온종일 누워 계셨는데… 저 신열이 높아서 가제삐링을 사다 잡숫구…."

하고 봉환이가 얼른 들어가지를 못하게 앞을 막아서서 가쁜 숨을 참아가며 잔소리로 방패막이를 한다. 봉환은

"도케!"(비켜!)

하고 방문을 홱 밀어 젖혔다.

176회, 1934.10.01.

22 방 안에는 전등에 파란 삿갓을 씌워 놓아 으스름달 같다.

사요코는 한복판에 자리를 펴고 이불을 얼굴까지 덮고 누웠는데 봉환의 코에 맨 먼저 훅 끼친 것은 담배연기였다.

봉환은 전등 삿갓을 홱 벗겨 던지며 방 안을 휘휘 둘러보았다. 별안간 대낮과 같이 눈이 부시도록 환해진 다다미 바닥에는 찻그릇과 과일을 벗겨 먹은 껍데기와 코를 풀어 던진 지리가미가 너저분하게 늘어 놓였다.

봉환은 아무 말도 없이 다짜고짜 사요코가 덮고 누운 이불을 활짝 벗겼다. 연분홍 자리옷을 두른 두부와 같이 흰 반나체가 드러나자 사요코는

"이게 무슨 짓이에요?"

하고 소리를 빽 지르고 발에 밟힌 굼벵이처럼 몸을 움츠러트리며 모로 눕는다. 회동그랗게 뜨고 쳐다보는 눈은 매섭도록 독기가 똑똑 돋는다.

봉환은 머리맡 유리창을 열어젖히면서

"오도코 구사이쟈 나이카?"(사내 냄새가 물큰 나는구나.)

하고는 도코노마(床間)에 가 걸터앉아서 흐트러진 단발을 손가락으로 빗어 넘기며 이불을 끌어안는 사요코를 노려본다.

사요코는 말끄러미 봉환의 눈치를 살피다가 금시 태도를 변하여 매춘부와 같은 요염한 웃음을 띠우고

"이 밤중에 웬일이세요? 난 누구라구, 깜짝 놀랐지요. 난 이렇게 밤마다 혼자서 쓸쓸하게 자는데… 참 왜 저렇게 화가 잔뜩 나셨어요?"

하고 일어나 봉환을 얼싸 안아나 주려는 듯이 팔을 벌리고 걸어오다가, 요 밑에 도두룩하게 솟은 것을 맨발로 밟고 쓰러질 뻔하다가 일어난다.

"그게 뭐야?"

소리와 함께 봉환은 달려들어 요 밑에 감추어 둔 것을 끄집어냈다. 그
것은 궐련을 피우다가 반 토막씩 비벼 끈 것이 수두룩하게 담긴 사기 재
떨이였다. 봉환은 또 다시 얼굴빛이 변한 사요코의 앞으로 그 재떨이를
밀어 던지며

"손이 많이 왔었군."

하고 히쭉 웃어 보았다. 그 웃음 속에는 칼날이 품긴 듯 사요코는 문칫
물러서더니

"저… 아까 당신의 친구들이 놀러 왔다가 나 혼자 있으니깐 집으로 가
서 만나겠다구 갔는데요…"

하고 말끝을 입속에다 넣고 얼버무린다. 조금 전에 하녀가 올라와서 허
둥지둥 치울 때에 급한 김에 재떨이를 요 밑에다가 파묻고 내려간 줄을,
사요코도 모르고 있었던 것이다.

"응 그래?"

하고 봉환은 냉정한 표정을 짓느라고 힘을 들이며 티끌 하나라도 놓치지
않으려는 듯이 방 안을 자꾸만 둘러본다. 사요코 역시 될 수 있는 대로
평상시와 조금 다름이 없는 듯한 태도를 지으려고 속으로 무진 애를 쓰
면서도, 앉지도 눕지도 못하고 허둥댄다.

"난 감기가 들어서 누울 텐데…"

하고 사요코는 다시 이불 속으로 들어간다. 봉환은 잠자코 일어서서 다
다미 위를 왔다 갔다 하는데 이불을 넣어 두는 오시이레(벽장) 곁으로 가
까이 가기만하면, 사요코가 바늘 끝으로 찔리는 것처럼 움찔하고 눈을
감는 것을 봉환은 흘낏 내려다보았다.

"오늘 밤엔 여기서 잘 테니 내 자리를 꺼내서 펴줘."

하고 봉환은 남편답게 명령을 하였다. 사요코는 몸을 반쯤 일으키며

"아이 언젠 딴 자리에서 잤어요? 어서 이리 들어와요."

하고 일부러 교태를 지으며 봉환의 소매를 잡고 저의 이불 속으로 끌어들이려고 든다. 봉환은 사요코의 손과 온몸이 조금씩 떨리는 것을 느꼈다. 봉환은

"딴 소리 말구 자리를 꺼내!"

하고 다시 한 번 소리를 질렀다. 그와 동시에 제 손으로 이불을 꺼낼 듯이 오시이레 편으로 다가서니까

"유난스럽게 찬 이불은 꺼낼게 뭐 있어요."

하고 사요코는 발딱 일어나 봉환의 허리를 꺼안고 뒷걸음질을 시킨다.

봉환은 눈이 실쭉해지며

"저리 가!"

하고 계집을 힘껏 뿌리치며 벽장의 두껍닫이를 홱 열어젖혔다.

아랫도리는 벗은 채 양복저고리를 뒤집어쓰고는 쭈그리고 앉아서 물에 빠진 생쥐처럼 부들부들 떠는 것은 틀림없는 귀양이었다.

💮 177회, 1934.10.02.

[23] "요놈아, 요 쥐새끼 같은 자식아!"

하고 봉환은 소리를 지르며 귀양의 머리를 꺼둘러 다다미 바닥으로 낚아챘다. 귀양은 찍소리도 못하고 매를 든 형사 앞의 좀도둑 모양으로 끌려나왔다가 엉금엉금 기어서 벽장 속으로 들고 들어갔던 바지를 꺼내어 흠척흠척 주워 입는다. 그 꼴을 보자 봉환은 눈에서 불이 나는 듯 걷잡을 수 없는 분노에 전신을 벌벌 떨면서

"너 요놈의 자식, 누구더러 반침 속으로 들어갔으면 좋겠다구 그랬지? 너 좀 또 들어가 봐라."

하고 고함을 치며 귀양의 허구리를 죽어라 하고 발길로 서너 번이나 걷어차다가 그걸로는 분이 풀리지 않는 듯 달려들어 귀양의 목덜미와 어깨를 물어뜯는다. 귀양은

"아야야… 이 사람 잘못했네. 놓게 놔."

하고 비명을 지르며 사요코에게 구원이나 청하는 듯 몸을 뒤틀며 뒷손질을 한다.

얼굴이 새파랗게 질려서 어쩔 줄을 모르고 달달 떨고 섰던 사요코는 봉환의 팔에 가 매어달리며

"이게 무슨 야만의 짓이에요?"

하고 둘을 떼어 놓으려고 든다.

"뭐야? 누가 야만이냐? 네 주둥아리루 그런 말이 나오느냐? 이 홀레개 같은 년놈들 같으니라구."

하고 봉환은 사요코에게로 달려들어 단발한 머리를 덥석 움켜쥐고 눈에서 불이 번쩍 나도록 귀싸대기를 두어 번이나 후려갈겼다. 사요코는 배암과 같이 독이 올라서

"누굴 쳐요? 아 누굴 쳐요?"

하고 앙살을 하며 나를 쳐 죽이라는 듯이 마구 달려들며

"당신이 나한테 손을 댈 권리가 어딨어요? 내가 당신 혼자 맡아놓은 여편네도 아내도 아닌 담에야 내가 어떤 짓을 하든 무슨 상관예요? 아 누가 먼저 거짓말을 했길래 멀쩡한 장가처가 있고도 나를 감쪽같이 속였죠? 대문간에 전등 하나도 못 달고 지내는 주제에 조선의 귀족이랍시고

집에만 가면 그만 돈쯤은 문제가 없다고 살살 발러바치고는 내 돈을 오백 원이나 사기를 해 먹었죠? 뭇 사내들 앞에 새빨가벗고 모델을 서서 번 돈을 야금야금 다 발러가고 무슨 낯짝을 쳐들고 나를 때려요? 아 글쎄 말을 좀 해봐요!"

하고 사요코는 물 퍼붓듯 하면서 바락바락 달려들더니 더 한층 열이 나서 봉환을 노려보며

"나가요! 어서 나가요! 그까진 돈 몇 백 원쯤 오입에 내버린 셈만 칠 테니 냉큼 내 방에서 나가요!"

하고 서양 여배우처럼 손을 들어 문을 가리키며 발을 구른다.

"만일 당신이 귀축축하게 또 찾아 오거나 딴소릴 하면 난 사기결혼이나 정조 유린죄로 고소를 할 테예요"

하고 발악을 한다. 봉환은 분을 참느라고 이를 뽀드득 뽀드득 갈고 섰다가 정조 유린이란 말에 분통이 터져서

"뭐 어쩌구 어째? 정조 유린? 화류병을 태독같이 올린 네까진 매음녀가 정조가 다 무슨 정조냐?"

하고 사요코의 가슴을 떠다밀었다. 사요코는 자리 위에 쓰러지며

"아—니 날더러 병을 옮겨 줬다구 탓을 하는 거야? 하하하. 병정이 전장엘 나가서 죽지 않으면 훈장을 타는 법이거든 당신 같은 귀족의 아드님은 미인국에서 돈도 안 들이고 훈일등을 탔으니 영광을 내게다 돌려요 핫하하하."

하고 어깨를 떨면서 간드러지게 웃는다. 봉환은 하도 어처구니가 없어서 말대꾸도 못하고 눈을 딱 감고 섰는데

"어서 가서 옥상하구 따뜻한 온돌방에서 주무세요. 나야 당신 말마따

나 매춘부 한가지니까 복상도 좋고 긴상도 좋으니까요. 오늘 저녁엔 저
복상하구 잘 테니 빨리 좀 나가 줘요."
하고 결박이나 당한 것처럼 샅에다 머리를 틀어박듯 하고 앉은 귀양을
턱으로 가리킨다.

178회, 1934.10.03.

24 새로 세 시나 되도록 남편은 돌아오지 않았다. 인숙은 중문간에 기
대서서 오들오들 떨면서 기다리다 못해 작은사랑으로 들어갔다. 함부로
걷어차고 나간 요 이불을 털어서 다시 펴놓고 방안에 흩트려 놓은 것을
말짱히 치워놓았다. 이 구석 저 구석에 벗어 던진 속옷을 들여다 빨려고
한데 꾸부려 놓고는 요 밑에 손을 넣어 보았다. 초저녁에 불을 땐 방바닥
은 싸늘하게 식었다.
　'방이 이렇게 차서 감기까지 들면 큰일 나게.'
하고는 성냥을 찾아 들고 캄캄한 함실부엌으로 더듬어 내려가서 신문지
로 불쏘시개를 해서 몇 개비 안 되는 장작을 지폈다. 아궁이 속을 들여다
보며
　'저 불길처럼 내 몸이 활활 타버리기나 했으면.'
하고 앉았는데 밖에서 무엇이 부스럭부스럭한다. 가뜩이나 휘젓해서 불
을 긁어모으고 얼른 나오려던 인숙은, 머리끝이 쭈뼛하였다. 숨을 죽이며
가만히 귀를 기울이니 밖에서 부스럭거리는 것은 쥐도 아니요 사람도 아
니요 추녀 밑에 쌓아놓은 잎나뭇단에 방울방울 뿌리는 밤비소리였다.
　'처량스럽게 비는 왜 오누.'
하고 인숙은 부지깽이를 던지고 비를 머금은 음산한 바람 속에 한숨을

섞으며 일어섰다. 다시 사랑으로 올라가려고 막 댓돌에 신을 벗는데 대문간에서 떠들썩하는 소리가 들렸다. 인숙은 정신이 번쩍 나서 밖으로 달려 나갔다. 봉환이가 자동차를 타고 왔는데 같이 타고 온 카페 여급 같은 계집이 말도 못하도록 술이 엉망으로 취한 봉환을 붙잡고

"글쎄 봐요. 당신두 염치가 있죠. 여기까지 끌구 와설랑 돈이 없다면 난 주인한테 가서 뭐라구 한단 말요."

하고 악을 쓰면서 따로 서지도 못하고 비실비실하는 사람의 멱살을 잡아 흔든다.

그 광경을 내다본 인숙은 쫓아나가 남편의 앞을 막아서며

"술값이 얼마요?"

하고 물었다.

피 묻은 여우의 주둥이처럼 구찌베니를 진하게 바른 여급은 인숙의 아래 위를 훑어보더니

"브랜디 값만 팔 원이나 간조가 났는데 닥치는 대로 그릇을 부셔 놓은 게 십 원어치도 넘어요."

하고 허리춤에서 종이쪽을 꺼낸다. 인숙은 그 종이를 받아 들었다. 비녀나 가락지 같은 금붙이라도 몸에 지녔으면 당장에 빼어 주고 욕을 면하고 싶으나 그도 헛생각뿐이라 말이 나오지 않는 것을

"이건 내가 맡을 테니 안됐지만 내일 아침에 보내 주리다. 돈이 있기로서니 어른들이 주무시는데 이 밤중에 어떻게 꺼내겠소."

하고 빌다시피 사정을 해 보았다. 여급은 자동차 운전수와 귓속을 하더니 얼른 보매도 품위가 있어 보이는 인숙을 신용하는 듯

"그럼 내일 아침에 안 보내면 창피 당할 줄 알아요."

하고 여급은 돌아서며

"재수가 없으니깐 온 별꼴을 다 보겠어."

하고, 헛침을 탁탁 뱉고는 자동차로 올라간다. 인숙은 화로 곁에 양초가락처럼 늘어지는 남편을 업다시피 하고 작은사랑으로 들어갔다. 저 역시저녁도 몇 술 떠먹는 체만 한데다가 긴긴 밤을 너무나 애를 태우며 드나들던 끝이라, 잔약한 두 어깨에 턱 실리는 봉환의 몸은 천근같이 무거웠다. 댓돌을 올라갈 때에는 몇 번이나 고꾸라질 듯한 것을 죽을힘을 다해서 안간힘을 써가며 업어 들였다.

인숙은, 요 위에 가 쓰러진 채 송장이 다 된 남편의 옷을 벗기느라고진땀을 흘리는데

"넌 누구냐? 응, 넌 이년 누구야?"

하고 봉환은 눈알맹이가 뒤집힌 것처럼 흰자위를 아래로 굴리며 인숙에게 발길질을 한다.

"나예요 아무 생각도 마시고 어서 그만 주무세요."

하고 인숙은 자꾸만 헛손질을 하는 남편의 팔을 느슨히 눌렀다.

"오── 난 누구라구. 우리 직녀성이로구나!"

하고 혀 꼬부라진 소리를 하며 벌떡 일어나더니 두 팔을 벌리고 인숙을덥석 끌어안는다.

😊 179회, 1934.10.04.

㉕ "이러지 마시고 어서 누우세요 병 생각은 안하시고 저렇게 술을과하게 자셔서 어떻게 해요?"

하며 인숙은 자꾸만 덤벼드는 남편을 가벼이 뿌리치며 조촘조촘 물러앉

는데 봉환은

"이리와, 나하구 자. 응. 오래간만에…"

하고 말을 얼버무리며 인숙의 허리를 껴안고 이불 속으로 끌어들이려고 든다. 인숙은 가슴이 울렁거리고 얼굴이 화끈하고 달아서 몸을 뒤틀다가

'이러다가 정말 큰일 나겠구나.'

하고 남편을 힘껏 떠다밀고 오뚝이처럼 발딱 일어났다.

봉환은 눈자위가 한 번 무섭게 변하더니

"내가 싫어? 내 말을 안들을 테야?"

하고는 인숙의 치맛자락을 잡아당긴다. 치마 주름은 쭉 뜯어졌다.

"제 남편 싫어하는 여자가 어딨겠어요. 그렇지만 오늘 저녁엔…."

하고 뜯어진 치마를 휩싸 쥐고는 방 안을 둘러보며

"참 자리끼를 안 떠다 왔군요. 이따 물을 찾으실 텐데…. 내 떠가지고 나올게 기다리지 말구 주무셔요"

하고 자리끼를 떠온다는 핑계를 해서 간신히 떼치고 줄달음질을 해서 안으로 들어왔다.

인숙은 제 방으로 들어가 차디찬 자리 위에가 펄썩 주저앉았다. 인숙은 몸이 몹시 피곤한 것도 허기가 지도록 속이 쓰린 것도 모르고 마음은 불시에 기쁨으로 충만하였다.

'비록 취중이나마 남편이 인제야 마음을 돌리지 않았는가. 평시에 먹은 마음이 취중에 나온다고 그래도 아주 잊어버리지 않고 옛날 생각이 나길래 나를 직녀성이라고 불렀지. 아직도 속으로는 내가 싫지가 않길래 같이 자자고 끌어당기기까지 했겠지.'

하니 가슴속에서 용솟음치는 기쁨을 참을 수 없다. 공든 탑이 무너질 리

없어. 그동안 모든 것을 참고기 다린 보람이 있는 듯, 남편이 열 계집 스무 계집을 보더라도, 저 하나만 잊어버려 주지 않기만 빌었다. 설사 다른 여자에게 빠져서 몇 해씩 돌아보지는 않더라도 저를 아내로 대접만 해주면 그걸로 만족할 성싶었다. 정당히 결혼을 한 본처로서의 명예와 자랑만이라도 가지고 싶었다.

'그만 잠이 들었을까? 정말 물을 찾으면 어떡하나?'

하고 그동안에 궁금도 하려니와 거짓말을 한 것이 후회가 나서 인숙은 치마를 갈아입고 자리끼를 쟁반에 받쳐 들고는 다시 사랑채로 나갔다.

사랑채 양실 지붕에 떨어지는 빗소리는 아궁이 앞에서 듣던 때와 딴판으로 조금도 처량하지가 않고 인숙의 귀에는 동당동당하고 피아노를 치는 소리와 같이 들렸다.

봉환은 이불도 안 덮고 요에다 허리를 걸치고 거꾸로 누워서 잠이 들었다. 그러나 머리맡으로 뻗은 팔은, 저를 붙들려다 놓친 채 떨어뜨린 대로 있다. 인숙은 자리 위로 봉환의 몸을 조심스럽게 굴려서 눕히고 이불을 덮어 주었다.

그리고는 한참이나 머리맡을 지키고 앉아서, 입으로 더운 김을 뿜으며 숨결 거칠게 잠이 든 남편의 해쓱한 얼굴을 내려다보다가, 저를 붙잡으려고 뻗었던 손에 제 빰을 대고 흐느꼈다. 사철 외로움에 떨던 인숙은 죽은 사람과 같이 감각을 잃은 때가 아니면, 그지도 그리워하던 남편을 가까이 할 생각조차 못하지 않았나. 남편이 저를 억지로 끌어당길 때는 병이 들고 알코올에 제정신이 빼앗긴 뒤가 아니었던가. 인숙은 기뻐하는 것도 잠시요, 하소연할 길 없는 설움이 북받쳐서 뼈마디가 드러나도록 여윈 남편의 손등을 눈물로 비비며 소리를 죽여 울었다.

동창이 뿌옇게 먼동이 터올 때까지 인숙의 눈물은 그치지 않고 창밖의 빗소리도 그칠 줄 몰랐다.

180회, 1934.10.05.

26 이튿날 인숙은 간밤에 눈도 붙여 보지 못한 사람으로는 누구나 알지 못하도록 평상시보다도 더 깨끗이 분세수를 하고 머리를 곱게 쪽 쪘다. 사랑으로 사람을 내보내 보아 남편이 그저 잔다는 말을 듣고 안심을 하고

'술에 비위가 깎기고 입맛도 깔깔할 텐데.'

하고 움파와 달걀을 들여다가 국을 끓여 놓고 상노가 남편이 일어났다고 통지하기만 기다렸다.

아침 뒤에 인숙은 지난 광에 사랑에서 꾸부려 가지고 들어왔던 남편의 속옷과 사루마다를 들고 뒤꼍 우물로 갔다. 두레박질을 해서 물을 푸다가 남편이 도화란 계집애하고 처음으로 그런 일이 있은 후 복순이까지 오해를 하고 빠져 죽으려고 충충한 우물 속을 들여다보며 울던 생각이 났다.

'그때는 내가 왜 그랬던지 몰라. 참말 어린애였어.'

하고 너무나 편협하였던 것과 참을성이 없고 앞뒤 생각을 못했던 것을 새삼스럽게 뉘우쳤다.

아직도 빨래까지는 손수 하지 않지만 인숙은 남편의 살을 직접 대었던 속옷은 남의 손에 빨리고 싶지가 않았다. 그래서 인숙은 잠을 못 자서 머리가 횡하고 현기가 나는 것을 참고 속옷을 비벼 빨다가 뜻밖에 사루마다마다 피고름이 묻은 것을 발견하였다.

"이게 웬일일까?"

하고 인숙은 눈이 둥그레졌다. 더러운 것을 뒤적거려 보자 동그래졌던 눈은 저절로 찌푸려지지 않을 수 없었다.

'가래톳이 났다더니….'

하고 인숙은 몇 번이나 고개를 비꼬다가 벌써 오래 전에 유모의 아들이 나쁜 병에 걸려서 피고름을 흘리며 지독히 고생을 해서, 유모가 수키와 깡의 이끼를 벗겨다 먹이느니 무슨 약품을 구하러 다니느니 하고 애절을 하고 돌아다니던 생각이 났다.

'옳지, 그래서 짠 것 매운 것도 안 먹고 걸음도 잘못 걷고 다녔군.'

하고 인숙은 혼자서 고개를 끄떡이다가

'아 그 몹쓸 병!'

하고 속으로 부르짖었다. 더구나 촌수는 멀어도 봉희의 아주머니뻘 되는 아낙네가 딸을 낳았는데 임독으로 두 눈이 뽀얗게 먼 것을 병원에 가는 길에 안고 왔는 것을 본 생각이 나서, 인숙은 몸서리를 쳤다. 그 무서운 병균이 금방 저의 손으로부터 전염이 되는 듯 인숙은 간신히 속옷을 빨아 널고 몇 번이나 빨래 비누칠을 해서 손을 씻고 또 씻고 하였다.

'엊저녁에 말을 들었더면 참 정말 큰일 날 뻔했지. 그러나 아무리 취중이기로 어쩌자구 염체 그 병을 가지고 내게 달려들면 어쩔 작정이야.'

하고 제 욕심만 동하면 한 치 앞도 생각을 하지 못하고, 물불을 사리지 않는 남자가 어떤 것인지를 비로소 알아지는 것 같았다.

'그렇지만 잘 조섭을 하면 낫는 날이 있겠지. 첫째 술을 못 먹게 하구 일본 여관에를 못 가게 해야 할 텐데….'

하고 일어서며

'이를 어쩌면 좋아. 가까이할 수도 없고 혼자 내버려 둘 수도 없고….'

하면서 아무튼지 직접이거나 간접이거나 정성을 다해서 우선 그 병을 고쳐 놓고야 말리라 하고 다시금 단단히 결심을 하였다.

'지성이면 감천이라는데 병치고 못 고치는 병이 어디 있어.'

입 속으로 말하면서 꼭 제 손으로 고쳐줄 자신까지 생겼다.

인숙은 뒤 안으로 돌아 들어가는데 행랑 계집애가 거기까지 마주 찾아 나오더니

"서방님이 기침을 하셨는댑쇼 아씨더러 나옵시사구 여쭙니다."

하고 인숙의 앞을 질러 뛰어나간다.

181회, 1934.10.06.

27 아무도 보는 사람이 없는 밤에는 몰라도 대낮에는 사랑으로 드나들기가 싫건만, 인숙은 남편이 부른다는 데 안 나갈 수도 없었다.

봉환은 자리에 누운 채 인숙을 흘낏 쳐다보더니

"거기 앉우."

하고 다 죽어가는 사람이 유언이나 하려는 것처럼 머리맡을 가리킨다. 인숙은 어쩐지 가까이 가기가 서먹서먹하고 무서운 생각까지 들어서 될 수 있는 대로 멀찌감치 앉으며

"오정 때가 거진 됐는데 시장하지 않으세요? 아침을 내올까요?"

하니까

"배창자를 사뭇 훑어내는 것 같아서 이따가 갈분이나 좀 쑤어 주."

하고 봉환은 눈두덩이 폭 꺼진 두 눈을 정기 없이 뜨고 물끄러미 인숙을 쳐다보더니

"이리 좀 다가와 앉구려."

81

하고 손을 내민다. 인숙은

'누가 들어오지나 않을까.'

하고 밖으로 통한 장지를 빠끔히 열어 보고 남편의 앞으로 다가앉았다. 가까이 앉기는 하였어도 숫색시처럼 공연히 수줍은 생각이 들어서 얼굴이 살짝 붉어졌다. 봉환은 인숙의 손을 쥐고 눈을 딱 감고 무엇을 한참이나 생각하더니

"난 인제 그 일본 계집하구는 아주 관계를 끊었소 내가 어리석은 놈이지, 고 귀양이라는 놈이 벌써…"

하고는 지난 일을 생각만 해도 분덩이가 왈칵 치밀어 오르는 듯이 입술을 깨문다. 인숙은 잠자코 있다가

"무슨 일이 있었는지 난 모르지만 아무튼 병이 나실 동안은 아무 생각도 하지 마세요"

하고 사요코와의 일체를 자세히 알지도 못하거니와 짐작하는 것이 있더라도 일부러 모른 체를 하였다. 남편이 모처럼 저를 불러내다가 다정히 손까지 잡고 진심으로 후회하는 빛을 보여 주는 것만 해도 고마운데 부질없이 이러니저러니 긴 말을 늘어놓을 필요가 없었던 것이다. 뿐만 아니라 가뜩 신경이 칼끝같이 과민해진 남편이 저의 말을 어떻게 오해할는지도 미상불 모를 일이다. 봉환은 잡았던 손에 힘을 주며

"미안하우. 너무 모른 체를 해서… 졸연히 낫지 못할 병까지 걸려 가지구…"

하는데 봉환의 눈에는 눈물이 번뜩였다. 새가 죽어도 쩍소리는 하고 사람이 죽을 때는 그 말이 옳다더니 봉환은 저의 신세가 너무나 고단하고 외로워지니까 비로소 진정을 바치는 아내라는 사람이 고맙고 너무 홀대

를 한 것이 미안한 생각까지 들었던 것이다.

　인숙은 봉환을 마주 붙잡고 실컷 울고 싶었다. 그러나 꿀꺽 참고

　"미안하긴 뭐 미안하다고 그러세요. 다른 사람한테 말씀하시듯 하면 되려 섭섭하지 않어요? 모든 게 맘에 들지 않으시는데다가 이렇게 혼자 나와 누셨으니까 병구완도 맘껏 못 해드려서 내가 여간 미안하지 않은데요"

하고는 남편이 어떠한 병을 앓는다는 것은 뻔히 알면서 아는 체도 안 하였다. 남편의 자백을 받는 것이 도리어 마음 괴로운 일이요, 제가 아는 것이 부끄러워서 데면데면하게 굴 것 같기도 하였다.

　"오늘 저녁부터 난 안으루 들어갈 테요. 텅 빈 사랑채에서 혼자 자니까 밤엔 자꾸 가위가 눌리구 너무 휘젓해서 무엇에 홀릴 것 같구려."

하고 봉환은 으레이 들어가 있어야 할 제 댁의 방으로 들어가겠다는 양해를 구한다.

　"나도 벌써부터 그런 생각은 있었지만…"

하고 인숙은 그 말이 반갑기는 하면서도 들어오라는 말이 얼른 나오지를 않았다.

　'만일 한 방을 쓰다가…'

하고 겁이 앞을 섰던 것이다.

182회, 1934.10.07.

약혼

[1] 어느 공일날 오후였다. 봉희는 동무 집으로 놀러간다고 교복으로 갈아입으려는데

"별당마님께서 작은아씨를 잠깐 올라 오라십니다."

하고 허리 꼬부라진 안잠자기가 내려와서 이르고는

"좋은 일이 있으니 삼지끈 벗구 조선 옷을 곱게 입구 오세요."

하고 얼굴에 주름을 잡으며 저 혼자 웃고 돌아선다.

"할머니가 왜 나를 부르셔? 누가 왔어?"

하고 봉희는 교복을 벗어던지고 치마저고리로 갈아입었다. 봉희는 이틀에 한 번이나 사흘에 한 번, 그것도 마음이 내켜야 할머니에게 문안을 하였다. 할머니는 정말 연화대로 갈 날이 멀지 않았는지 앉아서도 염불이요 누워서도 염불이다. 사바세계와 가족까지도 잊어버린 듯이 거들떠보지도 않고 나무아미타불만 부르고 지내던 터에 무슨 일로 오늘은 손녀를 부르는지, 봉희는 매우 궁금해서 별당으로 올라갔다.

별당 댓돌에는 여자의 신이 두어 켤레나 놓였다.

'누가 와서 나를 보자나?'

하고 봉희는 할머니의 방으로 들어갔다. 할머니의 좌우에는 한 육십이나 된 뚱뚱한 마누라와 주근깨가 닥지닥지한 얼굴에 횟박을 뒤집어 쓴 것처럼 분을 하얗게 바르고 옥색치마를 입은 사십 남짓한 여자가 앉아서 들어서는 봉희를 쳐다본다.

늙은 마누라는 가끔 할머니를 찾아오는 것을 본 듯하나 눈알맹이가 발갛도록 분을 바른 여편네는 처음이다. 할머니는 엄지손가락으로 염주를 굴리며

"이 어른 뵈어라."

한다. 봉희는 두 여자에게 하고 싶지 않은 절을 하였다.

"넌 나를 모르리라만 나는 네 할머니하구 이종사촌간이야. 좀 가까우냐마는 인젠 나다니기도 힘에 부쳐서 자연 자주 오지를 못했다."

하고 곁의 여편네를 돌아보며

"낭자야 저만하면 극가하지. 어떻소? 첫 눈에 차오? 옛날처럼 시집을 일찌감치 갔다면 벌써 아들을 한 두엇이나 낳았겠소"

하고 봉희를 물끄러미 쳐다본다.

"나이룬 여간 숙성하지 않군요. 어글어글하니 참 맏며느리감인 걸요."

하고 '횟박'은 토끼눈같이 빨갛게 붉어진 눈을 치뜨고 봉희를 면구스럽도록 쳐다본다. 봉희는 그 눈을 마주 보기가 무서워서 고개를 돌렸다. 머리도 기름 항아리에다가 담갔다 빼낸 것처럼 빤지르르하게 빗고 가르마를 분실같이 놓아 갈랐는데, 금비녀를 꽂아 느슨하게 떨어뜨린 쪽은 파리가 앉으면 낙성을 할 듯하다.

'어쩌면 조런 깜찍스런 여편네두 세상에 있어.'

하고 봉희는 그 여편네가 꿈에 보일까 무서웠다. 할머니는 사방침에 가

기대며

"저건 말괄량이야. 그저 굴레 벗은 말처럼 뛰어 나댕기지그려 언제 하루나 들어앉어 봤어야지. 여태 제 저고리 하나 꿰매 입을 줄 모를걸."

하더니 머리를 폭 수그리고 버선등만 굽어보고 섰는 손녀를 쳐다본다. 뚱뚱 마누라는 '횟박'을 가리키며

"참 이 분은 너 첨이지? 저 계동 한 참판의 며느님인데 연분이 있으면 네가 시어머니로 뫼실 분이다."

하고 배를 떨며 사내처럼 낄낄 웃는다. '횟박'은

"온 아주머님두, 어느새 그게 다 무슨 말씀이세요?"

하고 열병을 앓는 사람 같은 눈을 흘겨 보인다.

봉희는 얼굴뿐 아니라 손등까지 빨개지는 것 같았다. 저의 선을 보러 온 눈치는 벌써 채었건만 어린애처럼 난 싫다고 도망을 갈 수도 없어서 하는 양이나 구경을 하려고 섰자니, 얼굴 가죽이 간지러워 견딜 수가 없다. 더구나 저를 세워 놓고 너무 숙성하니 애를 둘이나 밀겼느니 하는 데는 모욕을 느끼지 않을 수 없다. 게다가 '횟박'과는 눈이 마주치면 소름이 쪽 끼쳐서 할머니를 보고

"학교서 운동 연습이 있어서 곧 가봐야 하겠어요"

하고 장지를 탁 닫고는 입을 삐쭉하고 나와 버렸다.

🙂 183회, 1934.10.08.

② "아이 우스워 죽겠어, 난 별꼴을 다 봤수."

하고 봉희는 대청에서 인숙을 붙잡고 '횟박'의 형용을 그리면서 허리를 잡으며 웃는다.

"나두 구경을 좀 했더면."

하고 인숙도 따라 웃었다.

"그래두 저는 아주 장안에 제일가는 미인으로 알길래 나 좀 봐달라는 듯이 낯짝을 쳐들구 행길로 쏘댕기지 대낮에 도깨비가 나왔다구 나 같은 며느릿감들은 풍비박산을 할걸."

하고 봉희는 발꿈치로 마룻바닥을 쾅쾅 구르며

"별당엘 올라가 봐요. 내가 거짓말인가."

인숙의 등을 떠다민다.

"뭘 보구 저렇게 웃수?."

하고 큰오라범댁이 마루로 나오다가 그 말을 듣고 고개를 끄떡이더니

"옳—아, 한 참판의 며느리가 작은아씨 선을 보러 왔어?"

하고 고개를 갸우뚱하고 무엇을 생각하더니

"그 여편넨 삼취댁인데 그것도 근본은 진주라던가 어디 기생 출신이래, 차리구 댕기는 걸 보면 짐작되지 않우? 게다가 한 참판의 아들은 아편장이로 모르는 사람이 없는데 아마 인제 열댓 살쯤 된 아들이 있지. 죽은 참판의 환갑 때 어머님께서 다녀오셨는데 침을 질질 흘리는 게 미거하디 미거하더래. 그래서 동무들은 무녀리란 별명을 지어 부른단 말까지 들은 법해."

하고 자기 생각에도 봉희와는 가당치도 않다는 듯이 픽 웃고는 찬마루로 내려간다.

"왜 머저리는 아니구 무녀리야."

하고 봉희는 방으로 들어가 옷을 갈아입었다. 인숙은 따라 들어와서 봉희의 어깨에 손을 얹으며

"그래두 너무 우습게만 생각하지 마우. 그런 일이란 어떻게 될지 알수 없는 건데, 아버님께서는 별당할머님 말씀이라면 털끝만치도 거역을 못하시는 걸 잘 알지 않우? 아무튼 선까지 보구 갔으니까 당신네끼리 턱혼인을 정해버리면 어떡할 테요?"

하고 저 자신이 병든 시증조모가 증손부를 보고 죽어야지라고 유언을 하다시피해서 아무것도 모르고 이집으로 시집을 와서, 오늘날까지 속을 썩이고 지내는 생각을 하고, 시누이 일이 남의 일 같지 않게 걱정이 되었던 것이다. 봉희는, 제 일은 저의 마음대로 할 어떠한 자신이나 있는 듯이

"이란 심빠이 하게아다마."(쓸데없는 걱정을 하면 대머리가 벗겨져요)

하고는 팔을 휘젓고 나간다.

"어디 가우?"

인숙은 쫓아나가며 물었다.

"나 선보러 가우."

"아 누구를?"

"계동 한 참판집 무녀리를 보러."

"아이 우스갯소리만 하지말구… 저— 그이한테 가우?"

"그이가 누구요? 아이 새언니두… 지레짐작 메쿠레기라우."

하고 봉희는 상글상글 웃으며

"오늘은 좀 늦게 들어올지도 몰루."

하고는 댓돌에 내려서서 양말을 치켜 신고 나갔다.

…마침 세철은 집에 있었다. 요새는 어떻게 해서 학비를 내고 학교에를 다니는데 얼마 안 남은 졸업시험은 볼 생각도 안 하고 제가 전문으로 연구하는 무선전신에 관한 책을 빌려다 놓고 그것을 골똘히 들여다보며

라디오 기계 같은 것을 방안으로 하나를 벌려놓고 앉았다.

"또 지저분하게 늘어놓으셨구먼요"

하고 봉희는 제 집처럼 문을 열고 들어섰다. 세철은 귀에 대었던 리시버를 떼며

"봉희 씨 오는 소리를 난 단파(短波)로 듣고 있었지요."

하고 빙긋이 웃는다. 봉희는 세철의 앞에 늘어놓은 장난감 같은 것을 밀어놓고 앉았다.

"저…아주 반가운 소식 하나 전할까요?"

"네? 별안간 반가운 소식이라니요. 복순이가 나왔어요?"

세철의 눈은 금방 둥그레진다. 봉희는 눈을 색시처럼 앞으로 깔고

"나 약혼했어요."

하였다.

184회, 1934.10.09.

3 세철은 봉희의 얼굴을 물끄러미 쳐다보더니

"네— 약혼을 했어요"

하고 천연스럽게 고개를 끄덕인다. 봉희가 약혼을 하거나 결혼을 하거나 제게는 아무 상관도 될 것이 없다는 듯, 어떻게 그다지 갑작스레 혼인을 정했느냐는 말도, 그 상대자가 누구냐는 말도 물어보려고 들지를 않는다. 어둔 밤에 홍두깨 내밀듯 그런 말을 불쑥하면 갑자기 놀라서

"아 언제? 누구하구?"

하고 제게로 달려들 줄만 알았던 세철이가 뜻밖에 너무나 냉정한 태도에 봉희는 탕개가 풀려서

89

"아 남이 약혼을 했다는데 어쩌면 저렇게 들은 척 만 척 하세요?"

하고 빨끈해서 도리어 세철에게로 달려들 형세를 보인다.

"남이 약혼을 했다는데 내가 알은체를 할 게 있나요 나이 찬 처녀가 시집을 가게 되는 게 이상할 것두 없지요"

하고 세철은 여전히 느물거린다.

"난 갈 테예요"

하고 봉희는 발딱 일어섰다. 세철은 그 큰 눈을 끔벅끔벅하고 봉희를 쳐다본다.

"무에 그렇게 급해요? 정해 놓은 사람이 어디루 도망을 갈까봐 그래요? 나 국수 먹일 날이나 가르쳐 주구 가시구려."

"듣기 싫어요!"

봉희는 발을 동동 구른다.

"글쎄 한 번 맘속으로 단단히 정해 놓은 사람이 하늘로 올라가거나 땅속으로 들어갈 리는 없지요?"

"단단히 정해 놓은 사람이 누구예요?"

"왜 금방 약혼을 했다구 자랑을 하군요?"

세철은 더 한층 끈죽끈죽하게 묻는다. 봉희는

"난 아직 아무한테도 정식으로 약혼은 안 했어요"

하고 제풀에 다시 주저앉는다.

"이건 정신을 차릴 수가 없군요 약혼을 했댔다가 금세 안 했댔다가…. 나를 놀리는 셈이에요?"

"놀리긴 누굴 놀려요 세철 씨가 자꾸만 날 놀리죠"

세철은 보던 책을 접어 책상에다 던지며

"초록은 동색이라는데 어느 귀족의 찌끄럭지나 백만장자의 맏아들이 눈을 끔벅끔벅하구 봉희 씨를…"

하고 또 이죽거리기를 시작하는데

"듣기 싫어요! 또 그런 소릴 할 테예요?"

하고 봉희는 뒤로 달려들어 손바닥으로 세철의 입을 틀어막았다. 그래도 세철은 반벙어리처럼 입속으로 저 할 말을 다 하고야만다. 봉희는 골이 꼭두까지 올라서

"뭐 내가 내 맘대로 약혼을 했다구 그랬나요 아까 여기 오기 전에 별당할머니가 부르시길래 올라갔더니 깍지똥같이 뚱뚱한 마누라쟁이하구 분을 횟박같이 뒤집어 쓴 여우처럼 생긴 여편네하구 와 앉아서…"

하고 거의 단숨에 말을 몰아쳐서 경과를 보고하였다.

세철은 빙그레 웃으며 봉희의 이야기를 흥미 깊게 듣고 앉았더니

"그러면 그렇지, 난 속으로 깜짝 놀랐지요 우리 봉희 씨가 맘에 없는 약혼을 했을 리가 있나요"

하고 차츰차츰 진실한 태도로 변한다. 봉희는 "우리 봉희 씨가" 한 "우리" 하는 구절이 여간 의미 깊게 들리지 않았다.

'내가 저이한테 너무 실없이 굴었나 보다.'

하고 뉘우치기도 하고 새삼스럽게 부끄러운 생각이 들어서 무슨 말을 할 듯할듯하면서도 입 밖에 내지를 못하고 고개를 떨어뜨리고 앉았다.

세철도 입을 꽉 다물고 한참이나 묵묵한 가운데 무엇을 생각하더니 봉희의 앞으로 고쳐 앉으며

"봉희 씨!"

하고 무겁게 부른다.

"네?"

하고 봉희는 머리를 들었다.

"그럼 그런 일이 있었다구 내게 보고를 하러 오신 게 아니라, 정말 정식으로 약혼을 하러 오셨지요."

세철의 웅성깊은 한마디는 봉희의 가슴 한복판을 찔렀다.

185회, 1934.10.10.

④ 세철은 모든 허식을 싫어하고 허튼 약속을 하지 않는 성미였다. 겉으로 사교적 탈을 뒤집어쓰고 외면치레를 번지르르 하게 하는 사람치고 속속들이 진실한 사람을 보지 못하였고, 입술에 바른 맹서를 아무에게나 허투루 하는 사람치고 반드시 그 행동이 말을 따르지 못하는 것을 몇 번이나 체험하는 것이다. 비록 짧기는 하나마 가장 어둡고 험난한 인생의 고해를 헤엄쳐온 세철은 세상의 갖은 허위(虛僞)와 온갖 가식(假飾)에 조금도 물들지 않고, 그따위 위선자들과 싸워 나가려는 것이 그의 주의요 또는 봉희를 만날 때마다

"우리는 나체 생활을 합시다. 발가벗고 큰길을 걸어 다녀도 조금도 남부끄러울 것이 없이, 남의 눈을 가리지도 말고 제 맘이나 몸을 꾸밀 생각도 하지 말고 둘이 손을 단단히 잡고 뚜벅뚜벅 인생의 길을 걸어 나갑시다. 지금부터 생활난과 싸울 준비를 하면서 사회의 모순과 죄악을 상대로 싸워 나갈만한 건강과 용기를 기릅시다."

하고 귀가 젖도록 저의 주장을 선전해 왔었다. 봉희가 동경 유학이나 음악공부 같은 것을 하려던 공상을 깨트리고 사범학교의 연습과를 지원한 것도 세철이가

"음악이고 무엇이고 천재가 있더래도 잘해야 일 년에 한 번쯤 연주회를 열어가지고야 입에 밥이 들어가나요. 내 말대로 보통학교 훈도 자격이라도 얻어두세요. 봉희 씨두 앞으로는 적으나마 경제적으로 독립을 하는 것이 더러운 부잣집으로 시집을 가는 것, 즉 평생을 계약하고 매음을 하는 것보다는 얼마나 신성할지 모르니까요."

하고 누우이 권고를 하였던 것이다. 그와 동시에 이른바 귀족의 영양의 탈과 시집가는 것을 기회로 놀고먹으려는 관념을 타파해 주기에 힘을 들였다. 봉희도 세철의 영향을 받았다느니보다는, 그만 지각이 날 나이도 되었고, 또는 저의 집 형편이 앞으로 밥을 굶을 지경에까지 이를지도 모르는 터이라, 저의 장래에 대해서 적지 아니 고민을 하고 잠을 편안히 자지 못할 때도 많아서 그럴 때마다 세철을 찾아와서 저의 사정과 고민을 하소연하듯 하였다.

… "약혼을 하러 왔느냐"고 뒤집어씌우는 세철의 말에 봉희는 머리를 들지 못했다. 두 사람 사이에 약혼이란 말이 새삼스럽기도 하려니와, 이제 와서

"우리 약혼합시다."

하기가 피차에 쑥스럽기도 하였다.

그러나 여자인 봉희의 생각에는 '아무리 형식을 무시하는 사람이기로 그래도 정식으로 약혼을 하자는 말 한마디 없는 건 암만해도 도장을 찍지 않은 문서 같아' 하고 섭섭도 하여서 어떻게든지 아귀를 짓고 싶었다. 일생의 가장 중대한 일을 남들처럼 형식은 갖추지 않더라도 서로 똑똑히, 또는 단단히 언약이라도 하고 싶건만, 세철은 약혼이니 하는 말이 나면 슬금슬금 꽁무니를 빼며 딴전을 붙여왔다.

"왜 대답을 못하세요?"

하고 세철은 도리어 봉희의 대답을 재촉한다. 봉희는 치맛자락에 붙은 솜보무라지만 배비작거리고 있다가 어느 틈에 눈물이 갈쌍갈쌍해가지고

"그 고집 센 할머니나 완고한 아버지 어머니가 정혼을 했으니 그리로 시집을 가라고 억지를 쓰시면 어떡해요?"

하고 응원이나 청하는 듯이 세철을 쳐다본다. 세철은

"거 걱정할거 없지요. 벌써 약혼을 했다구 하면 고만이 아니에요."

하고 대수롭지 않게 대답을 한다.

"누구하고요?"

봉희는 세철과 무릎이 닿도록 바짝 다가앉는다.

"저— 애미 애비두 없구 상놈인지 양반인지두 모르는데 게다가 피천 한 잎 없어서 딱따기를 치구 댕기는 고학생하구 벌써 약혼을 했다구 바른 대로 말할 용기가 없어요?"

하고 봉희의 얼굴이 뚫어질 듯이 쳐다본다.

186회, 1934.10.11.

⑤ "그렇게 자꾸 비꼬는 말씀만 하시면 난 싫어요. 누가 뭐랬길래 걸핏하면 부모가 없느니 피천 한 푼도 없는 사람이니 하세요?"

봉희는 귀를 막고 세철의 말을 들으려고 하지 않는다. 세철은 심호흡을 하듯이 한숨을 내쉬며

"나 역시 그런 말을 하구 싶어서 하는 게 아니에요. 아직까지 세상 고생을 모르구 자란 봉희 씨가 나 같은 사람을 결혼의 상대자로까지 생각을 하신다면 과연 앞으로 어떠한 고생이든지 죽는 날까지 같이 할 참는

힘이 있을는지가 의문이에요. 또는 나 같은 사람의 어떠한 점을 취해서 한평생의 운명을 맡기려는지, 난 아직 봉희 씨의 속마음을 잘 알지 못해요."

하고 매우 침착한 어조로

"봉희 씨! 대관절 진정으루 나를 사랑하세요?"

하고는 검붉은 얼굴이 대추 빛이 된다. 봉희는 부끄럼 없이 얼굴을 들었다.

"그건 무슨 새삼스런 말씀이에요? 왜 내가 맨 첨에 편지 대신 적어 보낸 시를 잊어버리셨어요. 난 이 세상 남자 중에는 맨 처음 세철 씨를 알았으니까 맨 나중까지 단 한 사람한테만 사랑을 바치고 싶어요. 사랑은 둘이 아니요 다만 하나뿐이니까요."

"그렇지만 나는 조금두 봉희 씨의 사랑을 독점할 아무 자격이 없는 사람이요."

"내가 세철 씨를 사랑하는 것만큼, 그 이상으로 세철 씨도 나를 사랑해 주신다면 벌써 내 사랑을 받으실 자격이 생긴 게 아니에요?"

하고 봉희는 세철의 말을 반박하듯 하더니

"처음엔 세철 씨가 이 천지간에 의지할 사람이 없는 외로운 사람이신데 무한히 동정을 했어요. 그러다가 사귀어볼수록 그렇게 지독한 고생을 해가면서도 조금도 장래를 비관하지 않으시는 것, 아무리 어려워도 털끝만치도 남을 의뢰하지 않으시고 누구한테나 머리를 숙이지 않고 무엇이고 내 손으로 하구야 말겠다는 의지력(意志力)이 강철처럼 굳으신데 탄복을 했어요."

"동정은 사랑이 아니에요. 나는 굶어 죽는 한이 있더래두 남의 미적지

95

근한 동정은 받구 싶지 않아요. 봉희 씨가 나한테 탄복을 하셨다는 것두 일시 눈이 어리어서 그렇게 보였는지두 모르니까요."

"아니에요."

봉희는 머리를 흔들며 굳세게 세철의 말을 부인하였다.

"내가 세철 씨를 사랑하는 건요, 저렇게 남성적으로 단련을 받으신 건강한 몸이, 그 온몸이 이 사회의 모순과 부정한 것과 싸워 나가려는 열정에 부글부글 끓고 있어요. 세철 씨 곁에만 가면 내가 여태까지 공상하던 것이나 전에도 히니쿠를 하시던 처녀적인 센치한 감정이 그 정열에 그 불길에 녹아 버리고 다른 세계가 눈앞에 환하게 내다뵈는 것 같아요."

하고 폭 엎드리더니 세철의 무릎에 이마를 비비며

"난 몰라요. 그밖에 난 몰라요. 왜 세철 씨를 만나지 않구는 견딜 수가 없는지… 난 이렇게 한평생을 세철 씨 곁을 떠나고 싶지 않아요. 난 아무것도 모르고 세상 경험도 없지만 몸이 으스러지는 한이 있더래두 무슨 짓이든지 해서 세철 씨를 행복하게 해드릴 테예요!"

봉희의 목소리는 감격에 떨린다. 세철은 매우 침통한 표정으로 아랫입술을 지그시 깨물고 봉희의 사랑의 고백을 듣는다. 봉희는 머리를 번쩍 들며

"왜 아무 대답도 안 하세요? 세철 씨는 나를 어떻게 생각하세요?"

하고는 저만 먼저 고백을 한 것이 분하기나 한 듯이 달려들듯 하며 세철의 대답을 재촉한다.

😀 187회, 1934.10.12.

⑥ 세철은 두꺼운 입술을 꽉 다물고 팔짱을 끼고 앉아서 봉희의 질문

을 받고도 쥐오줌으로 세계지도를 그린 천정을 한참이나 쳐다보더니

"그때 맨 처음으루 써 보내신 시를 날더러 잊어버렸다구 하겠지요? 천만에, 잊어버렸을 리가 있나요. 구절구절이 이 가슴에 새겨두었어요."
하고 봉긋이 내민 저의 가슴을 가리키더니

"사랑은 비 뒤의 무지개처럼 사람의 감정과 이상을 무한히 끌어 올리는 가장 아름다운 인생의 목표라구 했지요? 나는 그 사랑이라는 것을 생후에 처음으로 봉희 씨한테서 느꼈어요. 어디서 무슨 바람에 날려 왔는지 모르는 이름도 없는 씨앗 한 톨이, 낙엽 틈에 끼어서 거치른 벌판을 저 홀로 굴러다니며 아무한데나 짓밟히다가 처음으로 단비를 촉촉이 맞은 것 같아요. 꺼풀만 남은 쭉정이가 그 빗물에 불어서 싹이 돋으려구 하는 것은 그야말로 상상도 하지 못했던 기적(奇蹟)이에요. 그 기적을 행한 요술쟁이는 다른 사람이 아니라, 바로 이 봉희 씨니까요."
하고 세철은 봉희의 손을 덥석 쥐고 목소리를 조금 높여

"봉희 씨가 이 세상에서 처음 만난 남자가 나라구 했지요. 그와 마찬가지로 나두 지금은 얼굴두 잊어버린 어머니에게서도 느껴보지 못하던 애정을 봉희 씨에게서 느꼈어요. 그러니까 나한테 있어서 봉희 씨는 온세계의 여성들이 나한테 파견한 다만 한 사람뿐인 사랑의 사도요, 대표자가 아니겠어요?"

세철의 말은 점점 정열을 띄우고 봉희의 얼굴은 점점 혈조(血潮)를 띄운다.

"봉희 씨! 그렇지만 사랑이라는 것이 아무리 그 본질은 신성한 것이라도 두 남녀끼리만 독차지를 하는 가장 이기적(利己的)이요, 배타적(排他的)인 연애가 돼선 못쓸 줄 알아요. 우리 둘이서만 달콤한 연애의 꿈을

97

꾸고 지낼 수 있도록 이 조선의 현실이란 편안치가 못하니까요. 또는 심술 사납고 장난꾼인 운명(運命)이라는 것이 우리 두 사람에게만 연애를 향락할 시간과 여유를 주지도 않을 테지요."

여기까지 잠자코 듣고 앉았던 봉희는 일종의 불안을 느끼며

"그럼 이기적이 아닌 사랑이란 어떤 건가요?"

하고 고개를 든다. 세철은 아래윗니를 꽉 물고 뜸을 들이는데 숨소리가 차츰차츰 높아진다.

"우리의 사랑은 폭포수 같아야 해요. 바위를 차고 모래를 짓찧고 천 길이나 내려치는 폭포수같이 거침없이 나가야 해요. 우리 두 사람의 가슴속에서 끓어오르는 사랑은 어느 때를 만나면 화산처럼 폭발이 돼서 의분에 타는 시뻘건 분노의 불길을 분화구처럼 뿜어내게 해야만 해요. 그 시에도 그러지 않았어요."

"사랑은 의를 위해서 붉은 피로 역사를 물들인다"고 세철의 얼굴의 근육은 찢어질 듯이 긴장하고 전신의 피는 머리로 끓어오르는 듯이 상기가 되었다. 봉희는 잡힌 손에 전류가 통하는 것같이 뜨거워지는 것을 느꼈다. 세철은 봉희의 손을 으스러지도록 꽉 쥐며 끌어당기면서

"우리는 사랑을 ××의 원동력으로 삼읍시다! ××받고 ××× 인류가 있는 동안 우리들은 ×를 ××준비를 합시다!"

하고는 봉희의 손을 놓고 물러앉으며 이제까지 한 말의 결론을 짓는다.

"봉희 씨! 나는 당신을 사랑하기 때문에 극진히 사랑하기 때문에 약혼은 할 수 없어요!"

188회, 1934.10.14.

7 "네? 그게 무슨 말씀이에요?"

봉희는 놀라지 않을 수 없었다. 이제 와서 약혼을 할 수 없다고 딱 잡아떼듯 할 줄은 꿈에도 생각지 못하였던 것이다. 세철은 졸지에 냉정한 눈초리로 동그래진 봉희의 눈을 똑바로 들여다보며

"봉희 씨를 둘도 없이 진정으로 사랑하기 때문에 약혼까지는 할 수 없어요!"

하고 말의 구절마다 힘을 들어서 되풀이하였다.

봉희는 그 말 한마디를 따져 묻자 고만 낭판이 떨어져서 돌팔매를 맞은 실과나무 가지처럼 머리를 떨어뜨렸다.

두 사람 사이에는 거의 십분 동안이나 무거운 침묵이 흘렀다. 창밖에는 날이 저물어, 전등도 없는 방 안은 안개가 끼듯이 점점 침침해 온다.

"그게 진정이세요?"

하고 간신히 이마를 들고 나직이 묻는 봉희의 목소리는 울음에 떨렸다.

"내가 그런 중난한 일에 거짓말을 할 듯싶어요?"

세철은 여전히 냉정한 태도로 반박하듯 한다. 두 번 다시 재차 물어서 약혼을 거절당한 것을 확실히 안 봉희는 무안하다든지 무색하다는 말로는 형용할 수 없을 만치, 머릿속에서 때 아닌 폭풍우가 뒤설레는 듯 당장에 어지러뜨릴 것 같았다.

'사랑하기 때문에 약혼까지는 할 수 없다구? 그런 말이 어딨어? 바루 나한테 마땅하지 않은 점이 있다구 솔직하게 말을 하는 게 옳지그려.'

하고 봉희는 자존심을 상해서 제가 먼저 사랑을 고백하고 결혼까지 할 약속을 해 달라고 재촉 비슷이 한 것을 뉘우쳤다.

'내가 어리석지. 남의 속은 똑바로 알지도 못하구서 그런 말을 먼저 했

으니….'

하며 세철에게 농락을 당한 것처럼 슬그머니 분한 생각까지 들었다. 그러나

"왜 내가 당신하구 결혼할 자격이 없어요? 당신의 눈에 뭐 부족해요?"

하고 빠득빠득 달려들며 약혼까지는 할 수 없다는 이유를 미주알고주알을 캐고 앉았을 수도 없다. 봉희는 얼굴이 붉었다 해쓱해졌다 하다가

'내가 뭘 하러 저이 앞에 가 마주 앉았어.'

하고는 금세로 제 얼굴과 몸뚱이까지도 세철에게 더 보이고 싶지 않았다.

'창피하게 뭘 바라고 턱을 쳐들고 앉았는 거야.'

하고 남의 말하듯 하고 막 일어서려 하는데 홀연히 별당에서 보던 '횟박'이 환등처럼 눈앞에 나타난다. '횟박'은 제게로 오라는 듯이 손짓을 까닥까닥한다. 그의 등 뒤에서는 장구통 같은 머리에 헌 데가 덕지덕지 해 가지고 저고리 앞자락에 군침을 질질 흘리는 신랑감이 제 앞으로 팔을 벌리며 지척지척 걸어온다. 봉희는 눈살을 잔뜩 찌푸리며 고개를 홱 돌렸다. 세철은 손장난처럼 라디오에 쓰는 철사를 엄지손가락에다 돌돌 감고 앉아서 곁눈으로 흘끔흘끔 봉희의 눈치만 살핀다. 봉희는 갑작스럽게 세철이가 능글맞은 것 같아서

"난 가요!"

하고 발딱 일어서며 치맛자락을 털었다. 세철은 물끄러미 봉희의 얼굴을 쳐다보더니

"게 앉으세요"

하고 방바닥을 가리키더니

"저녁때가 지나서 배가 고픈데…. 나 밥 좀 지어 주구 가시지요."

하고 위엄 있게 명령을 한다.

189회, 1934.10.15.

⑧ 봉희는 슬그머니 주저앉을 수밖에 없었다. 다른 일이면 모르되 시장하니 저녁을 먹게 해 달라는 사람을 떼치고 갈 수는 없었다. 또 한편으로는 세철이가 밥을 먹게 해달라는 것이 정답기도 하고 둘이서 이제까지 사귀어 오는 동안 한 끼도 음식을 같이 먹어 본 적도 없어서, 약혼 일체는 어찌되었든 저녁이나 함께 먹어 보고도 싶었다.

'돈이나 가지고 왔더면 뭐나 좀 시켜다 먹을걸.'

하고 서성거리다가

"밥을 어떻게 지어요?"

하고 물었다.

"밥을 어떻게 짓다니요? 밥을 지을 줄 모르는 여자두 있나요? 쌀을 삶으면 밥이 되겠지요 저 궤짝 속의 신문지 봉지에 쌀이 들었으니 꺼내세요."

하고 세철은 턱으로 바깥 툇마루에 놓인 석유 궤짝을 가리킨다.

"쌀만 있으면 어떡해요?"

봉희는 밥을 어떻게 지을 지도 겁이 나는데 반찬거리가 걱정이 되어서 물었다. 세철은

"간장이나 소금만 있으면 넘어가지요"

하고 양복바지 주머니를 홈척홈척하더니 십 전짜리 백동전 한 푼을 꺼내주며

"자 이걸루 솜씨껏 반찬을 맛나게 해보세요. 난 오늘 저녁 안으로 이 기계를 다 맞추어 놔야겠어서…."

하고 알룩알룩한 실로 감은 철사를 얼레 같은 데다가 나르고 앉았다. 봉희는 잠자코 쌀 봉지를 들고 툇마루로 나가며

'이를 어쩌면 좋아. 밥을 한 번이나 지어 봤어야지.'

하고 팔을 걷고는 설거지도 안 해서 밥풀이 눌어붙은 조그만 양솥을 가지고 이남박을 찾다가 없으니까 쪽 떨어진 바가지에다가 돌 섞인 쌀을 손으로 주물러 대강 일어서 앉혀 놓고는

'그래도 무슨 국물이 있어야지. 심부름할 애도 없으니….'

하고 뜰아래로 내려서서 올지 갈지를 하다가

'이왕이면 못할 게 뭐야.'

하고 큰 결심을 하고 십 전 한 푼을 들고 골목 밖으로 나가서 고기 오 전 어치에 두부 한 채와 파 한 뿌리를 사가지고는 누가 볼까 보아 달음질을 해서 들어왔다. 길을 걷다가도 고깃간 앞을 피해 다니던 봉희가, 찌개고기 오 전 어치를 사러 그 고깃간으로 들어가서

"오 전 어치만 주."

하지 않을 수 없었다.

숯이 떨어져서 군불을 때다 남은 장작을 화덕에다 지피고 후후 불고 앉았는데 세철이가 봉희의 하는 양을 보느라고 미닫이를 열고 내어다 보는데, 봉희는 줄줄 흐르는 눈물을 교복 소매로 씻고 앉았다. 세철이가

"왜 그렇게 설워서 울어요?"

하고 핀잔하듯 하니까

"울긴 누가 울어요. 연기가 매우니깐 그렇지요."

봉희는 벌개진 눈을 비비며 울지 않았단 변명을 하듯이 웃어 보인다.

이윽고 쥐코밥상이 들어왔다. 봉희가 신혼한 가정의 주부처럼 무릎을 꿇고 앉아서 공기에 밥을 담아 올리는데 밥에서 단내가 물큰하고 끼친다. 밥은 삼층으로 되었는데 밑바닥은 시꺼멓게 눌어붙고 중간은 잿밥처럼 되다 말고 위층은 골끓어서 쌀알이 그대로 있다. 간장만 들어부어서 우르르 끓인 것은 국도 아니요 지지미도 아니요 그렇다고 찌개도 아니다. 국물만 장마통의 한강처럼 흥건한데 숭덩숭덩 썰어 넣은 파잎새만 뗏목처럼 떠돌아다닌다.

세철은 우지끈하고 돌멩이를 깨물었다.

"이거 치과 병원엘 가야겠군."

하고 비꼬는 말에 봉희는

"이남박 하나 없으니까 그렇죠."

하고 눈을 살짝 흘겼다.

"아무튼 밥 하나 지어 먹을 줄 모르는 여자는 시집을 갈 자격이 없어요"

하고 세철은, 봉희가 첫번 시험에 훌륭히 낙제를 한 것을 면대해서 발표하였다. 봉희는 얼굴을 붉히며 말을 못하면서도 세철이와 서로 담아 주어가며 먹는 밥이 여간 맛이 있지 않았다.

오늘 저녁처럼 찬 없는 밥을 먹어 보기도 생후 처음이요, 제 손으로 지은 그 찬 없는 밥이 그다지 맛이 있어 보기도 또한 생후 처음이었다.

190회, 1934.10.16.

9 식후에 세철은

"그래두 정성껏 지어 주신 밥이라 퍽 맛있게 먹었어요"

하더니

"인제 난 갈 테예요, 집에서 기다릴 텐데…."

하고 봉희가 일어서는 것을 쳐다보며

"집에서 누가 기다려요? 한 참판 집에서 사주나 와서 기다릴까요"

하고 씽긋 웃더니 툇마루에다가 그릇을 늘어놓은 것을 보고

"우아 설거지는 날더러 하란 말이지요?"

하고 그 그릇을 포개 담아서 봉희에게 내어민다.

"같이 먹었으니깐 같이 치워야 공평하지요"

하면서도 봉희는 나가서 그릇을 대강 치워 놓고 들어왔다. 자꾸 빈정거리기만 하는 세철을 붙잡고

'그래 약혼 이야기는 우물쭈물하구 말 셈이에요?'

하고 한마디를 다지고 싶은 것을

'어디 얼마나 자기 혼자 사낸 체를 하나 두구 볼 걸.'

하고

"인젠 참 정말 갈 테예요"

하고 마루 끝에서 작별을 하였다. 이번에는 세철도 더 붙잡을 수가 없었다.

"내일이래두 또 오실 테지요?"

"또 와선 뭘 해요 밤낮 히니쿠만 하시는 걸요"

"그렇지만 내 히니쿠가 약이 될 날이 있을 걸요 아무튼 급한 일이 있거든 내게 알려나 주세요"

하고 세철은 문밖까지 봉희를 작별하였다.

한길에는 전등이 들어온 지도 오래였다. 봉희는 사실 인숙이밖에는 그다지 기다려 줄 사람도 없는 집으로 향해서 급히 걸으면서도

"사랑하기 때문에 약혼을 못하겠다구? 지극히 나를 사랑하기 때문에 …."

하고 여배우가 세리후를 외듯 하면서 저녁을 다른데서 먹고 들어가는 것이 죄 되는 듯이 머리를 들지 못하고 집으로 돌아왔다.

인숙은 마루 끝으로 나오며 여전히 시누이를 반겼다.

"어디서 인제 오? 퍽 시장하겠구려."

하고 밥상을 차리려는 것을

"나 저녁 먹구 왔수."

하고 봉희는 세철에게서 밥을 지어 먹고 왔다고 바른 대로 고백을 하였다.

"아이고 별일이지, 작은아씨가 손수 밥을 다 지어보고…. 연습을 톡톡히 하는구려."

하고는 혹시나 누가 들을까 하고 좌우를 둘러보며

"난 첨부터 작은아씨가 그 박 씨한테 다니는 걸 반대는 하지 않고, 내가 참견을 하는 걸 싫어하는 줄두 알지만 손에 물 한번 묻혀보지 않고 자라난 작은아씨가 그렇게 아무것도 없는 사람하구 너무 걸맞지가 않는구려. 빈정거리긴 해두 걸 헐렁이 속 든든이지만…."

하고 제 일과 다름없이 걱정을 해준다.

"우리 집은 뭐 있는 줄 아우. 빚만 산더미처럼 지구 앉어서… 빚 한 푼 없는 사람이 되려 부자가 아니요? 그렇지만 오늘처럼 속이 상해선… 난 인제 그이한테두 안 갈 테야."

"왜? 너무 가까우면 틀리기두 쉬운 법이라우."

하더니 인숙은

"잠깐만 기다류."

하고 저의 방으로 들어갔다가 나온다. 무엇을 소매 속에다가 감추어 가지고 나오는 것 같아서 봉희는

"그게 뭐요?"

하고 다가서며 물었다. 인숙은 눈짓을 해서 사람이 없는 대방 구석으로 시누이를 데리고 들어가서

"만지장서가 또 왔구려. 글쎄 이걸 어떡하면 좋우? 요행 이번에두 편지가 내 손에 들어왔는데 오빠한테두 그런 말은 비치지두 않았으니 무슨 말을 했는지 혼자서만 뜯어보구 찢어버류."

하고 넌지시 주는 것은 피봉 글씨만 보아도 눈에 익은 장발의 편지였다.

☺ 191회, 1934.10.17.

⑩ "난 뭐라구 미친 녀석. 암만 편지를 해보라지."

하고 봉희는 여전히 장발의 편지를 뜯어볼 생각도 안 하고 인숙에게 도로 던진다.

"그래두 또 무슨 소리를 했는지 모르니 뜯어는 봐야 하우."

하고 인숙은 편지를 처치하기가 거북해서

"그럼 내가 뜯어 봐두 괜찮우?"

하고 시누이 양해를 구한다.

"난 몰루. 뜯어보구려."

봉희의 승낙을 받고 인숙은 편지를 뜯었다. 편전지로 십여 장이나 되

는 사연은 판에 박은 듯한 연애타령으로 편지마다 되풀이를 하는 것이나, 끝에 가서 봄방학이 며칠 남지 않아서 귀환하겠다는 것과 그때는 무슨 일이 있든지 간에 저에게는 생사가 달린 약혼문제를 해결하고야 말 결심이니 미리 각오를 하고 기다려 달라는 반은 위협적인 강경한 문구였다. 인숙은 적지 아니 겁이 나서 자꾸만 그 자리를 피하려고 드는 시누이를 붙잡고 편지 끝 구절을 읽어 들렸다.

"어쨌든 한편에선 몇 해를 두구 이렇게 죽느니 사느니 하는데 너무 무심하게 내버려두다간 정말 큰일이 벌어질는지 누가 아우?"

"글쎄 큰일은 무슨 큰일이 난다구 그러우? 새언니두 겁쟁이로구려. 여러 말 할게 있수. 벌써 정혼을 한데가 있다면 제가 어쩔 테야."

"그래두 이렇게 주책없이 날뛰는 사람은 잘못 걸려 놓으면 선불 맞은 짐승처럼 덤벼들어서 이 담에라도 작은아씨한테 어떤 위험한 짓을 할지 누가 안답디까? 아무튼 장발이는 오빠하구 친하게 지내던 친구니까 이 편지를 오빠한테 한 번 뵈구서 의논을 합시다."
하고 인숙은 그 편지를 다시 소매 속에다가 감춘다.

만사에 조심성스러운 인숙은 이 집의 누구보다도 정이 들고 친동생과 같이 사랑하는 시누이의 신변에 무슨 위험한 일이 시시각각으로 닥쳐오는 것 같은 불안을 느꼈던 것이다. 어떤 학생은 실연을 당하고 원한에 떨리는 칼을 휘두르며 결혼식장으로 뛰어들어가서 신부를 찌르려다가 목적을 달하지 못하고 현장에서 포승을 지는 불상사를 일으켜 신부의 가슴에 한평생 뽑지 못할 못을 박은 사실도 있고, 또 어떤 시골 총각은 어려서부터 한 이웃에서 자라나서 꼭 제 사람이 될 줄 알고 외기러기 짝사랑을 하던 색시를 동무에게 빼앗기고 극도로 흥분한 끝에 혼인날 미쳐나서 마른 날이나 궂은 날이나 밤중이면 도깨비처럼 그 색시가 살림을 하는 새집 울타리 밖으로 구슬픈 노래를 부르며 돌아다녀서 그 색시가 이름 모를 병에 걸리더니 꼬치꼬치 말라 죽고 말았다는 이야기를 바로 제 귀로 들은 터이라, 누구에게나 책임을 질 것이 아니라고 평시부터 남의 일 같지 않게 생각하여 왔던 것이다.

'오늘 저녁에는 남편의 눈치를 보아서 의걸이 밑바닥에 감춰둔 편지까지 꺼내서 보여주고 장발에게 약혼 일체를 단념을 하라고 좋은 말로 미리 편지나 써 부치게 하리라.'

하고 인숙은 제 방으로 내려갔다. 그러나 그동안 저의 극진한 간호로 심신의 안정을 얻어서 병도 매우 차도가 있던 봉환은 인숙이가 들여다보지 않은 불과 한 시간 동안에 얼굴빛이 변해 가지고 정신이상이 생긴 것처럼 바람벽에다가 머리를 꽝꽝 부딪다가는 무서운 눈초리로 인숙을 흘깃 쳐다보고

"나가 있어!"

하고 소리를 벽력같이 지른다. 방안을 살피니 방바닥에는 조각조각 찢어진 종이조각이 흐트러졌다. 그동안 상노가 엽서 한 장을 전하고 나갔었는데 부산 우편국 일부인이 찍힌 엽서에 연필로 갈겨 쓴 사연은 매우 간단하였다.

오랫동안 신세를 많이 졌습니다. 당신의 덕택으로 뜻밖에 조선까지 와서 진기한 구경을 잘하고 다시 현해탄을 건너갑니다. 아무쪼록 몸조섭을 잘하십시오. 곁에서 박귀양 씨가 안부를 전해달라고 합니다.

연락선에 오르며

사요코

192회, 1934.10.18.

[11] 어느 날은 점심때나 거의 되었는데 비어둔 사랑채가 떠들썩하더니 상노가 황당히 뛰어들어와

"이런 사람들이 찾어와서 주인어른을 보자구 합니다."

하고 커다란 명함을 봉환에게 준다. 명함에는 경성지방법원 소속인 집달리의 이름이 박혀 있다. 봉환은 적지 아니 놀라며

"이 집 주인은 안 계시다구 그래라."

하고 화를 더럭 내며 명함을 도로 내던진다. 상노가 나간 후 조금 있자 바로 안중문간에서 집달리와 상노가 승강이를 하는 소리가 들렸다. "이 집에 주인이 없다면 명함을 보고 도로 내어보낸 사람은 누구냐."느니 "작은서방님은 계셔도 병환으로 누셨다"느니 말이 순순하지 않게 오고가는데 "죽을병이 들지 않았으면 저의 집 세간의 집행을 당하는데 내다보지두 못한단 말야" 하고 으르딱딱거리는 소리가 봉환의 귀에까지 들렸다. 집행을 당한다는 말 한마디가 안으로 굴러들어가자 안식구들의 얼굴은 금세 흙빛이 되었다. 용환의 댁내는 옷을 다리다가 다리미를 던지고 성경책을 보고 앉았던 과수댁은

"아 집행을 당하다께 이게 무슨 소리요?"

하고 책을 떨어뜨리며 눈이 회동그래진다. 인숙은 찬간에서 남편의 점심을 차리다가 동자치에게 그 소리를 듣고 다리에 맥이 풀려서 간신히 마루 위로 올라왔다.

횡뎅그렁 집안의 공기는 사형 집행과 같이 살기를 띠우고 수성수성해

졌다.

"이 집에 바깥주인 좀 나오시오."

하는 굵다란 목소리가 들리자 시꺼면 양복을 입은 사람이 서넛이나 안마당으로 우적우적 들어선다.

"누가 남의 집엘 함부로 들어와."

소리와 함께 봉환은 셔츠바람으로 미닫이를 발길로 걷어차듯 하며 내달았다.

검정 쓰메에리에 반백이 된 머리를 박박 깎은 집달리가 두어 걸음 봉환의 앞으로 와서 동산 가차압 명령서를 내보이며

"당신이 이 집 호주인 ○○○의 아들이오?"

몇 십 년을 직업적으로 그런 일만 다니며 해먹어 이골이 난 늙은 집달리의 말과 태도는 얼음과 같이 차다. 봉환은 저의 아버지의 이름을 함부로 부르는 것을 이제껏 들어본 적이 없던 터이라 속으로는 더할 수 없이 괘씸하나 퉁명스럽게라도

"그렇소"

하고 대답을 안 할 수 없었다.

"그러면 지금부터 법규대로 처분을 할 텐데 세간집물을 현재 있는 대로 하나도 빼어 돌리거나 하면 처벌당할 것을 각오하시오."

하고 같이 온 젊은 집달리에게 눈짓을 한다. 젊은 집달리는 커다란 장부책 같은 것을 펴들고 구두를 신은 채로 대청으로 올라서려는 늙은 집달리의 뒤를 따른다. 봉환은 얼굴이 샛노래가지고 팔을 벌리고 앞을 막아서며

"안 돼. 난 입회할 수 없소 우리 형님의 채무는 있는지 모르지만 형님

이 호주가 아니니까 함부로 집행은 못하오."

하고 버티니까 집달리 뒤에 섰던 신사 양복을 입은 변호사 사무원인 듯한 안경잡이가 간교한 웃음을 띄우고 봉환의 앞으로 다가오며

"아무리 백씨의 채무래두 댁의 동산 부동산이 아직두 전부 춘부장의 명의로 있는 이상 할 수 없는 일이니 노형이 아는 체 할 게 아니요"

하고 채권자에게서 위임을 맡은 서류까지 내어보인다.

"어쨌든 우리 아버지는 한 푼도 남의 빚을 진 일이 없으니까 아들의 빚으로 차압을 하는 건 비법이 아니요?"

"그건 노형이 법률을 모르는 말이지 그렇다면 아들이 호주의 승낙이 없이 가도장을 했거나 문서 위조를 해서 아버지의 재산을 잡혀 먹은 게 틀림없으니까 아들을 걸어서 고소를 할 밖에 도리가 없으니… 거기까지야 궁가의 체면상…."

하는데 늙은 집달리가 눈살을 잔뜩 찌푸리며

"당신이 무슨 여러 말이요?"

하고 변호사 사무원에게 핀잔을 주고 나서 올라서기만 하면 발길질이라도 할 자세를 취하고 버티고 선 봉환을 쳐다보고

"우리는 재판소 명령대루만 하는 사람이니까 경관을 불러다가 입회를 시키구래두 집행을 할 권한이 있소 만일 우리한데 폭행을 하는 경우에는 공무집행방해죄로 삼 년 이하의 징역을 갈 테니 그쯤 아시오"

하고 눈을 부라리며 단단히 얼러댄다.

193회, 1934.10.19.

⑫ 봉환은 삼 년 이하의 징역을 간다는 말에 슬그머니 겁도 났거니와

111

가차압을 한대도 경매를 당하는 것이 아니요, 일정한 기한 안에 이의를 신립할 수가 있다는 말을 듣고

"기왕 창피를 당한 걸 여러 말씀 하시면 뭘 해요 어른들이 알어 하실 걸 어서 들어가세요"

하고 등 뒤에서 인숙이가 신경이 과민해진 남편이 무슨 일을 저지를까 보아 오들오들 떨면서 소매를 끌어당겨서 못 이기는 체하고 제 방으로 들어가 누워버렸다. 집달리들은 나중에 말썽이 생길까 보아 순사까지 불러다가 입회를 시키고 대청에서부터

"뒤주가 하나—"

"삼층 찬장이 한 쌍—"

하고 부르고 적고 하면서 빨간 쪽지를 붙이며 들어온다.

봉환이가 마루 끝에서 집달리와 시단을 하고 순사가 오고 하는 동안에 안에서는 수라장이 된 듯 야단법석을 하였다. 그 중에도 과부댁은

"아이고 이를 어쩌나. 아이고 이걸 어따 좀 감춰야지."

하고 값나가는 저의 비단 옷과 금붙이며 죽은 남편의 옷까지 한 뭉텅이를 싸들고 쩔쩔매면서 이 귀퉁이 저 귀퉁이로 허둥지둥 돌아다니다가 이 집에서 제일 구석진 인숙의 방으로 뛰어들어가서는

"이것 좀 저 의걸이 속에 넣어 주게 응 어서 어서."

하고 호들갑을 떤다.

"그 사람들이 이 방엔 안 오나요"

하면서도 인숙은 마지못해서 채 끈도 매지 못한 옷 보퉁이를 의걸이 속에다 틀어넣는 대로 내버려 두었다. 과부댁은 그래도 미심한 듯 의걸이 속에서 와르르 헤어진 옷과 패물 등속을 두 손 버무리를 해서 인숙의 것

과 뒤섞어 넣고 제 손으로 자물쇠까지 채고 나갔다. 난리가 나면 화를 당하기는 일반인데 촌사람들이 이 동네서 저 동네로 서로 개미 쳇바퀴 돌듯이 뺑뺑 돌면서 피난을 다니듯이 옷 보퉁이를 끼고 와서 허둥지둥하는 동서의 하는 꼴이 분요 중에도 우스워서 인숙은

'저렇게두 제 것만 아까울까.'

하였다. 그러면서도 집안을 저 혼자 알뜰살뜰히도 망쳐놓는다고 큰형을 개 꾸짖듯 하고 앉았는 남편이 밖으로 또 뛰어나가지나 않을까 하고 감시를 하느라고 다른 생각을 할 경황이 없었다.

봉환이가 안으로 들어와 누운 뒤에 작은형수는

"흥 차차 내 꼴이 돼 가는군. 저렇게 둘이만 밤낮 붙어 있으면 병조섭은 잘 될 걸."

하고 저에게는 털끝만큼도 상관없는 일에 동서를 빈정거리고 괜히 잡아 흔들었다.

아직까지도 제가 너무 남편을 받쳐서 아들이 죽었다고 인정을 하는 시부모에게 대한 불평을, 만만한 인숙에게다 풀어보려는 듯이 나날이 히스테리 증세가 심해갔다. 그렇건만 인숙은

'암만 그래 보래지 한평생 한 집에서 살기야 할라구.'

하고 치지도외를 해오다가 집행을 당하는 서슬에 급하니까 제 방으로 뛰어온 사람을 내쫓을 수도 없어 하는 대로 내버려 두었던 것이다.

집달리들은 봉환의 태도에 감정이 상해서 사랑채와 별당채만 간신히 건드리지 않고는 부엌으로 들어가 부정기와 물독에까지 깡그리 쪽지를 붙이고는 봉환의 도장을 내오래서 차압물 보관서에 도장을 찍은 후

"차압이 해제가 되는 때까지 표를 붙인 물건을 쓰거나 자리를 옮겨놓

지도 못하는 법이니 그런 줄 아소."

하고 위엄을 부리며 일부러 까다롭게 굴다가

"귀족의 집 세간에두 쪽지가 곧잘 붙는군."

"아마 이번까지 이런 집이 네 번째지."

하고 저희끼리 중얼거리며 나갔다.

그런 지 한 오 분만이다. 안채 대방 근처에서 난데없는 시꺼먼 연기가 뭉게뭉게 지붕 위로 서리어 올라간다. 조금 있자

"불야!"

하는 철성을 띤 여자의 목소리가 사랑채까지 짜랑짜랑 하게 울렸다.

194회, 1934.10.20.

13 용환의 댁은 집달리들이 대청으로 우쩍 올라설 때 가슴이 덜컥 내려앉아서 기절을 할 뻔하였다. 원체 심약한 사람이 노상 골골하고 잔병 치레를 하던 끝에 평생 처음으로 불시에 그런 놀라운 일을 당해서 그만 본정신을 잃었다. 더군다나 자기의 남편 때문에 점잖은 집안에 그런 불상사를 일으키고 죄 없는 동서들까지 더 할 수 없는 창피를 당하게 한 생각을 하고 몸 둘 곳을 몰라 하였다. 그러다가 자기의 눈에는 지옥의 사자 같은 집달리들이 건넌방을 열어젖히고 진발로 들어와서 속옷 한 벌 버선 한 짝까지 꺼내지를 못하게 봉해 놓고 나가는 것을 보고는 어찌나 분하고 절통하던지 발작적으로 흥분이 되어서

"네놈들이 손을 댄 옷을 더럽게시리 내 몸에다 다시 붙일 줄 아느냐."

하고 부르짖고는 딱지를 잡아 떼인 의복을 말끔 꺼내서 앞마당에다 풀풀

던졌다. 그러고도 분이 풀리지를 않아서 버선발로 내려가 죽은 사람의 옷처럼 흐트러진 것을 끌어 모으더니 성냥불을 확 그어대어 불을 질렀다. 남편이 딴 계집을 두고 평생 자기를 돌아다보지 않는 원한과 부인네의 속옷까지 차압을 당한 분노가 시꺼멓게 서리어 오르는 연기 속의 불길과 같이 활활 타는 듯 자못 통쾌하였다. 그것을 본 과부댁은

"애고 이를 어째. 형님이 금방 맘이 변하셨나. 이걸 어떡하나."

하고 마루 끝에서 허둥거리다가 "불야!" 소리를 외쳤던 것이다.

불을 보자 집안사람들이 총출동을 해서 물을 끼얹고 이불을 뒤집어씌우고 하여서 불을 잡았는데도 용환의 댁은

"내버려 둬. 재두 남기지 않구 말끔 타버리게 내버려 둬."

하고 소리를 지르며 신이 오른 무당처럼 이리 뛰고 저리 뛰고 하면서 불을 끄지 못하게 하느라고 죽을힘을 들여 훼방을 놓는 것을, 인숙이와 아랫것들이 간신히 붙들어 올렸다. 그 몇 분 동안의 용환의 댁의 행동은 평상시에 그다지 조신하고 누구에게나 인종(忍從)을 해 오던 사람으로는 누구나 상상할 수 없을 만한 최후의 발악과 같았다.

집행을 당했다는 급보를 받은 자작 내외는 그 이튿날에야 문안으로 들어왔다.

용환은 황해도 어느 온천에가 드러누워서 화를 피하고 청지기까지도 도망을 가고 없는 터이라, 하루 저녁 방바닥을 치고 통곡을 하며 밤을 밝힌 자작은, 손수 친척들을 찾아다니며 흰머리를 숙여 우선 차압당한 것이나 풀게 해 달라고 사정사정을 하였다. 아직도 제 앞이 넉넉한 일가들은

"거 안됐구려. 그런 말은 안 들으니만 못한 걸."

하고 헛입맛만 다셔 보이고는

"대감두 알다시피 내 집 형편두 역시…."

하고 자기네의 설궁을 갑절이나 한다. 자작은 하는 수 없이 죽기보다 싫건만 절교를 하고 지내던 귀양의 아버지 박 남작을 찾아갔다.

"노형의 자식이나 내 자식이나 한데 묶어서 단매에 때려죽여야 헙네다. 아 귀양이란 놈은 '포천' 있는 제 증조의 위답을 몰래 팔아가지구 일본으루 도망을 갔구려."

하고 벼르고 있었던 것처럼 친구에게다 화풀이를 하려 든다.

자작은 마지막으로 왕가의 사무소로 가서

"자식을 잘못 둔 죄루 욕이 선조의 사당에까지 미칠 지경이니 다시 한번만 홍대하옵신 처분이 내리도록 해 줍시사."

하고 고두백배를 하며 눈물을 흘려가면서 탄원을 하였다. 그래서 요행으로 가차압을 당한 지 일주일 만에 세간집물만은 해제를 받게 되었다.

😊 195회, 1934.10.21.

⑭ 집안의 급한 문제가 겨우 진정되자 봉희의 혼인 문제가 다시 머리를 들었다.

"등신이래두 우리가 집에 들어와 있어야지 이대루 내버려 두었다가는 집채를 떠 매어가두 모르겠구나."

하고 대감은 다시 문안으로 들어와 있기로 하였다.

어느 날 올해로는 처음으로 봄비가 촉촉이 내리는 아침에 별당노인에게 불려 올라갔던 자작은 입맛을 쩍쩍 다시며 내려왔다.

"어머니께서 덮어놓구 봉희를 한 참판 집으로 정혼을 하라구 그러시니 어떡하면 좋소? 노망이 나신 어른의 말씀을 종잡을 수는 없지만 당신이 벌써 허락을 해 놓으셨는데 일간 사주까지 가져오라구 하셨다니 일이 딱하지 않소?"

하고 마누라에게 의논을 한다.

"글쎄 어머님두 딱하시지. 지체두 우리 집하구 댈 데가 아니지만 사윗감이나 합당해야지. 그나마 내 눈으로 보지나 않았으면 모르지만 그 못나 빠진 것한테 우리 봉희를 맡기기는 참 정말 아까워요."

"그야 도야지에게 진주를 물리는 수두 많으니까… 사위 재목이 너무 똑똑하면 되려 걱정입니다. 툭 하면 이혼을 당하구 쫓겨오는 세상에 되려 제 계집이 제일인 줄만 알구 엎드러지는 못난 듯한 놈을 맡겨 버리는 것두 안전지책은 되거든. 한가의 집 아들과 연분이 닿는지도 누가 아우? 봉희란 년이 제 나이로는 너무 지나치게 숙성해서 올봄에는 어디로든지 처치를 해야지 말만한 게 인젠 징해 봬서…."

하고 자작은 막내딸을 한 참판의 집 무녀리와 정혼을 하는 것을 반대하는 셈인지 모를 소리를 한다.

"글쎄 대감 말씀이 옳기두 하지만…."

마누라 역시 요령을 잡을 수 없는 대답을 한다. 그들은 딸을 훌륭한 사람을 골라 맡겨서 그 장래의 행복을 도모해 주려는 부모로서의 의무보다도, 장성한 식구 하나를 속히 처치하는 것이 급한 문제였다. 그것을 금년의 연중행사 중의 한 부분으로 정하고 한번 남에게 떠맡긴 뒤에는 그저 나중에 문제가 없도록 소박을 맞고 쫓겨 오지나 말고 아들 딸 낳고 소리 없이 살아서 친정부모의 속이나 썩히지 않도록 빌고 바랄 뿐이다.

또 한 가지 봉희의 혼인 문제를 속히 결정할 필요가 있었다. 그것은 다른 까닭이 아니라 ○○궁이 아주 거덜이 나서 신주밖에 남은 것이 없다는 소문을 듣고, 옛날 같으면 감히 생의도 못할 자리에서 직접 간접으로 통혼이 들어왔었다.

"지금은 적서의 구별이 없는 세상이니…."

하고 첩의 자식과 혼인을 정하자고 전인을 한 친구도 있었고 아랫대에서 모물전을 해서 돈을 모은 중인의 집에서와 뱃놈 소리를 듣는 한강 어느 더러운 부자까지 양반에 걸신이 들려서 지체 탐을 하느라고 혼인 비용은 얼마든지 당할 테니 봉희로 맏며느리를 삼아지라고 애걸을 하다시피 하는 자리도 있었다. 그런 말을 들을 때마다 자작은 큰 모욕을 당한 듯이

"괘씸한 놈들 같으니, 아무리 천지가 뒤집혔기로 소 뼈다귄지 말 뼈다귄지도 모르는 것들이 염체 내 딸을 달래? 다시는 내 앞에서 그 따위 소리를 하지 마라."

고 중간에 든 사람을 호령을 해 보냈었다. 그래서 자작은 한 번이라도 더 그러한 모욕을 당하기 전에 뼈대만 과히 나쁘지 않은 가정에서 통혼이 있기만 하면 "옜소" 하고 봉희를 내어주려던 판이었다.

한편으로 봉희는 요즈음 졸업시험을 치르며 연습과에 들어갈 준비까지 겹쳐 하느라고 세철에게도 가지 못하고 학교에 다녀만 오면 제 방에 꾹 들어앉아서 아무 소리도 듣지 못하고 지냈다.

그러다가 어느 날은 저녁 뒤에 어스레할 땐데 대청이 수성수성하더니

"작은아씨 사주가 왔다지?"

하는 인숙의 목소리가 귓결에 들렸다.

196회, 1934.10.22.

반역의 깃발

① 봉희는 전신의 신경이 고막(鼓膜)으로 몰렸다.

"사주를 가져오다니?"

하는 소리가 저절로 입 속에서 부르짖어졌다. 기하(幾何) 문제를 풀던 연필을 집어 던지고 일어서서 대청으로 통한 장지를 빠끔히 열고 인숙이와 눈이 마주치기를 기다려 손짓을 했다. 인숙은 시누이가 부르지를 않더라도 한 씨 가에서 사주가 왔다는 중대한 소식을 전하려고 틈을 엿보고 있던 터였다. 인숙은 뒤를 돌아다보고 방으로 들어와 매우 긴장한 표정으로 시누이의 눈치를 살피며

"벌써 알았구려?"

한다.

"방에 꾹 들어앉은 사람이 알긴 뭘 알우!"

봉희는 더 자세한 말을 자아내기 위해서 일부러 아무 소리도 못 들은 체를 하였다. 인숙이 역시 그 눈치를 채지 못한 것은 아니건만

"저… 그 한 씨 가에서 사주가 왔는데 아버님께서 별당으로 가지구 올라가셨다우. 당장 택일까지 하시려는지…."

하고 봉희의 속마음과 집안사정을 잘 아는 인숙은 조심스러운 듯이 저의 의견은 비치지를 않고 단순히 사주가 와서 시아버지가 양어머니에게 의논을 하러 올라간 듯싶다는 보고만을 하는데 그쳤다. 봉희는 얼굴이 딸기 빛이 되어 가지고

"난 알지두 못하는데 어떤 놈이 사주를 보냈단 말요?"

하고 폭백하듯 하며 애매한 인숙에게로 달려든다. 인숙은 조금 물러서며

"낸들 아우."

하고 조금 물러났다가는 다시 시누이의 앞으로 다가서며 목소리를 낮추어

"밖에서 누가 들으리다. 난 작은아씨의 맘을 짐작하지만 그럴수록 저렇게 성미부터 내지 말구 냉정하게 생각을 해 보우. 이보다 더한 일이 닥쳐오면 어떡할라우? 하기야 벌써 일이 급하겐 됐지만…."

하고 평상시보다도 더 정다이 타이르듯 한다.

"아 사주까지 왔으면 벌써 다 된 일이 아니요? 난 죽든 살든 어른들하구 단판씨름을 해볼 테요. 입때까진 하시는 대로 내버려 뒀지만 이젠 가만히 있을 수가 없수."

하고 인숙이가

"이러질 말구 참우. 오늘 저녁만 더 생각을 해보구나서 어떡하든지 해야지. 어른들이 역정을 내시면 되려 일만 커지지 않겠수?"

하고 한사코 붙잡는 것을

"나두 생각이 있으니 놔요!"

하고 뿌리치고는 한달음에 별당으로 올라갔다.

"너 마침 잘 올라왔다. 그렇지 않아두 할머니께서 막 너를 부르라고

하셨는데."

하고 아버지는 딸의 심상치 않은 얼굴을 쳐다본다. 어머니까지 올라와서 윗목에 가 시립을 하고 있다. 여간해서 웃는 법이 없던 할머니는 의미 기쁜 웃음을 띄우고 두 눈을 찌긋하고는 손녀를 쳐다보더니

"너 이년 인제 얼마 안 있으면 어른이 될 테니 제발 적선에 왜장녀 같은 저 몽당치마는 벗어버리구 새색시답게 차리구 있거라. 정혼한 집에서 누가 와 보던지 하면 모양이 됐느냐."

하고 자기가 혼인을 정한 것을 공치사나 하듯 한다.

"정혼요? 아 누가 혼인을 정했어요?"

봉희는 분함에 떨리는 목소리로 반역의 첫번 화살을 던졌다.

"계동 한 참판의 집으루 내가 정했다. 왜?"

할머니는 뜻밖인 듯이 한마디를 하고는 손녀를 노려본다.

"어째서 할머니 맘대로 제 혼인을 정하세요?"

거침없이 새되게 쏘아대는 딸의 말에 어머니 아버지의 눈은 둥그레졌다. 어떻게든지 터져 나오는 딸의 입을 틀어막기는 해야 할 텐데 창졸간이라 그야말로 어안이 벙벙한 모양이다.

"뭐야? 어째서 네 혼인을 내 맘대로 정했느냐구?"

하고 할머니는 금세 이통증이 생긴 것처럼 윗간 편으로 귀를 기울인다.

아버지는 형세가 재미없는 것을 보고

"엣 고년, 그게 무슨 말버르장이냐."

하고 딸에게 눈을 흘긴다. 봉희는 못 본 체하고 더 한층 목소리를 높여

"저하구 더 가까운 아버지 어머니두 맘대루 못하실 텐데, 할머니가 무슨 권한으로 제 혼인을 맘대루 정하셨느냐 말씀예요?"

하고 어깨로 숨을 몰아쉰다.

그 눈은 마주 볼 수가 없도록 매서운 광채를 발한다.

② 할머니는 안석에 반쯤 기대었던 뚱뚱한 몸을 벌떡 일으키며

"뭣이 어쩌구 어째? 너 이년 그게 할미한테 하는 말버르장이냐? 이 주제넘은 년 같으니. 할미가 손녀 혼인을 맘대루 정할 권한이 없단 말이냐."

하고 손바닥으로 땅바닥을 치면서 호령을 한다. 그러더니

"내가 네 아비를 낳은 친어미는 아니다만 그래 너까지 나를 등신 대접을 해야 옳단 말이냐."

하고 금세 어린애처럼 비죽비죽 운다. 그렇지 않아도 친어머니가 아니라 자작은 양계모를 받들기가 한평생 어려웠고 노망이 난 뒤부터는 더구나 자격지심을 가지고 "내 속으로 난 자식 같으면 그럴 리가 있느냐"고 매사에 노염을 타고 걸핏하면 울기까지 하는 노인의 분을 돋은 것이 송구스럽고 또 한편으로는 시비곡직은 막론하고도 딸이 할머니에게 바락바락 대들 듯하는데 아버지로서의 책임감도 느껴져서

"발칙한 년 같으니 어른 앞에 말을 삼가지 못하구 그렇게 터진 입으루 함부로 지껄이는 법이 어딨느냐. 게 섰지 말구 냉큼 물러가!"

하고 양모 이상으로 손을 들어 후려 때릴 시늉까지 하면서 소리를 질렀다.

"쟤가 오늘은 아마 제정신이 아닌가 보우. 졸업시험을 치른다구 며칠 밤을 새더니만…."

122 심훈 전집 5

하고 어머니는 안질 앓는 사람처럼 연방 눈짓을 하며 어서 나가자고 딸의 소매를 끈다. 봉희는

"놓으세요"

하고 어머니의 손을 뿌리치며

"왜 내가 제정신이 아니에요? 결혼을 잘 하구 못하는 문제가 저 한평생엔 제일 중대하구요, 더군다나 여자한텐 죽고 사는 문제와 마찬가지니깐 아주 정신을 똑똑히 차리구 여쭙는 말씀이에요."

하더니 할머니는 문제도 삼지 않고 저의 부모에게로 빨갛게 익은 듯한 얼굴을 돌리며

"저를 낳아서 길러주신 부모가 혼인까지 정해주시는 건 마땅한 일이겠죠. 그렇지만 정말 시집갈 당자한텐 한 번 의향을 물어보지도 않으시고 쉬쉬 하구서 당신네 맘대루두 못하시고 저 옛날 어른이 하라시는 대로 혼인을 정하시는 법이 어딨어요? 제가 아주 어린애래도 그럴 수가 없을 텐데 그래 코빼기두 구경을 못한, 지금두 침을 질질 흘린다는 병신 녀석한테로 억지로 처맡기시면 속 시원하실 게 어딨어요? 그런 못할 노릇이 어딨어요? 백죄 그런… 그보다 더한 죄악이 세상에 또 있는 줄 아세요? 전 옛날 예법은 몰라두 이렇게 사지가 멀쩡하게 자랐어요. 병 병신은 아니에요!"

하고 발을 동동 구르는데 말이 목구멍에서 토혈을 하는 사람의 핏덩이처럼 컥컥 막혀서 부모 앞에가 푹 엎드러지더니

"전 죽으면 죽었지 그런 데룬 안 갈 테예요!"

하고 울음이 터진다.

"이년 나가거라! 냉큼 일어나 나가지 못하니?"

아버지는 정말 분이 허연 머리끝까지 올랐다. 딸의 말이 옳건 그르건 자식을 여러 남매를 길러 보았으나 오늘날까지 정면으로 반항을 하거나 더구나 폭백하는 것을 받아보기는 처음이라, 절대의 위엄을 가진 아버지로서의 자존심을 더할 수 없이 상하였던 것이다. 할머니는 분을 참지 못해서 목에 가래를 끓이며 말도 못하고, 어머니는 어쩔 줄을 모르고 벌벌 떨고만 섰는데

"이년, 발딱 일어서지 못하느냐."

하는 호령과 함께 아버지는 벌떡 일어서며 봉희에게로 달려들어 엎드려서 흐느끼는 딸의 머리를 두어 번이나 쥐어박는다. 봉희는 눈물이 주르르 흘러내리는 얼굴을 쳐들며

"아버지! 아버지가 저를 죽이실 수 있을는지는 몰라두 억지루 시집을 보내실 수는 없어요!"

고 부르짖으며 겁 없이 아버지를 똑바로 쳐다본다.

198회, 1934.10.24.

③ 어머니에게 끌려서 별당에서 내려온 뒤에 봉희는 눈이 붓도록 울며 밤을 밝혔다. 어머니가 달래고 타이르다 못해서 나중에는

"할머니가 돌아가시기 전에는 아버지나 내가 말씀을 거역할 수가 없으니 겉으로 정혼만 해두고 슬슬 미뤄가다가 좋은 자리가 나서면 파혼을 못하는 법도 아니니까 그때 봐서 좋도록 하자꾸나. 콩으로 메주를 쑨 데도 곧이를 듣지 않으시고 당신 고집만 세시는 할머니 성미를 뻔히 알면서 불공스럽게 달려들면 어쩌잔 말이냐."

하고 빌다시피 하였다. 그러나 봉희는 무슨 일에든지 한평생 자기주장을

한 번도 세워 보지 못하는 개성(個性)이 없는 어머니하고는 상대도 하고 싶지 않아서 일일이 말대꾸도 안 하고 저 혼자 머리를 쥐어뜯으며 울다가

"정 어른 위세들을 하시구 고집을 하시면 나두 내 맘대루 할 테예요. 자녀의 결혼을 강제로 시키려는 부모는 너무나 무리하지만요, 장성한 여자가 제 남편감을 제 눈으로 골라가는 건 천지 이치에 조금두 어그러질 게 없으니깐요. 난 어머니 아버지가 낳기는 하셨지만 어머니 아버지가 당신네 체면만 세우느라구 맘대루 할 수 있는 무슨 물건이 아닌 줄만 알어두시면 고만예요."

하고 입을 꼭 다물어 버렸다.

"너 그럼 누구하구 언약이래두 한 일이 있니? 응 애야, 봉희야! 있거든 있다구 바른 대루 말을 하려무나. 어미가 알면 누구더러 말을 할 줄 아니? 응 봉희야."

하고 딸의 손을 끌어당기며 머리를 쓰다듬어 주며 자애 깊은 어머니답게 묻다가 딸이 영영 입을 벌리지 않으니까

"네가 이럴 줄 몰랐다. 어미한테까지 속을 안 줄 줄은 참 정말 몰랐구나."

하고 찔끔찔끔 울기까지 하였다. 그러나 이런 자리에서 어머니가 꾀송꾀송 묻는다고 "네 아무개 하구 약혼까지 했어요" 하고 경솔히 속을 뽑힐 봉희도 아니었다.

아버지는 아버지대로 화가 나서 반주를 두 주전자나 마시며

"에이 괘씸한 년."

"양반의 집이 망하면 곱게두 못 망하구 딸자식까지 부모의 말을 거역

하니 늙은 건 진작 죽어야지. 에이 죽일 년."

하고 혼자 노발대발하다가 술이 거나하게 취하니까 마음이 조금 풀려서, 평생 처음 홧김에 손찌검을 한 것이 마음에 걸리고 맘에 없는 시집은 가기 싫다고 애걸복걸하던 것이 가엾은 생각도 슬그머니 들어서 시중을 하고 선 셋째며느리더러

"애 네 시뉘를 좀 불러라."

하고 분부를 내렸다. 봉희는 막무가내로 안 가겠다고 뻗대기는 것을 인숙이가 별별 소리를 다해서 대방으로 부축을 하다시피 하고 데리고 갔다.

"온 미거한 자식 같으니. 아비가 좀 꾸짖었기로 쪽쪽 울다니. 그래 넌 잘한 양 싶으냐. 어서 게 앉아라."

하고 매우 화평한 낯을 짓는다. 그러나 아버지가 열 마디 스무 마디 되풀이를 하는 말은 옛날부터 자녀는 무조건하고 부모의 명령에 순종하였다는 것과 더구나 문벌이 높은 집안의 규수는 어른이 시키는 대로 좋으니 언짢으니 말은커녕 사색도 보이지 못하는 법이니 털끝만치도 거역을 하지 않아야 귀하고 착한 내 딸이라고, 어름어름 구슬리는 수작이었다.

봉희는

'어쩌면 저렇게 케케묵은 말씀만 자꾸 하실까.'

하고 가슴이 답답해서 금방 터질 것 같건만

'이런 기회에 단단히 내 생각을 말해 버려야지. 울고만 있을 때가 아니다.'

하고 공손한 말씨로

"다른 일은 무어든지 어른들의 말씀대로 순종을 하겠어요. 그렇지만

혼인만은 아버지나 할머니 맘대루 못하실 줄 아세요 첫째 아버지하구 저하구 사는 시대가 다르니까요 제가 아버지 시대에 살 수도 없구, 아버지께서 제 시대에 사실 수두 없으시니까요. 따라서 저이들의 생각이 노인네들의 생각하구는 다를 게 아니겠어요?"

하고 이번에는 아프지 않게 두 번째 반역의 깃발을 들었다. 아버지는 술이 일시에 오르는 듯

"헛 고년, 그래두 주둥아리를 닥치지 못하구. 보기 싫다. 나가 이년, 오늘부터 애비하구 의절이다!"

추상같은 호령과 함께 들었던 술잔을 내던졌다. 술잔은 바로 봉희의 이마를 맞혔다.

199회, 1934.10.25.

④ 봉희는 이마를 비비며 일어서 아버지의 앞을 물러나왔다. 얻어맞아도 아픈 줄도 모르고 부녀간 의절을 하겠다는 말을 들어도 그다지 겁도 나지 않았다.

'혼인 문제는 당자가 더 걱정이 되고 시집이 가구 싶으면 내가 더 급할 텐데 왜 저렇게 어른들이 야단스럽게 서두르실까. 의절을 한다고 마지막 가는 말씀까지 하시며 펄펄 뛰실 필요가 어디 있어.'

하고 도리어 우스운 생각이 들었다. 봉희는 몹시 흥분된 중에도 당신네들에게 무슨 잇속이 있기에 죽어라고 싫다는 것을 죽어라고 시집을 보내지 못해서 극성을 부리는 옛날 양반들의 심리를 도무지 이해할 수가 없었다.

'어디 누가 이기나 볼걸.'

하고 저와 어른들을 두 편에 갈라가지고 편쌈꾼 벼르듯 하고 제 방으로 들어갔다.

　한편으로 인숙은 제가 직접 당하는 것만치나 시누이의 일이 딱하고 걱정이 될 뿐 아니라

　'그 성미에 저러다가 무슨 동티나 나지 않을까.'

하고 어떠한 불길한 조짐이나 보이는 듯이 마음을 졸였다.

　'그 못난 무녀리한테로 시집을 가느니보다는 차라리 장발이 첩이 되는 게 낫지.'

하는 생각까지 슬그머니 들었다. 그러나 가만히 눈치를 보면 정면으로 반항을 하고 어른들과 사뭇 싸우려고 달려드는 용기가 나는 것이 암만해도 세철이와 굳은 약속까지 있는 것이 틀림없으리라고 짐작이 되었다. 그러나 그런 말을 입 밖에 내기만 했다가는 저부터 이 집에서 쫓겨날 것이 분명하다. 그러니 어떡했으면 봉희의 소원대로 성취를 시켜줄는지 당초에 묘책이 나서지를 않았다. 시누이의 속마음을 알고 무한히 동정을 할수록 저에게는 그를 도와줄 조그만 힘도 없는 것이 한탄이 될 뿐.

　인숙은 밤늦도록 바느질을 하며 곰곰 생각을 해 본 끝에 누이의 일은 아는 체도 안 하고 아직도 사요코를 빼앗긴 것이 분해서 자다가도 이를 뿌드득뿌드득 가는 남편이, 잠이 들기를 기다려 살그머니 일어서 삼층 장문을 열었다. 그래도 그런 일을 의논해 볼 사람은 남편 밖에 없고 아무리 누이의 일쯤은 염두에 없는 터이라도 하여간 친남매간이요 이 집의 누구보다도 그만 이해는 해 줄 상싶으나, 모두 무미하게 그런 말을 하느니보다는 장발의 편지를 미끼삼아서 밝는 날 아침에라도 이야기를 꺼내 보려고 의걸이 밑바닥을 더듬었다. 그러나 집행 당하는 통에 작은동서의

옷과 뒤섞어 놓은 의걸이 속은 미쳐 손을 대지도 못하고 내버려둔 채로 있다. 작은동서가 차압이 풀리던 날 누가 제 옷가지를 팔아나 먹을 줄 아는지 벼락같이 와서 뭉쳐가지고 간 뒤라 "이혼이라도 하고 당신과 다시 결혼을 하겠다"고 이름도 안 쓰고 보낸 그 편지는 간 곳이 없다.

"이를 어쩌나? 어디루 갔을까?"

하고 인숙은 공연히 가슴이 덜컥 내려앉아서 전등까지 들이대고 의걸이 속을 구석구석 샅샅이 뒤져 보았다. 옷을 죄다 꺼내놓고 서캐 잡듯 옷 갈피를 뒤져도 여전히 편지의 행방은 묘연하다.

"옷을 싸갈 때 묻어갔남."

하고 인숙은 작은동서의 방으로 갔다. 작은동서는 벌써 불을 끄고 잠이 든 모양이다. 인숙은 밤중에 유난스럽게 자는 잠을 깨울 수도 없어서

'혹시 작은아씨나 뒤져 보고 없애지나 않았나.'

하고 봉희더러나 물어보려고 요새 봉희가 쓰는 아랫방 문을 소리 없이 열고 들어섰다. 아랫목에 자리는 깔렸는데 봉희는 그림자조차 없다.

'이제 또 웬일일까?'

하고 인숙은 눈이 둥그레져서 툇마루로 불을 밝혔다. 그러나 노 벗어놓던 자리에 봉희의 구두까지 없어졌다.

😊 200회, 1934.05.26.

⑤ 봉희는 제 방으로 돌아와 머리카락을 쥐어뜯으며 무한히 고민을 하던 끝에

'죽어나 버렸으면.'

하는 생각까지 들었다. 분합마루 위에 시꺼멓게 걸은 대들보를 쳐다보고,

한강으로 스케이트를 하러 다니며 보던 시퍼런 얼음구멍을 한 눈앞에 그려도 보았다. 어느 유치원 보모가 본처 있는 남자와 연애를 하다가 그 남자가 마음이 변한 데 분개해서 쥐 잡는 약을 먹고는 병원에서 응급치료를 받다가 참혹한 죽음을 한 신문기사와 그 여자의 사진이며 창자를 끊어내는 듯한 고통을 받으면서도 박정한 남자에게 써 보낸 유언서까지 신문에 박혀 났던 것이 눈앞에 또렷이 떠올랐다.

봉희는 그와는 사정이 다르면서도 몸서리를 쳤다. 죽음의 공포가 온몸을 엄습하는 듯 앉았을 수도 누웠을 수도 없어 철창 속에 갇힌 동물처럼 방 안을 왔다 갔다 하며 마음을 가라앉히려고 무진 애를 썼다. 그러다가

"급한 일이 있거든 내게 와서 의논을 하세요"

하던 세철의 말 한마디가 번갯불같이 번쩍하고 머릿속에 떠올랐다. 봉희는 일초 동안도 망설이지 않고 발딱 일어섰다. 스웨터 하나만 걸치고 내려가 중문 대문의 빗장을 소리 없이 벗기고 큰길로 뛰어나갔다. 세철에게로 도망꾼처럼 달음박질을 해서 오는 동안, 봉희는 숨이 가쁜지도 모르고 어느 겨를에 왔는지도 몰랐다.

'오늘 밤 안으로야 어떻게든지 단단히 귀정을 짓지 않고는 길바닥에서래도 밤을 새울 걸.'

하고 마음을 다부지게 먹고 세철에게까지 왔다. 다 와서 생각을 하니 딱따기를 치러 다니는 세철이가 집에 있을 시간이 아니다.

'혹시나'

하고 봉희는 세철의 방문을 두드렸다. 불도 켜지 않은 덧문을 더듬어 보니 조그만 맹꽁이 자물쇠가 채어 있지 않은가. 봉희는 그만 낭판이 떨어졌다. 한데서 언제까지나 기다릴 수도 없고 어디로 싸다니는지를 모르는

사람을 덮어 놓고 찾아나갈 수도 없는데 그렇다고 집으로 도로 돌아가기도 싫었다. 봉희는 오도 가도 못하고 침침한 툇마루에 가 걸터앉았다가 안채에 든 사람에게 세철이가 몇 시쯤 나갔나 물어보려고 중문간을 기웃거렸다. 그러나 불은 꺼지지 않았는데도 벌써 잠들이 든 듯 아무 인기척이 없다. 봉희는 그만 땅바닥에 가서 펄썩 주저앉아서 어린애처럼 엉엉 울고 싶은 것을 간신히 참고 다시 한 번

'혹시나'

하고 잠가 놓은 방문의 자물쇠를 비틀어 보았다. 요행으로 자물쇠는 딸깍 하고 열렸다.

세간도 없는 방을 번번 잠글 필요는 없으나 그래도 그대로 나가기는 허술하든지 방 임자는 자물쇠를 채워 두는 체만 하고 나갔던 것이다. 덧문을 살그머니 연다는 것이 배목이 헐거워서 덜컥 소리를 내며 문짝이 활딱 열리는 바람에 봉희는 도적질을 하려고 남의 방에 곁쇠질이나 하던 것처럼 가슴이 두근거렸다. 주인 없는 바깥방문이 요란히 열리는 소리를 듣자 안채에서

"누구요?"

하는 새된 여자의 목소리가 들렸다. 조금 있자 잠 없는 늙은 마누라가 치마끈을 매며 쫓아 나와서 봉희를 얼굴 가죽이나 벗길 듯이 들여다보더니

"응 왔소?"

한다. 저번에 봉희가 와서 밥을 지어 먹는 것을 문틈으로 내다보고 담 너머로 넘겨다보고 하면서 안집 식구들이 낄낄대고 웃은 일이 있어서, 그 마누라도 봉희를 눈여겨보아 두었던 것이다.

"이 방에 있는 학생이 몇 시쯤 나갔어요?"

봉희는 될 수 있는 대로 제 몸을 으슥한 구석으로 감추면서 나직이 물었다. 마누라는 봉희의. 앞으로 버썩 다가서며 귓속말하듯

"아 몇 시에 나간 게 뭐요? 그저께 새벽녘에 형사들이 우루루 달려들어서 막 묶어갔는데…. 그중에 우리두 어떻게 놀랐는지 십년감수는 했소"

하고 허풍을 떤다. 봉희는 금방 머릿속이 팽 돌아서 툇마루에 가 펄썩 주저앉았다.

201회, 1934.10.27.

6 그동안 봉희의 집은 발칵 뒤집혔다. 인숙은 새로 두 시 세 시가 되도록 봉희가 돌아오기만 까맣게 기다리다가 시누이가 집에 없는 줄을 저 혼자 알면서 모른 체하고 눈감아 둘 수도 없고, 생후 처음으로 아버지에게 얻어맞기까지 해서 분을 참다못해서 좁은 생각에 그만 마지막 가는 길이나 밟지 않았나 하는 의심이 용솟음치듯 하였다. 몇 시간을 저 혼자 드나들면서 간을 졸이며 기다리다가

"아 작은아씨가 집에 없습니다."

하고 만사태평으로 잠이 든 시어머니에게 급보를 하였던 것이다.

"응? 걔가 집에 없다니 그게 무슨 소리냐?"

하고 시어머니는 벌떡 일어나 단속곳 바람으로 이 방 저 방 돌아다니며

"어서들 일어나거라. 봉희가 어디루 갔다는구나."

하고 식구들을 두드려 깨웠다. 자작은 술이 잔뜩 취해서 천장이 울리도록 코를 골다가

"뭐? 봉희가 어딜 갔어?"

하고 지게미가 낀 눈곱을 손등으로 비비면서 비틀거리고 대청으로 나왔다. 방방이 껐던 전등을 켜고서 구석구석 빈 틈 없이 뒤져도 생쥐 아닌 사람이 있기만 하면야 눈에 띄지 않을 리가 없다. 나중에는 솜방망이를 만들어 석유를 끼얹어 가지고 이 뒤꼍 우물 속에까지 넣어 보고, 헛광이며 사랑방까지 열어 보았건만 봉희는 그림자나마 얼씬도 할 리가 없다. 자작은 누가 찬물이나 끼얹은 듯이 벌벌 떨면서

"별당에나 있나 올라가 봐라."

하고 셋째며느리에게 명령을 한다.

"조금 아까두 제가 올라가 봤는데 거기도 없습니다."

하고 인숙은 파출소로 수색원을 제출한다고 자리옷을 입은 채 나가는 봉환을 중문간으로 쫓아나갔다.

"내가 혹시나 하구 생각나는 데가 한 군데 있는데요…."

"어디란 말요?"

"힝녀케 다녀올 테니 내가 갔단 말을 해선 큰일 나요."

"그럼 진작 그런 말을 하지."

"꼭 거기 있을는지 어떻게 알구 미리 말을 내요. 아무튼 행랑아범 하나만 내 뒤를 쫓아 보내세요."

하고 말끝도 채 맺지 못하고 골목 밖으로 사라진다. 봉환은 어떤 영문도 모르고 튼튼한 아범을 깨워 급히 따라 보냈다.

인숙은 그동안 꼭 들어앉았던 오금에서 자개풍이 나는 듯 어찌나 급히 걸었는지 속옷에 땀이 다 축축이 배었다. 정신없이 세철이가 있는 집 근처까지 와서는 하인이 집을 알지 못하게 하느라고

"게서 잠깐 기다리게."

하고는 골목 밖에다가 멀찌감치 세워 놓았다. 학교에 다닐 때에 복순을 찾아 여러 번 와본 집이라 골목 안이 어둡고 매우 소삽하건만 인숙은 서슴지 않고 세철의 방문 앞까지 찾아 들어올 수가 있었다. 봉희는 세철의 이불을 말아놓은 데 가서 까무러친 듯 엎드렸다.

"작은아씨!"

하고 인숙은 봉희의 어깨를 흔들었다. 봉희는 대답이 없을 뿐 아니라, 온몸이 꼼짝도 안 한다. 의심스러움에 빛나는 인숙의 눈은 황급히 방바닥과 책상 위를 달렸다. 세철의 책상 위에 잉크병으로 눌러놓은 한 조각 글발! 인숙은 그 종이를 움켜쥐듯 집어 들었다.

세철 씨!

당신과 처음 만나던 이 방에서, 당신과 사랑을 고백하던 이 방에서, 나는 떠나지 않겠습니다. 영혼을 떠난 육신만이라도 당신이 붙잡혀 가시는 날까지 덮으시던 빈자리를 부둥켜안고 놓지 않겠습니다.

나는 오늘 저녁에야 비로소 사랑이라는 것이 얼마나 괴롭고 가슴 쓰라린 것인 줄을 깨달았습니다. 그와 동시에 그 목석과 같이 완고한 우리 부모는 벌써 정신상으로 나의 어버이가 아닙니다.

이제 와서는 의지할 곳 없는 이 몸이 마지막으로 당신을 찾아 왔으나, 당신마저 포승을 지고 나보다 먼저 떠나셨습니다그려! 이것이 다 우리가 이 조선에 태어난… 그러나 나 혼자만은 죽어서라도 당신의 방을 영원히 지키겠습니다!

202회, 1934.10.28.

☐ 걷잡을 수 없는 흥분과 불안과 초조에 지글지글 졸이던 봉희의 조그만 가슴은 또다시 천만뜻밖에 세철이가 검거를 당한 것으로 말미암아 너무나 낙심이 되어서 자진방아를 찧던 염통이 덜커덕 내려앉는 듯, 떨리는 손으로 세철에게 유언서 같은 것을 두어 장쯤 써놓고는 고만 이불 위에가 폭 엎드린 채 깜박하고 제정신을 잃었던 것이다.

인숙이와 행랑아범에게 좌우를 부축이 되어 큰길로 나와 인력거를 탈 때까지 봉희는 몽유병자처럼 눈을 멀거니 뜨고 길거리의 전등을 꿈속처럼 바라다볼 뿐. 집안 식구들은 대문 밖까지 내달아 야단법석을 하면서 봉희를 떠메듯 하고 제 방으로 데려다 눕혔다. 봉희는 벙어리가 된 듯이 입을 다문 채 인숙의 손을 꼭 쥐고 조금 머리를 흔들어 보인다. 그 눈은 감사와 애원하는 빛으로 가득 찼다. 인숙은 잡힌 손을 꼭 쥐어주며 조금 고개를 끄떡여 보였다. 봉희의 애원하는 듯한 눈 속에는

"내가 그이한테 갔었다는 말을 하지 말어 주."

하는 말이 들었던 것이다.

자작은 대청 분합마루에서 안절부절을 못하며

"저년을 누가 데리구 들어왔느냐? 둘 다 내쫓어라. 내 자식이 아닌 담에야 길바닥에 가 거꾸러져두 좋다."

하고 야단을 치는 것을 마누라가 소매에 매어 달리어

"아이고 대감, 제발 들어가 주무십시다. 내일 아침에 불러다가 죽이든 살리든 하시구려. 초벌은 죽어 들어와서 얼이 빠져 누웠는걸⋯."

하고 그만 들어가자고 애걸복걸을 해도, 자작은 찬장 속의 술병을 손수 꺼내어 찬 술을 들이키고 나서는 한바탕씩 호령을 한다. 대청 한 구석에 가서 웅숭그리고 섰던 봉환이가 보다 못해서

135

"아버지, 고만 들어가 주무세요 봉희가 뭐 잘못한 게 있다구 그러세요?"

하고 누이의 역성을 들었다.

"뭐야? 이놈 무엇이 어쩌구 어째? 봉희가 잘못한 게 없다니. 아비의 말을 거역하구 죽으러 나간 자식이 잘했단 말이냐."

봉환은 그만 빨끈하였다.

"그런 말씀은 백 번 천 번 거역을 해두 좋아요! 맘에 없는 혼인을 억지루 하는 것보다는 진작 죽어버리는 게 낫지요"

하고 계집애처럼 팩 쏘았다. 부자간에까지 싸움이 벌어질 형세를 보자 어머니는 울상이 되어서

"애야, 너마저 이러느냐. 어서 들어가거라. 몸두 성치 못한 게… 어서 내 청을 들어라."

하고 아들의 허리를 껴안고 걸려서 제 방으로 내려 보냈다. 인숙은 바들바들 떨면서 남편의 뒤를 따랐다.

자작은 아들이 자기 앞에 없는지도 모르고

"너 이놈 네 행실은 내가 모르는 줄 아느냐. 일전 그림공분가 발금쟁인가 한다구 아비 몰래 도망을 가더니 너 이놈 계집질하는 공부부터 하구 나왔더구나. 이 단매에 쳐 죽일 것들 같으니라구 죽어두 좋다니. 아 그래 터진 입으로 말이면 다하는 줄 아느냐."

하고 보꾹이 얕으라고 펄펄 뛰더니 금방 풀이 죽어서 목소리를 떨어뜨리며

"여보 마누라 마누라나 내가 자식들한테까지 이 꼴을 당하구 더 살어 뭘 하우? 죽읍시다. 욕을 더 보기 전에 우리 둘이 한 끈에 목을 매구 자

결합시다."

하고는 두 늙은이가 마주 붙잡고 울었다. 먼동이 틀 때까지 잔주를 하다 가는 자기가 이 집에 양자로 들어와 죽을 날이 가까운 사람이 파산을 해서 갖은 창피를 다 당하고 자녀들까지 모조리 자기에게 정면으로 반역을 하는 생각을 하고는 어찌나 분하고 절통한지 마룻바닥을 주먹으로 치며 사뭇 통곡을 하였다.

😊 203회, 1934.10.29.

⑧ 이튿날 봉희는 온종일 굶고 이불을 뒤집어쓰고 누워서 울었다. 졸업시험을 보다가 제일 중요한 과목만 남기고 결석을 하는 것이 분하였다. 그러나 낙제를 하든 졸업을 못하든 그것은 도리어 몇 째 가는 문제요, 불시에 검거를 당한 세철의 소식이 여간 궁금하지 않았다.

'무슨 일로 잡혀 갔을까?'

'얼마나 고초를 겪을까?'

'지금 경찰서 유치장에 있을까. 대번 감옥으로 넘어가지나 않았을까.' 하고 별의별 생각을 다하여 보았으나 제가 나가서 돌아다니며 알아본다 더라도 극비밀리에 붙였던 듯한 사건이 알아질 리가 없을 것 같아서

'이런 때 복순이나 나왔으면 사면으로 돌아다니며 수소문이나 해다 줄걸.'

하다가

'참 복순이 때문에 또 원산으로 붙잡혀 가지나 않았나?'

하고 복순의 탓도 하여 보았다. 아무튼 세철이가 붙잡혀가서 사람으로서 견디기 어려운 고초를 당할 생각을 하니 지금 제가 받는 마음의 번민쯤

은 아주 약과였다.

'고만 일어나 정신을 차리구 어디가 있는 걸 알아 봐서 밥이나 차입을 해 줘야지.'

하다가도 이런 기회에 한 대엿새 굶어서 아버지의 기를 꺾고 파혼을 하겠다는 항복을 단단히 받고야 말리라 하고 이를 꼭 깨물고는 냉수 한 모금 안 마시려 하였다.

저녁때가 지나서야 인숙은 봉희의 방으로 내려갔다.

"이렇게 생으루 굶으면 어떡하우? 오늘 내일 무슨 일이 있을 게 아닌데 졸업시험을 안 보면 어떡하려우? 아까부터 내려오려두 어른들이 이상스럽게 아실까 봐 인제야 간신히 빠져나왔수. 그러잖아두 어머님께선 자꾸만 작은아씨가 어디가 있는지 어떻게 알구 네가 데려 왔느냐구 물으셔서 그저 제일 친한 동무 집에 갔을 듯하길래 찾아갔다가 요행으로 만났다구 여쭙긴 했지만…."

하고 봉희의 이마 위에 흐트러진 머리카락을 쓰다듬어 올려주더니

"엊저녁에 오빠가 자꾸만 물으시기에 그 말을 했수. 그래두 이 집의 누구보다 오빠는 작은아씨를 동정하는 것 같길래…."

하고 무슨 잘못이나 한 듯이 빌다시피 한다.

"인젠 아무래두 겁날 게 없수. 난 조금두 양심에 부끄러울 게 없으니까… 참 신문 그저 안 왔수?"

하고 봉희가 몸을 일으키는데 때 마침 담 밖에서 신문의 방울소리가 딸랑딸랑 들렸다.

"신문 좀 갖다 주. 어서."

하고 봉희는 이불을 걷어차고 일어나 앉는다.

…신문 사회면 첫 머리에는 제일 큰 활자로

비밀결사인 사회과학연구회 조직 중에 탄로되어 고학생 수십 명 검거

란 제목이 맨 먼저 봉희의 눈을 동그랗게 하였다.
그리고

재작일 새벽부터 ××서가 아연 활동을 개시하여 부내 원동 ××번지 경성전기학교 오학년생 박세철(22)을 위시하여 각처에 잠복한 고학당 생도 십여 명을 검거하고 방금 엄중 취조 중인데 취조의 경과를 따라서 사건은 더욱 확대될 듯하다고 한다.

라는 간단한 기사가 났다.
봉희는 기계기름 냄새가 코를 찌르는 신문지를 뚫을 듯이 들여다보다가
"아이구 여간해서 나오긴 틀렸수. 예심에만 붙으면 으레 이태 삼 년은 걸리던데…."
하고 신문지가 날아가도록 한숨을 내쉬더니
"새언니, 난 죽을 테요 인제 참 정말 죽는 수밖에 없수!"
하고 인숙의 치맛자락을 쥐어 뜯어가며 느껴느껴 운다.

204회, 1934.10.30.

⑨ 졸업반에서 가장 성적이 좋았고 바스켓볼 선수로 전교에서 선생이

나 생도 간에 모르는 사람이 없던 윤봉희가 마지막 시험을 보는 도중에 무단히 결석을 하니까

"윤봉희가 갑자기 병이 나기 전에는 결석을 할 리가 없으니 너희가 가서 다녀오너라."

하고 담임선생이 몹시 궁금해서 동급생을 서넛이나 집으로 보냈다. 졸업식 날 내빈의 축사에 봉희가 답사를 하기로 작정을 하고 있었고 사은회나 기타 여러 가지 일을 맡은 책임자가 돌연히 그림자를 감추어 버려서 동창생들도 적지 아니 걱정이 되었던 것이다. 봉희는 동무들을 반기면서도

"독감 차례가 왔는지 며칠 죽도록 앓았단다."

하고 거짓말을 하지 않을 수 없었다. 제일 친하게 지내던 동무들한테 저의 사정을 이야기하고는 싶건만 발 없는 말이 천리를 간다고 소문이 짝 퍼질까 보아 겁이 먼저 났다. 담임선생에게는 솔직한 고백을 해서 그의 지도를 받고 가정방문이라도 해서 결혼 문제를 반대해 주도록 힘을 빌고 싶은 생각은 간절하였다. 이런 경우에 누구보다도 저를 잘 이해해주고 장래를 위해서 힘을 써줄 사람은 선생밖에 없을 뿐 아니라 선생 역시 결혼시기에 이른 귀중한 딸들을 맡은 터이니까 학과만을 가르치는 것으로 책임을 다하는 것이 아니건만, 봉희는 그것도 단념을 하지 않을 수 없었다. 담임선생이 조선 사람이라도 그런 말을 입 밖에 내기가 여간 어렵지 않겠는데, 조선 가정의 전통과 인습과는 아무 이해와 견문조차 없는, 더구나 남자 선생에게 그런 일을 의논한댔자, 저의 가정의 수치를 폭로하는 것밖에 다른 효과가 없을 상 싶었던 것이다.

그러나 봉희는 다시 학교로 가지 않을 수 없었다. 인숙의 간절한 권고

도 있었거니와

"내가 어떡하든지 너 좋도록 해줄 테니 어서 일어나 밥을 먹고 학교에 가거라."

하는 어머니의 언질을 받고서야 일어났다. 그러자 동창생들이 십여 명이나 떼를 지어 우르르 몰려와서 봉희를 떠메듯 해가지고 갔다.

평상시에 성적이 좋았으니까 시험을 다보지 못했더라도 봉희가 낙제를 할 염려는 없지만 한 사람은 지금 철창 속에서 햇빛도 쏘이지 못하고 갇혔는데 저 혼자 여러 사람 앞에 나서기가 싫고 무사히 졸업장을 받는 것까지도 저만 호강을 하는 것 같아서 양심에 거리끼었다. 그래서 남들이 영광스럽게 여기는 일은 굳이 사양을 하였다.

졸업식 전날 밤 봉희는 덧문을 첩첩이 닫고 밤을 새워가며 재킷을 짰다. 털실을 살 돈이 없고 달라기도 싫어서 제가 두르던 목도리와 스웨터의 실을 풀어서 남자가 입을 재킷을 짜기 시작하였다. 손가락이 부르터오르도록 대바늘을 재빠르게 놀리면서 철창 속의 세철을 생각하고 문초를 당하는 장면을 상상하니 몸서리가 쳐졌다. 그러다가는 눈물이 어리어서 바늘코를 넘기고 다시 풀기를 몇 번이나 하였다. 지난겨울에

'내 손으로 재킷이나 하나 짜서 선사를 해야지.'

하고 외투도 못 입고 야기를 쏘이고 다니는 사람이 좀 추울까 하고 꼭 짜주려고 벼르기만 하다가 졸업 준비 입학 준비로 틈을 얻지 못하고 오늘 내일 하고 미뤄왔다.

'낮에는 봄날 같아도 아침저녁에는 아직두 겨울처럼 쌀쌀한데 그 마루방 속에서 이부자리도 없이…'

하고 아직 구경은 못하였으나마 유치장 속에서 그 단벌밖에 없는 알따란

141

교복 한 껍데기만 입고 웅숭그리고 앉아서 우들우들 떠는 세철이가 바로 눈앞에 보이는 것 같았다.

앉은 자리에 녹아버릴 듯이 심신이 피로한데 꼬박꼬박 졸린 것을 대바늘 끝으로 살을 꼭꼭 찔러가며 고스란히 밤을 밝혔건만 재킷은 반도 짜지지를 않았다.

🙂 205회, 1934.10.31.

⑩ 졸업식 날 봉희는 고아원에서 자라난 학생과 같이 외로웠다. 다른 동무들은 부모는 물론, 친척들까지 새 옷을 떨쳐입고 와서 기쁨에 충만한 얼굴로 대강당이 빡빡하도록 앉았건만 봉희는 맨 뒷줄에 가서 낙제생처럼 풀이 죽어서 머리를 들지 못하였다.

혼인 문제보다도 세철이가 검거를 당한 것보다도 봉희에게는 당장에 큰 근심이 또 하나가 생겼던 것이다. 그것은 저의 혼인 때문에 부르터 오른 심화로 곡기를 끊고 매일 술만 퍼붓듯 하던 아버지가 풍이 동해서 밤새로 반신불수가 된 것이다. 어머니가

"아이고 대감이 돌아가시나 보다."

고 소동을 해서 큰아들에게 전보까지 치고 평시에는 양의를 싫어하건만 급하니까 의사를 둘씩이나 불러다가 주사를 놓고 하느라고 가뜩이나 정돈되지 못한 집안은 아주 난가를 이루었었다. 의사는 중풍의 유전이 있고 없는 것을 물은 후에

"몹시 흥분되었던 끝이나 알코올 중독이 심하면 동맥이 경화되기가 쉬운데 일조일석에 완쾌되기가 어려운 병이니 아무쪼록 안정을 하시도록 하라."

는 주의를 시키고 간 뒤에야 시각대변이 있지만 않을 것을 안심하고 잠깐 식장에만 다녀가려고 빠져 나왔던 것이다.

봉희가 집에 없는 동안에 문 밖에 발 한 번 내밀지 않던 별당노인까지 내려와서 아들의 문병을 하였다.

"이거 온 큰일 났구나. 어머님 내력이란 말인가. 입이 다 삐뚤어지고 왼편 팔다리가 불인한 게 증세가 똑같구나."

하고 이러다가 아들이 자기 앞을 설까 보아 그 말은 차마 입 밖에 내지는 않아도 입맛을 쩍쩍 다신다.

"아무튼 기동은 못해두 정신은 멀쩡한 병이니 봉희 혼인만은 하루바삐 해치워야겠는데 암만 꼽아 봐두 이 달엔 마땅한 날이 없구나."

하고 이제는 택일을 하지 못해서 성화가 났다.

"내달엔 초아흐렛날이 닿는 데는 없지만 길진은 못 되거든, 저편에선 어저께도 사람이 와서 이달 안으로 해버리자고 온종일 조르다 갔는데 혼사란 오래 끌면 재미가 적은 법이야."

하고 죽기 전에 사위나 보게 해주어야 하겠다는 듯이 봉희를 성례라도 시키자고 독촉을 한다. 자작은 조모가 중풍으로 삼사 년이나 지긋지긋이 끌던 생각을 하자 고만 처량한 심회를 금치 못하고 눈물로 베개를 적시면서도

"난 모르니 어머니께서 맘대루 하세요"

하고 어눌한 말씨로 띄엄띄엄 의사표시만 하고는 푸— 하고 긴 한숨으로 윗수염을 날린다.

'난 이 병으로 죽구 만다.'

하고 모든 것을 절망하면서도 자작 역시

'딸자식이라고 막내로 그것 하나뿐인데 머리를 올리는 거나 보구 죽어 야지.'

하고 봉희 하나만 성례를 시키지 못하고 죽는다면 크게 유한이 되어 눈을 감지 못할 것 같은 생각이 들었다. 봉희의 어머니 역시 남편의 머리맡에서 훌쩍훌쩍 울면서 앞일을 난감해 하다가도

"어쨌든 대감 생전에 제 임자를 맡겨야 시름을 잊겠어요"

하고

"내가 어떡하든지 좋도록 해줄 테니…."

하고 딸하고 찰떡같이 언약을 한 것은 까맣게 잊어버렸다. 별당노인은

"그럼 내달 초아흐렛날로 아주 정해 보낼 테니 그런 줄이나 알구 과히 상심하지 말어. 그 병에는 심화를 내선 못쓰느니."

하고 손부들에게 부액을 하고 자기 처소로 올라갔다.

집에서 무슨 일이 있었는지 모르는 봉희는 졸업장과 사진첩을 싸들고

"아버지가 그동안 돌아가시지나 않으셨나?"

하고 길바닥에 가 쓰러질 듯이 어질어질한 것을 간신히 참고 총총히 걸어 집으로 돌아왔다.

🙂 206회, 1934.11.01.

11 "아무도 못 가봐서 얼마나 섭섭했수?"

인숙은 누구보다 먼저 나와 맞으며 웃으면서 봉희의 졸업장을 받아들였다. 그러나 그 웃음은 억지로 짓는 부자연한 웃음이었다.

봉희는 잠자코 아버지가 누운 방으로 들어갔다. 채수염에 신수가 좋기로 유명하던 아버지는 딴사람처럼 얼굴이 변하였다. 보기 흉하게 삐뚤어

진 입모습을 따라, 반백도 더 된 기다란 아랫수염은 가을바람에 불려서 이리저리 얼크러진 시들은 잔디풀 같다고 할까. 더구나 왼편 팔과 다리에 힘줄이 풀리고 감각을 잃어서 죽은 사람의 수족과 같이 척 늘어뜨리고 어머니에게 상반체를 기대고 누운 아버지의 모양! 너무나 비참하게도 변한 아버지를 한참이나 말없이 내려다보는 딸의 눈에는 눈물이 괴었다. 무슨 까닭으로 반신불수까지 되었는지 그 이유를 생각하기보다도 먼저, 아버지가 무한히 가엾어 보였던 것이다. 봉희의 눈에 뜨끈하고 솟았다가 방바닥에 방울방울 떨어지는 눈물은 어제까지 느껴보지 못하던 골육의 지정에서 우러나는 효심의 결정이었다.

'나 때문에 아버지가 저 모양이 되셨구나.'

'저러다 세상을 떠나시면 내가 아버지를 돌아가시게 한 것이 아닌가?' 이러한 생각이 들자 봉희는 모든 불행의 전 책임이 저에게 있는 듯 비극의 주인공인 아버지의 얼굴을 바로 볼 수도 없거니와 아버지만치나 절망을 하고 등신같이 남편을 붙들고 앉은 어머니의 얼굴도 차마 마주 볼 수가 없었다.

아버지는 손등으로 눈을 비비고 선 딸을 한참이나 물끄러미 쳐다보더니 무어라고 입 속으로 중얼거리듯 한다. 봉희는 그 말을 알아들을 수가 없어서 콧소리를 섞어

"네?"

하고 아랫목으로 귀를 기울였다. 어머니는

"어떤 말씀은 당최 알아들을 수가 없단다."

하고는

"뭐라고 하셨어요? 좀 더 크게 말씀을 하세요"

하고 남편의 입에다가 바싹 귀를 댄다. 자작은 무엇을 달라는 듯이 딸에게 바른손을 내밀며

"조 졸업장 좀 보자."

하고 간신히 얼버무리는 소리를 어머니가 다시 통역을 하듯 한다. 봉희는 제 방으로 가서 방구석에 던졌던 졸업장을 들고 와서 아버지의 눈앞에 펴들었다.

"응…."

하고 아버지는 고개를 끄덕이며 억지로 삐뚤어진 입모습을 끌어올려 웃는다. 그 웃는 표정은 울려고 할 때에 움직이는 근육과 같이 실룩실룩한다. 봉희는 간신히 참고 섰던 울음이 복받쳐 올라서

"아버지!"

하고 폭 엎드리며 써늘한 아버지의 불인한 손을 잡았다. 그와 동시에

"아버지, 제가 잘못했어요! 저 때문에 이렇게…."

하고는 터져 나오는 울음으로 말끝을 맺지 못한다.

'나를 낳고 길러주신 친아버지가 아니면 다 죽게 된 사람이 뉘라서 내 졸업장을 보자고 할까. 내가 너무나 지나치게 반역을 하여서 그 때문에 중풍까지 되어 피만 식지 않은 송장이 되어 누우셨건만 조금도 내 탓을 하지 않으시는 아버지, 도리어 졸업시험을 잘못 보게 한 것을 미안히 생각하시고 그래도 낙제를 하지 않은 것을 기뻐해 주시는 아버지, 아아 우리 친아버지밖에 어느 사람이 나의 잘못을 이다지도 너그러이 용서해 주실까.'

하니 봉희는 아버지에게 대해서 무한히 죄송하고 감사한 생각이 들어서 감격에 넘치는 울음으로 온 몸이 떨렸다. 아버지 역시 감회 깊은 듯이 입

속으로 알아듣지 못할 소리를 하여 성한 손으로 딸의 머리와 들먹거리는 등을 어루만져 준다.

"아버지! 아버지의 병환만 나으신다면 무슨 말씀이든지 듣겠어요! 저한테는 어떠한 불행이 오든지 다시는 제 고집을 세우지 않겠어요."
하고 봉희는 울음을 섞어가며 아버지에게 항복을 하고 말았다.

😊 207회, 1934.11.02.

[12] 봉희가 제방으로 돌아와 보니 밤새도록 짜다가 책상 밑에 꾸려둔 그 재킷이 반이나 더 짜졌다. 봉희는 하도 신기해서

"아이 이것 봐. 누가 이렇게 많이 짜났을까."
하는 혼잣말이 저절로 나왔다. 그와 동시에 올케가 그 분요한 중에도 틈틈이 들어와서 짜주다가 나간 것이 짐작이 되었다.

"아이고 새언니두 이렇게 세철 씨하구 결혼하는 걸 은근히 찬성을 하는데…."
하고 봉희는 소매 없는 재킷으로 얼굴을 비비며 우는데 인숙이가 소리 없이 들어왔다. 봉희는 인숙의 손을 붙들고

"새언니, 난 죽지두 못하구 살지두 못하겠구려."
하고 털실 뭉텅이를 세철이 대신으로 어루만지며

"이이 때문에 아버지의 뜻대로 나 한 몸을 희생할 수도 없구. 아버지의 병환을 조금만 덧들렀다간 내가 아버지를 돌아가시게 하는 셈이니 이룰 어떡하면 좋단 말요?"
하고 흐느낀다. 인숙이 역시 눈물을 깨물다가

"할머님께서 새달 초아흐렛날로 택일까지 해보내신 건 모르는구려?"

한다. 그 말에 봉희는

"뭐요? 새달 초아흐렛날?"

하고 부르짖더니 끝까지 저의 의사를 무시하고 여름 송장처럼 하루바삐 저를 치워버리려는 어른들의 횡포에 다시금 반역의 피가 끓어올랐다. 눈물에 어룽진 얼굴이 새빨개 가지고

"난 조금 아까 아버지 병환이 나 때문에 나신 것 같아서 무슨 말씀이든지 다 듣겠다구 했지만 할머니가 미워서래두 그—예 내 맘대루 하구야 말테요!"

하고 입술을 깨문다. 인숙은 잠자코 재킷을 들어 소매를 짜기 시작하다가 저 역시 무슨 결심을 단단히 한 듯이 처음으로 시누이의 혼인 문제에 대한 저의 의견을 말한다.

"아까 나두 창밖에서 작은아씨가 하는 말을 들었다우. 그렇지만 아버님 병환 때문에 작은아씨가 희생이 된다는 게 될 뻔이나 한 말이요 당장 보기가 딱하니깐 따님 된 도리에 그런 말까지 나온 줄은 알지만, 작은아씨가 그 병신한테 시집을 가면 중풍이 되신 어른이 금방 일어나실 줄 아우. 여러 해 약주를 과하게 잡숫다가 내력으로 풍이 동하신 거지 왜 하필 작은아씨가 시집을 안 간 데서 반신불수까지 되신 줄 아우?"

하고 질문하듯 하더니 무릎이 마주 닿도록 시누이의 앞으로 다가앉으며 매우 흥분해서

"그럼 우리들은 어른들의 병환 때문에 희생이 되는 셈이구려. 겨우 열 살 남짓한 내가 한 번 보지도 못한 노인네의 병환 때문에 이리로 시집을 오지 않았우? 입때까지 말을 안하구 지냈지만 나는 희생을 당하지 않은 줄 아우? 내가 오빠한테 시집을 와서, 아—니 이 댁으로 붙잡혀 오던 날

부터 오늘날까지 얼마나 속을 썩이고 살아 온 줄 아우? 차라리 희생을
당하구 말어버리는 게 낫지, 그래 이런 결혼생활이 세상에 어덨단 말요.
나한테 털끝만한 자유가 있소, 그나마 남편의 사랑이 있소? 참 정말 복순
이 말마따나 이 집의 문서 없는 종이지 뭐요?"
하고 시집살이 근 십 년에 쌓이고 쌓였던 불평을 토한다. 봉희는 고개만
조금씩 끄떡여 보이며 올케의 말에 동감인 뜻을 표하면서도 무어라고 할
말이 없는 눈치다.

인숙은 한마디로 결론을 짓는다.

"나처럼 나이가 어려서 아무것두 몰랐으면 모르지만 작은아씨는 벌써
언약까지 단단히 한 사람이 있는데 그럴 리는 없겠지만 그이가 붙잡혀간
동안에 다른 데로 혼인을 한다면 한 번 박 씨한테 바친 정신상 정조를
깨뜨리는 셈이 아니요? 더군다나 전정이 만 리 같은 젊은 사람이 둘이나
구도덕에 희생을 당하는 게 아니요? 아버지의 병환 때문에 자기는커녕
남한테까지 못할 노릇을 하게 된다면 그런 죄악이 또 어덨단 말요?"
하고 봉희가 정말 무녀리에게로 시집을 가려고 결심을 고쳐하기나 한 것
처럼 간곡히 타이르듯 한다.

🙂 208회, 1934.11.03.

⑬ 봉희는 인숙의 말을 듣는 동안 끝까지 어른들과 싸워나갈 용기를
얻는 동시에

'그런 줄까지는 몰랐더니 새언니가 여간이 아니로구나.'
하고 속으로 혀를 내둘렀다. 저보다 나이도 많고 모든 것을 참아오느라
고 말 없는 중에 속도 무진 썩혔거니와 아무리 다녀 복순의 영향을 적지

아니 받았고 학교에도 다니며 남녀관계나 결혼 문제에 관한 서적도 저보다 많이 읽었지만 아직도 모든 범절이 구식 가정부인의 탈을 벗지 못한 올케의 입에서 그러한 말이 나올 줄은 몰랐었다. 그의 사상이 저보다도 한 걸음 앞을 선 것도 사실이었다. 더구나 냉정하게 앞뒤 일을 마무재일 이지력(理智力)이 부족하고 감정에만 움직이기가 쉬운 저보다는 인숙이가 몇 곱절이나 사물에 밝고 속마음이 결곡한지 몰랐다.

봉희는 새삼스럽게 올케에게 감복하면서

"새언니, 난 참 정말 어떡하면 좋겠수?"

하고 사뭇 매어달리면서 마지막으로 응원을 청한다. 인숙은 재킷 짜는 손을 여전히 놀리면서

"글쎄, 나두 이걸 짜면서두 쉴 새 없이 생각을 해봤는데 당최 좋은 생각이 나서지를 않는구려."

하고 결심하듯 하고나서는

"난 이러했으면 좋을까 하는데 작은아씨 생각이 어떨는지 몰라서…."

하고 뒤를 깐다.

"어서 말을 해줘요. 갑갑해 죽겠구려. 내 꼭 새언니 하라는 대루만 할게."

하고 봉희는 조급히 달려든다.

"아무튼 의견으로만 들어두우. 첫째 박 씨하구는 어떻게든지 약속대로 지켜야 해요. 그 사람이 어떤 사람이라구 나중에 가만있을 줄 아우? 속으로는 작은아씨를 여간 열렬하게 사랑하는 게 아니지만 시침을 딱 떼고는 작은아씨한테 편지를 먼저 받았지요? 사랑한다는 고백까지 받고도 감지덕지해 하지를 않구 딱 버티구 앉아서 밥 짓는 연습까지 시키는 걸 봐요

여간내기가 아니거든. 그이가 왜 일부러 작은아씨한테 속을 뽑히지 않구 무뚝뚝하게 구는 줄 아우. 곱게 자라난 작은아씨를 고생시키게 되면 남편으로서 코 큰 소리를 못하구 머리를 들지 못할 테니간 미리부터 아주 다질러 두는 수단이거든요. 어려서부터 고생두 많이 했겠지만 그렇게 엉뚱하구두 똘똘한 사내는 보기 드물걸. 그까짓 재물이야 있어서 되려 더러울 때가 많지. 나 같으면 손을 마주 잡구서 비럭질을 해먹구 사는 한이 있더래도 한평생 맘만 변하지 않는 남편하구 살구 싶습디다."

하고는 살짝 웃어 보이기까지 한다. 인숙은 다시 말을 이어

"그러니까 여차직하면 같이 벌어먹구 살 작정을 하고 연습과에를 들어가라구 단단히 부탁을 한 사람의 말을 쫓아야만 해요. 방수끄런 말이지만 먼저 간 남편의 유언을 지키는 셈만 치구려."

"그렇긴 하지만 택일인가 뭣인가 해 보냈다는 게 한 달두 못 남았으니 그동안이 걱정이 아니오?"

"내 말을 들어봐요. 지금 파혼을 하자구 뻗댔다가는 참 정말 큰일이 날 테니간 정혼한 건 박 씨가 나을 때까지 내버려두구 무슨 핑계를 하든지 혼인만 내년까지 슬슬 미뤄나가면 그동안에야 묘한 방책이 나설 게 아니오? 박 씨가 그때까지는 나올 테구, 복순이라두 먼저 나오면 여간 도움이 되지 않을 테니까…."

"그럼 할머니부터 아버지 병환이 좀 나시거든 혼인을 하도록 하자구 슬금슬금 구슬려 볼까. 첨부터 아버지가 서두르시던 건 아니니간… 그러면 어떻겠수?"

"그건 작은아씨 재주껏 해보구려. 아주 안 될 일두 아니니. 그렇지만 어떻게든지 박 씨를 한 번 만나보구 내통을 해둬야 하지 않겠수?"

"그러길래 내일 이걸 가지구 경찰서로 가볼 테요. 면회를 시켜 달라구 막 떼를 써볼 작정이요."

하고 봉희는 세철을 위해서는, 결혼을 연기시키기 위해서는 물불을 사리지 않을 결심을 보인다.

😊 209회, 1934.11.04.

14 아침 뒤에 봉희는 커다란 책보에 재킷을 싸들고

"남의 것을 전할 게 있어서 동무 집에 잠깐 다녀오리다."

하고 경찰서로 갔다. 인숙이가 몰래 중문간까지 쫓아 나오며

"조심 조심하구. 빨리 다녀오우."

하고 두 번 세 번 당부를 하여서 등 뒤가 매우 든든하였다.

봉희는 난생 처음으로 경찰서의 붉은 전등 밑을 지나 파수 보는 순사의 심상치 않은 시선을 받으면서도 조금도 무서운 줄을 몰랐다. 위층으로 찾아 올라가서 고등계실의 문을 거침없이 밀치고 들어섰다. 눈치 사나운 형사들이 사무상을 에워싸고 쭉 벌려 앉았는데 한가운데의 둥근 의자에는 주임인 듯한 경부가 어디를 다녀들어 왔는지 정복을 입고 앉아서 담배를 태우다가 색다른 방문객의 아래 위를 훑어본다. 주임과 눈이 마주치자 봉희는 뚜벅뚜벅 그 앞으로 다가오며 학교의 직원실로 들어가 교장에게나 인사를 하듯이 꼬박이 예를 하였다. 주임의 왼편에 앉았던 차석인 듯한 상고머리가 범인을 취조하느라고 밤을 새웠는지 토끼눈처럼 새빨갛게 충혈이 된 눈으로 봉희를 쏘아보며

"누구야? 어째 왔어."

하고 커다란 책보를 부둥켜안고 선 미끈하게 생긴 여학생을 노려본다.

"전 윤봉희라구 하는데, 저 박세철이란 학생이 여기 들어와 있지요? 그 학생하구 잠깐만 면회를 시켜주세요."

하고 단도직입으로 청을 하였다.

"박세철?"

"네. 전기학교 학생 말씀이에요. 왜 저번에 사회과학연구회 사건으로 붙잡혀오지 않으셨어요?"

봉희의 태도가 매우 대담한데 주임이며 형사들까지 호기심이 생겨서 일제히 머리를 들고 봉희를 주목한다.

"이리 와."

하고 주임이 봉희를 불러 제 앞에다 세운다. 그리고 봉희의 신분이며 무엇하러 들어온 것을 자세히 캐어묻는다. 주임은 봉희가 윤자작의 영양인데 속으로 놀라며

"그럼 박세철이 하고는 어떠한 관계가 있는가?"

"…."

"응? 무슨 관계가 있어서 면회를 청하구 옷을 차입까지 해 달라느냐 말야?"

하고 세철의 연루자나 취조하듯이 의자를 들고 차츰차츰 봉희의 앞으로 다가앉으면서 의혹에 빛나는 눈초리는 봉희의 눈치를 살핀다. 실상 그네들은 '경성야경회'에 모여드는 고학생들을 중심으로 무슨 비밀결사가 있는 듯한 기미를 알고 와짝 검거의 손을 펼치기는 했으나, 수십 명이나 검거를 하여서 신문에까지 크게 떠들은 사건이건만 여러 날을 두고 별별 수단을 다 써가며 아무리 엄중히 취조를 하여도 물적 증거라고는 하나도 드러나지를 않았다. 그러니 경찰서의 면목을 세우기 위해서는 억지로라

도 사건을 만들어 검사국으로 넘겨야만 할 텐데 적확한 단서와 물적 증거를 첨부하지 않으면 취조한 경관의 의견서만으로는 검사가 불기소처분을 해서 내보낼 것이 십상팔구다. 그래서 경찰당국에서는 모처럼 걸려든 사건을 처리하기가 곤란해서 매우 초조한 판이었던 것이다.

"왜 말을 못해. 박세철이와 무슨 관계가 있느냐 말야? 성도 다르고 신분도 다르니까 친족관계는 없겠지?"

하고 주임은 목소리를 높인다. 봉희는 다시 주저주저하다가

"나하구 약혼한 남자예요."

하고 바른대로 말을 하지 않을 수 없었다.

"뭐? 약혼한 남자!?"

주임의 눈은 둥그레졌다.

"그게 정말인가?"

"누가 그런 걸 거짓말을 하겠어요?"

봉희는 도리어 질문하듯 하였다. 주임은 봉희가 세철이와 약혼까지 한 경과를 미주알고주알 캐어물은 뒤에 차석에게 눈짓을 해서 취조실로 데리고 들어가 무엇인지 수군거리고 나오더니

"그럼 특별히 면회를 시켜줄 테니 자유롭게 이야기를 해두 좋아."

하고 일부러 놀리는 듯한 웃음을 띠워 보인다.

210회, 1934.11.05.

15 거진 십분 동안이나 취조실에서 기다리는 중에 봉희는 맞은편 도어를 열고 들어설 세철의 모양을 상상하면서 머리끝에서부터 발끝까지 경련(痙攣)을 일으킨 것처럼 전신의 신경이 오들오들 떨렸다. 그러면서

'나보다 몇 곱절 더한 고초를 겪는 사람을 대하는 데 조금도 언짢어하는 기색을 보이지 않으리라.'
하였다. 그리고는

'어떻게 하면 매우 반가워하는 표정을 짓고 웃으면서 그이의 얼굴을 대할까.'
하고 벽에 거울이 붙었으면 그 표정을 연습이라도 해보고 싶었다. 그러면서도 딱 마주 대하면 무어라고 말을 꺼낼지 몰라서 될 수 있는 대로 울렁거리는 가슴을 가라앉히고 조금이라도 위안이 될 말을 하리라 하면서 손에 땀을 쥐고 섰는데 맞은편 도어가 펄쩍 열렸다. 봉희는 부지중에

"세철 씨…"
하고 나지막하게 부르짖으며 문 앞으로 다가섰다. 형사에게 등을 밀려서 들어온 세철, 원체 면도도 하지 않는 사람이지만 살쩍과 턱에 털이 꺼멓게 났는데 검붉은 얼굴에는 혈색이 없다. 그 커다란 눈이 천만뜻밖에 봉희를 발견하자 반가운 빛이 그 눈동자에서 쏟아지는 듯, 다리 하나를 조금 절름거리며 앞으로 말없이 다가오더니 봉희의 손을 덥석 쥐고 혈관이 떨리도록 굳게굳게 악수를 한다. 봉희는 잡힌 손이 으스러지는 듯하건만

"왜 다리를 절으세요?"
하고 대뜸 묻지 않을 수 없었다.

세철은 흘낏 뒤를 돌아다보고 씽긋 웃어 보일 뿐, 묻는 말을 하지 못한다는 함구령(緘口令)을 단단히 받은 눈치다. 봉희는 반가움과 놀라움과 또는 마음껏 하소연도 할 수 없는 설움에, 마개를 뽑아놓은 병속의 물처럼 눈물이 퐁퐁 쏟아지려는 것을 터져 나오지 못하게 입술을 꼭 깨물고

서서 그 눈물을 헛침과 함께 목구멍 속으로 삼키느라고 말을 꺼내지 못한다.

세철은 창백해진 얼굴에 웃음을 가득히 담고

"이런 데까지 어떻게 찾아 오셨어요?"

여전히 한마디 비꼬듯 한다. 지옥에서 아는 사람이나 만난 듯 울지도 웃지도 못하고 표정 근육을 떨고 선 봉희를 눈 하나 꿈적거리지 않고 바라보다가

"퍽 놀라셨겠지만 사실 아무 일두 없으니 안심하세요. 얼마 안 있으면 나갈 자신이 있으니까요."

"아 정말요?"

봉희는 깡충 뛰어오를 뻔하였다.

"일이 있으나 없으나 검사국까지는 가구야 말겠지만 조금두 염려하실 게 없어요."

하고는 봉희가 무슨 말을 하려고 하니까 세철은 좌우로 눈짓을 해서 형사들의 수많은 귀가 벽에 가 들러붙었다는 암시를 준다.

봉희는 알았다는 듯이 눈을 아래로 깔며

"졸업두 못하시고…."

하는 말 속에는 '나 혼자 졸업을 해서 여간 미안하지가 않다'는 말이 포함되었다.

"언젠 졸업장 타려구 학교엘 댕겼나요?"

세철은 그까짓 것쯤이야 문제도 안 된다는 듯 밤송이처럼 뻣뻣하게 일어선 머리를 흔든다. 봉희는

'이때를 놓치면 안 되겠다.'

하고 용기를 내어 세철의 앞으로 한걸음 다가서며

"저 집에선 맘대로 혼인을 정하구 음력 내달 초아흐렛날로 택일까지 해놓으셨는데…"

하는데 바로 문밖에 섰는 차석이 들어서며

"그런 말은 일이 없다. 시간이 다 됐어."

하고 안경테 밖으로 노려본다. 세철은

"알었어요!"

하고 한마디를 남기고 등을 밀려 나가려 한다.

그들은 무슨 단서나 잡을까 하고 일껏 면회를 허락해 주기는 했으나 그런 말은 피차에 비치지도 않아서 도리어 속은 셈쯤 되었는데 봉희의 혼인 문제쯤은 사실 들을 필요가 없었던 것이다. 봉희는 어쩔 줄을 모르고 세철의 뒤를 따라 들어간 듯하다

"참 이걸…"

하고 한 구석에 비켜 놓았던 재킷을 싼 책보를 들고 복도에서 세철에게 수갑을 채우는 형사의 앞을 가로 막았다.

"안돼— 가지고 가!"

형사는 소리를 꽥 지르며, 봉희를 뒤로 떠다밀고 문을 탁 닫아버렸다.

211회, 1934.11.06.

16 봉희는 며칠 밤씩 새워가며 정성껏 짜가지고 간 것을 당자를 눈앞에 보고서도 전하지 못하고 나온 것이 분하였다. 그러나 세철이가 불원간 나올 수 있다고 자신 있게 한 말 한마디에 적지 아니 안심이 되어서

'그저 몸만 성하게 있다가 나옵시사.'

하고 속으로 기도를 올리면서 몇 번이나 경찰서 뒤에 있는 검정판장의 유치장 편을 돌아다보고 바라다보고 하다가 전차를 탔다. 입술이 바짝바짝 타들어 가도록 조바심을 하다가 인제는 마음이 턱 놓여서 동무 집에를 들르고 싶은 생각이 들어 중간에서 전차를 내렸다. 커다란 책보를 다시 끼고 집으로 돌아가기도 싫었던 것이다.

동무 집에를 가서도 전처럼 쾌활하게 웃으며 이야기를 하다가 돌아올 수가 있었다.

점심때가 겨워서 집으로 돌아와 보니 집안 식구들은 "아 어딜 갔다가 인제야 들어오느냐"고 봉희를 에워싸고 야단들이다.

'또 무슨 일이 생겼나.'

하고 봉희는 눈이 동그래졌다. 어머니는 신도 못 신고 마당으로 내려오며

"네가 나간 지 얼마 안돼서 별안간 형사들이 서넛이 달려들더니 네가 쓰는 방으로 찾아 들어가서 한참이나 뒤지구 갔다. 온 어떻게 놀랐는지. 요행으루 아버지는 모르셨다만… 대체 이게 웬일이냐?"

하고 아직도 몸이 떨려서 머리를 흔들 듯한다.

봉희는

'옳지 나한테나 무에 있나 하구 그 사이에 수색을 하구 갔구나.'

하고 잠자코 제 방으로 내려갔다. 압수를 당한 비밀문서는 쓰다가 내버린 일기책 한 권과 세철이가 맨 처음 멋대가리 없게 한 편지 한 장뿐. 사진도 서로 교환한 것이 없으니, 장물을 잡힐 것이라고는 아무것도 없다.

"여기까지 헛물을 켜러 왔었군."

하고 봉희는 픽 웃고 말건만, 그동안 인숙은 봉희마저 제 발로 걸어 들어

가서 갇히기나 하였나 보아서 어떻게 애절초절을 하였는지 얼굴이 쪽 빠진 것 같다. 봉희에게서 대강 이야기를 듣고서야

"인젠 숨을 돌리겠구려. 집에선 영문도 모르고 집행을 당할 때보다 더 야단이 났었다우."

하면서 간신히 마음을 가라앉혔다.

그날 밤 거의 자정 때나 되어서 인숙은 다른 일로 시누이 방으로 몰래 내려왔다. 오래간만에 다리를 뻗고 잠이 든 시누이를 깨우기가 미안스러워서 머리맡에 가 한참이나 앉았다가

"작은아씨, 자우?"

하고 봉희의 어깨를 조금 흔드는 체하였다. 봉희는 깜짝 놀라 눈을 번쩍 뜨고

"그저 안 잤수?"

한다.

"걱정거리가 또 하나 생겨서 당최 잠이 안 오는구려. 하두 경황이 없이들 지내서 작은아씨한테 물어본다면서 그저 말을 안했었는데…."

하고 인숙은 잠시 말을 끊는다. 봉희는

"또 무슨 걱정거리가 생겼단 말요?"

하고 벌떡 일어앉는다.

"다른 게 아니라 장발이가 두 번짼가 한 편지 있지 않우? 급하면 그걸 오빠한테 보이구서 의논을 해 볼려구 의걸이 맨 밑바닥에 감춰 뒀었는데, 아 그게 없어졌구려. 혹시 작은아씨가 없애지나 않었수?"

하고 은근히 묻는다.

"아이 내가 언제 새언니 세간에 손이나 대는 걸 봤수? 없어졌으면 고

만이지 그까짓 게 무슨 걱정이 된단 말요?"

"재수가 없으면 별게 다 말썽을 부린다우. 그래서 작은형님의 옷에 묻어가지나 않았나 하구 말하기 싫은 걸 물어봤더니 '난 모르네. 그렇게 소중한 편지면 찬찬한 자네가 아무 데나 뒀겠나' 하구 새침스럽게 딱 잡아 뗍디다만 암만해두 말하는 눈치가 수상해요."

[17] 한편으로 인숙은 봉희에게도 표시할 수 없는 고민이 있었다. 그것은 병 없는 젊은 몸으로, 더구나 원앙의 꿈을 꾸어 보던 때가 아득한 옛날 같건만, 그다지 그리워하던 남편과 조석으로 대하여 공규(空閨)를 지키는 것은 아니면서 실상은 청상과부와 다름없는 외로움이 육체적으로 심하였다. 억제할 수 없는 본능을 감각이 없는 사람처럼 참아가기가 하루 이틀 아니고 여간 어려운 것이 아니었다.

봄비소리가 정다운 사람의 발자취같이 창밖에 들리는 저녁이나, 요염한 여자의 눈썹과 같은 잔월(殘月)이 머리맡 영창을 물들이는 새벽녘에, 인숙은 그 몇 번이나 남편을 지척에 두고도 그 품에 안기지 못하는 설움에 한숨을 지었던가. 홀로 덮은 이불자락을 자근자근 깨물며 소리 없이 눈물을 삼켰던가.

지각없는 남편은 제 몸에 병이 있는 생각은 아니하고 몇 번이나 동침하기를 강경히 요구하였다. 병원에 다니며 치료를 받고 모든 것을 조심을 하다가도 이 일 저 일에 화가 난다고 위스키를 사다가 감추어 두고 틈틈이 병나발을 불어 흥분이 되기만 하면 주야를 불구하고 인숙의 손을 혹은 치맛자락을 잡아끌었다. 그럴 때마다 인숙은

"놓으세요. 그러면 못 써요. 번연히 병에 해로운 줄 아시면서도 그렇게 참을성이 없으시면 어떡해요."

하고 일부러 맵살스럽게 남편의 손을 뿌리쳤다. 남편은 거절을 당할수록

"제—기, 내 여편네를 내 맘대루 못한담."

하고 사요코처럼 나근나근하고 화류계 계집같이 착착 부닐지를 않는다고 성화다.

"조선 계집은 딱딱하기가 나무때기 한 가지야. 감정이 없어."

하고 골을 더럭 내며, '너 아니면 세상에 계집이 없느냐'는 듯이 아내를 떠다밀기도 여러 번 하였다. 봉희를 세철에게서 데려오던 날 밤에는 집안이 발칵 뒤집히듯 경황이 없는 중에도 술이 취한 봉환은 사뭇 겁탈을 하려는 듯이 인숙에게로 덤벼들었다. 인숙은 반항을 하다가 정말 성미가 발끈 하고나서

"내가 기생인 줄 알아요? 이 경황없는 중에… 왜 그만 걸 참지 못해요?"

하고 록 쏘아붙이기는 했으나 미친 듯이 달려드는 남자의 폭력에 눌려 자반뒤집기를 하다가 발딱 일어나 큰동서의 방으로 빠져나가서 간신히 모면을 하였었다.

첫째 인숙은 사요코란 매춘부 같은 계집에게서 옮은 그 못된 병을 백옥같이 깨끗한 제 몸에 옮기고 싶지가 않았다. 병중에도 폐병이나 같으면 공기로 전염이 되는 줄 알면서도 사랑하는 사람을 위하여서는 희생적으로 간호를 해 주다가 전염이 되어서 정사와 다름없는 죽음을 한다면 도리어 본망일는지 모른다. 그러나 방종한 남편의 화류병이 영락없이 옮을 줄 알면서 순종을 하다가 터놓고 치료도 하지 못하는 고통을 당할 수는 없었다. 그뿐 아니라 단 한 번이라도 탈선을 하였다가는 옹이에 마디

로 임신을 할는지도 모른다. 그러고 보면 과연 어떻게 될 것인가.

'아아 그 두 눈이 뽀얗게 멀어지고 바둥거리는 어린것!'

하고 인숙은 부르짖으며 몸서리를 쳤다. 그러나 남편에게는 그 결과가 무섭고 겁이 나서 말을 들을 수가 없다는 말은 차마 입 밖에 낼 수가 없었다. 그럴수록 봉환은

'저건 병신이야, 불감증(不感症)에 걸렸어. 그렇지 않으면 남편을 옴쟁이나 담쟁이로 아는 게지.'

하고 눈을 흘기고 꾸짖고 하다가 나중에는 열이 나면

'흥 저 꼴에 딴 생각을 먹는 게지. 어디 네가 얼마나 쌀쌀하게 구나 보자.'

하고 무슨 복수나 하려는 듯이 이를 갈며 벼르기까지 하였다.

그러나 인숙은 한 집에 있으면서 자리 한 번 제 손으로 펴고 개지를 않는 남편의 시중을 들지 않을 수도 없는 노릇이다. 저 자신의 애욕을 참는 것보다도 남편의 눈살을 맞고 심하면 폭행까지 당해가면서 그때그때를 모면해 나가기란 여간한 고통이 아니었다.

그러다가 어느 날 밤이었다. 시어머니까지 앓아누워서 이른 아침부터, 밤중까지 시아버지 병구완을 하느라고 잔걸음을 치고 온몸이 솜같이 풀려가지고 잠깐 쉬려고 제 방으로 들어왔다. 요행으로 남편이 잠이 든 것을 안심하고, 옷매무새를 늦추고 그 곁에 쓰러졌다가 꼬박 잠이 들고 말았다

…반시간쯤 뒤에 인숙은

"앗!"

소리와 함께 소스라쳐 깨어 사지를 옴츠러트렸다. 그러나 때는 벌써

늦었었다.

😊 213회, 1934.11.09.

18 인숙은 너무나 분해서 치를 떨었다. 비록 잠시라도 저의 부주의로 당한 일은 호소할 데가 없지만 그때처럼 남편이 미워보기는 처음이었다. 남편이라느니보다도 짐승 같은 욕심을 비열하게 도적질을 해서라도 채우고야 마는 남자라는 동물이 미웠다. 기어이 정복을 한 것이 자못 유쾌한 듯 씨근벌떡거리며 저를 내려다보는 그 사람답지 않는 얼굴에 침을 탁 배앝고 싶었다.

한 순간이 지난 후 인숙은 발딱 일어나 남편과는 반대 방향으로 돌아앉아서 피가 나도록 손가락을 깨물었다.

'내가 강×을 당한 것이 아닌가? 아무리 남편이란 이름을 가진 남자에게라도 내 마음에 없고, 더군다나 잠이 든 사이에 그러한 야만의 행동을 한 것이, 남편이 정당한 아내에게 대한 대접일까? 돈에 살을 파는 계집에게도 그런 짓까지는 차마 못할 것이 아닌가?'

하니 무슨 보복이나 한 듯이, 또는 저 할 일만은 다했다는 듯이 돌아누워서 담배를 피우는 봉환에게 달려들어서 기다란 머리를 쥐어뜯고 그 빤들빤들한 얼굴 가죽을 박박 할퀴어도 시원치 않을 것 같다.

'한 사람의 교양 있고 깨끗한 여자가 부부라는 미명 아래에 그 인격을 무시당하고 그 정조까지 화류병 환자에게 짓밟혀도 괜찮단 말인가. 오오 이것이 부부제도냐? 과연 이것이 결혼생활이냐? 이러한 굴욕을 당하고도 호소조차 할 수 없는 것이 가정이란 감옥 속에 감춰 있는 조선의 여자란 말이냐.'

인숙은 방바닥에 이마를 비비며 소리를 내어 울었다. 그러면서도

'이 횡포한 놈 같으니라고 어쩌자고 내게다 이따위 짓까지 한단 말이냐. 누구를 업신여기고 누구한테 그 못된 병을 옮겨주려구, 이 제 욕심밖에 모르는 허울 좋은 야만아!'

하고 봉환에게로 대어들며 실컷 폭백이라도 할 용기가 나지 않는 것이 더욱 싫었다. 실상 어려서부터 인습에 젖었고 인종(忍從)의 바윗돌에 짓눌려온 인숙은 아무리 분하여도 입에 더러운 욕을 담거나 양반의 딸이요 귀족의 며느리인 체면과 습관을 깨뜨리고 행랑어멈같이 상스러운 행동은 취할 수가 없었던 것이다.

남편의 곁에는 잠시도 더 있기 싫은 생각이 들어서 인숙은, 큰 동서의 방으로 피해가려다가 누구에게나 제 얼굴을 보이기가 싫어서 대청으로 돌아 뒤꼍 마루로 나갔다. 달빛도 없는 깊은 밤이었다.

빛 하나 비치지 않는 후원은 시꺼먼 구름장 같은 어둠이 아물아물한다. 가꾸지 않은 향나무와 노간주나무의 윤곽은 이 귀퉁이 저 귀퉁이에 커다란 짐승이 웅숭그리고 앉은 것 같기도 하고, 한참 들여다보려면 입을 딱 벌리고 사람을 삼킬 듯, 엉금엉금, 기어 오는 듯.

인숙은 그 어둠 속에서 쪼그리고 앉아서 별빛조차 흐린 하늘을 우러러보며 제가 이제까지 지내온 일과, 또는 현재에 겪고 있는 결혼생활과 또는 앞으로 닥쳐올 운명을 곰곰 생각해 보았다. 흥분되었던 머리가 식어올수록 앞뒤를 냉정히 따져 볼수록, 눈앞에서 아물거리는 어둠과 같이 제 장래가 어두웠다. 어찌하였으면 좋을지 앞이 캄캄할 뿐. 저의 일생은 잘났으나 못났으나 남편이란 사람에게 맡길 수밖에 없는 처지에 있는 줄을 모르는 것은 아니면서도,

'왜 여자 혼자는 살 수 없나? 남자의 기생충이 되지 않고는 저대로 벌어먹고 살 수가 없나?'

하는 의문이 새삼스럽게 생겼다.

'사랑은 있고 없고 간에 남에게 모―든 굴욕을 당하면서 끽 소리도 못하고 참는 것은 오직 의식을 의뢰하기 때문이 아닌가. 경제적으로 따로 살 능력이 없기 때문이 아닌가?'

하고 책에서도 보고 복순에게서도 듣던 말을 머릿속에서 되풀이하다가

'학교에나 억지를 쓰고 그냥 댕겼더면.'

하고 몇 번이나 뉘우쳤다. 그러다가

'아무튼 얼마동안 따루 있어야겠어. 모래 저녁이 아버지 제사니까 그 핑계를 하구 삼청동에나 가있다 올까? 친정이라구 같은 성안에서 반년이나 소식을 모르구 지내니….'

하고 남편과는 당분간 별거를 할 궁리를 하였다.

😊 214회, 1934.11.10.

19 남편의 병이 완치될 때까지 명색뿐인 친정에라도 가있고 싶건만, 인숙은 아버지의 제사를 지내러 가겠다는 말이 나오지를 않았다. 시어머니마저 앓아누웠는데 밥까지 떠 넣어야 먹는 시아버지의 시중을 들 사람이 없는 터이라 하루 동안이나마 떠날 수가 없었다. 그러나 제사를 지내러 간다는 핑계라도 하지 않으면 남편의 곁을 떠나볼 수가 없어서, 그 기회만 엿보고 있는 중인데 제삿날 아침에는 뜻밖에 시어머니의 호출을 당하였다.

"오늘이 너의 어르신네 제사지? 친아버지의 제사를 궐할 수 있느냐.

오래 소식을 몰라 궁금도 할 테니 가려건 저물기 전에 가거라.”

하는 고마운 처분이 내렸다. 인숙은 속으로

　‘이렇게 정신없이 지내는 판에 바깥사돈의 제삿날을 일깨워 드릴 사람도 없는데 어떻게 생각을 하셨을까. 별일도 다 많다.’

하고 이상히 여겼다. 그러나 속으로만 대답을 하고 섰다가

　“어머님까지 저렇게 편찮으신데요….”

하니까

　“우리 걱정까지 널더러 하라니? 이번에 가거든 네 맘대로 오래 있다 와두 좋다. 네 남편의 병이 종시 차도가 없는 게 네 탓이 아니랄 수가 없어.”

하고 무정지책을 하더니 며느리의 빨개진 얼굴을 똑바로 쳐다보며

　“가서 입을 옷가지는 다 싸가지구 가거라.”

하고 자못 불쾌한 눈치를 보이며 역정 비슷이 분부를 한다.

　인숙은 잠자코 돌아서 시부모의 앞을 물러 나왔다.

　‘옷까지 가지고 가서 오래오래 가 있으라구? 내 탓으로 병이 낫지를 않는다니 이런 기막힐 일이 어디 있어. 그럼 제사를 지내러 가라는 게 아니라, 우리들을 떼어 놓으려고 만만한 나를 체면 좋게 내어 쫓는 게로군.’

하면서도 인숙은, 뒷일은 어찌되었든 우선 별거를 하게 되는 것만 다행해서 제 방으로 들어가 갈아입을 옷가지를 주섬주섬 쌌다. 봉환이가 병원에 가고 없는 사이언만

　‘요샌 바싹 틀려서 말두 안하는 사람한테 인사는 해 뭘 해. 없으면 간 줄 알겠지.’

하고 나오기는 했으나, 그래도 동서들에게는 인사 한마디 아니 할 수가 없어서 큰동서의 방으로 들어갔다. 마침 작은동서까지 와서 머리를 마주 모으고, 무엇을 수군거리고 앉았다가 깜짝 놀라 떨어지며

"자네 친정에 간다지? 이번엔 오래 가 있게 된다네그려?"

하고 큰동서가 먼저 말을 꺼낸다. 셋째댁을 친정으로 보낸다는 말이 미리부터 통문이 돈 모양이다. 인숙은

"네."

하면서도 전에는 그렇지 않던 큰동서까지 그 태도가 얼음같이 찬데 놀라지 않을 수가 없었다. 그러나 그 까닭을 물을 수도 없어서

"그럼 다녀오겠어요."

한마디를 하고 별당으로 올라갔다. 별당노인은 낮잠이 든 것도 아닌데 손부를 거들떠보지도 않고 돌아누워 버린다.

'왜들 이럴까?'

하고 인숙은 몇 번이나 고개를 외로 꼬았다. 봉희나 집에 있으면 그 까닭을 물어보겠는데 어디로 몰래 빠져 나갔는지 아침부터 집에 없었다. 다시 대방으로 들어가 시부모에게 절을 하고 다녀오겠다는 인사를 하여도 이번에는 내외가 다 벙어리가 된 듯이 말이 없다. 안석에 가 모로 기대어서 며느리를 쳐다보는 자작의 눈은 대역부도의 죄인이나 노려보는 듯해서 인숙은 그 무서운 시선을 피해 나오는데 등 뒤에서 시아버지의 후유—하는 한숨소리가 들렸다.

인숙은 행랑계집에게 옷 보퉁이를 들려 앞을 세우고 정말 죄를 지은 사람처럼 머리를 들지 못하고 나오면서도

"남편이 어른들께 뭐라고 여쭈었길래 모두들 나를 보고 말까지 하기

를 싫어하나."

하고 모든 연극이 저에게 크나큰 불만을 품은 봉환이가 꾸며 놓은 것으로만 인정을 하였다. 자가용 인력거도 없어진 뒤라 인숙은 큰길로 걸어 나와 좌우를 돌아다보며 전찻길을 건너는데, 지나가던 전차에서 가방을 든 청년이 인숙을 바라보고 훌쩍 뛰어내렸다.

215회, 1934.11.11.

20 등 뒤에서 달음질을 해서 따라오는 남자의 구두소리는 인숙의 가슴속까지 쿵쿵 울렸다.

"여보세요."

"…"

"날 좀 보세요."

"…"

인숙은 못 들은 체하고 아스팔트 바닥만 내려다보고 걸었다. 그러나 그 목소리는 귀에 익었다.

"인숙 씨지요? 나예요 장발이에요."

장발은 인숙의 앞을 막아서며 모자챙에 손만 대고 꾸뻑하더니

"왜 그렇게 못 들으신 체 하구 자꾸 달아만 나세요."

하고 책망하듯 한다.

"난 누구시라구요."

인숙은 얼굴을 붉히며 머리를 조금 숙여 보였다. 하필 제가 먼저 만나게 된 것도 공교롭거니와 큰 행길에서 붙잡고 또 무슨 소리를 늘어놓을지 몰라서

'전차를 탈까.'

하고 주춤주춤하는데 장발은 자꾸만 앞으로 다가서며

"그동안 안녕하셨어요? 봉희 씨두요…?"

"네."

"봉환 군은 나와 있지요?"

"네."

"사요코라는 모델을 데리구 왔었다지요?"

"…"

"나는 엊저녁 차에 왔는데, 그렇잖어두 지금 댁으루 가는 길이에요. 이렇게 길에서 뵈기는 의외지만 마침 잘 만났어요."

하고 넥타이를 만졌다 손가방을 옮겨 들었다 하면서 허둥대는 것이 전보다 더했지 덜 하지는 않다.

그러자 맞은편 정거장에 전차가 와 닿으니까

"난 급한 일이 있어서 타구 가겠어요."

하고 인숙은 장발의 앞을 비켜서며

"얘 어디루 가니?"

하고 앞을 서서 할끔할끔 뒤를 돌아다보고 가는 행랑 계집애를 불렀다. 장발은 사뭇 팔을 벌리고 끌어안을 듯이 길을 건너려는 인숙을 가로 막으며

"내 말을 잠깐만 들으세요. 어떡하면 단 둘이서만 만나볼까 하구 찾어 가던 차인데 저— 봉희 씨가 이번에 졸업을 했지요?"

"그랬나 봐요."

인숙은 외면을 하고 걸으면서도 대답은 해 던지지 않을 수 없었다. 그

동안에 전차는 경적을 울리며 떠나버렸다.

'이 질색할 노릇을 어떡하나. 누가 보든지 하면….'

하고 인숙은

"봉환 씨가 지금쯤 집에 있을 테니 그리로 가보시죠."

하고 딱 잡아떼고 전차가 와 닿는 안전지대로 올라섰다. 장발은 인숙을 놓치면 큰일이나 날 듯이 그 뒤를 바짝 다가붙어서며

"나두 그 방면으로 갈 일이 있는데 그럼 같이 타구 가시지요. 윤 군은 급히 만날 필요가 없으니까요."

하고 다음에 오는 전차에까지 따라 올라가서 인숙의 곁에 가 궁둥이를 비비고 앉는다. 인숙은

'아이고 이 장발귀신을 어떡하면 쫓나.'

하면서도 쫓아낼 권리가 없는 것만 한하였다.

"그동안 봉희 씨가 다른 데 어디 혼인을 정했나요? 인숙 씨까지 엽서 한 장 안 해주시니 대체 사람대접을 그렇게 하시는 법이 어디 있어요?"

장발은 곁의 사람이야 듣건 말건 인숙의 귀에다 입을 대고 시비바탈을 차린다.

"그런 일은 당자한테 물어보시죠. 들어앉은 사람더러 무슨 답장을 안 했단 말씀이에요."

하고 인숙은 여무지게 쏘아붙였다. 추근추근히 시키는 말대꾸를 안 해주면 저 혼자라도 수다를 더 늘어놓기 때문에 그 예방책으로 무안을 준 것이다. 그러나 그만 말에 무안을 탈 장발은 아니다.

"이번엔 어떻게든지 귀정을 내려구 벼르고 나온 줄은 아시겠지요?"

"아무튼 내겐 상관없는 일을 왜 쫓아오며 여러 말씀을 하셔요? 난 여

기서 내릴 테예요.”

하고 인숙은 행랑계집애가 끌어안고 앉은 옷 보퉁이를 제 손으로 들고 겨우 두 정류장을 와서는 뛰어내리듯 하였다.

그러나 병원에 다녀오던 봉환이가 전차 정류장 맞은쪽 자동차부가 있는 골목에서 나오다가 주사 맞은 팔을 옆구리에 찌르고 서서 장발과 인숙이가 안전지대에 마주 붙어 서서 이야기를 하다가 전차까지 같이 타고 나란히 앉아서 가는 것을 눈 한번 깜짝거리지 않고 바라다본 줄은 인숙이가 알았을 리가 없었다.

216회, 1934.11.12.

편지의 풍파

1 인숙은 그동안 저의 일로 며칠을 두고 구석구석이 비밀회의가 열린 줄을 까맣게 몰랐었다. 봉희는 인숙이와 창자를 마주 이은 것처럼 단짝으로 지낸다고 해서 절대로 알리지 않기로 하고 어른들끼리만 숙덕공론을 하였다.

인숙의 흠을 잡아 생트집이라도 하지를 못해서 몸살이 날 지경이던 과부댁이, 제 옷에 묻어 온 이상한 편지—본처와는 이혼까지 한 뒤에 당신과 결혼을 하겠다는 의미의 괴문서(怪文書)를 발견하고도 이제까지 참고 있었던 것이 도리어 이상한 일이었다.

"온 이런 망측한 일이 세상에 있나. 남편이 유학을 간 사이에 이 따위 편지를 받고 보물처럼 감춰뒀으니… 내 원 뒷문 밖 골목 속에서 어떤 학생하구 몰래 만나서 수군거리는 때부터 수상하더라."
하고 제 남편의 성묘를 하고 인력거로 들어오던 날 저녁에 어느 커다란 학생과 밀회를 하다가 들키던 생각을 하였다.

"이런 해괴한 일이 어디 있어요? 글쎄 이 편지를 좀 보세요."
하고 큰동서에게 몰래 그 편지를 보였다. 큰동서는 속으로 놀라면서도

"아마 학교에 댕길 때 어떤 놈이 장난을 한 게지. 여보게 자네한테두 두지 말구 찢어버리게. 그 얌전한 사람이 설마 외간남자하구 편지질이야 했겠나."

하고 처음에는 그런 것을 들추어내어 가지고 자기에게까지 보이는 동서의 경솔한 것을 나무라듯 하고 곧이를 듣지 않았다. 그러나 과부댁은

"형님두, 새침데기가 골루 빠지는 줄은 모르시는군요. 내 눈으로 똑바루 본 게 있는데다가 이런 증거까지 드러났으니깐 형님께 먼저 의논을 하는 거예요. 정말 그 댁이 그런 짓을 하는 줄 알구서야 어떻게 가만히 있겠어요? 이런 집안에서 그런 창피한 일이 생겼으니 우리 얼굴에도 똥칠을 한 게 아니에요?"

하고 어떻게든지 까닭을 내고야 말겠다고 서두르는 것을

"앗게. 여보게 도적놈도 앞으로 잡지 뒤로 잡는 법은 없다네. 더군다나 그런 말이 어른들의 귀에 들어갔다가는 대통 큰일 나네. 그런 일이 있구 없구 간에 일부러 꼬집어 내서 말썽을 일으킬 거야 뭐 있나."

하고 큰동서는 반신반의를 하면서도 말썽스러운 것이 도시 귀찮아서 묵주머니를 만들자고 권고를 하였다. 그럴수록 그런 일은 발까집어 내고야 직성이 풀리는 과부댁은

"그럼 내가 무슨 심사로 없는 일을 꾸며내 가지고 새댁을 잡으려고 드는 줄 아세요? 형제간에 그런 부정한 일이 있어도 눈 감어두기만 하면 제일이에요? 더러운 걸 덮어둔다구 어느 때나 냄새가 안 날 줄 아세요?"

하고 저의 말을 얼른 믿어주지 않는 데 열이 났다.

"아무튼 아버님이 병환이 대단하시구 작은아씨 혼인 일로도 집안이 이렇게 분요한데 천천히 바람이 자거들랑 당자한테라도 정말 그런 일이

있느냐고 조용히 물어보게그려. 뭐 그리 급한 일이라고 저렇게 서두르 나."

하고 다시 한 번 동서의 경망스러운 것을 꾸짖듯 하였다. 과부댁은 눈꼬 리가 샐쭉해 가지고

"형님이 종시 내 말을 안 믿으시면 어머님께라도 여쭈고 말겠어요."

하고는 그 편지를 잃어버리면 큰일이나 날듯이 허리춤에다 꼭꼭 접어 넣 고는

"이런 편지가 한 번 두 번 온 줄 아세요? 가는 말이 있었길래 이혼까 지 하겠단 편지까지 왔겠죠. 작은아씨 혼인 일만 해두 그렇죠. 새중간에 서 훼방을 놓는 게 누군 줄 아세요? 뒤에서 꼬드기는 사내가 있어서 그 댁이 뚜쟁이처럼 심부름까지 댕기는 눈치를 못 챘어요? 안 온 사람이 갑 갑해 죽겠네. 작은아씨가 나갔던 날 밤만 해도 어디 가 숨은 줄을 어떻게 알구 찾아가서 데려 왔겠어요?"

하고 바락바락 대들듯 하였다.

217회, 1934.11.13.

2 과부댁의 목소리는 점점 높아갔다.

"뭣들을 그러니?"

시어머니가 변소에 다녀오는 길에 건넛방 문을 열어보았다.

"아—니 올시다."

큰며느리가 동서에게 눈짓을 하며 일어섰다. 눈짓을 어설프게 해서 시 어머니의 눈에까지 띄었다.

작은며느리는 속이 쟁개비 밑바닥처럼 바그르 끓던 판이라

"아무려면 모르세요? 어른을 속이면 죄루 가지요."

하고 기회가 좋은 김에 실토를 해버리려고 든다. 눈짓까지 하는 것을 본 시어머니는 의심이 버썩 났다.

'봉희의 일 때문에 무슨 소리를 듣고 저이들끼리만 수군거리는 게 아닐까.'

하고

"왜 무슨 일이든 바른대로 말을 못하느냐. 내가 몰랐으면 모르거니와 너희들이 나를 기구서… 어서 나두 좀 듣자."

하고 뒷손질을 해서 문을 닫고 작은 며느리에게 대답을 독촉한다. 큰며느리는 얼굴빛이 변해 가지고 어쩔 줄을 모르는데 작은며느리 역시 입술만 달싹달싹 한다.

"어서 말을 해. 내가 그대로 나갈 줄 아느냐."

시어머니의 재촉은 성화같다. 작은 며느리는

"저 이런 편지가 새댁 의걸이 속에 들었었는데요, 하두 이상스러워서 저희 둘이만 그 이야기를 하는 중입니다."

하고 허리춤에서 증거물을 꺼내어 시어머니의 턱 밑에 다 치받쳤다.

창 앞으로 가서 두 눈을 찌긋하고 편지를 들여다보던 시어머니의 손은 수전증이 난 것처럼 떨렸다.

"온 이런 망측한 일이…."

하고 놀랍고 분함에 전신을 떨면서 말끝도 여물지 못하고 그 편지를 발견한 경로를 두 번 세 번 다져묻더니, 그 편지를 들고 쭈르르 대감에게로 건너갔다. 전후 이야기를 닷 발이나 붙어서 자기 눈으로 셋째며느리의 추잡한 행실을 보기나 한 듯이 일러 바쳤다. 워낙 주책이 없는 마누라는, 남편이 아무리 병중이라도 이러한 집안의 중대한 사건을 가장에게 보고를 하지 않을 수 없다고 생각을 하였던 것이다.

자작은 그 편지에서 더러운 것이나 묻을 듯이 손에 대지도 않고 하도 어처구니가 없는 듯 얼이 빠진 사람처럼 한참이나 천장만 멀거니 쳐다보더니

"허, 인제 집안은 더 망할 나위 없이 망했소"

하고 방바닥이 꺼지도록 한숨을 내쉬더니

"마누라부터 그런 말은 아예 입 밖에두 내지를 마우. 만약에 이런 소문이 내 집 밖에 퍼지기만 했다가는 내가, 이나마 제 명에두 못 죽을 줄 아우."

하고 마누라의 헤픈 입을 단단히 봉해 놓았다.

자작은 며느리가 부정한 행실을 한 것을 분개하기보다 먼저 그런 소문이 파다하게 나고 보면 혁혁한 가문을 더럽히고 자기의 대(代)까지는 한사하고 지키려는 궁가의 지체와 귀족의 체면이 여지없이 깎일까 보아서, 또는 욕됨이 선조에게까지 미칠까 보아서 겁이 더럭 났던 것이다. 난봉 자식을 두어 파산을 당한 것보다도 더 상심이 되건만 당자를 불러다가 사실이 있고 없는 것을 물어본다든지 또는 꾸지람을 하고 섣불리 벌을 주려다가는 긁어 부스럼이 되어 정말 창피스러운 소문이 퍼지고야 말 것이 확실하다. 그러니 혼자서 가슴을 짓찧으면서도 묵살(默殺)을 시킬 수밖에 다른 도리가 없다고 생각을 한 것이다.

그러나 마누라는

"제 남편한테야 귀를 불어 둬야지. 몰랐으면 모르거니와 나중에 탓을 들으면 어떡하나."

하고 몰래 봉환을 불러서 다른 방으로 데리고 들어가서 일장 설화를 쫙 한 뒤에 편지를 꺼내 보였다.

봉환은 얼굴이 샛노래가지고 쌔근거리고 앉아서 처음부터 끝까지 말 한마디 안 하다가

"나두 수상쩍게 생각하던 차예요"

하고 인숙이가 저에게 순종을 하지 않고 점점 냉정해 가는 까닭을 그제 야 똑똑히 터득이 된 듯, 이를 바드득 갈았다.

아들이 단단히 벼르는 눈치를 본 어머니는

"애야, 잘못 건드렸다가는 큰일 난다. 아버지가 아시게만 되면 우리는 죽는 날이다."

하고 말은 참지 못하고도 아들이 날뛰는 것을 보고 남편이 자결이라도 할까 보아 겁이 더럭 났다. 그래서 얼마 동안만 모른 체를 하고 있어 달 라고 두 손을 썩썩 빌었다.

😊 218회, 1934.11.14.

③ 그러자 빚쟁이를 피해 다니던 용환이가 숨어 들어왔다. 어머니는

"아버지의 병환보다 집안에 더 큰일이 생겼으니 어쩌면 좋으냐"

고 다른 사람은 몰라도 맏아들에게야 그런 중난한 일을 의논하지 않을 수가 없다고 닷 발이나 붙어서 이야기를 하였다.

용환도 처음에는

"설마 그럴 리가 있겠어요"

하고 평소에 얌전하게 보았고 개결한 선비였던 이한림의 딸인 끝엣제수 가 그러한 추잡한 행동이 있었으리라고는 믿어지지 않았다.

"세상에는 오해를 받고 저도 모르는 누명을 쓰는 수두 많으니까요. 어머니부터 그렇게 떠들지를 마시구 좀 더 두구 보시지요."

하고 난봉을 부린 대신에 속은 터져서 말만은 누구보다도 너그러웠다.

그러나 용환이 역시 그런 말을 듣고서야 가만히 생각해보니 언젠가 정거장 식당에서 신문사 광고주들을 전송할 때에 제수가 어느 학생과 한 귀퉁이에 마주 앉아서 사람의 눈을 피해가며 밀회를 하다가 둘이 함께 나가는 것까지 보고

'저 학생이 누굴까? 일가나 친척 같으면야 식당에까지 올라와서 저렇게 거북하게 만날 리가 없는데….'

하고 수상쩍기도 하고 재미적게 생각하던 기억이 머리에 떠올랐다.

'옳—아, 그때부터 그런 일이 있었구나.'

하고 용환은 고개를 끄덕였다. 때지 않은 굴뚝에서 연기가 날 리 없다고 내 눈으로 본 일도 있는데다가 적확한 증거까지 드러난 다음에야 저 혼자 그럴 리가 만무하다고 자꾸만 우기고 고집을 세울 만한 이유와 재료가 없었다.

"아무튼지 남편도 없는 사이에 학교엘 다니게 내놓은 것이 잘못이에요. 까딱하면 부처님두 놀아나는 세상이거든요."

하고 그러한 일이 있기도 십상팔구라고 슬그머니 어머니의 말을 시인하는 기색을 보였다.

그래서 처음에는 무조건하고 인숙을 두둔해 주고 그런 말이 퍼질까 보아 겁까지 내던 인숙의 큰동서까지 남편의 눈치를 본 뒤부터

'그런 일까지 있으면서 어쩌면 저렇게 천연덕스럽고 앙큼스러울까. 참 정말 큰일 저지를 사람이야.'

하고 차츰차츰 작은동서의 편을 들게 되었다. 그래서 대청에서나 방문턱에서 인숙이와 마주치면 문칫하고 물러섰다. 십 년이나 한 솥의 밥을 먹고 조석으로 웃는 얼굴로 대하던 끝의 동서가, 별안간에 천 년이나 묵은 여우가 인두겁을 쓰고 달려드는 듯

"그 댁하구 딱 마주치면 가슴이 덜컥 내려앉네그려."

하고, 무슨 큰 공이나 이룬 듯이 코가 높아진 작은동서에게서 말을 하게까지 되었다.

눈치 빠른 인숙이건만 그런 줄은 꿈에도 모르고 그저

'왜들 나를 보면 말도 안하고 비슬비슬 피할까?'

하는 정도로 며칠을 지냈던 것이다.

인숙이가 친정으로 가는 전날 밤에는 그 일을 어떻게 처리할까 하고 자작은 몸이 불편한 중에도 밤을 밝혀 가며 걱정을 한 끝에, 마누라를 시켜서 작은며느리가 감추어둔 그 편지를 달래다가 손수 성냥을 그어 태워 버렸다. 그와 동시에

"뉘 입에서든지 그 말을 다시 내기만 하면 생사람이 죽는 줄 알어라."

하고 다시 한 번 단단히 식구들의 입을 틀어막았다.

그러고 나서는 자기 역시 셋째며느리를 한 집에 더 두고 볼 수는 없었던지

"그 애한테는 조금두 눈치를 뵈지 말구 내일부터 친정에 가 있으라구 좋두록 일러보내우. 봉환이 병이 더디 낫는다는 핑계를 하면 좋지 않소"

하고 마누라에게 간접으로 축출 명령을 하였던 것이다.

🙂 219회, 1934.11.16.

④ 금광이라면 앉은뱅이도 궁둥이를 들먹거리는 황금시대다. 그 바람에 경직은 금광 브로커로 나서서 광맥을 찾아다니는 날탕패의 뒷배도 보아주고, 한꺼번에 몇 만 금이라도 움켜쥐려고 허욕에 몸이 달뜬 얼간 망둥이를 충동여 앞장을 세우고, 전주를 끌어대어 구문도 따먹고 해서 전보다는 심평이 좀 피었다. 그러다가 사기 사건에 걸려들어 두어 번이나 유치장 신세를 지기도 하였지마는 요행으로 저만은 빠져 나와서 강원도 어느 금전판에 가 있는 중인데 한 달에 한 번쯤 집에 다녀가는 것이었다.

그래서 윤 자작이 사준 삼청동 오막살이는, 잡혀먹기는 했어도 팔아먹지는 않고 오늘날까지 부지를 해 왔다.

인숙은 어머니가 돌아가시던 건넌방에서나 얼마동안 거처를 해볼까 하고 갔건만, 건넌방은 사글세를 놓아서 들여다보지도 못하고 마침 반간쯤 되는 행랑방이 비어서 빈대 피로 환을 친 벽을 신문지 쪽으로 바르고 우선 비바람이나 피하게 되었다.

오던 날은 어린애를 둘이나 데리고 있을 뿐 아니라 인숙을 반가워하기는커녕

'만장 같은 시집을 두고 뭣 하러 이 구석엘 와 있겠다는 거야.'
하는 눈치가 빤히 보이는 뚝섬집의 곁에서 새우잠을 잤다.

아버지의 제사는 지낼 꿈도 꾸는 사람이 없거니와, 오라비도 없는데 뚝섬집에게 오늘이 제삿날이라고 일깨고 싶지도 않았다. 그러나 그냥 지내기도 섭섭해서

'지방이나 써 붙이고 허배라도 해야지.'
하다가

'구차하게 형식은 갖추어 뭘 하나.'

하고 이 설움 저 설움에 한바탕 실컷 울기나 하면 시원할 듯한 것을 간신히 참았다.

뚝섬집은 이면치레로

"오빠도 안 계신데 안방에 같이 있으면 어때요 애들이 떠들어서 시끄럽긴 하지만."

하고 붙잡는 체를 하는 것을 한방을 쓰면 서로 괴로운 일이 많다고 행랑방을 쓰기로 한 것이었다.

궁가의 며느님이 졸지에 다 쓰러져가는 오막살이의 토굴 속 같은 행랑방 구석으로 기어들다니, 인숙이 자신이 생각을 하여도 참으로 무량한 감회를 금하기 어려웠다.

봉희는 이튿날 저녁때에 잠시 다니러 와서

"단 며칠 동안이래두 이 구석에서 어떻게 지내우?"

하고 도배하는 것을 거들어 주고는

"어저께 장발이가 두 번이나 찾아 왔었다우. 오빠가 없다구 하구서 만나 주질 않으니깐 나를 찾더래. 그래서 나두 없다구 그랬더니 뭐라구 투덜거리며 가더래요 아 그런데 오늘 여길 올려구 나오다가 골목에 가 귀신처럼 지켜 선 걸 딱 마주쳤구려."

"그래 어떡했수?"

"가만히 생각하니깐 새언니 말대로 그대로 내버려 둬선 귀찮어서 못견디겠길래. 아주 딱 잘러서 말을 해 버렸는데."

"뭐라구?"

"제가 말을 꺼내기 전에 '난 그동안 계동 한 참판 집으로 어른들이 혼인을 정하셨는데 내달 초아흐렛날로 택일까지 했으니 그날 구경이나 와

181

주세요' 했더니 장발귀신은 입을 딱 벌리고는 말두 못하구 얼빠진 사람처럼 멀거니 섰겠지."

"그래서? 용하게 붙잡히질 않았구려."

"마침. 전차가 오길래 '그날 꼭 오세요' 하고는 휙 잡아 타구 와 버렸는데, 멍하니 전차를 바라보구 선 것이 퍽 가엾어 보입디다."
하고는

"이런 때나 계동 한 참판 집을 한 번 써먹거든."
하고 자지러지게 웃는다.

봉희는 올케가 오라비와 무슨 일로 다투었을 뿐 아니라 제사를 지낸다는 핑계로 당분간 피해 와 있는 줄만 알고, 큰 오라비가 "아버지가 기동이나 하시게 되거든 혼인이고 무엇이고 하자"고 억지로 우겨서 혼인을 연기한 바람에 그 기쁜 소식을 전하려고 왔었던 것이다.

😊 220회, 1934.11.17.

⑤ 일기는 흠씬 풀려서 제법 봄날같이 포근하여졌다. 삼청동만 하여도 시내 복판과는 달라 이른 아침부터 뒤꼍 개나리 산울에서 참새들이 재잘거리는 소리가 들렸다. 장독대에서 까치가 무엇이 반가운지 깍깍하고 우는 소리도 인숙의 머리맡에 들렸다.

인숙은 새들이 우짖는 소리를 듣고 홀로 누웠으려면 오래 잊어버리고 있었던 과천집 생각이 저절로 났다. 윤 자작이 인력거를 타고 저의 선을 보러 나오던 날 앵두나무에 올라서서 담 밖을 내어다 보다가 치마를 찢은 이후로 명색만 친정인 이 오막살이의 행랑방으로 쫓겨오다시피 한 오늘날까지의 지내 온 일이 벽에 붙은 신문지의 광고 그림과 같이 어수선하게 눈앞을 지나갔다. 여자로서 거의 반생이라고 할 만한 과거가 주마등같이 눈앞을 달려서 바로 엊그제 지낸 일 같기도 하고 어찌 생각하면 한 백년이나 된 듯이 세월이 더딘 것 같기도 하다.

남편의 유학 갈 돈을 변통해서 손에 땀이 나도록 쥐고 뒷동산으로 올라가 솔밭 속에서 새벽녘에 은하수를 바라다보며 애달픈 이별의 눈물을 흘리던 때도 바로 이맘때가 아니었던가.

돈을 보고 어린애와 같이 기뻐하던 그때까지도 여간 순진하지가 않던 남편이 불과 몇 해 동안에 얼마나 변하였던가. 저에게 대한 향념이 과연 얼마나 달라졌는가. 또는 저 역시 남편이라는 사람에게 대한 관념과 결혼생활에 대한 비판이 근본적으로 큰 변동이 생긴 것도 사실이 아닌가.

하여간 남편과 별거를 하게 되고 시집의 골치 아픈 분위기를 벗어난 이번 기회는 인숙에게 아침부터 저녁까지 과거를 고요히 추억하고 현재를 냉정히 비판하고 또는 장래에 할 일과 앞으로 나아갈 길을 골똘히 생각할 시간을 주었던 것이다.

'이렇게 모—든 누(累)를 훌훌 떨어버리고 홀가분하게 살아보았으면.' 하니 누추하고 좁다란 행랑방 구석이 마음껏 공상의 날개나마 펼 수 있는 자유로운 천지 같기도 하였다.

"마음에 없는 결혼생활은 지옥살이와 같다. 끊임없는 싸움을 되풀이할 뿐이다."

어느 잡지에서 본 듯한 누구의 말인지 기억이 되지 않는 구절을 몇 번이나 입 속으로 뇌어도 보았다.

며느리를 보낸 지 사흘이 되고 나흘이 지나도 시집에서는 하인도 한 번 보내오지 않았다.

'아주 모른 체를 하는구나.'

하고 섭섭하건만 이편에서는 보내 볼 사람이 없어서 시부모에게 문안 편지도 하지 못하고 있었다. 실상은

'들으면 무슨 좋은 소식이 있을라구. 무소식이 희소식이지.'

하고 그다지 궁금할 것도 없었다.

그러다가 닷새 되는 날 아침때부터 인숙은 아랫배와 그 근처에 적지 아니한 고통을 느끼기 시작하였다. 그 증세는 짐짓 자세히 적기를 피하거니와 그 고통은 점점 형용할 수 없이 심하여졌다. 하루도 여러 차례 배설하는 기관에 고통을 느끼는 것은 말할 것도 없거니와, 이수도가 순순하지 못하고 동시에 아랫배는 소화기에 병이 난 것과는 딴판으로 아팠다. 심할 때면 아프다느니보다도 뱃살이 당기고, 송곳으로 쑤시는 것 같다가는 사뭇 톱으로 창자를 써는 것처럼 복통이 심해서 안절부절을 못하고 한참씩 쩔쩔매었다. 이런 병을 한 번도 앓아본 경험이 없는 인숙은 나날이 더 심해가는 그 지독한 고통을 혼자서 입술을 깨물고 참았다. 육체상의 고통도 참기 어려운 데다가

'이게 그 병이 아닌가. 그예 그 못된 병을 옮은 것이나 아닌가.'

하는 정신상 고민으로 머릿속이 졸아 붙는 것 같았다.

그러나 제 짐작에도 남편의 병이 전염된 것이 확실하다고 인정이 될수록 부끄러운 생각이 앞을 서서 의사의 진찰을 청할 수도 없었다. 또한 의사의 치료를 받을 돈이 없는 것도 사실이었다.

😊 221회, 1934.11.18.

6 '나 혼자 앓다가 죽으면 고만이지, 구차하게 치료는 해 뭘 해.'

하고 인숙은 제 살을 쥐어뜯으며 참을 수 없는 고통을 참았다. 뚝섬집은 하루 한두 번쯤 나와서 머리만 들이밀고

　"저래서 어째요? 횟밴 게로군."

하면서도 탕약 한 첩 지어다 줄 생각은 안 하고

　"암만 아퍼두 곡기를 아주 끊어선 큰일 나요. 어서 오빠나 오셔야 헐 텐데… 시댁에선 왜 사람 하나 안 보낸대요?"

하고 미음인지 숭늉찌끼인지 모르는 것을 쑤어다가 예방을 하듯이 문턱에다 놓고 들어갔다. 속으로는 팔자에 없는 송장을 치울까 보아 겁이 나는 모양이다.

　인숙은 하도 몹시 아프고 괴로우면

　'내가 무슨 소용이 있는 인생이라고 차라리 얼른 죽어나 버렸으면.'

하고 마지막 가는 생각이 들어서 한번 들여다보아주지도 않는 남편이 야속하지도 않았다. 봉환이가 싱글싱글 웃고 덤비는 악마와 같이 징그러워서 이생에서는 무슨 업원으로 만났거니와 저승에까지 지긋지긋 쫓아올까 보아 겁이 날 지경이었다.

　남편이 아플 적에는 끼니때에 먹지도 못하고 며칠씩 밤을 새워가며 정성을 다 해서 간호를 해 주었다.

　'내가 대신 앓아누웠으면.'

하는 말이 부르짖어질 만치 피곤이 심할 때도 있었다.

　그러나 제가 앓아누워 남자보다도 몇 곱이나 되는 고통을 당할 때에는, 비렁뱅이가 몇 차례씩 중문간에 찾아와서 다 죽어가는 소리는 한바탕씩 들려주고 나갈 뿐….

　인숙은 참 정말 굶어 죽고, 앓아 죽을 결심을 하였다. 제가 이대로 세

상을 떠난대도 설워해줄 사람 하나 없을 것을 생각하니 제 신세가 더 한층 외로웠다. 온 세상이 화장터의 새벽과 같이 쓸쓸하였다. 그럴 때면 인숙은

'남들처럼 아들이나 하나 낳아 보았더면.'

하고 일점의 혈육도 끼치지 못할 것이 원한이 되었다.

여자로서 가장 기쁘고 자랑스러운 어머니 노릇을 한 번 해보지 못한 것이 섧기도 하였다. 그러다가도

'그 사람의 씨를 받아서 무엇에 쓰게. 부전자전이면 두고두고 뇌 속을 태우겠기에.'

하고 지금 길러나가는 아들이 벌써 싹수가 노란 것처럼 수태 한 번도 못해 본 것이 도리어 다행한 것 같았다.

날이 갈수록 인숙의 몸은 점점 쇠약해가고 병은 자꾸만 깊어 갔다. 워낙 성미가 결곡한 인숙은 한번 결심한 대로 병으로 자살을 하려고 냉수 한 모금 마시지 않고 꽁꽁 앓다가 이따금 정신이 깜박깜박할 지경에까지 이르렀다.

봉희 한 사람만은 가끔 와서 들여다 보아주런만 그야말로 세철의 유언을 지키듯 시기가 늦은 것을 억지로 비비고 사범학교 연습과에 입학을 하였는데 학교만 다녀오면

"혼인까지 정한 계집애가 굴레 벗은 말처럼 뛰어다닌다."

고 사설이 내려서 꼼짝 못하고 집에 갇혀 있었다.

천만뜻밖에 인숙의 일이 생긴 뒤에 그 영향이 봉희에게 미쳐서 유치장 이상으로 어른들의 감시가 심해진 것이다.

"혼인은 연기했다면서 그동안 집에 들어앉아서 뭘 해요 마지막 소청

이니 중간에 고만 두더래도 학교나 더 댕기게 해주세요."

하고 할머니에게 울며 떼를 쓰고 말을 안 들어주면 죽어 버리겠다고 위협까지 해서 간신히 반허락은 얻었던 것이다. 그것도 한 참판의 집 무녀리에게로 두 말 없이 시집을 간다는 조건 아래에, 덧들리지 않게 하기 위한 수단으로 승낙을 하였던 것이다. 그러나 유치원에 다니는 어린애 모양으로 학교에 가고 올 때에 하인이 붙어 다녔다. 그래서 하학하고 나오는 길에 매우 궁금은 하건만 인숙에게 들릴 수가 없었다.

또 며칠이 지난 뒤였다. 밤 깊도록 인숙은 엎드려서 베개를 물어뜯으며 지독한 고통을 참다가 고만 까무러쳤다.

거의 두어 시간은 의식을 잃은 채 베개너머로 머리를 떨어뜨리고 엎드러졌다가 이마와 손등에 선뜩한 촉감을 느끼고

"으응."

하는 신음소리와 함께 머리를 조금 쳐들었다.

222회, 1934.11.19.

⑦ "아이고 이게 누구요?"

인숙의 흐릿한 눈은 놀라움에 커지며 실낱 같은 목소리로 부르짖었다.

"대체 이게 웬일이에요? 어떡하다가 여기서 혼자 이렇게 몹시 앓는단 말씀요?"

복순의 얼굴도 얼른 알아볼 수 없이 수척한데 푹 꺼진 눈두덩을 꿈적거리는 대로 콩알만 한 눈물이 인숙의 손등에 두어 방울이나 떨어졌다.

인숙은 비탈 모퉁이에 미끄러져 떨어진 사람이 나무뿌리를 휘어잡고 기어오르려는 듯이

"나를 좀…"

하고 복순의 손을 힘껏 끌어당겨 몸을 일으키려고 한다. 그러나 아랫배가 당겨서 다시 쓰러져 버린다.

"누워 있어요. 움직이지 말구 가만히 누워 있어요."

복순은 동정에 겨워 흑흑 느끼기까지 하며 인숙의 머리를 안아 다시 눕히고 베개를 반듯이 베어 준다.

"언제 나왔소? 내가 여기 있는 줄은 어떻게 알구…"

인숙은 말을 하는 데도 허구리가 켕기는 듯 고통을 참느라고 눈살을 찌푸려가며 억지로 한마디씩 한다.

"…"

대답하는 대신에 못 알아보도록 파리한 복순의 얼굴에는 다시금 두 줄기 눈물이 쭈르르 흘러내렸다. 여자로서는 참을 수 없는 고생을 하고 돌아다니면서도 조금도 비관을 하는 법이 없던 복순의 눈에서 쉴 새 없이 눈물이 쏟아지는 것을 보자, 인숙의 베개에도 다시금 두 줄기 뜨거운 눈물이 좌우로 흘러내렸다.

복순은 '나까지 이래서는 안 되겠다'는 듯이 짭짤한 눈물을 입술로 빨아들이다가 소매로 눈두덩을 비비며 다가앉더니

"내 얘기는 밝는 날 차차 하지요. 나두 병이 나서 죽을 자리를 찾아 나왔더니…"

하고 바른편 쪽 가슴을 부둥켜 쥐며 인숙의 곁에 푹 엎드리며 말을 못한다.

복순은 원산 경찰서에서 취조를 받을 때부터 급성 늑막염에 걸려서 다 죽게 되어 가지고 감옥으로 넘어갔었다. 병감에서 감옥 의사에게 두 번

이나 갈빗대의 물을 빼었건만 종시 차도가 없었는데 근일에는 폐렴까지 병발이 되어 오늘 내일 할 지경으로 위중하였었다. 몇 번이나 보석을 청하였건만 보증금을 바칠 수 없을 뿐 아니라, 예심 중의 중요한 피고를 맡아줄 사람이 없다고 해서 속절없이 옥중의 고혼이 될 수밖에 없었다.

그러다가 복순의 사건을 자진해서 맡아주고 사상범인의 편의를 보아주는 어느 변호사에게 면회를 청해서 그의 특별한 호의와 주선으로 보석이 되어 나온 것이다.

노자만 간신히 얻어 가지고 기차 속에 모로 쓰러져서 서울까지 오기는 했으나 다른 동지도 말끔 붙잡혀가고 없어서 세철과 인숙에게밖에 의지할 사람이 없었다.

전신에 식은땀을 흘리고 송곳 끝으로 쑤시는 듯한 가슴을 부둥켜 쥐고 세철에게를 찾아갔다. 그러나 둘이서 자취를 하던 방에는 벌써 다른 학생이 들어있지 않은가.

주인마누라에게 비로소 세철까지 검거를 당한 줄 안 복순은, 그만 맥이 풀려서 툇마루에 가 쓰러졌다가 두어 시간 만에야 깨어났다.

지옥의 밑바닥을 헤매듯 해서 ××궁문 앞까지 왔건만 얼굴을 아는 행랑어멈은

"셋째아씨는 친정댁에 가 계세요."

하고 제 방으로 들어가 버렸다.

"아이고 인젠 길바닥에서 죽었구나!"

하고 복순은 소슬대문의 문지방에 가 거꾸러질 뻔하다가

'그래도 하루 저녁이나마 나를 편하게 뉘어줄 사람은 그밖에 없다.'

삼청동까지 엎드러지며 곱드러지며 기어올라 왔다가 밤중에 문을 흔

드는 소리에 금광에 가 있는 남편이 온 줄만 알고 버선발로 뛰어나온 뚝 섬집에게서 인숙이가 행랑방에 앓아누운 줄을 알았던 것이었다.

223회, 1934.11.20.

⑧ 인숙과 복순은 둘이 다 새벽녘에야 정신이 조금 나서 피차에 그동안 지낸 일이며 세철과 봉희의 관계까지 자초지종을 이야기하였다.

두 여자는 서로 불행하고 억울한 처지를 동정하고 새로운 눈물을 흘렸다.

둘이 함께 고통을 참아가며 하소연하듯 한마디 두 마디 주고받는 동안에 번차례로 흥분이 되어서 눈물에 젖은 눈과 눈은 가정과 사회에 대한 저주의 빛으로 번뜩였다.

"앞으로 무슨 일이 또 닥쳐오든지 우리 둘이 다 하루바삐 건강을 회복합시다. 우리를 죽이지 못해 하는 무리가 있는 동안, 우리는 지긋지긋이 살아가면서 끈기 있게 싸워나가는 것이 복수야."
하고 복순은 저 스스로 용기를 돋군다.

"누가 아니라우. 혼자서 이런 병을 앓다가 죽긴 참 정말 원통해."
하고 인숙이 역시 입술을 깨물고 안간힘을 쓰며 일어나 앉았다.

"자— 그럼 우리 둘이 다 병을 고칠 때까지 다른 걱정은 조금두 하지 맙시다."
하고 복순은 쑥방석 같은 머리를 짚고 앉아서 한참이나 무슨 궁리를 한다.

"장안에 병원이 수두룩한데 이렇게 손끝 맺고 앉아서 죽어야 옳단 말요? 이따가 내 의사 하나를 붙잡아 올 테니 우선 진찰을 받구 치료를 합시다.”

 “피천 한 닢두 없이 어떻게 의사를 불러와요? 환자보다 돈을 먼저 보는 의사를 무작정하구 데려다가 어떡하자구.”

 “압다, 걱정 말어요 한 사 년 전에 ××회 집행위원으로 나하구 같이 일을 하던 허정자가 여의 면허를 맡구 개업을 했다는 소식을 들었는데 설마 나한테 진찰료야 받을라구요. 궁하면 통한다구 그래두 솟아날 구멍이 있겠지.”

하고 복순은 아침때 뚝섬집이 끓여내 온 밥물을 마시고 기엄기엄 밖으로 나갔다.

 두어 시간 만에야 복순은 정말 허 의사를 데리고 왔다. 나이가 사십쯤 되고 안경을 쓴 여의는 진찰기구가 든 가방을 손수 들고 전차를 타고 끌려왔다. 다른 사람의 면을 보아서라도 옛날의 동지를 괄시할 수 없었던 것이다.

 인숙은 의사가 남자가 아니고 여자인 것을 매우 다행히 여기어 반가이 맞아 진찰을 받았다.

 허 의사 역시 같은 여자가 아니고는 묻기 어려운 말까지 물어보고 거의 반시간 동안이나 자세히 진찰을 해보더니

 “임독 때문에 일어난 자궁내막염인 게 확실해요”

하고 진단을 내렸다.

 남편이 강제로 병을 옮겨준 것을 분명히 알자, 병마와 싸우느라고 수척해진, 인숙의 피가 끓었다. 환자의 눈치를 채인 허 의사는

 “그렇게 흥분하면 못써요. 아직 시초가 돼서 다행히 난소까지는 병균이 침입하지 않았으니까 여러 가지 방법으로 치료를 받으면 아직 완치할

수가 있으니 안심하세요. 그렇지만 당분간은 입원을 하셔야 되겠는데…"
하고 입원을 하면 돈이 상당히 든다는 뜻을 슬그머니 비친다. 복순은

"그럼 오늘부터라두 입원을 해야지. 아무튼 사내놈들을 말끔 한데다
묶어 놓구…"
하고 희떠운 소리를 한다. 인숙은

'나중에 뒷감당을 어떻게 하려구 저렇게 큰소리를 하나.'
하고 복순을 쳐다본다. 복순은

"입원 비용이야 받어 낼 데가 있으니 걱정 말어요. 나두 덧붙이기로
얼마 동안 병원 신세를 질 텐데 쓰기소에(간호하는 사람) 하나를 둔 셈만
치구려."
하고 뱃심을 부렸다.

그리하여 그날 저녁에 내과와 산부인과를 겹쳐보는 허정자의 병원에
는 진찰료도 받지 못하는 환자가 둘이나 입원을 하였다.

224회, 1934.11.21.

⑨ 의사와 환자가 함께 열심히 치료를 해주고 치료를 받고 하여서 인
숙의 병은 상상하던 것보다도 속히 차도가 있어 과히 심한 고통은 받지
않을 만치나 되었다. 그러나 세척이나 좌약을 할 때에는 별로 괴로움을
몰라도 팔에 정맥줄기가 잘 드러나지를 않아서 주사를 맞을 때면 참을
수 없이 아팠다. 나중에는 주사기를 들고 들어오는 것만 보아도 전신의
신경이 바들바들 떨렸다. 날카로운 주사침이 살 속에 파묻힌 혈관을 찾
느라고 이리 찔러 보고 저리 쑤셔 보고 할 때에는 아픈 것을 참다못해서
땀을 다 흘렸다. 그럴 적마다 그날 저녁 잠이 든 저를 덮어 누르던 때에

악마와 같은 봉환의 얼굴이 눈앞에 나타나서 이를 갈며 진저리를 쳤다. 병원에 와 보니 그런 환자도 많아서 그 병을 옮겨준 것이 아주 남에 없는 일은 아니라손 치더라도, 봉희가 밤중에 몰래 빠져나와서 삼청동으로 갔다가 입원을 했다는 소식을 듣고 놀라 한달음에 와서 간호도 못해 준다고 울기까지 하고 갔으니까, 남편의 귀에도 제가 몹시 앓는다는 말이 들어갔을 터인데, 발그림자도 한 번 하지 않는 것이 여간 야속하지가 않았다. 야속하다느니보다도 제가 아프게 간호해 주던 생각을 하니 여간 분한 것이 아니었다. 남편이란 사람이 그러하니 다른 시집식구들은 말할 나위도 없다. 한 십 년 제 집에 두고 부려먹던 종년이라도 앓아서 입원까지 했다면 오다가다라도 인정간에 한 번 들여다볼 것이 아닌가.

이런 생각을 할 때마다 인숙은 말 없는 중에 얼굴빛이 변하고 흥분이 될 때마다

'어쩌면 인심들이 그런가. 세상에 누구를 믿고 사나.'

하고 새삼스럽게 서글픈 생각이 들었다.

'왜 남을 바라고 살어. 나 혼자는 못 사나. 사랑이 없는 바에야 그까짓 남편이 뭐야. 시집이 다 뭐야. 남만두 못하지. 저 복순이만두 못하지.'

하고 모든 것을 단념하려고 하면서 곁에 침대에 누워서 제가 없었던 동안에 보지 못한 신문 잡지를 얻어다 보기에 정신이 없는 복순을 곁눈질을 해 보았다.

'살도 뼈도 닿지 않는 복순이가 아니었더면 어쩔 뻔했나.'

하는 생각을 할 때마다 복순이가 목숨의 은인인 듯이 고마웠다. 그야말로 결초로 그 은혜를 갚고, 백골이 되도록 그 신세를 잊지 않으리라 하였다.

더구나 인숙은 복순에게서 그동안 겪어온 여러 가지 차마 듣기 어려운 경험담을 듣고 이 세상에는 얼마나 불행한 사람이 많고 또는 주의를 위해서는 무엇도 사양치 않는 기개 있는 사람이 많은 줄을 알았다. 그와 동시에 진정한 사랑이나 우애나 또한 동정이라는 것은 같은 계급에 처해서 꼭 같은 이해관계가 있고 서로 함께 고생을 하는 사람끼리만 주고받을 수가 있는 것인 줄을 깨달았다.

'내 귀중한 청춘을 얼마나 헛되이 보냈던가. 불 없는 화로와 같은 시집을 위해서, 이 시대에는 송장과 다름없는 어른들을 섬기기 위해서, 계집 생각밖에는 동족이나 사회에 대해서 아무러한 생각조차 없는 방탕한 귀족의 아들 하나를 위해서 나머지 반생을 보내야 옳은가.'

병실 유리창에, 잠 못 이루는 밤을 봄비가 뿌리치고 옆의 방에서 병든 어린애가 보채는 애처로운 소리를 들으며, 쓸쓸한 침대 위에서 눈감고 누웠으려면 인숙은 안 해보는 생각이 없고 못해 보는 궁리가 없었다.

더구나

"나는 병이 속히 나서는 안돼요. 낫기가 무섭게 예심 판사의 구인장이 나오면 또 콩밥 신세를 지어야 할 테니까. 그저 이대루 죽지만 말구 누웠어야 햇빛이나 맘대로 쏘여 보지요."

하고 며칠만큼씩 형사가 찾아와서 잡아갈 때를 기다리고 기웃거리는 복순을 볼 때,

'그래두 나는 저 사람보다 몇 곱절이나 행복하구나.'

하는 생각이 들었다. 사실 복순은 병이 나아도 나아간다고 자랑조차 할 자유가 없는 여자다. 그동안 폐렴은 나았으나 늑막염이 낫기만 하는 날이면 더 한층 비참한 운명이 그 쇠약한 육체를 옭아가려고 문 밖에 줄을

늘이고 있지 않은가.

10 입원한 지 사주일 만에 의사는,

"뜻밖에 속히 나아서 인젠 아주 완치가 되었으니 퇴원을 하셔도 좋아요. 그렇지만 앞으로는 각별히 조심해야지 만약 재발이 되는 경우엔 참말 큰일 날 줄 알어요."

하고 감옥의 전옥이나 교회사가 출옥하는 죄수에게 훈계를 하듯이 금후로는 남자를 경계하라고 인숙에게 친절히 주의를 시켰다. 허 의사는 복순에게서 인숙의 사정을 자세히 들었을 뿐 아니라, 저 역시 매사에 조심스럽고 영리한 인숙이가 마음에 들었다. 그래서 회진하러 들어와서는 나이 사십이 되도록 독신으로 지내는 저의 사정 이야기를 하고

"나두 한 번 어느 남자한테 단단히 손을 대어서 그런지 인젠 사내라면 냄새두 맡기 싫구려. 아무튼 여편네두 따루 벌어먹구 사는 게 제일이야. 여간 편하지가 않거든."

하고 한바탕씩 늘어놓기도 하고 어느 때는 일부러 찾아와서 밤이 늦도록 밤참까지 한턱을 내며 이야기판을 벌리다가

"그렇지만 나이를 먹어가니깐 자꾸 쓸쓸하구 외로운 생각이 들어요. 인숙 씨, 우리 의형제를 맺읍시다. 또 앓으라는 말은 아니지만 이담부터 약값은 안 받을 테니 우리 그렇게 해요 으응."

하고 인숙의 어깨를 두드려주면서 남자처럼 껄껄 웃고 나갈 때도 있었다.

그러나 인숙은 입원비와 주사료며 그밖에 모든 비용으로 적어도 한 이

백 원이나 가져야 퇴원을 하겠는데 더구나 복순의 치료비까지도 치러줄 생각을 하니 참으로 난감하였다. 처음에는 복순의 바람으로, 또는

'우선 병부터 고쳐놓고 볼 일이다.'

하고 엉터리없이 두 사람씩이나 입원을 했으나 병이 차츰차츰 차도가 있어 갈수록

'그 엄청난 돈을 어떻게 치르고 나가나.'

하고 어찌나 걱정이 되었는지 밤에도 잠이 안 왔다. 복순은 처음부터

"돈 걱정은 말아요. 계산서를 가지구 봉환이를 찾아 가서 '자네가 병을 옮겨줘서 네 색시가 이렇게 고생을 하지 않았느냐. 너희는 인정을 모르는 목석들이니까 한 번 들여다보기는커녕 죽었는지 살았는지두 모르구 지냈지만 내가 주선을 해서 입원 비용이 이만큼 났으니 물어 낼 테냐 안 낼 테냐' 하구 처맡기구 오면 저의 집의 체면을 봐서 상감 감투 사러 가는 돈이래두 안 내구는 못 배길걸. 온 걱정두 팔자요."

하고 팔을 걷고 나서려는 것을

"왜 털끝만치라도 그 집에 신세를 또 진단 말요? 난 죽으면 죽었지 구구하게시리 치료비를 그이한테다 물리긴 싫어요."

하고 그런 말을 아예 비치지도 말라고 얼굴까지 붉혔다. 봉희는 며칠에 한 번씩 몰래 과일이나 과자를 싸가지고 와서는 "입원비용을 어떻게 하느냐"고 한참씩 빈 걱정을 해 주다가 갔다. 또 어떤 때 와서는

"아 장발 귀신이 편지를 했는데 피눈물을 뿌리고 다시 현해탄을 건너 가지만 나는 영원히 당신을 저주한다구 그랬겠지. 아주 앓던 이 빠진 것만치나 시원해."

하고 여전히 올케가 무슨 일로 저의 집에서 쫓겨난 줄을 모르고

"집안에선 새언니를 아주 잊어버렸나봐. 글쎄 새언니 말은 당최 입 밖에두 못 내게 하는구려. 오빠는 그저 얼굴이 노래가지구 취직운동을 한다구 나댕기던데 어쩌면 여긴 한 번두 안 들여다본단 말요?"

고 오라비를 꾸짖기도 하고 또 어느 때 와서는

"참 그 무녀리 어머니가 여전히 횟박을 뒤집어 쓰구서 두 번이나 왔다 갔다우. 혼인은 여름 방학 때 하기로 또 택일했다나."

하고는 인숙의 귀에만 속삭였다. 그러나 세철이가 나오기를 얼마나 은근히 기다리고 있다는 말은 복순이가 들을까 보아 눈치도 보이지 않고 일어섰다. 그러나 올 때마다 올케의 베개 밑에다가 살그머니 일 원도 넣어주고 이 원도 넣어주는 것을 잊지 않았다.

그러나 이제 와서 인숙은, 의사가 나가라는 말까지 하는데 퇴원을 할 수도 없고 안할 수도 없는 가장 난처한 처지를 당하였다.

😊 226회, 1934.11.23.

11 인숙은 생각다 못해서 금광에 가 있는 경직에게 편지를 하였다. 붓이 나가지 않는 것을 생후 처음으로 어려운 사정을 하고는 혹시나 하고 하회를 기다렸다. 동전 한 푼도 시집에는 물리기가 진정으로 싫은데 복순이가 말을 안 듣고 가서 사뭇 협박을 하고 돈을 빼앗아 오려는 형세를 보여서, 그래도 골육을 나눈 친오라비에게 처음 겸 마지막 겸 말이나 해보는 수밖에 없었던 것이다.

그러나 답장이 올 때가 지나도 경직에게서는 아무 소식이 없었다. 몸을 앓는 고통이 덜리자, 인숙은 병원에서 몸을 빼낼 돈 때문에 여간 조바심을 하지 않았다. 성심성의로 치료를 해준 의사나 간호부까지도 마주 볼 면목이 없을 뿐 아니라, 여관에서 밥값에 붙잡혀 앉은 협잡꾼 같아서 어찌나 창피한지 같은 환자들 앞에서 얼굴을 쳐들 수 없었다. 그와 반대로 복순은 유산태평이다. 늑막염도 거의 나아가건만 염체는 불구하고 밥 걱정 잠자리 걱정을 안 하는 병원에 가 마냥 늘어붙어야만 단 하루라도 감옥살이를 연기해 나갈 수 있기 때문이다.

인숙이가 하도 근심을 하여 이번에는 울화병이 날 지경이니까 복순은 자꾸만 우스운 소리만 실실 한다. 그러나 인숙은 겉으로나마 웃는 체 할 조그만 마음의 여유조차 없었다. 그래서 두 사람은 육장 하던 이야기를 자꾸만 되풀이를 하게 된다.

"글쎄 나가면 무에 속 시원한 일이 있겠다구 저렇게 속을 바짝바짝 태우구 앉았다우? 우선 당장에 가 있을 데두 만만치 않으면서…."

"왜 갈 데가 없어요 버젓한 내 친정이 있는데 대가댁 행랑방에 더부살이가 없어서 쓰나."

하고 인숙은 쓸쓸히 웃는다.

"참 정말 시집에서 또 오라면 갈 테요?"

이것은 복순이가 몇 번씩 다져 묻던 말이다.

"내가 새끼에 맨 돌멩인 줄 아남. 오랄 사람두 없지만 그 집으로 무슨 꼴을 더 보자구 끌려간단 말요 시집살이구 뭣이구 인젠 잇새에서 신물이 나는데…."

"그럼 나가선 어떡할 테요?"

"글쎄 바느질품을 팔어서래두 다시 학교엘 댕기겠다니까 곧이를 안 듣는구려?"

인숙은 입원해 있는 동안 열 번 스무 번 생각한 끝에 새로운 결심을 단단히 하였던 것이다. 복순은, 뒤늦기는 했으나 인숙이가 다니던 학교를 마치고 하다못해 재봉틀 회사 외교원 노릇이라도 해서 완전히 독립생활을 하게 되기를 바라면서도 인숙이가 거기까지 용단을 할는지가 종시 의문이었다. 그래서 그 결심을 더 굳게 하기 위해서 그런 말만 나면 일부러 충동을 시키는 것이었다.

인숙이가 무슨 일이 있든지 두 학기만 더 다니면 고등과를 속성으로 졸업할 수 있는 학교에 기어이 다시 들어갈 결심을 단단히 하고 며칠을 더 참고 있는데 경직에게서 가격 표기로 돈이 왔다. 인숙은 반가움에 겨워 복순을 보고

"그러면 그렇지 금송아지를 사준다는 우리 오빠가 누이 하나쯤이야 ….."

하고 소녀처럼 침대에서 깡충 뛰어내렸다. 어느 틈에 눈물이 다 갈쌍갈쌍하게 괴었다.

네 사정은 짐작하나 금광에 와 있기로 남의 뒤를 따러다니는 사람이 무슨 큰돈을 만져 보겠느냐. 그동안 백방으로 주선하다가 전주에게 내 몸을 전당 잡히듯 하여 겨우 오십 원밖에 부치지 못하니 나머지는 후일 갚아 주도록 하마. 병후 조섭 잘하고 우선 삼청동 집 건넌방에 사람을 내보내고 내가 귀가할 때까지 거처하기 바란다.

인숙은 오라비의 편지를 끌어안고 처음으로 남매간의 우애를 느끼며 어머니 아버지 생각까지 재차 나서 눈물이 앞을 가리건만 일시가 급한 듯이 현금이 든 봉투째 들고 아래층 진찰실로 내려갔다. 허 의사는 돈을

가지고 와서도 차마 내어놓지를 못하는 인숙을 안경 밖으로 물끄러미 보더니

"의동생한테야 무슨 돈을 받는담. 하지만 나두 환자가 없어서 쩔쩔매는 판이니까 실비의 반만 받지."

고 손을 내밀었다가 오십 원밖에 못 되는 돈이나마 송두리째 가지고 내려와서 받아달라는 말도 못하는 인숙이가 몹시 가엾어 보이던지

"동생의 돈을 먹다가 목에 걸리게. 당장 나가서 어려울 줄도 뻔히 아는데…."

하고 십 원짜리 석 장만 서랍에다 넣고 고개를 들지 못하고 선 인숙의 손에 나머지 두 장을 억지로 쥐어 주며

"가끔 찾어 오우. 학교엘 또 댕길 결심을 했다니 내가 셈만 좀 피면 도와주리다."

하고 일어나며 인숙의 한편 손을 힘 있게 잡는다.

인숙은 도어의 손잡이를 붙들고 돌아서서 온몸을 감격에 떨며 흑흑 느껴 울었다.

227회, 1934.11.24.

봄은 왔건만

① 봄이다. 인제는 완구히 봄이다. 창경원에 밤 사쿠라가 만발하여 어젯밤에는 입장자가 만 명도 넘었다고 떠들고, 봄바람에 놀아나는 봇짐을 싼 시골 처녀가 하루도 몇씩 된다고 신문은 흥청거려 제목을 붙인다.

봉희는 그 봄을 보지 않으려고 눈을 감았다. 그러나 길거리와 골목 안에서 아이들이 가락을 넘기며 부는 단조롭고도 애달픈 버들피리 소리는, 귀를 거쳐 마음속을 간질인다. 눈을 감고 피리소리를 듣자니 봉희는 어느 시인의 시 한 구절이 저절로 읊어졌다.

◇

내가 부는 피리소리
곡조는 몰라도
그 사람이 그리워
마디마디 꺾이네.
길고 가늘게 불어도,
불어도 대답 없어서
봄 저녁에 별들만

눈물에 젖네.

◇

봉희는 그 시를 몇 번이나 외우다 동창을 밀치고 문턱에 턱을 고이고 앉아서 우윳빛같이 뿌유스름한 초저녁의 하늘을 우러러 보았다. 조금 있자 으스름한 보름달이 화초담 위로 봉긋이 떠오른다.

입김을 쏘인 체경 속에 비취는 제 얼굴과 같은 달이 안개가 낀 듯한 하늘 바다로 뚜렷이 솟는다.

그 달이 풀솜 같은 흰 구름장 속에서 영롱하게 달려 나오면 금세로 온 누리가 환해지고 시꺼먼 구름장이 꾸물거리다가 그 달을 통으로 삼키면 봉희의 마음은 감옥 속과 같이 컴컴해진다.

"아아 세철 씨!"

하고 봉희는 한숨 섞어 부르짖으며 미닫이를 탁 닫았다.

그러나 귀를 틀어막고 눈을 감아도 마음속으로 자취 없이 스며드는 봄을 어찌하랴. 잊어버리고자 하여도, 생각지 말자 하여도 그럴수록 저녁마다 밤마다 눈앞에 떠오르고 머릿속에서 어른거리는 사랑하는 사람의 환영을 무엇으로 지워보랴.

봉희는 애상(哀傷)에 좀 쏠린 마음을 진정할 길 없어서 다시금 미닫이를 홱 밀쳤다.

달은 바로 봉희의 이마 위에서 그 금가루 같은 광채를 애달픈 환상(幻想)과 함께 뿌려서 정신이 황홀해지는 것을 스스로 깨닫지 못한다.

'저 달이 철창 속에도 비치겠지. 그럼 세철 씨의 시선도 저 달 속에서 내 시선과 마주치지 않을까? 저 계수나무 그늘에서, 저 말라붙었다는 시냇가에서…'

하고 두 사람의 눈물에 어리운 두 줄기 시선이나마, 창공을 가로질러 달을 초점(焦點)으로 하고 그 끝이 마주 닿는 듯 어느덧 슈베르트의 <성모 마리아>가 제풀에 봉희의 입을 새어 나왔다. 나이 젊은 수녀가 깊은 밤 십자가 앞에 꿇어 엎드려 눈물겨워 기도를 올리다가 청춘의 오뇌에 불타는 가슴을 부둥켜 쥐고

　성모 마리아 외로운 자의 어머니
　설운 자의 보호인
　당신 빛난 보좌로부터
　내 기도 드리옵소서
　슬픔 따라오고
　포악스런 임금들이
　고통 줄 때에
　성모 마리아 성모 마리아 마리아
　우리 환난 당할 때
　우리들이 죽을 때
　우리에게 인내력을 주옵시고
　도우심을 주시옵서소
　—아멘—

하고 창백하던 얼굴에 혈조를 띄우고 목에 정열을 끓이며 신앙의 대상자의 이름을 연거푸 부르다가 "아—멘" 소리를 길고 가느다랗게 뽑고 나서는 그만 기진맥진해서 쓰러지는 그 창자를 끊는 듯한 노래!

봉희는 그 노래의 '마리아'를 속으로만 세철의 이름으로 바꾸어 불렀다.

집안사람이나 담 밖에 사람이야 듣거나 말거나 목청껏 부르고 나서는 책상머리에 엎드려서 눈두덩을 비비면서 울음 섞어 기도를 올렸다.

"하나님! 저의 사랑하는 세철 씨를 하루바삐 그 어둡고 부자유한 곳에서 나오게 해 주시옵소서. 그이에게 무슨 죄가 있습니까? 그 건실하고 순직한 젊은 사람이, 우리 민족이나 사회에 무슨 죄를 지었습니까? 그이는 어머니도 아버지도 없이 자라 외로운 사람입니다. 이 차디찬 세상에서 어려서부터 죽도록 고생만 했습니다. 무엇이 부족해서 또 그런 참혹한 형벌을 그이에게 내리십니까? 하나님! 저희가 서로가 사랑하는 것이 잘 못입니까? 저희들은 당신 앞에 조금도 부끄러울 것이 없습니다. 당신은 저희들의 깨끗한 사랑을 왜 방해하십니까? 하나님! 전지전능하시다는 하나님! 그이를 내일이라도 놓아주시옵소서. 지금 이 당장이라도 내보내주시옵소서!"

봉희는 생후 처음으로 하나님을 불렀다. 정성껏 기도를 올렸다.

봉희는 전등을 껐다. 그러나 달빛은, 가슴속의 불길은 밤 깊도록 꺼질 줄 몰랐다.

228회, 1934.11.25.

2 한 판서 집에서는 택일까지 해보내고도 이 핑계 저 핑계로 혼인을 물려만 나간다고 하루바삐 성례라도 시키기를 성화같이 졸랐다. 별당노인의 이종 되는 뚱뚱마누라는 봉희의 할머니의 곁을 잠시도 떠나지 않는다. 안잠자기처럼 자고 먹고 주인의 시중까지 들면서 새새틈틈이 혼인

독촉을 한다. 한 참판 집에서는 병신자식을 둔 탓으로 행여나 펄펄 뛰는 생선같이 성하고 함박꽃같이 탐스러운 봉희를 놓칠까 보아 겁이 났던 것이다. '횟박'이 노인에게 세전하는 귀중한 물건까지 뇌물로 가지고 찾아오는 것은 물론, 나중에는 윤 자작과는 겨우 면분밖에 없는 한 참판 자신까지 왕가의 자동차를 빌려 타고 ××궁을 찾아왔다.

"새 사돈감의 문병을 안 할 수 있나."

하는 것을 핑계 삼아 왔다가는 주인대감이 안채에 누웠기 때문에 전갈하듯 인사치레만 닷 발이나 해서 안으로 들여보내고 돌아갔다.

"허― 그 사람까지 몸소 오다니 이건 암사돈이 유세허군."

하고 미안쩍게 여겼다. 풍이 동했던 당시보다는 말을 알아들을 만큼하고 요새는 갑갑하다고 화를 내면서도 방 안에서 기동을 할 만큼이나 차도가 있었다.

"기왕 점잖은 터에 정해 논 걸 두 번씩 물릴 수야 없지. 나두 앉아서 새 사위 절을 받을 만하니 여름 안으로 탁방을 냅시다."

하면 마누라는 그런 말을 기다리고 있었다는 듯이

"암 그렇구 말구요. 학교구 뭐구 제 맘대루 댕기게 내버려뒀다간 또 무슨 변괴가 날지 알어요? 온 그정 강마루까지 나오는 양복대기를 입고는 휘젓구 댕기는 걸 보면 눈허리가 시어서… 요샌 실성한 애처럼 밤중이면 소리를 빽―빽― 지르니 하루바삐 치지 않으면 큰일 나겠습디다."

하고 맞장구를 쳤다.

그네들은 벌써 셋째며느리는 잊어버렸다. 그런 오륜삼강에 벗어나는 음행을 한 계집에게 '아버님'이니 '어머님'이니 하고 불리우던 생각만 하여도 크나큰 모욕을 느끼는 듯, 자기네들은 물론이거니와 하인배들까지

도 '셋째아씨'의 일을 입 밖에만 내면 눈이 빠지도록 꾸지람을 들었다. 그러고는 거의 봉환을 볼 때마다

"그게 다 네 신수 땜을 한 게다. 인젠 한바탕 악몽을 꾼 셈만 치구 어떻게 속현을 할 도리를 차려야 하지 않겠니?"

"난 모르겠다. 이번엔 네 맘대루 참한 걸 하나 고르려무나. 이십 안 자식이요 삼십 안 천량이라는 데… 남 같으면 적어도 삼남매는 낳았겠다. 자손이 귀한 집 안에 큰형도 계집질만 하면서 여태 자식 하나 못 낳아 들여오니 그러다간 이 집에 손이 끊기겠구나."

하고 아들이 상처한 거나 조금도 다름없이 어서 어떠한 암컷이나 수태 잘 할 것을 끌어들여서 씨나 받기가 급하였던 것이다. 그러면 봉환은

"민적이 그대루 있는데 요새 계집애가 첩으로 오려구 드나요. 그것부터 까닭을 내야지요"

하고 그렇지 않아도 여기 저기 물색을 하는 중이라는 눈치를 보였다. 그와 동시에 아직도 이혼까지는 못하는 법으로만 여기는 부모를 슬그머니 을러메는 것이었다.

봉희는 봉희대로 이런 말 저런 말을 간접으로 귀담아 듣고 다시금 초조와 불안과 머리가 터질 듯한 고민에 그 탐스럽던 두 볼이 쪽 빠졌다. 인숙이도 없어 제 설움을 하소연할 곳조차 없는 것이 더욱 서러웠다. 밤마다 잠을 못 잔다는 구실로 아달린이라는 최면제를 몰래 들여다가 그 약을 두서너 개씩이나 먹고야 잠이 들었다. 잠이 들려는 것보다도 여차 직하면 그 약 한 갑을 통으로 삼키고 영원한 잠이 들려는 결심을 하고 책상 서랍 속에 넣고 잠갔다.

제 힘으로는 어떡할 수 없는 위급한 경우를 당하면 봉희는 이 마지막

가는 수단을 쓰는 수밖에 없다고 마음을 다부지게 먹었던 것이다.

그러다가 하루아침에는 봉희가 학교에 가려고 구두를 신는데 머리도 안 빗은 행랑계집애가 치맛자락에 바람을 풍기며 두 눈이 휘둥그레서 뛰어들어오더니

"작은아씨!"

하고 숨이 턱에 닿아가지고 봉희를 부른다.

"왜?"

봉희는 댓돌에 머리를 꾸부린 채 고개만 돌렸다.

"저— 그 전에 언젠가 한 번 왔던…."

"아 그래?"

"그… 학생 있죠?"

"뭐? 그래 어쨌단 말이냐?"

"그 학생이 아까부터 대문간에서 왔다 갔다 하더니… 작은아씨를 잠깐만 나오시래요"

😊 230회, 1934.11.28.

③ 봉희는, 한 쪽 발에는 구두단추도 미처 끼지 못하고 한달음에 뛰어나갔다. 가슴속에서 두방망이질을 하고 얼굴 가죽이 뜨겁도록 화끈화끈 달건만 전후를 돌아볼 겨를이 없었다.

여전히 단벌 학생복을 입고 모자도 안 쓴 채 대문간과 중문간 사이를 팔짱을 끼고 왔다 갔다 하는 것은 과연 세철이었다.

세철은 등 뒤의 구두소리에 홱 돌아다보고는 수척한 얼굴에 빙긋이 웃음을 띠우며 뚜벅뚜벅 봉희의 앞으로 다가온다. 봉희는 숨만 가쁘게 쉬

며 인력거를 두던 헛간 모퉁이에 가 비켜서서 몸 둘 곳을 몰라 한다. 반 가움에 겨우니까 말도 눈물도 나오지 않는 듯 온 몸을 오들오들 떨고만 섰다. 그러나 중행랑채에 세를 든 사람이나 문간방에서 내어다 보는 사람만 없으면 대뜸 세철에게 달려들어 그 널따란 가슴에 머리를 파묻고 흐느껴 울었을는지도 모른다.

세철은 여전히 남자다운 웃음을 띠우고 교복을 입은 봉희의 아래 위를 훑어보다가 한 걸음 버쩍 다가서더니 서슴지 않고 봉희의 두 손을 덥석 잡으며

"아직 시집은 안 가셨군요."
한다.

봉희는 세철의 뜨거운 피가 단단히 잡힌 두 손을 통해서 거의 전신으로 쏟아지는 듯이 흘러들어오는 것 같아서 쓰러질 뻔하도록 정신이 아찔하였다.

봉희는 잡힌 손에 힘을 꼭 주었다가 슬그머니 빼어내며

"언제 나오셨어요?"
하는 말과 함께 그제야 두 줄기 눈물이 주르르 교복 앞자락으로 흘러내렸다.

"다리는 좀 어떠세요?"
하고 자분참 물을 때에는 벌써 그 목소리는 울음으로 반죽이 되었다.

"반가운 사람보고 우는 법이 어디 있어요 다리는 이렇게 낫지요"
하고 세철은 버선등에 눈이나 터는 것처럼 북어 대가리같이 앞부리가 헤어진 구두를 신은 두 발을 탁탁 굴러 보인다.

"어저께 밤에 나왔는데 병원으로 가서 복순 씨가 누운 침대 밑에서 자

고 왔어요 복순 씨가 나 있던 집주인한테 일러됐더구만요."

하고는

"그동안 속 좀 상하셨지요?"

하고 이죽거리면서도 누가 나올까 보아 조금 켕기는지 뒤를 돌아다본다. 봉희는 더군다나 어른들이, 둘이 만나는 광경을 보고 들어간 행랑것에게 듣고, 쫓아 나올까 보아 간이 콩알만 해지는 것 같아서

"그럼 지금 병원으로 갈 테니 그리루 오세요. 그동안 지낸 이야기를 이 문간에서 어떻게 다 하겠어요"

하고는 안채로 대고 눈짓을 하였다.

"엊저녁에 마침 인숙 씨까지 병원에서 만나서 그동안 지낸 이야기를 자세히 들었어요. 직접 듣지 않어두 봉희 씨 속은 내가 제일 잘 알지요"

"그럼 여기서 어디루 가실 테예요?"

"모처럼 찾아온 사람을 왜 자꾸만 쫓지를 못해 하세요? 처가가 될 집엔 못 오는 법인가요?"

봉희는 다시금 얼굴이 화끈하고 달았다. 뱃심을 부리고 선 사람더러 가라고 할 수도 없고 더구나 들어가자고 할 수도 없어서 어쩔 줄을 모르고 섰는데

"오늘은 봉희 씨를 보러온 게 아니구, 봉희 씨 아버지를 좀 만나러 왔어요."

"네?"

붉어진 봉희의 눈은 파리처럼 동그래졌다.

"직접으로 담판을 하러 왔어요. 무슨 한 참판집의 무녀리인가 하는 자한테 봉희 씨를 빼앗길 나두 아니니까… 밤새두룩 생각해보구 왔으니 뒷

일은 내가 다 담당할 게 염려 말구 어서 학교에나 가세요"

하고 세철은 어서 가라고 등을 떠다밀듯 한다. 봉희는 세철의 얼굴만 멍하니 쳐다보다가

　"안돼요 되려 덧들리면 큰일 나요"

하고 들어가지를 못하게 세철의 앞을 막아서는데 봉환이가 무슨 소리를 들었는지 개나 쫓으려는 듯이 단장을 휘두르며 대문간으로 나왔다.

😊 230회, 1934.11.29.

　④ "누구요?"

　"나 박세철이란 사람이요"

　"뭣 하러 왔소?"

　단장을 뒤로 짚고 버티고 서서 곁눈으로 세철을 깔보는 봉환의 태도는 자못 오만하다. 세철은

　'이 자가 봉환이로구나.'

면서도 남의 이름만 물어보고 저의 성명은 대지를 않는 것부터 아니꼬워서, 쥐구멍이라도 있으면 들어가려는 듯이 고개를 폭 수그리고 오도 가도 못하고 선 봉희 편으로 얼굴을 돌리며

　"오라버닌가요?"

하고 봉환을 눈짓으로 가리키며 묻는다. 봉희는 입속으로만

　"네."

하여 보인다.

　"넌 들어가 있어. 창피스럽게 문간에서 무슨 애기냐."

　오라비의 목소리는 매우 점잖다. 세철은 저를 엿보는 숨은 시선을 전

후좌우에 느끼며

"나두 좀 창피스러우니 저리루 들어갑시다."

하고는 주인의 허락도 없이 두어 걸음 앞을 서서 사랑채로 들어간다.

"여보 어딜 들어가는 거요?"

봉환은 황급히 뒤를 따라 들어오며 걸객을 내쫓는 듯한 어조로 외치며 세철의 앞을 막으려 한다. 그러나 가슴을 내어 밀고 들어가는 세철이가 저보다는 몇 곱절이나 건장해 보이고 모자도 안 쓴 머리카락이 밤송이처럼 일어선 것과 부리부리한 시꺼먼 눈이 어찌나 감때가 사나워 보이는지 감히 손을 대지는 못하고

"저게 누구냐?"

하고 그제야 누이에게 호령하듯 묻는다.

"왜 지금 인사하지 않었어요?"

봉희의 말씨도 순순치가 못하다. 기왕 일이 이렇게 벌어진 바에야 저역시 망설이고 있을 때가 아니라고 용기를 돋우고 만약 오라비가 거절을 하면 제가 앞장을 서서라도 아버지를 만나게 해서 단판씨름을 할 기회를 주려고 결심을 한 것이다. 저 혼자 어디로 몸을 피하는 것도 비겁하거니 와, 세철의 등에 지남철 기운이 있는 듯이 꼼짝 못하고 끌려들어가는 것도 사실이다.

세철은 큰 사랑채 댓돌 아래까지 와서 우뚝 섰다.

"여보, 남의 집엘 함부로 들어오는 법이 어디 있소?"

뒤쫓아 들어온 봉환의, 옹구바지를 땅에 끌리도록 입은 다리는, 분해선지 겁이 나서 그런지 벌벌 떨린다.

"나는 저 봉희 씨하구 약혼한 사람이요 그러니 이 집이 아주 남의 집

두 아니겠지요."

"뭐? 약혼을 하다께?"

놀라움에 빛나는 봉환의 눈은 사실이고 아닌 것을 질문함이 아니라, 질책하듯이 멀찌감치 선 누이를 쏘아본다. 그 눈치를 챈 봉희는

"누가 거짓말을 하는 줄 아세요?"

하고 얼굴을 똑바로 쳐든다. 봉환은 말문이 꽉 막혔다.

"봉희 씨 아버지를 잠깐 뵈러 왔는데요"

세철은 침착한 어조로 여전히 봉환의 존재는 인정치 않으면서 다만 상노나 청지기에게 말하듯 주인대감에게 안내를 청한다.

봉환은 누이의 대답이 하도 어처구니가 없거니와, 너무나 저를 무시하는 세철의 태도에 고만 빨끈해서

"안 돼, 아버진 병환 중이시니까."

하고 반말지거리로 팩 쏘아붙인다.

"병환이 계시니까 위문을 하려는 게 아니오?"

"한번 안 된다면 안 되는 게지, 여러 말할 필요가 없어."

"아버지 병 위문을 하겠다는데, 일부러 찾아온 사람을 거절하는 법은 어딨소? 난 뵙구야 가겠소."

세철은 구두끈을 끄르고 사랑으로 올라가려 한다. 봉환은 얼굴에 새빨갛게 독기가 올라가지고

"게 아무 두 없느냐!"

하고 새되게 소리를 지른다. 형세가 위험한 것을 본 봉희는, 오라비의 곁으로 달려가서 파랗게 질린 입술을 떨면서

"오빠 우리 일에 참견 마세요! 오빠가 사람을 내쫓을 권리가 어딨어

요?"

하고 대어들 듯한다. 집안일에는 더구나 아무 정신이 없건만 그래도 새 시대의 물을 먹어서 누이의 강제결혼을 반대하던 봉환이건만, 너무나 뻣 뻣한 세철과 그 편을 드는 누이에게 잔뜩 반감이 생겨서

"무엇이 어쩌구 어째?"

하고 단장을 둘러맨다. 막벌이꾼같이 험상스러운 행랑아범과 구중이 서 넛이나 달려왔다.

그러자 안채로 통한 문간에서

"뭣들을 그러느냐."

하는 주인대감의 노기를 띠운 목소리가 울려 나왔다.

231회, 1934.11.30.

⑤ 봉환은 아버지의 앞으로 달려갔다.

안 문턱에서 무어라고 고해바쳤는지 자작은 아들의 어깨를 짚고 노기 가 등등해서 두 눈을 부릅뜨고 사랑 마당으로 지척거리며 나온다. 대문 간에 와서 사랑 마당에서 둘이 승강이를 하는 것을 본 아랫것들은 뻔질 나게 안으로 드나들며 밖에서 서방님이 욕을 당한다고 몇 곱절이나 불어 서 긴급보도를 하였다. 그래서 아들이나 딸의 신변에 무슨 위험이 닥친 줄 알고 불인한 몸을 일으켜 손수 쫓아 나왔던 것이다.

중문간에서는 대방마님과 큰아씨가 모두들 끓어 나와서 와들와들 떨 며 바깥을 내다본다. 행랑채와 이웃집에서까지 무슨 큰 구경거리가 난 듯이 여편네 사내 할 것 없이 수십 명이나 이 구석 저 구석에서 숙덕이 며 사랑마당을 기웃거린다.

"무슨 구경이야? 저리들 가!"

봉환은 소리를 빽 지르며 싸움꾼을 따라와 파출소 앞에 모여든 구경꾼들을 몰아내듯이 단장을 휘두르며 내쫓는다.

구경꾼들은 와르르 헤어졌다가는 그 수효가 더 늘어 가지고 금세 쭉 모여든다.

"이년, 안으루 들어가거라."

아버지의 호령이 내렸다. 그러나 봉희는 한편 쪽으로 돌아만 서며 냉큼 말을 안 듣는다.

세철은 자작의 앞으로 다가서며

"죄송합니다."

하고 공손히 머리를 숙였다. 자작은 두 손길을 마주 붙잡고 서서 능청스럽게 고개도 들지 못하는 세철을 잠시 눈 아래로 깔아 보고는 미친놈이 아닌 것만은 확실한 듯 조금 마음을 놓는 눈치다.

자작은 상노와 봉환에게 부액이 되어 큰 사랑으로 들어갔다. 세철을 만나 보려는 것이 아니라, 구경꾼들이 자기의 주위로 꾸역꾸역 모여드는 것을 보고, 대감의 체면상 너무나 창피스러워서 잠시 가까운 데로 몸을 피하려고 들어간 것이다.

봉희는 사랑 뒤꼍으로 돌아 들어가고 세철은

'옳다구나.'

하고 자작의 뒤를 따라 올라갔다. 안석과 사방침에 비스듬히 기대어 숨이 차서 헐떡거리는 노인을 바라보고 세철은 너부죽이 엎드려 절을 하였다. 그러고는 다시 한 번

"병환이 계시다는데… 여간 죄송하지 않습니다."

하고 거북살스럽게 꿇어앉았다. 주위의 형세가 저 때문에 위룽뒤룽한 것이 재미적은 데다가 애초부터 무슨 싸움바탈을 차리려고 온 것도 아니요, 노인의 화를 이 이상 더 돋우는 것이 도리어 제일에 불리할 상 싶었다.

'우선 늙은이 대접은 하구 나서 슬슬 구슬리는 게 상책이다.'
하고는 호령이 내리던 이마에 날벼락이 떨어지던 두 눈 꼭 감고 앉은 것이다. 자작도 세철이가 공손히 절을 하고 꿇어앉은 것을 보고

'그래도 인사는 아는 놈이로군.'

"도대체 네가 누구냐?"
하고 조금 목소리를 낮추어 가지고 묻는다.

"박세철이올시다."

"박 가?"

"네!"

"어디 박 간고?"

"밀양이올시다."

자작은 밀양이라는 말에

'상놈은 아니로구나.'
하고 몸을 조금 일으켜

"그럼 화개동 박보국 집과 어떻게 되노?"
하고 귀양의 아버지 박 남작 생각이 언뜻 나서 그 당내나 아닌가 하고 허허실실로 물어본 것이다.

"전 그런 거 모릅니다."

세철은 빵꾸 난 양말 사이로 삐죽이 나온 발가락을 꼼지락거렸다.

"모르다니? 제 일가와 계촌도 할 줄 모른단 말이냐?"

하는 말 속에는 '그래도 양반 끄트머린 줄 알았더니 멀쩡한 상놈이로구나' 하는 의미가 포함되었다.

"아버지가 일찍 돌아가셔서 일가가 어디 있는 줄도 모르고 자랐습니다."

"응, 그래."

자작은 고개를 끄떡이더니 장판 바닥에다 커다란 눈을 내려 깔고 끔벅끔벅하고 앉은 세철을 이모저모 뜯어보고는

"내 딸과 약혼을 했느니 어쨌느니 하구 동네가 다 떠들썩하니 그게 대체 웬 소리냐?"

하고 얼굴을 불쑥 내민다. 세철은 뒤통수를 긁적긁적 하다가

"그 말씀이 옳습니다."

하고 무릎을 고쳐 꿇으며 저 역시 다가앉는다.

"그 말이 옳다니?"

자작의 언성은 또 다시 높아졌다.

"네, 약혼을 했다구 하신 어르신네 말씀이 틀림없습니다."

세철의 대답은 다시 물어 볼 나위 없이 똑똑하다.

😊 232회, 1934.12.01.

⑥ '어르신네'란 말 한마디는 자작의 비위를 몹시 거슬렸다. 누구나 자기 앞에서 '대감'을 개올리는데 귀가 젖어 온 늙은 귀족은 뉘 집 자식인지도 모르는 젊은 자에게 '어르신네' 소리를 듣기는 평생 처음이라

'발칙한 놈을 다 보겠군.'

하고 속으로 꾸짖으며 눈살을 잔뜩 찌푸리고 외면을 해버린다. 실상은 세철이가 '대감'이라는 존경사를 모르는 것은 아니지만 저 역시 평생 한 번도 입 밖에 내보지 않은 말을 자작의 비위를 맞추기 위해서 '대감 대감' 하기는 '계급의식'이 허락을 하지 않았던 것이다. 그래서 '어르신네' 란 말을 고작 가는 존칭으로 쓴 것이었다.

"아버지, 고만 들어가시지요"

세철의 등 뒤에 보호병정처럼 시립을 하고 섰던 봉환이가 더 아니꼬운 꼴을 당하지 맙시사는 듯이 아버지의 기색을 살핀다.

자작은 비대한 몸을 일으키려고 움직이면서

"아직 회양보양한 젊은 애들이 공부나 착실히 할 것이 아니라 남의 집 처자의 뒤를 따라다니며 연애를 하느니 약혼을 했느니 하는 건 불량패류 나 허는 짓이야. 그런 일은 다 부형되는 사람이 알어 할 테니까… 좋도록 말할 때에 내 집을 썩 나가거라."

하고 준절히 꾸짖어 보내려 한다.

세철은 얼핏 그 말끝을 채뜨렸다.

"네, 지당하신 말씀이십니다. 그렇지만 저는 남의 집 색시의 뒤나 쫓어 다니는 불량자는 아니올시다. 우연한 기회에 댁 따님과 만나서 오래 사 귀어 본 끝에 서로 사랑하는 사이가 되었구요, 저희들끼리는 결혼할 것 을 약속까지 했습니다. 그렇지만 지금 말씀하신 대로 부모 되시는 어른 께 양해를 받는 것이 도리에 옳을 줄 알구서 정당한 수속을 밟으려고 온 것이올시다."

하고는 무릎으로 기어서 자작의 앞으로 더 다가앉으며 목소리를 높여

"저희들은 열렬하게 사랑하구 있습니다. 저는 제 몸에 어떠한 일이 닥

치든지 한 번 굳게 맹세한 따님을 놓치지 않겠습니다!"

하고 목소리까지 떨어가며 저의 굳은 결심을 토파하였다.

"안 돼! 너희끼리 맹세했다는 것도 종잡을 말이 못 되거니와, 그 애는 벌써 정혼을 했으니까 여러 말 할 게 없다."

자작은 딱 무질러 버리고 아들에게 손을 잡혀 일어선다.

세철은 어쩔 줄을 몰랐다. 저 혼자 아무리 간청을 해 본댔자 믿어주지도 않을 뿐 아니라 참 정말 미친놈 구실이 되고 말겠는데 봉희를 불러다가 무릎맞춤을 하잘 수도 없는 노릇이다.

그러는 판에 뜻밖에 봉희가 수청방을 돌아서 나왔다. 옷을 갈아입고 아버지의 담뱃대와 쌈지를 들고 들어와서 얼굴에 억지로 화색을 띄우고

"아버지, 담배 태워 드려요?"

하고 일어서 나가려는 아버지의 소매를 잡으며 응석하듯 한다.

봉희는 제방으로 들어가 문고리를 안으로 걸고 손톱여물을 썰며 생각하던 끝에

'자꾸만 반항하듯 하면 역정만 더 내실 테니 될 일도 안 돼.'

하고 아버지가 저를 고명딸로 제일 귀애하던 터이니까 마지막으로 어리광이나 부려서 우선 노염이 풀리시도록 한 뒤에 죽자구나 하고 매달려서 떼를 써볼 작정으로 한 꾀를 내었다. 그래서 담뱃대를 무기 삼아 들고도 다리가 떨리건만 '죽으면 고만이지' 하고 대담스럽게 나온 것이었다.

그러나 아버지는 딸을 흘깃 보더니

"이년, 죽일 년 같으니, 어딜 나오느냐."

하는 호령과 함께 성한 손으로 담뱃대를 획 뺏더니 죽어라 하고 봉희의 머리를 후려갈겼다.

"애고머니!"

하는 비명과 함께 봉희의 관자놀이에서 새빨간 피가 댓줄기같이 뻗치다가는 오른편 뺨으로 주르르 흘러내린다. 그 피는 자작의 저고리 앞섶에까지 튀었다.

세철은 벌떡 일어섰다. 앞으로 고꾸라지는 봉희를 부둥켜안고 손바닥으로 그 이마를 누르면서

"피, 피를 보셔야겠습니까? 그—예 우리들의 새빨간 피를 보셔야 시원하겠습니까?"

하고 주먹을 쥐고 부르르 떨며 목청껏 부르짖었다.

233회, 1934.12.02.

신혼여행

[1] 명랑한 햇발이 풀솜을 둔 저고리를 입은 것만치나 등을 포근히 내려 쪼이는 오후였다. 한강 인도교 아래에는 장난감 같은 낚거루가 단물 생선의 비늘처럼 가벼운 바람에 잔물결이 잡히는 강 위에 너댓 척이나 떠서 둥실거린다. 노들강변에 길로 솟은 버드나무 그늘로 눈이 부시도록 하얗게 뻥끼칠을 새로 한 보트가 두어 척 오리처럼 쌍을 지어 연둣빛 신록에 물들인 물 위를 헤치며 돌아다니는 것은 그대로 한 폭의 수채화다.

"엣샤 엣샤."

바람결에 불려오는 기운찬 소리에 삼개[麻浦]편 쪽으로 고개를 돌리면 — 흰 운동모자를 쓴 학생들이 기다란 경주용 보트를 우쩍우쩍 저어 강 한복판을 한 일(一) 자로 가르며 앞서거니 뒤서거니 올라온다. "엣샤" 소리와 함께 그리마의 발처럼 일제히 폈다 오므렸다하는 '오-ㄹ'[櫓]에서는 물 찬 제비의 날개 모양으로 물방울이 뚝뚝 듣는다. 오월의 태양은 씩씩한 청춘들의 건강을 축복해주는 듯 그네들의 머리 위에서 빙긋이 웃는다.

인도교 맨끝 난간에는 커다란 책보를 낀 여학생인 듯한 헌칠하게 생긴 여자가 아까부터 누구를 기다리는 듯이 철교 위를 서성거리며 버스를 타고 나오는 사람을 일일이 살피고 섰다. 옥색 숙고사 겹저고리에 메린스 검정 치마를 입었는데 그 치맛자락은 보드라운 강바람에 하얀 단속곳이 드러나도록 풀풀 날린다.

앞 머리카락이 자꾸만 이마를 간질어서 물동이를 인 촌색시가 손짓하듯 하는데 수수하게 핀만 꽂아서 틀어 올린 머리는, 땋아 늘였던 때가 얼마 안 되는 것처럼 숱이 많고 그 쪽진 맵시가 조금 어색해 보인다.

그 여자는 연방 팔뚝시계를 들여다보며 서울편 쪽에서 나오는 사람을 기다리는 눈치더니 수원(水原)으로 가는 버스가 뿌—ㅇ 뿌—ㅇ하고 닥쳐오는 것을 보고 그 앞으로 달려간다.

그와 거의 동시에

"봉희 씨!"

하고 부르며 차창 밖으로 손을 내저어 보이는 청년의 빙긋이 웃는 얼굴이 운전대로 내밀었다. 버스는 정거를 하였다.

봉희는 반가운 웃음을 얼굴 가득히 띠우고 세철에게 손을 잡혀 말없이 차 속으로 들어갔다.

뜻밖에 차 속은 부프지 않아서 두 사람은 맨 뒷자리에 대절(貸切)이나 한 듯이 나란히 앉을 수가 있었다.

"퍽 오래 기다리셨지요?"

"아마 삼십 분도 더 기다렸나 봐요."

"차가 제 시간에 떠나긴 했는데 남대문 안에서 구루마하구 충돌을 해서 한참이나 지체를 했어요."

나이 어린 차장의 "오라잇" 소리와 함께 차는 떠났다. 둘이 나란히 앉은 자리 밑바닥의 용수철이 들까부르는 대로 두 남녀의 몸은 닿았다 떨어졌다 하다가 용금루 앞을 끼고 돌 때에는 봉희의 얼굴에 담박하게 한 화장수 냄새가 세철의 코밑에 향기를 풍겨 자칫하면 뺨이 서로 마찰을 할 뻔하였다.

"호사하셨군요?"

봉희는 그제야 상글상글 웃으면서 세철의 아래 위를 자세 자세 훑어본다.

"호사가 다 뭐에요."

세철은 수줍은 듯이 따라 웃으며 제 앞을 굽어본다.

이날의 세철은 과연 알아보지 못할 만치 고학생의 주접을 털어버렸다. 중절모자를 새로 사 쓰고 기성복인 듯하나 회색 세루 쓰메에리 양복을 입었는데 바지 금이 칼날같이 서고 발에는 새 구두가 번쩍번쩍한다. 그뿐인가. 그 불밤송이 같던 머리를 말쑥하게 깎아서 면도 자국이 선명한데 지꾸 냄새까지 봉희의 코에 맡힌다. 입성이 날개라고 그 궁기가 뚝뚝 듣던 한 꺼풀을 활딱 벗어버리고 제 힘껏 몸치장을 하고 나니까, 아무리 닥달질을 해도 원체 얼굴빛이 검어서 해끔한 미남자는 못될망정, 혈색 좋고 기걸한 호남자로는 누구에게나 인정받을 만하다.

'그러구 보니 정말 잘 생겼네.'

하고 봉희는 자못 만족한 듯이 처음 보는 사람처럼 할끔할끔 곁눈질로 세철의 얼굴을 도둑질해 본다.

"오늘 아침에 두 시간이나 목욕을 했지요. 총각 때를 말끔 씻어버리니까 좀 서운하던걸요."

하고 세철은 저 혼자 싱글벙글 웃는다.

234회, 1934.12.03.

2 자작은 울화병이 겹쳐 나서 위석해 누워

"저년을 내쫓어라. 행실 부정한 계집애 년은 뒈져두 좋다. 그년을 내 눈앞에 띄게 했다가는 내가 먼저 죽겠다."

하고는 사실상 딸과는 의절을 해버렸다. 어머니조차 덩달아서

"그년이 그 애를 너무 따르더니 물이 들었구려. 어쩌면 자식마다 골고루 저 모양이 된단 말씀요"

하고 말끝마다 인숙의 탓을 하였다. 봉희는 대낮에도 이불을 뒤집어쓰고 덧문을 첩첩이 안으로 닫아 걸고는 이틀이나 굶고 두 눈이 뚱뚱 붓도록 울었다. 어머니까지 들여다보지 않는 것이 어찌나 야속한지

"나 하나 죽으면 고만이지. 내가 죽어 나가는 걸 보셔야만 시원해 하실걸."

하고 몇 번이나 '아달린'병을 꺼내서 병마개를 이빨로 뽑아가지고 그대로 목구멍에다 쏟아 버리려고 들었다. 그러나 그럴 때마다 책상 앞에 두 눈을 무섭게 부릅뜨고 나타나는 것은 세철이었다.

"죽긴 왜 죽어요 부모가 혼인을 반대한다고 그만 일에 죽으면 조선엔 젊은 여자가 씨두 안 남게요 세상에 자살하는 것보다 더 어리석은 일은 없지요"

하고 꾸짖어서 봉희의 손의 약병을 떨어뜨리게 하였다.

그러나 봉희는 햇빛도 보지 못하고 며칠씩 굶어가며 그 고민이 극도에 달해서 참 정말 죽어버릴 결심을 새로이 하고 세철에게 유언서 같은 것까지 써놓고 밤 되기를 기다리는데, 평시부터 저를 따르던 행랑 계집애가 편지 한 장을 몰래 전하였다.

피를 흘리지 않는 전쟁처럼 싱거운 일은 없을 것이외다. 그러나 그 이상 한 방울의 피라도 우리의 혈관 밖으로 쏟아서는 안 됩니다. 우리의 장래에는 연애 이외에 더 큰일이 있기 때문입니다. 모든 것을 얼마 동안만 참고 기다려 주십시오. 내가 어디로 만나자고 통지를 할 때까지 안심하고 나를 전과 같이 믿어 주시기만 바랍니다.

여자의 이름으로 온 편지사연은 매우 간단하였다.

그 편지 한 장에 용기를 얻은 봉희는 그 날부터 밥을 먹고 편안치는 못하나마 잠을 잘 수가 있었다. 그리고 두 번째 통지가 오기를 고대하고 죽은 체하고 제 방속에 가 갇혀 있었다.

한편으로 세철은 복순과 의론하고 최후로 비상수단을 쓸 결심을 하였다.

'남의 집 색시를 빼내오려면 나부터 밥벌이가 있어야지.'

하고 우선 직업을 얻어야 할 것을 통절히 느끼고 십여 일이나 사면팔방으로 개구멍을 쑤시듯 밥벌이할 자리를 찾으며 돌아다녔다.

마침 라디오가 성풍히 유행할 때라 저보다 이태나 먼저 전기학교를 졸업한 제집에 돈푼이나 있는 사람이 라디오상회를 열었는데 밖으로 다니며 주문을 맡아오고 헌 기계를 수선도 할 외교원 겸 직공 한 사람이 필요한 판이었다. 그래서 그 방면에 전문지식이 있고 취미도 가질 뿐 아니라 사람을 건실하게 보아오던 주인은 두 말 없이 세철과 함께 손을 잡고 얼렁장사처럼 하게 되었다.

그 집에서 먹고 정한 월급이 삼십 원인데 제가 주문을 맡아 오거나 기계를 수선하면 주인과 이익을 나눠 먹기로 작정을 하여서 부지런하게만 하면 한 달에 사오십 원 수입은 얻을 만하게 되었다.

　세철은 며칠 동안 일을 보아 주다가

　"나 장가 좀 들어야겠소 당분간 거저 일을 해 줄 테니 석달치 월급만 다가주어야 살림을 시작하겠소"

하고 주인에게 사정을 말하고 막 떼거리를 썼다.

　그래서 홀어머니를 모시고 사는 주인의 집 뜰아랫방을 빌려서 제 손으로 도배를 깨끗이 하고 복순의 손을 빌어 값싼 양속으로나마 금침을 장만하고 솥이랑 사기그릇이랑 당장 아쉬울 것만 사들여다 놓고 제 옷까지 일습을 해 입은 뒤에야 봉희에게

　'자― 인제 나오시오.'

하는 통지를 버젓이 하였던 것이다.

　그리하여 몰래 빠져나온 봉희와 병원에서 둘이 만나가지고 따로따로 나와서 버스를 타고 수원서 한 시오 리나 되는 시골에 있는 세철의 어머니의 무덤으로 성묘 겸 신혼여행을 가는 길이었다.

😊 235회, 1934.12.04.

　③ 두 사람은 버스에서 내려 결혼식장에서 나오는 신랑 신부처럼 행인이 없는 데서는 팔을 끼고 걸었다.

　집안사람의 눈을 피해 나온 도망구니언만 봉희의 얼굴에는 조금도 겁을 내거나 불안해하는 빛이 보이지 않았다. 다만 오랫동안 감금을 당하다가 나와서 혈색이 전처럼 좋지 못하고 다리를 떼어놓는 것이 허전허전해 보일 뿐.

　"다리 아프지 않으세요?"

세철은 타박타박한 산골을 꼬부랑길도 봉희의 손을 끌고 올라간다.

"왜 업어주실 테요?"

봉희는 이마의 땀이 송송 난 것을 소매로 씻으며 정말 업어나 달라는 듯이 벗뜅긴다.

세철은 바른편 팔로 봉희의 허리를 버썩 껴안아 번쩍 들 듯하고는 허청 걸음을 걸린다.

"고만 놓세요. 저기 누가 와요."

봉희는 제 허리에 굳세게 감긴 사내의 팔을 푼다. 온 몸이 근지러운 것은 둘째요, 가슴이 두근거려서 숨이 가빠 걸을 수가 없었다.

지게에 꼴을 한 짐씩 진 목동들이 앞서 오는 아이의 피리소리에 맞추어 노래를 부르다가 그치고 두 사람이 지나가는 것을 물끄러미 바라다본다.

새순이 파릇하게 돋아나는 어린 소나무와 참나무 숲 사이에 여기저기 진다홍치마를 입은 계집애가 쪼그리고 앉은 것 같은 것은 응달에 늦게 핀 진달래다. 어찌 보면 봉희가 흘린 핏빛같이 석양에 물이 들어서 새빨개 보이기도 한다.

"아이 곱기도 해라. 여긴 인제 진달래가 피었군요."

하고 봉희는 뛰어가서 진달래꽃을 꺾어서 한 아름이나, 안고는 졸졸졸 흐르는 시내를 몇 번이나 건너고 얕은 산모퉁이를 돌았다.

해가 설핏해서 축동의 열을 지어 선 버드나무가 새파란 자리를 깐 듯한 보리밭 위에 그 그림자를 기다랗게 눕힐 때 두 사람은 어머니의 무덤이 있는 동리에 다다랐다.

"아주머니가 그저 사시었는가? 벌써 돌아가셨는지두 모르는데…."

하고 세철은, 십년이 넘도록 못 와본 저의 고향을 찾아들어오니 무량한 감개에 가슴이 벅찼다. 이 세상에서 저와 가까운 사람이라고 다만 하나뿐인 고모가 그저 이 동네에 살아 있는지가 의문이었다. 합병하던 해에 시베리아로 망명해서 아직도 생사조차 모르는 아버지의 친누님이 되는 고모의 집에서 어머니가 돌아갔다. 기미년 이듬해에 복순이와 같이 병이 들어 나와서 이 고모의 집에서 앓다가 돌아가서 그 뒷산에 묻힌 것이다.

그러나 세철이가 산기슭의 다 쓰러져가는 초가집으로 찾아들어가서

"아주머니".

하고 몇 번이나 불렀을 때

"아 네가 누구냐?"

하고 허겁지겁 마루 끝으로 나온 것은 아직도 살아있는 고모였다.

앞니가 젖먹이 어린애처럼 몽땅 빠지고 안질이 나서 눈이 진물진물한 고모는

"아이고 이게 누구냐. 응 이게 누구냐? 세철이가 나를 찾아오다니 생시 같지가 않구나."

하고 못 알아보도록 건장하게 자란 조카의 등을 어루만지며 뺨을 비비면서 눈물을 질금질금 흘린다. 재작년에 남편이 돌아가고 아들은 신작로 닦는데 십장으로 다니느라고 집에 없다는 것과 그동안 얼마나 고생을 하고 이만큼이나 튼튼하게 자랐느냐고 세철이가 대답할 사이도 없이 합죽새 같은 입을 놀리며 물 퍼붓듯 한다.

세철은 구두도 끄르지 않고 마루 끝에 걸터앉아서 그동안 지낸 이야기를 대강하고 장가를 들고 어머니 성묘를 하려고 동부인해 왔다는 말을 하고는 그저 대문 밖에서 서성거리는 봉희를 불러들여 상우례를 시켰다.

"아이구 온 어서 이렇게 모란꽃 같은 색시를… 녀석이 엉큼두스럽지. 어려서부터 네가 배짱이 크더니라."

하고 고모는 봉희의 손을 잡고 놓을 줄을 모른다.

두 사람은 집 뒤에 잡목림 사이를 헤치며 어머니의 산소로 올라갔다. 서향으로 야트막한 언덕 위에 사초도 안하고 석물도 없는 고총 앞에서 세철은 모자를 벗었다. 봉희는

'아이구 어쩌면 이렇게 내버려 뒀을까.'

하면서도 들고 올라간 진달래꽃 한 묶음을 조심스럽게 봉분 앞에 바쳤다.

머리를 숙이고 묵묵히 선 세철의 어깨가 점점 떨리더니,

"어머니!"

하는 소리와 함께, 세철은 푹 엎드러지며 어린애처럼 엉엉 소리를 내며 목을 놓아 운다.

😊 236회, 1934.12.05.

④ "고만 그치세요. 네 고만요."

하고 세철을 안아 일으키면서 봉희도 눈에 손수건을 대었다. 그러나 세철은 어머니마저 여의고 오늘날까지 갖은 고생을 다 하면서 참아오던 설움과 일만 가지 감회가 일시에 끓어올라서 장마통에 물밀 듯이 터져 나오는 울음을 억제할 수 없었다.

조금 있자 고모까지 꼬부랑 지팡이를 짚고 올라와서 조카와 마주 붙잡고 울다가

"이 애 고만 내려가자. 시장들 할 텐데 어서 저녁 요기를 해야지."

하고 조카 내외(?)를 데리고 내려갔다.

세철은 봉희와 겸상을 해서 밥을 먹으면서도 그저 마음속으로 우는 듯 억지로 울음을 그친 어린애처럼 가슴을 떨며 흑흑 느낀다. 봉희도 무어라고 위로해줄 말이 없어서 잠자코 밥을 떠 넣었다. 그러나

"여기선 이십 리 밖에 장이나 서는 날이라야 고기 구경을 한단다. 서울 색시가 이런 찬 없는 밥을 어떻게 먹나."

하고 고모가 간장만 찔끔 쳐서 무쳐다 주는 고비와 고사리나물과 달래를 넣고 끓인 된장찌개는 여간 맛이 있지 않았다.

저녁 뒤에 두 사람은 헌 돗자리 하나를 들고 다시 산소로 올라가서 어머니 무덤 앞에 나란히 앉았다.

달은 아직 뜨지 않았어도 초저녁 하늘에는 새파란 별들이 총총하다. 마을 한복판을 뚫고 흐르는 한 줄기 시내는 그 별빛을 은은히 반사하는데 이따금 먼촌에서 컹컹컹 개 짖는 소리가 아득히 울려올 뿐. 숲 속에 깃들었던 새들이 날개를 파닥이는 소리에도 놀랄 만큼이나 천지는 괴괴하다.

"봉희 씨!"

하고 적막을 깨뜨리고 나직이 부르는 세철의 목소리는 전에 없이 은근하다.

"네?"

저 역시 이런 생각 저런 생각에 머릿속이 옥죄어드는 것 같아서 눈을 내려 감고 앉았던 봉희는 천천히 머리를 들었다.

세철은 봉희의 손을 힘 있게 잡으며,

"봉희 씨, 난 봉희 씨한테 여간 미안하지가 않아요"

하고 무슨 사과나 하듯 한다.

"그게 무슨 말씀이에요? 새삼스레 왜 미안하다구 그러세요?"

"하구 많은 남자 중에 하필 나 같은 프로(없는 사람)를 만나서 화려한 결혼예식도 못 해 보구 면사포도 한 번 못 써 보구서 이런 데루 끌려왔으니 속맘으론 여간 섭섭하지가 않으실 걸요."

"누가 끌려와요? 내 발로 걸어왔지요. 내 일생 중에 가장 귀중한 제일보를 내 발로 내디뎠지요. 쑥스럽게 그까짓 면사포는 써 뭘 해요. 그렇지만 그 대신 자동차는 실컷 타지 않았어요?"

"신혼여행은 버스를 타고…바루 시의 제목 같군."

"그러군 시어머니한테까지 찾아와서 진달래꽃으로 폐백까지 들이지 않았어요? 대추도 붉고 진달래도 붉으니까요. 호호호."

봉희는 잡힌 손에 힘을 주며 명랑히 웃는다.

"그보다 더 붉은 게 있지요. 그게 뭔 줄 아세요?"

세철의 묻는 말에 봉희는 머리위의 별처럼 두 눈을 깜박이다가

"우리의 정성, 우리들의 뜨거운 사랑…"

하고는 부끄러운 듯이 몸을 기대며 세철의 가슴에 머리를 파묻는다. 세철은 그 굵다란 두 팔로 여자의 상반체를 버쩍 끌어안으며

"정성보다두 사랑보다두 더 붉은 게 있지요. 새빨간 게 있지요. 그 날 봉희 씨가 아버지 앞에서 흘린 피! 그 피 몇 방울 때문에 그 값으로 우리가 최후의 승리를 얻은 게지요. 인생의 제일 행복하다는 오늘 저녁을 단 둘이서만 누리게 된 게지요."

하고서 세철은 목소리를 한 층 높여

"그렇지만 봉희 씨! 내 가슴에 손을 대보세요. 이 벌룽거리는 내 염통

에 손을 대어보세요 이 염통 속에서 끓는 피는 내 전신의 혈관 속을 핑
핑 돌면서 값있게 흘릴 때를 기다리고 있어요 뿌릴 마당을 찾고 있어
요!"

하고 봉희의 손을 끌어다가 저의 왼편 젖가슴에다 누른다.

그와 동시에 봉희는, 아버지의 담배통에 터진 자리에 아직도 반창고를
붙이고 있는 이마에 뜨거운 남자의 입술을 느꼈다.

😊 237회, 1934.12.06.

⑤ 한참만에야 두 사람은 굳센 포옹의 팔을 풀었다. 봉희는 숨을 가쁘
게 내쉬면서

"내가 정말 세철 씨한테 여간 미안하지가 않아요 난 입때 아무것도
할 줄 모르는데다가 배운 것도 없어서 앞으로 세철 씨를 어떻게 도와드
릴는지 벌써부터 큰 걱정이었어요 그렇지만 뭐든지 내 힘껏은 할게 너
무 구박일랑 하지 마세요 네?"

하고 애원하듯 한다.

"누구는 뱃속에서부터 살림살이 하는 거나 사회에 나서서 일하는 법
을 배워 가지구 나왔나요 그저 성의껏 어려운 걸 참구 해나가면 되지요
우리가 몸만 튼튼하구 사랑만 변하지 않으면 조금두 겁날 게 없어요 이
세상에 어려운 것두 없구요"

"그렇지만 우리처럼 결혼을 하는 사람은 별로 없을 걸요?"

"그럼요 우리들의 흉내는 아무나 다 못 내지요"

하고 세철은 하늘을 우러러 껄껄 웃더니

"실상 우리의 결혼이야말로 신성하지요 보세요, 로맨틱하게 생각을

231

하면 저 하늘에 영원무궁히 반짝이는 수억만 개의 크고 작은 별들이 우리들의 결혼을 보증해 주지 않아요? 변함없는 희망의 파—란 웃음을 끼얹어주지 않아요? 더구나 등 뒤에 계신 우리 어머니는 영혼이나마 살아계시면 얼마나 기뻐하시겠어요? 돌아가실 때에두 내 이름을 세 번씩 부르다가 숨이 끊기신 우리 어머니가 얼마나 우리를 신통히 여기시고 만족해하시겠어요? 난 아까부터 어머니가 이 봉분을 헤치고 나오셔서 우리를 등 뒤에서 얼싸 안어 주시는 것 같아서 여간 든든하지가 않아요"

하고 정말 어머니가 살아나오기나 하는 듯이 미풍에 잔디풀이 가늘게 흔들리는 무덤을 흘금흘금 돌려다본다.

"참 그래요. 정말 배꽃처럼 하—얀 옷을 입으시고 웃으시면서 나오시는 것 같아요. 아무튼 신랑신부의 이름도 똑똑히 기억을 못하는 목사가 직업적으로 하나님을 찾고 입에 발린 축복을 해주는 결혼식보다는 얼마나 깨끗하구 신성한지 몰라요"

하고 사실로 조금도 섭섭하지 않은 눈치를 보인다. 세철은

"그래두 친아버지 어머니 생각은 날 걸요. 그렇지요?"

하고 봉희의 속마음을 찔러 본다.

"아—뇨 우리의 결혼을 진심으로 축복해주는 사람이 한 분만 계셔도 만족할 텐데 저—어머…님 이외에도 복순 씨도 있고 우리 새언니도 있지 않아요. 새언닌 오늘 밤을 새우면서 기도래도 해줄 걸요"

두 사람은 다시금 머리를 숙이고 묵상에 잠겼다. 맞은편 산골짜기에서 뻐꾹새가 잠꼬대를 하는 것처럼 뻐꾹 뻐뻐꾹 하고 두어 마디 울면서 잠자리를 옮겼다.

"고만 내려갑시다. 이슬이 이렇게 내리는데…."

세철은 봉희의 겨드랑이를 거들어 일으켰다.

봉희는 이제까지 까맣게 잊어버리고 앉았던 것처럼 형용하기 어려운 흥분과 처녀로서의 육체에 대한 불안을 느꼈다.

'오늘이 첫날 저녁이로구나!'

하는 의식이 머릿속에 떠오르자, 제 어깨를 얼싸안고 내려가는 세철이가 무서운 생각까지 들었다. 건장한 남자에게서 옮겨드는 체온에 저의 나체를 새털로 간질이는 듯한 수치감(羞恥感)을 느껴 소름까지 오싹 돋는 것 같았다.

건넌방에는 으스름한 불빛이 밭 전(田) 자 들창의 창호지를 배어 나온다.

방문을 열고 보니 고모는 가느다란 촛불을 켜놓고 그 앞에서 돋보기안경을 쓰고는 베갯잇을 시치고 앉았다가

"인제들 내려오니? 한평생 두구두구 할 이야기를 오늘 저녁에 아주 봉을 빼려는구나."

하고 오므라든 입모습의 근육을 눈가장자리까지 끌어올리며 웃어 보인다.

아랫목에는 어린애 포대기 됨직한 이불을, 그것도 한 채만 덩그러니 펴놓았다.

"아주머니."

"왜?"

"조 좁다란 이불 한 채를 덮구 어떻게 자우?"

"압다, 별소릴 다 하는구나. 삼척 냉돌에서두 봄바람이 일 텐데… 그 것두 넓지 뭘."

하고 고모는 조카에게 베개를 던져준다. 나가다 말고 윗목에 가 머리를 숙이고 반쯤 돌아선 봉희의 얼굴을 찌긋이 들여다보며

"그렇지!"

하고 젊은 여자처럼 눈웃음을 쳐보이고는 지게문을 살그머니 닫고 나갔다.

조금 있자 건넌방의 문고리를 안으로 거는 소리가 들렸다….

238회, 1934.12.07.

조그만 생명

① 경직이가 집에 다니러 온 뒤에 인숙의 거처는 안정이 되었다. 사글세 든 사람을 내보내고 누이를 행랑방에서 불러올렸다.

"동기라고는 너 하나밖에 없는 걸 나두 어렵지만 어떡하느냐. 힘자라는 대루 많지 않은 학비니 대어주마."

하고 윤가집의 태도에 몹시 분개한 나머지에 누이의 처지를 동정하였다. 비록 천 냥 만 냥 판에를 따라 다니는 사람이건만 술만 취하지 않으면 빈말이라도 점잖게 하였다. 사실 경직이도 나이를 듬쑥히 먹었거니와 세상의 거친 물결에 부대껴 나서 달떴던 마음을 잡고 정신을 바짝 차린 것이다.

인숙은 파산했던 살림을 다시 시작한 것처럼 학교에 다니는 것이 심산하였다. 그러나 모든 것을 꽁꽁 참고 시집이고 남편의 일이고 생각지 말자 하고 학교에만 다녀오면 서툴어진 복습을 하기에만 정신을 쏟았다.

그러는 한편으로 오라비에게 월사금이나 학용품은 겨우 타 쓰지만 재봉이니 자수니 그밖에 무슨 회비며 무엇이며 객쩍은 돈이 매삭 수월치 않게 들었다. 그래서 인숙은 생각다 못해 그저 병원에 있으면서 밤이면 몰래 나다니는 복순의 주선으로 헌 재봉틀 하나를 월부로 얻어다 놓고 '내재봉소'라는 종이쪽지를 대문에 내붙이고는 바느질품을 팔기 시작하였다.

그러나 아무리 어려서부터 안목이 높고 솜씨가 좋고 일새가 빠른 인숙이라도 하루 종일 붙어 앉아 하는 일이 아니요, 학교에 다녀와 대강 복습을 하고 나서 사람을 안 두고 지내는 터이라 뚝섬집과 같이 저녁을 지어 먹은 뒤에야 시작을 하는 것이라 그 수입이 변변할 수 없었다.

그러나 동네 사람들이 한두 번 인숙의 바느질 솜씨를 보고는

'어쩌면 이런 재주를 가자구 왜 시집살이를 안 한단 말요?'

하고 박아내고 꿰매낼 사이가 없이 연줄 연줄로 가을 옷 겨울 옷감까지 들어 밀었다.

인숙은 학교에 다니는 것보다 재봉사 노릇을 하는 것이 본업이 되다시피 해서 홀로 앉아서 짧은 밤을 꼬박 새우고 두 눈이 빡빡한 것을 그대로 학교로 가는 때도 많았다.

그동안 봉희는 여러 번이나 찾아왔다. 맨첫번은 시골서 첫날 저녁을 치르고 올라오던 이튿날 동부인을 해서 누구보다 먼저 찾아와서

"새언니, 우리 살림하는 구경 갑시다. 스키야키 냄비까지 샀는데 저녁이나 먹으며 놉시다."

하고 정식으로 만찬회에 초대를 하였다. 그러나 인숙은 혼인 전에 금침까지 갖다가 말라주었고 봉희의 내외를 눈물을 흘려가며 반기면서도

"이담에 가보는 날이 있지요. 내가 왜 작은아씨 살림살이를 가보고 싶지가 않겠수."

하고 혹시나 시집사람이 왔다가 마주칠까 보아 굳이 사양을 하였다.

그 눈치를 챈 봉희는 그 뒤에도 종종 와서는

"우리 집에선 누구 하나 발그림자두 안하우. 난 아주 죽어나간 셈만 치시는데…"

하고 별별 소리를 다한다며 끝 달아 귓속말하듯이

"그러지 않아도 어머니는 아버지 몰래 인력거를 타구 왔다 가셨다우. 그래두 인사가 그렇지 않길래 내가 먼저 '불초의 여식을 용서해줍시사'고 편지를 했었지. 어머니는 나를 붙들고 울며불며 '이렇게 불성모양으로 어떻게 사느냐'구 걱정을 하시다가 얼만지도 모르지만 돈을 꺼내시는 걸 그이가 '부지깽이 하나라두 댁의 물질을 받을 까닭이 없다'고 마주대고 불쾌하게 말을 해서 무색해 가셨다우. 행랑계집애는 가끔 팔랑거리구 오지만…"

하면서 같이 가자고 사뭇 졸라대어도 인숙은

"글쎄 버젓이 찾아갈 날이 있다니까 그러는구려."

하고 시집 이야기를 한마디라도 들어서 가뜩이나 한 심사를 어지러뜨리지 않으려 하였다.

봉희도 동무들까지 감쪽같이 속이고 학교를 계속해 다녔다. 어른도 모시지 않아 소꿉질 같은 살림이라 양복 입은 남편의 옷 뒤를 거두는 것도 아니요 손님접대를 하는 것도 아닌데, 홀몸으로 있을 때 교원 면허장 하나는 맡아 두어야 한다고 남편이—즉 세철이가 들어앉지를 못하게 하였던 것이다.

그러나 봉희는 밤이면 옷을 갈아입고 간장 담그는 법, 고추장 담그는 법까지 물어보러 다녔다.

239회, 1934.12.08.

② 그러자 인숙은 학교에 다닌 지 한 달 뒤쯤부터 몸에 이상이 있는 것을 차츰 차츰 깨달았다.

여자만 다달이 당하는 귀찮은 일이, 봉환에게 그 짓을 당하는 달부터 조금씩 비치다 말다 하여서

'아마 그 병을 앓은 까닭인가 보다.'

하고 신지무의하고 지냈다. 기왕 홀로 지내는 바에야

'영영 그쳐 버렸으면.'

하는 생각까지 들었던 것이다.

그러나 요사이 와서는 식성이 변해가는 것이 확실하였다. 복숭아나 미깡 같은 산성(酸性)의 실과가 먹고 싶고 철 아닌 통김치 생각까지 나는데 조금도 중독성이 아닌 음식을 먹건만 구역이 심하게 났다. 상학시간에도 속이 메스꺼운 것을 참다못해서 변소에 가서 창자가 끓어오르도록 한참씩 들르고 나와서 하루 종일 굶을 때도 있었다.

'이게 대체 웬일일까?'

하면서도 인숙은 아직 한 번도 경험은 없건만

'혹시 내가 아이를 밴 것이나 아닐까?'

하는 의중이 더럭 났다. 그와 동시에

'이게 정말 아이면 어떡하나.'

하고 몸서리를 쳤다. 마음으로는 아무리 임신인 것을 부인하려고 하나 나날이 달라가는 모든 증세가 다른 병이 아닌 것만은 확실한 것 같다.

가슴이 답답하고 현기증이 난 것처럼 어찔어찔하기도 하고 어떤 음식은 냄새만 맡아도 구역이 더 심해가는 것과 이 달에도 있을 때가 지났는데 조금씩 비치던 것조차 뚝 그친 것이라든지 입덧이 나서 아주 굶다시

피 하고 지내는데도 아랫배가 조금씩 이상스럽게 불러 오는 것 같은 것을 종합해 보면 다른 여자들이 첫번 임신을 하였을 때의 증세와 조금도 다른 것이 없다.

더군다나 봉환에게 강제로 그런 일을 당하던 날짜를 꼽아보니 석 달하고도 한 십여 일 남짓하다.

인숙은 다시금 몸서리를 쳤다. 이번에는

'이것이 다른 병이나 됩시사.'

하고 빌어도 보았다.

'그럴 리가 없지. 그 뒤에 한 달이나 그렇게 몹시 앓았는데 설사 아이가 들었었더라도 벌써 떨어지고 말았겠지. 인제야…'

하면서도 아이를 둘이나 난 뚝섬집에게 빗대어 놓고 임신 초기의 증세를 물어도 보았다. 눈치 빠른 뚝섬집은

"내—개, 나 보기에도 다릅디다. 그럼 아기를 서는 것이 확실하지 뭐요"

하고 저의 경험을 쫙 이야기하며 인숙을 놀리기까지 하였다.

그 뒤로 인숙은 재봉틀을 돌리며 앉아서 밤을 새우면서 다시금 고민을 하기 시작하였다.

'건강한 내 남편과 마음에 있는 결합으로 임신을 하였다면 얼마나 기쁠까? 내가 속으로는 남처럼 내 혈속이나 하나 낳아보기를 얼마나 기다리고 바랐었던가. 그렇지만 아 아.'

하고 인숙은 입술을 깨물면서 울었다. 슬픈 것보다도 분하고, 분한 것보다도 앞일이 겁이 났다.

'그 불순한 동기, 그 못된 병을 앓는 사람의 씨, 그것은 신성한 사랑의

씨가 아니라 금수 같은 남성의 성욕의 씨요, 화류병을 앓은 증거품이 될 것이 아닌가. 아직은 꼼지락거리지도 못하는 조그만 생명이, 그 병균의 결정체(結晶體)가 아니고 무엇일까.'

날이 갈수록 인숙의 정신상 고통은 육체의 변화 이상으로 커갔다.

인숙은 어느 날 학교에 다녀나오는 길에 허 의사를 찾아갔다.

첫째는 확실한 일이라도 의사의 진찰을 받아서 혹시 임신이 아니라는 말을 요행으로 들을까 함이요, 둘째는 임신한 것이 틀림없다 하더라도 병신자식을 낳을 바에야 차라리 달수가 차 가기 전에 특별히 조처할 어떠한 수단이 없을까 하고 벼르고 벼르다가 의형제까지 하자는 숙친한 허 의사를 찾아가 볼 용기를 내었던 것이다.

인숙이가 병원에 들어서자 허 의사는 마침 왕진을 나갔다가 들어와 가방을 들고 인력거에서 내리며 인숙을 반겼다.

③ 허 의사는 인숙의 말을 자세히 듣고 반쯤 웃으면서 고개를 끄떡이더니

"어디 봅시다."

하고 인숙을 눕히고 몇 군데를 대강 진찰해 보고나서

"아기 들어서는 게 확실하구면. 석 달 남짓 한 듯한데 첫아들을 낳겠군. 미리 한턱내야지."

하고 인숙을 놀린다.

"아 정말요…?"

인숙은 새삼스럽게 놀랐다. 경험 많은 의사의 진단이 틀림없으리라고

믿어질수록 제가 임신한 사실을 믿고 싶지가 않았다. 차라리 다른 병처럼 몇 달이고 앓다가 낫는 병이었으면 하였다. '첫아들을 낳겠다'는 말 한마디야말로 시집간 여자에게 있어서 얼마나 반갑고 기쁜 말일까. 그러나 인숙은 대낮에 방장을 친 속에 들어앉은 것처럼 눈앞이 캄캄하였다.

"그럼 임신이구 아닌 걸 내가 모를라구. 임신한 동기를 잘 아니까 혹시 자궁외임신이나 아닌가 하구 의심을 했는데, 그렇다면 서너 달 만에 파열이 돼서 아랫배가 지독하게 아프구 피를 많이 쏟아서 피부가 창백해지면서 제정신을 잃고는 맥이 가늘어지다가 나중엔 호흡까지 급해져서 대개는 아주 위험상태에 빠지는 법이요. 그렇다면야 배를 가르구 태아를 꺼내는 큰 수술을 하는 수밖에 없지만, 우리 아우는 조금두 그런 증세는 없으니 안심해두 좋아요. 아직 같아선 보통으로 임신을 한 게니까…"

인숙은 개복 수술을 한다는 말이 끔찍해서 눈살을 찡그렸다.

"그렇지만… 단번에 그렇게…. 더군다나 그 뒤에 몹시 앓기까지 했는데요…?"

"그러길래 운명의 장난이란 심술궂거든. 내외가 노상 동침을 해야만 애를 배는 줄 아우? 어쩌다 별러서 그런 일이 있으면 영락없이 표가 나는 법이에요. 왜 신문에두 가끔 나지 않우? 공원 같은 데서 여학생이 폭력으로 그런 일을 당해서 어느 놈의 씬지두 모르는 걸 배구는 고민 끝에 독약을 마셨다구."

인숙은 의사의 말을 들을수록 점점 더 불안해졌다.

"그럼 어린애한테까지 병독이 옮았으면 어떡해요?"

"임질은 유전이 안 된다지만 전염이 되기는 첩경 쉽지. 병신자식을 낳는 건 그 아비가 알코올 중독자나 화류병 환자인 경우가 많으니까…."

241

그 말을 듣자 인숙은 경련을 일으킨 듯이 불안과 공포에 온몸이 떨렸다.

"선생님! 이를 어쩌면 좋아요? 난 죽으면 죽었지 병신자식은 낳기 싫어요! 아시다시피 남편이란 사람하구는 남남간처럼 됐는데 더군다나 자식을 낳으면 병신자식을 낳으면…."

하고 말끝을 마치지 못하고 느껴 울며 허 의사의 수술복 자락을 잡고는

"선생님, 어떻게든지 애를 안 낳도록 해주세요! 눈먼 자식이나 사지를 못 쓰는 걸 낳아서 기르는 것보다는 얼른 꺼내버리는 것이 낫지 않겠어요? 네, 선생님! 나는 죽는대야 조금두 원통할 게 없으니 적선하시는 셈만 치시고 제 배를 갈라주세요! 어린 걸 꺼내주세요!"

하고 안타까이 애원하는 것을 보고 곁에 섰던 간호부까지 눈물이 나서 돌아섰다.

허 의사는 안경 속의 두 눈을 꼭 감고 한참이나 무엇을 생각해보다가 간호부가 밖으로 나가는 것을 보고서야

"좋은 수는 한 가지가 있지만, 내 손으로는 할 수가 없소 산모의 체질이 몹시 약하거나 생산을 할 수 없는 병이 있어서 둘이 다 죽을 염려가 있는 부득이한 경우밖에는 낙태를 시키지 못하는 법이니까…. 그뿐 아니라 원인은 어찌되었든 뱃속에서 꼬물거리는 조그만 생명을 인공으로 뗀다는 건 자연의 법칙의 위반이 되는 일종의 죄악이 아니겠소? 너무 미리부터 걱정을 하지 말고서 심신을 안정시키고 기다려 보우. 수태한 동기가 나빴다고 반드시 성치 못한 아이를 낳는다고는 의사도 보증할 수 없는 노릇이니 맘 턱 놓구서 가끔 찾아와요 내 잘 봐줄게."

하고 안심을 시키는데, 환자가 두엇이나 와서 인숙은 해쓱한 얼굴로 진

찰실을 나왔다.

😊 241회, 1934.12.10.

④ 의사에게서도 시원한 소리를 듣지 못한 인숙은, 낮이면 낮 밤이면 밤을 머릿속이 지글지글 끓는 듯한 고민 가운데에 지냈다. 그러면서도

'아주 드러눕게 되는 날까지는 하루도 빠지지 않을 걸.'

하고 학교에는 머리악을 쓰고 다녔다.

그러나 인숙은 점점 몸꼴이 나아갈수록 그 고민은 뱃속에 자라는 어린애와 같이 커갈 뿐이다.

'아무리 조그만 핏덩이에 지나지 못하지만 어째서 자식이라는 생각이 들지 않을까.'

하고 저 스스로 제 마음을 의심하였다. 밤 깊도록 재봉틀 하고 씨름을 하다가 반듯이 드러누워서 꼿꼿한 허리를 잠시 펴려면 어린애가 뱃속에서 꼼틀꼼틀 노는 것 같다.

인숙은 가만히 배 위에 손을 얹으며 어머니의 젖가슴에 안겨서 우윳빛같이 희고 토실토실한 사지를 바둥거리며 얼러주는 대로 방싯방싯 웃는 남의 집의 옥동자를 눈앞에 그려보려면 비로소

'이게 내 자식인가?'

하는 생각이 들기도 하고 눈도 코도 보지 못한 핏덩이에게 대한 모성애 비슷한 애착심도 생기는 듯

'아아 건강하고 의초 좋은 남편과 정당한 결합으로 생기는 사랑의 결정이라면 얼마나 기쁠까. 얼마나 자랑스러울까.'

하고 몇 번이나 같은 생각을 되풀이하려면 저도 모르는 겨를에 눈물이

눈두덩을 뜨끈하고 배어나왔다.

'어떡하면 좋을까. 남편하고는 절연상태에 있는데 이 지경이 되었으니 성한 자식을 낳는대도 사생자와 다름이 없지 않은가.'
하매 걷잡을 수 없이 섧고 원통하였다.

'어떻게든지 아이 아버지 된 사람에게 알려는 주어야지 아무리 환장이 되었기로 나중에 딴 소리야 하지 않겠지만, 아무튼지 윤가의 씨니까….'
하여도 보나 인제 와서 "아이를 배었습네" 하고 제 발로 찾아가서 배를 내밀기는 자존심이 허락을 하지 않았다.

그래도 혹시나 봉환이가 찾아나 온다면 그런 말을 하게 되는지 몰라도 집안 식구까지 발을 뚝 끊고 지낸 지가 벌써 몇 달이라고 죄지은 것 없이 이쪽에서 먼저 머리를 숙이고 들어갈 까닭은 조금도 없다고 고집을 세울수록 문제는 점점 해결하기가 어렵게만 되어간다.

'어린애가 귀한 집안이니까 고슴도치도 제 새끼가 함함한 줄 안다는데 손자 하나 얻는 바람에 감지덕지해서 맞아들일지도 모르지.'
하다가도 제가 그런 생각을 하는 것부터 비열한 것 같아서

'그러면 나는 정말 자식이나 낳아 받치는 기계가 되구 말게.'
하고 머리를 좌우로 흔들었다. 봉환이도 자식 귀여워 할 나이가 되었으니까 어린것의 고사리 같은 손이 어미 아비의 얼크러진 사랑의 줄을 갈라 쥐고 매어 달려서 천 리만큼 떨어진 거리(距離)를 단칸방 속에 오그려 넣은 것만큼이나 가까이 끌어다려 줄는지도 모르리라고 공상도 하여 보다가

'그게 정말 부부간의 사랑인가? 제 자식에게 젖을 많이 빨리려고 해주는 고기반찬을 얻어먹는 유모와 마찬가지지 뭐야.'

하고 인숙은 부부간의 사랑을 회복하기 위해서 어린것을 그 도구(道具)로 이용하려는 공상부터 순결치 못한 것 같았다.

더구나 인숙이가 임신한 눈치라도 채인 사람은 뚝섬집 하나뿐이요 허의사가 알고 있을 뿐. 비밀이 될 수 없는 일을 비밀로 지키지 않을 수 없는 것이 인숙에게는 더욱 분하고 서러웠다.

그러다가 또 얼마 지낸 뒤에 인숙은 생각다 못해서

'나중엔 어떻게 되든지 아비 될 사람에게 한 번 알려주지 않을 수 없어.'

하고 봉환을 조용히 만나 볼 기회를 만들 궁리를 하다가 어느 날 저녁 때 학교에서 돌아오는 길에 처음으로 봉희가 살림하는 집을 찾았다. 우선 최근의 봉환의 동정을 알아보려면 아무리 끊고 지낸다 하더라도 친정과 내왕이 있을 듯한 봉희에게 넌지시 물어볼 수밖에 없다고 생각한 것이었다.

242회, 1934.12.11.

⑤ "아이고 새언니! 오늘은 바람이 어디로 불었우?"

행주치마를 두르고 툇마루에서 밀가루 반죽을 하고 앉았던 봉희는 깡충 뛰어오를 듯이 반색을 하고 인숙의 두 손을 붙들고 방으로 맞아 들였다.

"찾아오는 날이 있다구 그러지 않았우? 요샌 한 번두 안 오길래 무슨 연고나 있나 하구 궁금해서…."

하고 인숙은 방안을 둘러본다. 방은 도배를 새로 해서 깨끗하나 세간이라고는 전에 본 일이 있는 세철의 책상 하나와 헌 고리짝이며 윗목에 알

록알록한 노랑 종이로 배접을 한 의걸이 하나와 조그만 경대가 한 구석에 놓였고 고물상에서 사들인 듯한 찬장이 놓였을 뿐, 윤 자작의 고명딸로 한 참판의 맏며느리가 될 뻔한 봉희의 세간살이로는 지나치게 검소하다.

인숙은 속으로만

'남의 집 단칸방에서 너저분하게 벌려 놓지 않고 사는 게 되려 단출해 보이는군.'

하고 살림 한 번 나보지 못한 것을 생각하니 봉희가, 슬그머니 부럽기도 하였다.

인숙은 툇마루에 놓고 들어온 책보에서 엿과 성냥을 꺼내놓으며

"엿처럼 늘어나구 불처럼 활활 일어납시사."

하고 우스운 소리를 하면서도 진심으로 살림이 늘기를 축복해 주었다. 봉희는

"이런 걸 뭘 다 사왔우? 우리 집에 다른 건 없어도 성냥 한 가지는 흔하다우."

하고는

"외무대신이 들어오면 같이 먹어야지."

하고 콩 하나도 반쪽씩 나눠먹는 내외간의 의초 좋은 것을 자랑하듯 하며 엿을 벽장 속에다 넣는다.

"참 외무대신은 늦게야 들어오우?"

"일이 바빠서 날마다 어두워야 들어온다우. 아 접때는 같이 일하는 사람들이 들끓어 와서 마침 돈두 떨어지고 그릇 한 가지 변변한 게 없는데 혼자 밥 해 먹이느라고 아주 혼이 났었우. 그날 저녁에 술을 다 먹고는

취해서 '귀족의 영양'이니 '무녀리한테로 가라'느니 하구 주정을 하길래 한바탕 바가지를 박박 긁어줬더니 꿈쩍두 못하겠지. 남의 비위를 긁적거리는 버릇을 못 놓겠나 봐."

하고 생글생글 웃더니

"잔재미는 하나두 없는 줄 알았지만 점점 뚱딴지가 돼 가요 글쎄. 저녁에 와서두 판매금지된 책만 얻어다 보구 앉었다우. 또 붙잡혀 갈려구 그러는지."

하고는 쓸쓸히 웃고만 앉은 인숙의 얼굴을 그제야 빤히 쳐다보더니

"그런데 왜 새언니 얼굴이 저렇게 못됐우? 핏기가 하나두 없구려. 또 어딜 앓었우?"

한다.

"별루 아픈 덴 없어두 너무 고단해 그런가 봐."

"학교에 댕기는 것만해두 요샌 여간 고달프지가 않은 데 바느질을 하느라고 짧은 밤을 새다시피 하니 견딜 노릇이오?"

"그래두 맘이나 편하면 견디지만…."

인숙의 얼굴에는 수심이 끼었다. 인숙은 그 눈치를 봉희에게 보이지 않으려고

'이따가 조용히 얘기를 하리라.'

하고

"밀가루 반죽은 해서 뭘 하우?"

하고 화제를 돌렸다.

"가끔 별식을 해먹는다우. 반찬두 없이 맨쌀만 삶어 먹으니까 인젠 밥이 물렸어."

하고 웃어 보이더니 경대서랍에서 조그만 지갑을 꺼내 들고

"잠깐만 기다려주우. 응."

하고 붙들 사이도 없이 밖으로 나간다. 인숙은

'반찬거리를 사러 나가나 보다.'

하고 미안쩍게 여겨 부엌으로 내려가 보았다. 함실아궁이에는 물을 대어 쓸 솥 하나도 걸리지 않았는데 풍로에 조그만 왜솥 하나가 덩그마니 올라앉았을 뿐이다.

뒤주 대신 새우젓독이 한 귀퉁이에 놓인 것을 열어보니 쌀은 겨우 한 움큼쯤 밑바닥에 깔렸다. 둘이 간신히 끓여 먹을 만한 월급을 서너 달치나 미리 다가 썼기 때문에 신혼 초부터 착실히 군색한 모양이다. 그런데도 봉희가 어려운 눈치는 조금도 보이지 않고 무엇을 사러 간 것이 여간 미안스럽지가 않아서 인숙은 손을 씻고 툇마루로 가서 봉희가 반죽하던 밀가루 덩어리를 담은 양재기를 다가놓고 앉는데, 봉희의 말마따나 이 집의 외무대신이 기계기름이 묻은 노동복에 자전거를 끌고 들어오더니

"오셨어요?"

하고 깍듯이 인사를 한다.

6 조금 뒤에 봉희는 고기를 사가지고 들어왔다. 그것을 본 세철은

"이왕 만찬회를 열려면 손님을 더 청해 와야지."

하고 자전거를 끌고 나갔다.

"또 복순 씨를 데리러 가는군."

하고 봉희는 남편의 뒤를 따라 나가며 무어라고 귓속을 하고 들어왔다.

세철은 무슨 음식 끝만 보면 번번이 병원으로 복순을 부르러 가거나 전화를 걸었다. 둘이서 함께 자취를 할 때에 고생하던 생각을 하고 제 힘껏은 대접을 하는 것이었다.

"접때두 밤에 몰래 왔건만 가는 길에 문 앞에서 아는 형사를 만났대요 '인제는 놀러 다닐만 하냐'구 얄궂게 웃으면서 갔다는데 암만해도 또 붙들려 갈까 보다고 노상 걱정이라우. 이때까지는 허 의사가 좀 더 치료를 받아야 한다구 내놓지를 않는 덕택에 그저 병원에 있긴 하지만."

봉희는 저의 남편의 신변에 또 다시 위험한 일이 닥칠까 보아서 복순에게를 너무 자주 찾아다니는 것을 재미없게 여기는 눈치다.

"나두 퍽 오래 못 봤는데 제—발 어디로 달아나 났으면 좋겠어. 요새야 겨우 산 사람 같은걸 또 들어가면 어떡한단 말이오?"
하고 둘이서 한 걱정을 하면서 주인집에서 다듬이 방망이를 얻어다가 인숙은 반죽한 것을 얄팍하게 밀어서 썰고 봉희는 부엌에서 밀국수에 넣을 양념을 만드는데 세철이가 복순을 앞장세우고 들어왔다.

"이 집에 귀빈이 오셨군. 여길 오니까 만나겠구려."

"어서 오세요"

"요샌 좀 더 나요? 왜 삼청동엔 발을 끊고 지냈소"

인숙은 마당으로 뛰어내리며 복순을 영접해 들였다.

"도둑질 하듯이 나다니건만 가끔 들켜서 어째 오늘 내일 하는 것 같아요"
하고 복순은 부엌 편으로 대고 코를 쫑긋하더니

"에—키, 맛난 냄새가 나는군. 난 이 집에 와야 소복을 하거든"
고 그 넙데데한 얼굴에 연방 표정을 해가면서 익살스럽게 떠드는 품이

어지간히 건강이 회복된 모양이다.

네 사람은 참 정말 가족적으로 둘러앉아서 지난 이야기와 우스운 말도 해가며 밀국수를 맛있게 먹는데 돌연히 머리 위에서 삐—ㄱ 하는 소리와 함께 피아노 소리가 지장 위의 라디오 통에서 울려 나왔다. 어린이 시간의 귀엽고 활발한 아이들의 독창과 합창은 방안의 화기를 한층 더 돋우었다. 이 가정의 유일한 오락기구로 세철이가 가게에서 헌 기계를 들여다가 제 손으로 맞추어 놓은 것이다.

봉희는 자못 유쾌하고 재미있는 듯이 라디오에서 나오는 창가에 맞추어 콧노래를 부르며 댄스를 하듯이 발을 떼어 놓으며 방으로 부엌으로 드나들면서 시중을 든다.

인숙이도 먹었으면 하던 밀국수 한 그릇을 여간 맛있게 먹지 않았다.

"국물 더 있우?"

하고 투정을 해가며 생후 처음인 듯이 유쾌한 기분에 싸여서 두 그릇이나 먹었다.

"원님 덕에 나팔을 분다더니 손님 덕에 내가 잘 먹었군."

하고 세철이가 싱글싱글 웃으며 배를 두드리는데 봉희가

"궁상 떨지 말어요."

하고 톡 쏘며 남편을 살짝 흘겨본다.

"흥 모르는 말이지. 대장부는 냉수를 먹구두 이를 쑤시는 법이라우."

하고 이죽거려서 방 안의 모두가 간간대소를 하였다.

그러나 인숙은 남의 운에 딸려 웃으면서도 저 홀로 외롭고 쓸쓸한 생각이 들어서 다른 사람의 눈에 보이지 않는 눈물이 몇 번이나 소리 없이 마음속에 흘렀다.

세철이가 다시 나가서 사가지고 들어온 수밀도를 벗겨 먹으며 네 사람은 라디오가 천기예보를 할 때까지 감회 깊은 지난 이야기를 하다가 일어섰다.

인숙은 문간에서 봉희의 귀에다가

"일간 틈이 있건 놀러오우. 얘기두 좀 할 게 있으니…."

하고 넌지시 이르고 대문간을 나서는데 추녀 밑에선 난데없는 시꺼먼 그림자가 앞서 나가는 복순의 앞을 가로 막았다.

244회, 1934.12.13.

⑦ 네 사람의 등은 일시에 냉수를 끼얹은 듯 선뜩하였다. 모처럼 유쾌했던 기분이 무참히도 흩어져 버렸다.

복순의 앞을 가로 막은 시꺼먼 그림자는 가게 앞 전등 아래 정체를 드러내며

"재미들 좋군요"

하고 대문 밖으로 전송을 나온 인숙과 세철의 내외의 아래 위를 곁눈으로 훑어본다. 그 자는 세철이도 잘 아는 조선말 잘하는 ××서의 고등계 형사였다.

복순은 조만간 당할 일이 오히려 늦게 닥쳐 온 듯이 태연히 걸으며

"그렇잖어두 혼자 가기가 호젓하더니 잘 만났소 날 좀 병원까지 바래다주구려."

하고 병원 편 쪽으로 발을 떼어 놓는데

"아니, 오늘 저녁엔 나하구 같이 가야해."

하고 형사는 복순의 소매를 잡는다.

"가긴 어딜 가잔 말이야. 밤중에 누가 도망을 갈 줄 알어?"

"그만큼 사정을 보아주었으면 고마운 줄 알어야지. 재판소의 명령이 있는지 주임이 꼭 보자구 해서 초저녁부터 찾아다녔는데."

주임의 명령까지 있다는 말에 복순은 벗뗑겨도 소용이 없을 줄 알고

"그럼 잘들 있어요!"

하고 뒤를 돌려다 보며 손을 든다.

세철은 뚜벅뚜벅 걸어와 형사의 곁으로 붙어서 걸으며

"아직 병두 다 낫지 않은 사람을⋯ 왜 그렇게 급하단 말이요?"

하고 질문을 하는데 뒤에 숨어서 따라오던 다른 형사가 중대범인을 빼앗아나 가는 듯이 달려들며

"무슨 참견야. 저리 가!"

하고 소리를 꽥 지르며 앞서가는 형사와 세철의 사이를 떼어 놓는다.

"따라오면 뭐해 들어가. 어서."

하고 복순은, 기왕 이렇게 된 바에야 여러 말하는 것이 도리어 재미적다는 눈치를 보인다.

세철은 그런 말을 듣는 체 마는 체하고 복순을 호위하고 걸으며

"들어가우. 따라오면 뭐 하우? 인숙 씨두 바루 올라 가시구요."

하고 오고가는 행인들 사이에 섞여서 집을 비워 놓고 고무신짝을 끌며 쫓아오는 봉희와 인숙을 돌려다본다. 그래도 봉희는 발을 멈추지 않다가

"그럼 잘 다녀 나오세요 부—디 몸조심하세요."

하고 코 메인 목소리로 작별의 인사를 하였다. 복순은 돌아서서

"그동안 옥동자나 하나 나우. 내 잘 있다 나와서 안어주게."

하고 봉희의 어깨를 두드려준다. 봉희는 말대답도 못하고 입술을 깨물며

돌아섰다.

인숙은 급한 병에 죽은 동지의 상여 뒤를 따라가듯이 머리를 떨어뜨리고 길거리의 불빛에 비치는 복순의 그림자를 밟으며 걸었다.

'복순은 내 병을 고쳐주려고 나왔다가 제 몸의 병은 다 고치지도 못하고 또 끌려가는구나. 나는 한 가지도 그를 위해서 해준 일이 없는데…'
하니 복순에게 대해서 미안과 감사와 무한히 가엾은 생각에 참아도 참아도 눈물이 앞을 가리는 것을 억제할 수 없다.

경찰서 붉은 전등 밑까지 오자 세철은 복순의 손을 굳게 잡으며 저력 있는 목소리로

"누님! 아무 걱정말구 몸 성히 다녀 나오세요. 우리들이 누님의 등 뒤에 있으니 인젠 아무 염려 말우!"
하고 잡은 손을 놓지 못한다. 복순은 한 팔을 세철의 어깨에 얹으며

"오냐. 나두 등 뒤가 든든하다. 이번엔 여행을 간 셈만 치고 기다려 다우."
하고는 붉은 전등불 밑에 소매로 얼굴을 가리고 돌아선 인숙에게로 달려가서 두 손을 잡으며

"인숙 씨! 그동안에 아주 깨끗하게 자유로운 몸이 되어주우. 난 그밖에 더 부탁할 말이 없어요."
하는데 형사들은

"무슨 여러 말이야."
하고 좌우에서 복순의 등을 밀었다. 인숙은 복순의 등 뒤에다가 대고 떨리는 목소리로

"잘 다녀나와요!"

한마디를 간신히 하였다. 눈앞이 어른거려서 경찰서의 우중충한 넓은 마당을 지나 들어가는 복순이가 똑똑히 보이지를 않았다.

😊 245회, 1934.12.14.

⑧ 이튿날 저녁때에 봉희는 약속한 대로 인숙을 찾아갔다.

학교에서 바로 와서 교복을 입은 봉희는, 지난밤에 주부 노릇을 할 때와는 딴사람인 듯한 느낌을 인숙에게 주었다. 인숙도 학교에서 나온 지가 얼마 안 되어서 옷도 갈아입지 않고 있었다. 인사가 끝난 뒤에

"작은아씨는 시집을 가구 복순이마저 또 붙잡혀 가고 나니 난 참 정말 외톨로 굴러 댕기는 것 같구려. 엊저녁에 세철 씨가 집에까지 바래다주지 않았더면 바루 한강철교로 나갈 뻔 했우."

인숙은 집에 와서도 잠을 자지 못해서 눈이 매어달리고 입술이 다 탔다.

"엊저녁엔 새루 두 시가 돼서 들어왔다우. 여기까지 올라왔다가는 어찌나 가슴이 답답한지 집에 들어올 생각이 없어서 그때까지 길거리로 쏘댕겼대. 복순 씨두 참 정말 가엾지만 이 달에 타는 식비를 가지구 감옥에 사식을 차입해 주자구 그러니 큰일 났우."

"그렇지만 어떡하우. 난 미결로 있을 때까지 옷이나 들여보내줄까 하는데…."

하고 인숙의 얼굴에는 다시금 구름이 낀다. 그러나 저의 몸에 이상이 있다는 것도 말하기가 싫고 더구나 봉환의 소식을 먼저 묻기도 무엇해서

"참 요새 집의 소식이나 들우?"

하고 부리만 땄다.

"그저껜가 뜻밖에 행랑계집애가 잠깐 다녀갔는데 별당할머니가 병환이 대단하시대. 나 때문에 한 가 집 사람한테 평생 첨 창피를 당하시구는 분해서 펄펄 뛰시다가 몸져 누셔서 약두 안 잡숫는다나. 어쨌든 혼인 까닭에 그렇게 됐으니깐 돌아가시기 전에 한 번 가 뵙긴 해야겠는데, 나를 보시면 되려 덧들리실까 봐 갈 수도 없고…."

하고 입맛을 다시더니 잠자코 앉은 인숙의 핏기가 없는 얼굴을 쳐다보며 '이런 말을 할까 말까' 하고 망설이는듯하다가

"다른 편에 들으니깐 오빠 ××여학교에 도화교사로 취직을 했답디다. 먼저 다니던 선생이 여선생하구 연애를 하다가 둘이 다 쫓겨났다나. 그래서 오빠가 시간교사로 들어갔대요. 오빠두 또 그런 짓을 하다가 쫓겨날는지는 몰라두…."

"아무튼 취직을 했으니 잘 됐구려."

인숙은 한숨 섞어 남의 말을 하듯 하면서 봉희의 말끝을 자아낸다.

"참 오빠는 인제 병이 나았길래 나댕길 텐데 여긴 한 번두 안 옵디까?"

"여길 뭣 하러 오우? 난 길에서래두 만날까 봐 걱정인데."

"글쎄 어쩌면 그렇게 매정스럽단말요? 아마 무슨 다른 까닭이 있나 봐. 접때두 어머니더러 새언니가 무슨 죄가 있길래 쫓아버리군 모른 체하시느냐구 여쭤봤더니 '난 모른다' 하시구 입두 벌리지 못하게 하시겠지. 무슨 일은 단단히 있는 눈친데 당최 누가 내 귀에두 말을 해줘야 알지 않우?"

하고 매우 답답해하면서 오라비와 어른들을 여지없이 꾸짖는다.

"그 까닭은 여태 나두 잘 모르지만, 팔이 들이곱지 내곱는 법 없다구

어른들두 오빠 편을 들으실 게 아니요? 아무튼 그 덕택에 따루 나와서 학교엘 다니니까 나를 위해선 다행한 셈이지."

하고 인숙은 쓸쓸히 웃다가 눈을 내려 깔고 한참이나 무엇을 생각해본 뒤에

"저어 작은아씨, 내 특청 하나 들어 줄요?"

하고 어렵게 입을 열었다.

"무슨 청?"

"그렇게 어려운 청은 아니지만…. 저어… 오빠하구 잠깐만 조용히 만나게 해줄 수가 없겠우? 꼭 한마디만 할 말이 있는데…."

봉희는

"글쎄."

하고 귓머리를 긁더니

"그 뒤에 오빠하구는 한 번두 안 만났는데… 그이는 오빠더러 사람의 사촌두 못되는 자식이라구 사뭇 욕을 하니까 우리 집에선 만나게 할 수가 없구… 어떡하면 좋을까?"

하고 손톱여물을 씹다가

"아무튼 며칠만 기다려 주. 내 어떻게든지 만나도록 해 볼게."

하고 조금 더 앉았다가

"참 가서 저녁을 지어야지."

하고 일어섰다.

246회, 1934.12.15.

⑨ 봉희는 학교로 오라비를 찾아갔다. 그 일 때문에 집으로 찾아갈 수

도 없고 밀회를 하는 것처럼 길목을 지키고 있을 수도 없는데, 편지를 한데도 답장을 해줄 상 싶지가 않아서 마침 토요일이라 학교로 찾아가면 말 몇 마디는 전할 수 있을 듯하였다.

'내 오빠를 집에서 버젓이 만나지를 못하고….'

하는 모순(矛盾)을 느끼면서 봉희는 ××여학교의 문을 들어섰다.

학교는 벌써 파한 듯 운동장에는 테니스를 치는 학생들이 한 십여 명 코트를 둘러싸고 떠들 뿐 사무실 유리창에는 벌써 흰 휘장을 내렸다.

'벌써 나갔나 보다.'

고 봉희는 사무실 축대 밑에 풀을 뽑고 있는 교지기더러

"저 윤봉환 선생 나가셨나요?"

하고 물어보았다. 늙은 교지기는

"새루 들어오신 도화선생 말씀입죠?"

하고 들어갔다 나오더니

"윤 선생님 자리에 모자하구 단장은 그저 있는데 저— 뒤 음악실에나 계신지요"

하고 뒤채에 따로 떨어진 교실을 가리킨다.

'도화선생이 음악실엔 뭣 하러 가 있을까.'

하고 봉희는 피아노 소리가 동당거리고 나는 음악교실로 찾아 들어갔다.

음악교실은 사진관의 하늘로 뚫린 유리천장처럼 커튼을 쳐서 광선을 막았는데 풍금과 피아노가 열을 지어 놓인 한 귀퉁이에 과연 봉환이가 있었다.

망사로 얽은 나이트캡을 비스듬히 쓰고 캔버스를 버티어 놓고 섰는데 그 앞에는 초록색 화초무늬를 혼란하게 놓은 조세트치마를 길게 늘인 여

선생이 피아노를 타는 자세를 하고 앉았다. 봉환은 그의 초상화를 그려 주는 모양이다. 그 여선생은 동경서 음악학교를 졸업하고 나왔다는 강보배라는 모던걸인데 봉희는 그 여자의 이름은 몰랐어도 말쑥하게 양장을 하고 되똑거리고 다니는 것은 길에서나 전차 속에서나 여러 번 보았었다.

'모델이 또 하나 새루 생겼군.'

하고 봉희는 살그머니 열은 문을 일부러 소리를 내어 닫으며

"오빠."

하고 불렀다. 봉환은 화필을 든 채 힐끗 돌려다보더니 그림을 그리는데 방해나 되는 듯이 눈살을 찌푸리고 뜻밖에 찾아온 누이 앞으로 다가온다.

"뭣 하러 왔니?"

대뜸 꾸지람을 하는 어조다.

지난 일이야 어찌 되었든 간에 그것이 혼인한 뒤로 처음 만나는 친누이에게 대하는 오라비의 태도다.

봉희 역시 성미가 깔깔하고 괴팍한 오라비가 전 일은 다 잊어버리고 '그래 재미 좋으냐' 한마디라도 해주기를 바란 것은 아니건만, 너무나 뜻밖에 그 태도가 냉정한데 말도 못하고 섰다가

"방해를 해서 안됐군요"

하고 비꼬아 던졌다.

"글쎄 무슨 일야? 집으룬 못 오니?"

봉환은 모처럼 단 둘이 붙어 앉아 속삭이면서 그림을 그리는데 훼방을 놓은 것만이 여간 불쾌하지 않은 눈치다.

"나두 오구 싶어서 오진 않았어요. 새언니가 꼭 오빠하구만 긴급히 할 말이 있다구 어디서든지 조용히 만났으면 하길래 그 말을 전하러 왔어요."

봉환은 그 말을 듣자, 눈살을 한층 더 찌푸리며 등 뒤의 여자의 귀에 까지 그 말이 들리지나 않았나 하는 듯이 돌려다보고는

"널더러 그런 심부름 댕기랬니? 만날 필요 없다."

하고 팩 쏘고는 돌아서려 한다. 그 눈치를 본 봉희는

"아 남편이 자기의 아내를 만날 필요가 없단 말씀예요?"

하고 남매의 기색을 살피고 앉은 강보배의 귀에까지 들리라고 일부러 목소리를 높였다.

"아내는 누가 내 아내냐? 쓸데없는 소리 하지 말구 가거라."

봉환이 역시 등 뒤의 여자더러 들으라는 듯이 저에게는 아내로 인정할 사람이 없다는 변명을 한다.

봉희는 오라비의 태도가 너무나 밉고 비열한데 분개해서 얼굴에 핏대를 올리며

"그럼 이인숙이가 윤봉환의 아내가 아니구 뭐예요? 언제 이혼했습디까?"

하고 쏘가리 쏘듯 하고는

"난 그 말만 전하러 왔으니깐 만나든지 말든지 생각대로 하세요."

한마디를 남기고 돌아서 도어를 탁 닫고 나와 버렸다.

247회, 1934.12.16.

10 봉희는 바로 삼청동으로 올라가려고 나섰다가 집이 궁금해서

'무슨 반가운 소식이라고 내일이나 가보지.'

하고 안국동 네거리에서 돌아섰다. 이튿날은 공일이라 남편의 속옷 등속을 빨다가 점심 뒤에 삼청동으로 가려고 옷을 갈아입고 대문 밖을 나서는데 친정의 행랑아범이 헐떡거리고 오더니 "오늘 아침에 별당마님께서 갑자기 돌아가셨다"는 놀라운 기별을 전하고 갔다.

연만한 노인네라 원체 엄엄했었지만. 봉희는 저의 혼인 동티가 나서 할머니가 희생이 된 것 같아서 어떡해야 좋을지 몰랐다. 눈물이 펑펑 쏟아지도록 서러울 것은 없으면서도 저를 자별히 귀여워하시던 생각을 하니 곧 뛰어가 돌아가신 얼굴이라도 한 번 다시 뵙고 싶었다.

집에 큰일이 있으니 오라는 것도 아니요 먼 촌 일가에게 부고를 전하듯 하고 간 것이건만 거북하다고 안 갈 수가 없어서 봉희는 상점으로 가서 공일날도 놀지 못하는 세철에게 그 연유를 말하고 도망을 나온 뒤에 처음으로 친정에를 갔다.

어머니가 붙들고 말없이 울고 오라비댁들이

"작은아씨 왔구려."

하고 마지못해 아는 체를 할 뿐, 아버지와 오라비는 때려서 내쫓지 않는 것만 다행으로 여기라는 듯이 못 본 체를 한다.

그러나 봉희는 법당으로 올라가 홑이불을 덮어놓은 할머니의 시체 앞에서 이 설움 저 설움에 실컷 울고 그날 밤을 부산한 틈에서 새우고는 이튿날 저녁때에야 온다간다는 말없이 빠져나와 집으로 돌아왔다. 장삿날까지는 있어야 도리에 옳겠지만 집안 식구의 눈총을 한 몸에 맞으며 있기가 여간 거북살스럽지가 않고 그런 등사에는 더구나 생소한 제가 분주히 일하는 사람들 틈에 끼어서 어정버정하기가 어찌나 열쩍은지 몰랐던 것이다.

봉희가 제 집에 돌아와 낮잠을 자려고 뒤집어쓰고 누웠는데

"작은아씨, 오늘은 학교에 안 갔구려?"

하고 인숙이가 미닫이를 살그머니 열고 들어왔다. 제가 부탁한 일의 하회가 궁금해서 사흘씩이나 기다리다 못해 찾아온 것이다.

"어저께 할머니가 돌아가셨다우."

하는 말을 듣자 인숙도 눈이 붉어지도록 울었다. 십 년 동안이나 '할머님'이라고 부르고 시중을 들던 노인이 돌아갔건만 저에게는 그런 통지도 해주지 않은 것이 더욱 서러웠던 것이다.

"그러니 큰일을 누가 치러낸단 말요?"

하고 그래도 혼상간 대사에 누구보다도 이력이 많은 제가 가서 시집의 일을 보아 주어야만 할 무슨 의무를 느꼈다.

'이런 때는 내 생각들을 할걸.'

하고 뒤죽박죽으로 들썽거릴 궁 안을 눈앞에 노려보다가

'그런 생각을 하는 나부터 어리석지. 그 집의 구듭도 칠 만큼 쳤으니까.'

하고는

"그래 오빠한테 그 말은 못했구려?"

하고 물었다. 봉희는 토요일 날 학교로 찾아가서 오라비를 만났다는 말과 요부 같은 음악교사의 초상화를 그려주고 앉았던 정경이며 저에게 한 말까지 그대로 옮겼다.

인숙은 입을 꼭 다물고 듣기만 하다가 여러 해 전에 산정 후원에서 제가 모델이 되어 그림을 그리던 즐거웠던 시절과, 사요코 때문에 속이 무

진 썩던 때와 또는 "만날 필요가 없다"고 원수치부를 하는 오늘날의 변화를 생각하고는

"아아 초상화!"

하고 방바닥의 먼지가 날리도록 한숨을 길게 내쉬고

"나 때문에 창피만 당했구려. 다른 여자한테 또 정신이 빠진 사람을 만나선 뭘 하겠우."

하고 몸을 무겁게 일으켰다.

"우리 저녁이나 같이 해먹읍시다."

하고 봉희가 붙잡는 것을 인숙은

"아─무 생각두 없우."

하고 굳이 사양을 한다.

"그럼 어떡하오? 바루 올라갈테요?"

"글쎄, 가보긴 해야 내 도리에 옳겠는데… 잠깐 다녀라도 가야 할까보"

하고는 한길로 나서서 쇠잔한 석양을 등 뒤에 받고 맥이 풀려서 ××궁 편쪽으로 타박타박 걸어가는 인숙의 뒷모양을 봉희는 대문간에 기대어 언제까지나 바라다보고 섰었다.

248회, 1934.12.17.

11 푸줏간으로 끌려들어가는 암소의 걸음걸이라 할까 인숙은 커다란 발등거리가 달리고 문간에 하인들이 공석을 펴고 둘러앉은 뒷문으로 들어갔다.

"아이고 셋째아씨 오시네."

계집하인이 내달아 반기다가 누가 별안간 입을 틀어막는 듯이 멈칫하고 돌아선다.

인숙은 안마당에서 왔다 갔다 하며 아는 체도 못하는 아랫것들의 흘낏흘낏 곁눈질을 하는 시선을 벌겋게 상기된 얼굴에 느끼며 대방으로 올라갔다. 댓돌을 한 층씩 딛고 올라서는 발은 커다란 납덩이가 매어달린 듯이 무거웠다.

대청에서 인숙이가 들어오는 것을 본 큰동서와 작은동서는 그야말로 천년 묵은 여우가 인두겁을 쓰고 대낮에 들어오는 줄 아는지 눈이 잠깐 마주치자 뿔뿔이 제 방으로 들어가 숨어 버린다.

인숙은 떨리는 손으로 대방의 장지를 열었다. 성복 전이라 반백이 더 된 머리를 풀고 누웠던 시어머니는 '이게 생시인가' 하는 듯이 물끄러미 인숙을 쳐다보더니 두 눈을 커다랗게 뜨고 놀라서 몸을 일으킨다.

인숙은 오금이 떨어지지 않는 것을 간신히 절을 하고 일어섰다.

"네가 누구냐. 네가 뭣 하러 왔니?"

시어머니는 체머리를 흔들며 서슬이 파래진다.

"할머님께서 돌아가셔서…."

인숙은 입속으로 하는 말끝조차 여물리지를 못하는데

"우리 집에 무슨 일이 있든지 네가 올 까닭도, 너 같은 사람은 받자할 수도 없다. 대감께서 아시고 야단이 나기 전에 냉큼 나가거라."

그 말은 전에 없이 날카롭다. 이제까지 쫓겨간 까닭을 똑똑히 모르는 인숙으로서는 너무나 뜻밖이라 무어라고 대답도 못하고 그저 죽여 줍시사 하는 듯이 고개를 떨어뜨리고 섰을 뿐…. 제가 다시 제 맘대로 학교에를 또 다닌다는 것과 더더군다나 편지질을 하던 남자의 자식까지 배었다는 소문이 누구의 입을 통해선지 시집 식구의 귀로 들어간 줄은 그 당자가 꿈에라도 알 리가 없었다.

시어머니는 마주 보기도 싫어하는 듯이

"네가 안 나가면 내가 나가겠다."

하고 일어서 기엄기엄 마루로 나간다. 인숙은

'무슨 죄를 지었는지 거적대죄를 하고라도 알고야 말리라.'

하고 벼르는데 봉환이가 허리춤에 손을 찌르고 들어선다.

"뭣 하러 왔어?"

전에 없던 반말지거리다.

"왜 못 올 델 왔어요?"

인숙은 눈을 똑바로 뜨고 오래간만에 대하는 남편의 독이 오른 얼굴이 뚫어지도록 쳐다보았다.

"무슨 낯짝을 쳐들구 우리 집엘 왔느냐 말야? 끌어내기 전에 어서 나가!"

봉환은 인숙에게 손까지 대려는 형세를 보인다.

인숙은 참고 참았던 감정이 그만 폭발이 되었다. 분을 참느라고 숨을 몰아쉬다가 달려들어 봉환의 팔에 매어달리며

"왜 내가 이 집엘 못 와요? 무슨 죄를 졌길래 얼굴을 쳐들지 못해요? 어째서 이 집 식구들이 나 하나를 죽일 년 다루듯 하는 거예요? 말을 좀 해봐요. 어서요 어서. 그 까닭을 알기 전엔 난 이 집에서 죽을 테예요!"

하고 폭백을 하며 몸부림을 쳤다.

봉환은 뜻밖에 인숙이가 너무나 다부지게 달려드는 데 겁이 슬그머니 났다.

흠 잡을 말이 없는 것은 아니건만 이 이상 덧들였다가는 당장에 생죽음이 날까 보아 눈이 둥그레졌다.

인숙의 물 퍼붓듯 하는 폭백은 그칠 줄 모른다. 안채가 발칵 뒤집혀서 시어머니가 다시 뒤룩거리고 들어왔다.

사랑에 누워서 조상도 받지 못하는 대감이 알면, 정말 분통이 터져서 이번에는 새 초상이 한꺼번에 날까 보아 벌벌 떨면서 연방 아들의 옆구리를 꾹꾹 찌르며 어루만져 보내라고 눈짓을 한다.

봉환은 얼굴이 샛노래 가지고 헐떡거리고 섰다가

"이러지 말우. 이러지 말어. 할머니 장사나 지내구나면 내 찾아가서 얘기를 하리다. 피차에 오해가 있는 게니까…"

하고 진정으로 비는 체를 하였다.

"이 애야. 남 볼썽사납게 이게 무슨 짓이냐. 할머님 시체를 뻗쳐 놓고…"

시어머니까지 빌고 달래지 않고는 당장을 수습할 수가 없었다.

인숙은 시어머니 앞에서는 입을 다물고 봉환의 소매를 놓고 떨어져 두 손길을 마주 잡고 예법을 차리는 습관이 남았던 것이다. 다른 때만 같으면 죽든 살든 단판씨름을 하고야 말 것이지만

'끝까지 내 체면은 차리리라.'

하고 죽을힘을 들여 흥분을 가라앉히고 일어섰다.

🙂 249회, 1934.12.19.

⑫ '무슨 오해가 있는 게니 한 번 찾아가서 해변을 하겠다'고 남편이 빌다시피 하는 말까지 들은 바에야, 인숙은 그 자리에서 일어설 수밖에

없었다. 거짓말이 입에 발린 사람이라 그 말을 통으로 믿지는 않으면서
도 어른 앞에서 그 이상 더 대들어 종주먹을 대고 심지어 남편의 허리띠
끈에 목을 맸댔자 제 꼴만 사납고 창피할 것을 깨달았던 것이다.

또 한편으로 언뜻 생각이 난 것은 뱃속의 어린것이다.

'몹시 흥분하는 일이 있거나 몸을 험하게 가지면 태아한테 해롭소 임
신 중에는 마음과 몸의 안정을 잃지 말 것을 주의해야 하우.'
하고 만날 때마다 당부를 하던 허 의사의 고마운 말이 생각이 났던 것이
다.

'뱃속의 어린것한테야 무슨 죄가 있나. 이러다 낙태나 하면…'
하고 마음속으로 저의 뱃속을 어루만지며 일어섰다.

봉환은 어느 틈에 슬그머니 나가버렸다.

"그래 꼭 올 테예요?"
하고 쫓아나가서 한 번 다지고 싶건만

'아직도 양심이 남았으면 한 입으로 두 말은 아니 하겠지.'
하고 시어머니의 앞에 우두커니 섰기가 민망해서 머리를 푹 수그리고 뒷
채로 건너갔다.

나중 일을 어찌 되었든지 간에 잠시 마음을 진정하려고 옷매무새라도
고쳐 입으려고 대방을 피해 나온 것이다.

그러나 시집온 뒤에 십 년이나 기거를 하던 저의 방은 '이게 뉘 방인
가'할 만큼 사뭇 달라졌다. 삼층장과 의걸이 머릿장은 이리저리 자리를
바꾸어 놓고 방바닥에는 그저 이부자리를 개지 않은 채로 있는데 각장장
판에 장발을 옮겨놓은 자국이 허옇게 드러났다. 버리지도 않은 재떨이며
스케치판과 캔버스 같은 그림 제구가 이 구석 저 구석에 아무렇게나 흐

트러졌다.

'내가 죽어 나갔더래도 이 지경으로 흩으려 놓지는 않겠지.'
하고 한심스럽게 방 안을 둘러보는 눈이, 봉환이가 누워 자던 머리맡에 이르자 인숙은 깜짝 놀라며 한 걸음 뒤로 멈칫하고 물러섰다.

벽화같이 큰 여자의 초상화가 눈앞을 가로 막았던 것이다. 피아노 앞에 반쯤 돌아앉아서 건반을 누르는 체하고 요염한 눈초리로 비웃는 듯이 인숙을 똑바로 노려보는 여자는 당장에 살아나올 것 같다.

"저게 강보배로군!"
하고 인숙은 입 속으로 부르짖고는 더 마주 볼 용기가 없어서 고개를 돌렸다.

이번에는 유리시계가 놓였던 사방탁자 위에서 전에 못 보던 황금빛으로 번쩍거리는 사진틀이 인숙의 눈을 빼앗았다. 가까이 가서 들여다보니 양장을 하고 서서 은행껍질같이 얄따란 눈두덩을 반쯤 내려 깔고 실웃음을 치는 것은 초상화와 똑같은 얼굴이다.

그림과 사진은 저를 새중간에 넣고 덤벼들며 말없이 핍박하는 듯, 인숙은 눈을 감고 방 한복판에 가 한참이나 섰었다.

그러나 인숙은 제 방을 두 귀퉁이씩이나 차지하고 들어앉은 여자에게 대해서 질투라든지 강짜라든지 하는 감정은 일어나지 않았다. 그러한 점잖지 못한 감정을 일으키기에는 그 상대자가 카페의 계집과 같이 저급하고 천착해 보였던 것이다.

'기왕 이 방의 주인이 바뀐 다음에야 더 서있는 것이 치사스럽다.'
하고 창피한 생각이 들어서 인숙은 나가려다 말고
'옷가지는 그대로 있나?'

하고 아침저녁으로 기름걸레질을 쳐서 길을 들이던 삼층 자개장 문을 열어 보았다. 장 속은 불한당이 쳐간 것 같지 않은가. 차곡차곡 개어두었던 반반한 옷가지는 말끔 뭉쳐다가 잡혀먹은 모양이다. 그 돈으로 그림 제구를 사서 강보배의 초상화를 그리고 밀회를 하는 비용으로 이바지한 것이 틀림없지 않은가.

인숙은 그 방에서, 그 집에서 잠시도 더 머물러 섰을 수가 없었다. 별당으로 올라가 곡이나 실컷 하리라 하다가 어쩐지 두 눈이 뽀송뽀송해져서 행랑계집애더러 신을 가져오라 한 후 아무도 모르게 후원 뒷문으로 빠져 나왔다.

삼청동 어구에 당도할 때까지 인숙은 눈에 보이는 것도 없고 귀에 들리는 것도 없어, 완전히 얼이 빠진 사람 같았다.

250회, 1934.12.20.

장중의 보옥

1 그럭저럭 여름이 지나고 가을철로 접어들었다. 인숙은 그만 되는 대로 되어라 하는 태도로 학과 복습과 바느질 도판에 박은 듯한 무료하고 고달픈 생활을 계속하였다. "찾아와서 오해를 풀겠다"던 남편은 그 뒤로도 그림자조차 비치지 않고 배는 다달이 불러와서 오일무명으로 아무리 졸라매어도 남의눈에 띄울 만큼이나 뚱뚱해졌다.

'내가 무슨 음행을 했나. 숨길 게 뭐냐.'

하고 동급생들이

"이인숙이가 아이를 배었다."

는 소문을 퍼트려도

"애 밴 사람은 공부 못하나."

고 천상천하에 부끄러운 것이 없다는 듯이 천연스럽게 대답을 하였다. 교장이나 선생들은 인숙의 사정을 대강 짐작하는 터이라 조금도 그들 앞에 머리를 들지 못할 까닭은 없어도, 나이 어린 학생들이 놀리는 것은 듣기가 싫었다. 그렇건만

'몇 달 아니면 졸업을 할걸.'

하고 참고 지냈다.

봉환은 한 번 들여다보기는커녕 집에 있기가 모든 것이 불편하다고 멀찌감치 동대문 밖에 남의 집 사랑채를 얻어가지고 나가서 밥 지어주는 어멈 하나를 데리고 지낸다는 소문을 들었다. 모든 것이 불편하다는 것은 다른 게 아니라 여자들이 자유로이 출입을 하기가 불편하다는 것으로 봉희가 해석하는 것이었다.

용환은 신문사의 공금을 횡령하였다는 죄명으로 징역살이를 하게 된 눈치를 채고 해외로 도망을 가고 ××궁은 채째 떼어 팔아서 반이나 헐렸는데 집장사들이 집을 짓느라고 똑딱거리는 소리에 근처가 요란하다. 문 밖의 별장도 남의 손에 넘어가서 주인 식구는 산정과 별당으로 옮기고 아직도 성한 것은 사랑채 하나뿐이라, 사실 봉환은 거처할 곳이 없기도 하였다.

이래저래 인숙의 고민은 아주 만성이 되어 버려서

"새언니, 오빠가 그 강보배라는 음악선생하구 어깨를 겯구 댕기는 걸 내 눈으로도 몇 번이나 봤는데, 둘이 연애를 한다는 소문이 파다하겠지."

하는 봉희의 보고를 들어도 심상하였다. 시기라든지 질투라든지 하는 것도 사랑이 있기 때문에 일어나는 감정이요, 사랑하는 도수가 높을수록 남편이나 아내를 의심하고 샘을 하는 정도도 심각해 간다지만, 인숙은 그런 말을 듣고도 남의 일같이 마음속에 조그만 물결도 일지 않는 것이 도리어 이상할 지경이었다.

'그 사람이 무슨 짓을 하든지 그만큼 내게도 자유가 있다.'

하고 도리어 제 몸의 홀가분함을 느낄 따름이었다.

그러는 동안 요사이 인숙은 뱃속에서 사지를 버둥거리는 듯이 제법 유표하게 놀기 시작한 조그만 생명에 대해서 차츰차츰 애착을 느꼈다. 그 감정은 이제까지 경험하지 못하던 모성애로 변해가는 것이었다.

'동기가 신성치 못하고 씨가 나쁘더라도 아직까지 별로 이상이 없이 커가는 것을 보면, 뜻밖에 성한 혈육을 얻을는지도 모른다. 적당치 못한 때에 좋지 못한 종자를 뿌렸다고 그 싹이 나지 않을 리는 없다. 잘 거름을 하고 북을 돋아주면 다른 곡식과 같이 싱싱하게 자랄 수가 있겠지.' 하고 모든 희망을 뱃속에서 꼬물거리는 어린것에다 붙였다. 가끔 허 의사에게 가서 진찰도 해보고 태아에게 좋다는 약을 얻어다 먹고 바느질품을 판 돈으로 이따금 제 입맛에는 맞지 않는 음식을 사다가는 어린것의 영양을 위하여 억지로 먹기도 하였다.

'아비 없는 자식이면 어때. 민적에도 못 올리고 사생아가 된대도 무슨 상관이 있어. 어미가 낳아서 기른 자녀를 아비의 것을 만드는 것은 남자들끼리만 만든 법률의 잘못이지. 왜 제 뱃속으로 낳아서 저 혼자 기른 자식을 남에게 바친담.' 하고 인숙은 누가 무어라든지 어떠한 경우를 당하든지 장차 낳을 어린것은 제 손에서 내놓지 않으리라 하였다.

연약한 여자의 손으로 여봐란 듯이 키우고 외로운 제 몸을 다만 하나인 혈육에게 의지하고 모—든 세상 근심을 어린것의 성장을 보는 재미로 잊으리라 하였다.

251회, 1934.12.21.

② 저물어가는 가을, 깊어가는 한밤중에 인숙은, 외롭고 고달픈 베갯머리에서 몇 번이나 우수수하고 뿌리는 뒤꼍의 낙엽소리를 들었다.

모든 것이 쓸쓸하고 신산한 것이 행습이 되었건만 그래도 절기가 바뀜을 따라

'아이고 얼마 안 있으면 겨울이 닥쳐오겠구나.'

하는 탄식이 저절로 입을 새어 나왔다. 그러면서도 섣달 그믐께가 되면 어린애들이 "이틀 밤만 자면 하루 밤만 자면" 하고 손가락을 꼽으며 때때옷을 입을 설날을 기다리듯이 인숙은

'인젠 몇 달밖에 안 남았는데….'

하고 몸을 풀 날짜를 꼽아 보았다. 그와 동시에 뱃속에서 인제는 제법 꿈틀거리고 어떤 때 무심히 앉았노라면 심술 난 아이놈이 주먹으로 창호지를 뚫고 발길로 바람벽을 걷어차며 떼를 쓰듯이 치맛자락까지 들먹들먹 해서 남의 눈에 띄울 만큼이나 태아의 장난이 유표해 간다. 좁고 어두운 어머니의 뱃속이 인제는 그만 갑갑해서 하루바삐 대명천지로 나오고 싶다는 듯이 버둥거리는 어린것을, 뱃가죽 하나를 격해서 어루만질 때

'해산은 의사가 잘 시켜줄 테니까 마음이 놓이지만 그래도 내가 할 준비를 해야지.'

하고 인숙은 어느 날 학교에 다녀오는 길에 포목점에 들러서 융과 솜이며 기저귀감과 포대기감을 바꾸어 가지고 왔다. 실도 바늘도 새것을 샀다. 바느질품을 파느라고 남의 옷을 꿰매던 바느질 제구를 쓰면 무슨 부정이나 탈 것 같았던 것이다.

인숙은 저녁 뒤에 손을 깨끗이 씻고 들어와 문까지 닫아걸고 순산하기를 산천에 기도나 하는듯한 경건한 기분으로 사각사각하는 가위소리조차 조심스레 포대기감을 말라 백설같이 흰 솜을 두툼히 두고는 토닥토닥

두드려 보았다.

몇 시간이 지나 뒤꼍에서 뒤설레는 밤바람 소리가 처량히 들리기 시작할 때는 손바닥만한 베개와 인형이나 입힐 만한 앙증스러운 깃 없는 배냇저고리와 풀각시에게나 둘러줄 만한 조그만 두렁이가 새로 만든 포대기 위에 가 눕혀졌다.

"애걔— 요건 너무 작을까 보다."

하고 인숙은 혼잣말을 하며 대견스러운 미소를 띠우고 저의 귀동자가 입고 덮을 것을 어루만져 보다가 문득 소녀시대에 과천집 뒤란 장독대 곁에서 따뜻한 양지쪽에 점례와 마주 앉아서 풀각시를 만들어 색색이 옷을 입히고 혼인을 한다고 절을 시키며 놀던 때가 추억이 되었다.

그 시절이 까마득한 옛날 같기도 하고 어찌 생각하면 바로 엊그제 지난 일 같기도 하다.

'어머니가 그저 생존해 계셨더면 얼마나 기뻐해 주실까. 시집이 저 지경이 아니고 남편이 저 모양이 아니요, 금슬 좋게 지내다가 첫번 해산을 하려고 친정으로 왔더면 얼마나 나를 위해 주셨을까. 이걸, 이걸 내 손으로 남몰래 밤중까지 꿰매고 앉었어….'

하는데 눈동자가 뜨끈하도록 눈물이 솟았다. 인숙은 그 눈물을 삼키듯이 마른 침을 넘기며 설움을 꿀꺽 참았다. 한평생을 두고 근심걱정 없이 튼튼하고 씩씩하게 자라기를 바라는 어린것이, 이 세상에 나오며 맨 처음 입고 덮을 깨끗하고 신성한 옷과 포대기 위에 오장이 썩어 흘러나오는 듯한 저의 눈물을 단 한 방울이라도 떨어뜨리지 않으려 함이었다.

인숙은 어린것에게 젖을 물리는 자세로 엎드려서 조그만 베개와 배냇저고리에 뺨을 대고 비비면서 속으로는 흑흑 느끼면서도 울음을 참았다.

눈물이 무슨 단단한 것인 것처럼 꼭꼭 깨물었다.

252회, 1934.12.22.

③ 인숙의 졸업식 날은 누구 하나 가 보아주는 사람이 있을 리 없었다. 다른 학교와 달라 이년 동안 속성으로 고등과를 마치게 되는 이 학교는 가을에야 간단하게나마 졸업식을 하는 것이었다.

봉희는 제가 여고보를 졸업할 때 졸업식 날 아무도 와 보아주는 사람이 없어서 경황없는 중에도 섭섭하던 생각을 하고 그날은 조퇴를 하고 인숙의 학교로 달려갔었다.

그러나 벌써 식은 끝나서 졸업장을 삐죽하게 싸들고 다른 학생들보다 맨 뒤에 처져서 학교 언덕을 내려오는 인숙을 교문 앞에서 만났다. 사은회가 있을 것이지만 교장이 몸이 편치 않다고 이튿날로 미루었던 것이다.

"벌써 끝났우? 달음박질을 해 왔는데두 늦었구려."

"아직 하학을 안 했을 텐데 어떻게 왔우? 작은아씨 덕택에 명색은 졸업이라구 했지만…"

하는 인숙의 얼굴에는 기뻐하는 빛은 조금도 찾을 수 없고 그다지 억지를 쓰고 그악스럽게 다니던 학교조차 마치고 나니 무한히 섭섭한 눈치다.

'학교도 인젠 마지막이다.'

라는 듯이 인숙은 비바람에 깎인 학교 문패를 돌려다보고 한숨을 짓는다. 봉희는 숙제할 것도 밀리고 집에 일도 있건만 인숙이가 혼자 올라갈 것이 보기에 가엾은 생각이 들어서

"몇째 했우?"

하고 인숙의 뒤를 따랐다.

"몇째구 말구 댕길 걸 다녔우. 통신부는 펴보지도 않았는데 낙제는 아니길래 졸업장은 줬겠지."

하는 것을 봉희는

"통신부 좀 봅시다. 어서 좀 꺼내요"

하고 떼를 쓰며 길에서 부득부득 책보를 끌렀다. 반드시 통신부를 보아야 할 일이 있는 것은 아니지만 인숙의 기분을 돌려 남들처럼 졸업을 하였다는 기쁨을 조금만큼이라도 주고자 함이었다.

"어쩌면, 셋째를 했구려. 한턱내우."

하고 봉희는 결혼한 여자답지 않게 껑충껑충 뛰면서 정말로 기뻐해 준다.

"내가 이쁜 털이 박혀서 선생들이 사를 둔 게지. 셋째가 다 뭐요."

하고 인숙은 겸사를 하며 억지로 웃음을 자아 보인다.

사실로 인숙의 성적은 우등은 못 되어도 이십여 명 중 셋째는 갈 만큼 좋았다. 체조니 음악이니 도화니 하는 들어앉았던 여자가 어려운 학과는 겨우 낙제 점수를 면했지만 다른 중요한 학과는 전부 구십 점 이상이었다. 그 중에도 재봉이며 자수는 물론 산술이나 수신 같은 학과는 만점을 받았다.

봉희는 제 성적이 좋은 것과 조금도 다름없이

"내가 먼저 한턱을 낼게."

하고 과자와 과일을 조금씩 사가지고 삼청동으로 올라갔다. 저녁때가 거의 되도록 인숙은,

"강습소 비슷한 학교를 마친 것쯤으로는 죽도 밥도 아닌데…."

하고 장래 일을 의논하다가

"참 저녁을 안 지면 어떡하우? 이러다 쫓겨나리다."

하니까

"호떡만 먹던 사람이 요샌 입맛이 높아져서 아무거나 안 먹으려구 든다우. 오늘 저녁엔 설렁탕이나 사먹으라지. 나두 이젠 밥 짓기에 싫증이 났어."

하는 봉희는 밥 한 끼를 편하게 얻어먹을 배짱이다.

"그럼 잠깐 기다류. 찬은 없지만… 그래두 외무대신한테 야단을 만날까 봐 내가 다 걱정이 되는구려."

하고 인숙은 행주치마를 두르고 일어섰다. 뚝섬집은 어린애들을 데리고 친정으로 가고 없어서 둘이서 품앗이를 하듯이 인숙은 밥을 짓고 봉희는 마루 끝에서 찌개를 끓였다.

두 사람은 예전과 조금도 다름이 없이 밥상을 받고 마주 앉아서

복순이가 원산서 삼 년 징역을 받았는데 불복을 하고 서울 복심법원으로 올라왔다는 것과 세철이가 일전에 감옥까지 가서 옷과 밥을 차입하고 왔다는 것이며 인숙에게는 옷을 받았다는 엽서가 왔다는 이야기를 주고받다가 봉희는 깜박 잊어버렸던 것이나 생각이 난 듯

"참 새언니, 정말 같진 않지만…이런 말을 전하기두 싫지만, 듣구는 안 할 수도 없어서…."

하고는 저 때문에 모처럼 좋아진 인숙의 기분을 깨뜨리기가 가엾은 듯이

"저— 오빠가 약혼을 했다는 소문이 들립디다."

하고 인숙의 기색을 살핀다. 사실 봉희는 그 말을 귀띔이라도 해 주려고

따라왔는지도 모른다.

253회, 1934.12.23.

4 "약혼?"

인숙은 봉희의 말을 비웃듯이 받아 옮겼다. 조금도 놀라는 빛이 없고
으레 그럴 줄 알고 있었다는 듯이 고개를 끄떡여 보일 뿐이다.

"새언니가 새파랗게 살아있는데 그 강보밴가 하는 여자하구 약혼을
하다니 그게 될 말요? 사람을 무시해두 분수가 있지."

봉희는 젓가락을 던지며 오라비를 꾸짖는다.

"난 초개만두 못하게 무시를 당한 지가 벌써 오래요. 그것두 한두 번
이라야 얘깃거리나 되지. 그밖에도 내가 모르는 일이 얼마나 있는지를
누가 안답디까?"

인숙은 남의 말 하듯이 냉정히 대꾸를 하고 밥상을 마루로 물렸다. 봉희
는 숭늉을 마시고 나서

"그렇지만 난 오빠의 속만큼이나 알 수 없는 게 있어요. 어쩌면 새언
닌 그런 말을 듣고도 저렇게 천연스럽게 답을 하는 것이 여간 이상하지
가 않구려. 더군다나 아이를 배서 저렇게 배가 불러 가는데…"

하고 밥을 먹어서 더 불러 보이는 인숙의 배를 유심히 본다.

"뭐 이상스러울 게 있우. 오빠하구는 모든 걸 아주 단념을 해 버리고
나니까 아무렇치두 않은 게지. 정말 내가 편성이 돼서 그런지, 그런 소문
을 듣고 그런 꼴을 하두 많이 봐와서 신경이 마비가 돼서 그런지는 몰라
두, 인젠 내 맘 속으로 단단히 결심한 게 있으니까 어떤 소리를 듣든지
심상해."

277

"그래두 아직까지는 형식적으로도 부부간인데… 어린애를 낳으면 어 떡하려우?"

봉희는 제 속이 다 답답해서 한마디 묻지 않을 수 없었다. 인숙은 저고리 고름을 고쳐 매며 눈을 내리깔며 한참이나 말이 없더니

"작은아씨 들어 보. 구도덕에 머리가 젖었던 내가 오빠가 웬만만 하면야 장래까지 단념을 해 버렸겠우. 얼마 전까지도 맘속으로는 다시 한 번 오빠하구 동경 가기 전에 견우직녀 놀음을 할 때처럼 지내보기를 바랐었더라우. 정 내가 마땅치 않어서 오입을 한다든지 첩을 두는 한이 있더래두 명색 살림이라도 나서 남 보매라도 본아내 노릇을 했으면— 하는 공상도 적지 아니 했던 것이 사실이오"

하고 인숙은 그 표정이 점점 엄숙해지며 찬찬히 말을 잇는다.

"내가 팔자를 기구하게 타고 났든지 그 저주받을 옛날 결혼제도에 희생이 됐든지 간에 인제 와서야 부모의 탓을 한댔자 소용이 없는 노릇이지만 아무튼 여자는 둘도 없는 제 맘과 몸을 한 번 바친 남자를 방탕 한다든지 몸에 병이 있다든지 하는 이유만으로야 일조일석에 헌신짝 벗어 버리듯 할 수가 있겠소? 오빠가 그럴수록 첫사랑을 바친 나로서는 무한한 애착심을 가지구 있었던 것도 거짓말이 아니지만, 그러다가두 맘을 잡는 날이 있거니. 내 맘을 정말 잘 이해해 줄 때가 오거니— 하구 남몰래 바라고 아침저녁 빌기까지 했었더라우."

인숙은 고개를 돌리고 한숨을 길게 내쉬고 나서 거의 눈 한번 깜짝거리지 않고 제 말을 정신 차려 듣고 앉은 봉희의 긴장한 얼굴을 정면으로 쳐다보며

"그렇지만 인젠 모든 걸 아주 단념을 해버렸우. 할머님 장사 때 내 방

엘 들어가 보구는 하두 어처구니가 없어서… 고만 낭판이 떨어졌소 '인젠 더 볼 게 없구나!' 하구는 나와 버렸지만두 그보다 오빠의 성격이 더럽도록 비열해진 데다가 너무나 무책임한 데 고만 마지막 희망까지 끊어져 버렸소 나가라고 서슬이 퍼렇게 호령을 하다가 내가 대들어서 할 말이 없고 겁이 나니깐 '오해를 한 게니 꼭 한 번 가겠다'고 빌다시피 하는 그 비릿비릿한 태도! 그러구선 오기는커녕 뒷구멍으로 다른 계집에게 홀려서 나 없는 새에 내 장속을 뒤져 죽어나간 사람의 옷처럼 말끔 없애다가 그림을 그려주는 그 사람! 자기 때문에 내가 다 죽게 됐으니 병원엘 한 번 들여다보길 했소? 내가 자기의 씨를 밴 줄까지 어느 편으로래두 들었을 텐데 터놓고 약혼을 했다니 대체 그게….”

하고 인숙은 고만 어색해서 말문이 막혔다. 그러다가

“그런 무책임한 남자한텐 양심이 썩은 그 따위 남편한텐 죽으면 죽었지 이 뱃속의 어린애를 주구 싶지 않소 …뺏기구 싶지가 않소”

귀밑까지 빨개지도록 흥분한 인숙의 눈은 다시금 여무진 결심에 빛났다.

254회, 1934.12.24.

⑤ 살을 애일 듯한 매운바람이 온종일 불고 그 바람결을 따라 목화송이와 같은 눈이 휘날리는 어느 날 저녁 때, 인숙은 허 의사의 병원에 입원을 하였다.

달수로 치면 당삭이 되었으나 날짜로 따지면 아직도 거의 이십여 일이나 모자라건만 졸지에 해산기미가 보여 뚝섬집에게 급한 심부름을 시켜 허 의사를 청하여다 보았다.

대강 진찰을 해 본 허 의사는

"허 이거 조그만 것이 세상 구경이 어서 하구 싶은 게로군. 자리는 잘 잡고 있어서 별반 염려는 없지만 초산이니까 내 병원으로 갑시다. 늦어두 내일 안으로는 순산을 하겠소"

하고 먼저 가서 자기의 인력거를 보내어 인숙을 담아가듯 하였던 것이다.

입원을 하면 비용도 많이 나고 허 의사의 신세를 또 지게 될 것을 생각하고 인숙은 집에서 낳겠으니 순산만 시켜 달라고 고집을 하였으나 거의 한 달이나 나올 날짜를 다가서 해산기미가 보이는 것이 보통 경우와 다른데 산모 역시 그다지 건강한 사람이 아니라 의사로서는 혹시 난산이나 되지 않을까 하고 위험한 경우를 생각지 않을 수 없었다.

허 의사는 입원실 중에도 제일 조용한 방을 치우고 깨끗한 자리 위에 인숙을 눕히고는

"간호부는 있지만 혼잣손이 돼서…."

하고 산파까지 미리 불러다가 대었다.

"인젠 아주 맘을 턱 놓우. 첫아들 낳기는 정승하기보다도 어렵다는데 외로운 사람이 이런 때 한 번 호강을 해야지. 옥동자를 꼭 날 테니 내 짐작이 틀리나 보우."

하고 자기 병원에 촉탁 비슷이 급한 때면 불러오는 김윤자라는 산파와 인사를 시켰다.

"이 분이 누군 줄 아우? 접때 신문에까지 굉장하게 난 김윤자 씬데 종로 한복판에서 더군다나 전차 속에서 어떤 여편네가 아이를 낳는다구 사람이 백결 치듯 하는데 마침 이 분이 화신상회서 물건을 사가지고 나오

다가 정거한 전차 속으로 뛰어올라가선 팔을 걷고 덤벼들어서 어린애를 받어줬다우. 그러구는 탯줄을 끊을 것이 없어서 쩔쩔매다가 급한 김에 대들어 이빨로 끊었다우. 그런 고맙구 놀라운 일을 보통 여자가 흉내나 내겠소? 참말로 천직을 위한 용사지요"

하고는 눈썹이 검고 서글서글하게 생긴 산파의 등을 두드려 주고 나갔다.

인숙은 그저 입버릇처럼

"고맙습니다. 선생님 고맙습니다."

하고 눈물이 나도록 인사를 할 뿐.

그 날 밤중부터 인숙은 어린애를 비릇기 시작하였다. 차츰차츰 고통이 심해가서 아랫배가 찢어지는 듯이 아프다가는 잠깐 숨을 돌리게 될 때면은 임종 때가 가까운 병자처럼 저와 가장 친한 사람의 생각이 났다. 저의 생명을 맡긴 만큼 믿음성스러운 의사와 능숙한 산파까지 제 곁을 떠나지 않고 극진히 보아주건만 머리맡에서 제 손을 잡아주는 그 시누이가 있었으면 힘을 주기가 나을 것 같다.

"아아 나의 남편?"

하고 입 속으로 부르짖었다. 남편이 있으나 없는 것만도 같지 못한 아내의 설움! 이루 형용할 수 없는 고통이 그 절정에 이르렀을 때에 환등처럼 눈앞에 떠오르는 것은 봉환의 얼굴이다. 그러나 그 얼굴은 원앙의 꿈을 꾸던 금슬이 좋았을 때의 얼굴이 아니라, 그날 그때 저를 엎어누를 때의 야수의 탈을 뒤집어 쓴 것 같던 남편의 얼굴이다.

인숙은 고개를 돌리며 부지중

"보 봉희 씨!"

하고 잠꼬대하듯이 불렀다. 허 의사에게 주사를 한대 맞고서야 조금 진정을 하고는 소독할 약품이며 어린애를 눕힐 자리를 준비하기에 분주한 간호부에게, 세철이가 다니는 라디오상회로 전화를 걸어 달라 하였다. 만일을 염려하고 어린애를 끄집어 낼 기계까지 몰래 준비하는 허 의사가

"억지로 힘을 주지 말우. 잠깐만 더 참우. 잠깐만 더."

하는 소리를 듣고 누가 이마의 땀을 씻겨 주는 것까지는 알았으나 어찌나 고통이 더 심한지 인숙은 깜빡하고 정신을 잃었다.

　얼마 동안이나 지냈는지 인숙은 아랫배의 이상을 느끼었다.

"새언니! 새언니! 나 왔우."

하는 봉희의 목소리에 후—유하는 한숨 소리와 함께 실눈을 떴다.

"순산하셨습니다."

하는 산파의 목소리가 꿈속같이 들렸다. 인숙은 의식이 들자

'그럼 왜 어린애 우는 소리가 없을까.'

하고 머리맡에서 저의 두 손을 땀이 나도록 꼭 쥐고 있는 봉희더러

"뭐요?"

하고 물었다.

　🌰 255회, 1934.12.25.

　6 봉희가 대답을 하기 전에

"퍽 퍽."

하는 이상한 소리가 들리더니 인숙의 발치에서

"으아—."

하고 울음소리가 들렸다. 입술이 하얗게 바랜 것같이 핏기가 없는 인숙

의 입모습에는 한 순간 가냘픈 미소가 지나갔다.

"아, 요놈 좀 봐. 고추자지루 오줌을 갈기네."

산파와 함께 탯줄을 끊고 어린애를 씻기고 임독이 있을까 보아 일변 약물로 눈에 소독을 해주느라고 두 손 버무리를 하던 허 의사의 말을 듣자, 인숙의 입에는 다시금 만족의 웃음이 떠돌았다.

봉희는 인숙이가 "무어요?" 하고 물은 말을 못 들은 것은 아니건만 생후 처음으로 해산하는 것을 보아, 인숙이가 어찌나 몹시 신고를 하는지 차마 볼 수가 없는데다가 천신만고로 낳은 어린애가 처음에는 새파랗게 질려서 울지를 않는 것을 보고 산파가 핏덩이를 거꾸로 쳐들고 두드리는 바람에 어떻게 겁이 나고 놀랐는지 그만 혼이 빠져서 온몸을 덜덜 떨고 있었기 때문에 얼핏 대답이 안 나왔던 것이다.

"이거 보오. 내가 뭐랍디까? 옥동자를 낳는댔지? 오늘 저녁에라두 일어나서 한턱을 내우."

하고 허 의사는 큰 짐을 벗은 것처럼 손에 수건질을 하며 거뜬거뜬한 걸음걸이로 산실을 나간다. 조금 고개를 돌리며 그의 뒤를 따르는 인숙의 정기 없는 눈은 말없는 가운데 무한한 감사와 미안한 마음에 빛났다.

"아기가 일찍 나와서 그런지, 보통 아기보다는 작고 좀 약해 뵈긴 해두요, 젖살만 오르면 염려 없겠어요. 여간 똑똑하게 생기질 않았는데요"

하고 산파 역시 어려운 직책을 다한 듯 매우 유쾌한 기분으로 산모에게 안심을 시키려 여러 가지로 주의사항을 친절히 일러주고 후산까지 무사히 시켜주었다.

인숙은 산파의 손을 잡으며

"너무 애를 쓰셔서…."

하고 진심으로 고마운 뜻을 표하였다.

봉희는 아직도 인숙의 한편 쪽 손을 쥐고 머리맡에 앉아서 새로이 출생한 어린것의 장래를 정성껏 축복해 주었다. 입 속으로 마음속으로

"이 가엾은 조그만 생명에게 건강을 주옵시고 귀엽고 씩씩하게 자라서 우리 조선의 꽃이 되고 별이 되게 하여 줍소사."

하고 기도를 올렸다. 종교를 믿지 않는 봉희로서는 마음속에서 저절로 우러나는 경건하고 애틋한 발원으로 기도를 올리는 기분이 움직여보기는, 달밤에 철창 속의 세철을 위해서 빌던 때와 이번뿐이었다. 이번에는 무어라고 표현할 수 없는 신비감(神祕感)까지 느꼈다.

"작은아씨! 밤을 새서."

인숙은 머리맡을 더듬어 봉희의 손을 꼭 쥐고 피곤과 겹남으로 눈이 매달려 쌍꺼풀이 진 봉희를 쳐다본다.

"새언니, 인젠 아무 걱정두 하지 마우. 조 어린애만 잘 자라면 무슨 걱정이 있겠우."

하고 봉희는 아픔을 견디지 못해서 들비빈 인숙의 머리를 쓰다듬어 올린다.

산파와 간호부까지 밖으로 나가서 방 안은 쥐 죽은 듯이 고요해졌다. 인숙의 곁에 눕힌 조그만 생명의 실낱 같은 숨소리가 들릴 만큼이나 온 누리는 깊은 적막에 잠겼다.

인숙은 간신히 어린애 편으로 몸을 돌리며 하얀 융 포대기를 들추어 보았다. 새까만 머리털을 쓴 조그만 핏덩이! 온 세계를 주고도 얻을 수 없는 다만 한 점인 저의 혈육! 인숙의 가슴속에는 일만 가지 감회가 용솟음 쳤다.

인숙은 형용만 생긴 어린것의 손을 가만히 만져 보았다. 곱게 내려감은 두 눈을 검사하듯 조심스럽게 떠들어 보았다. 임독이 전염되어서 두 눈이 뽀얗게 먼 어린애의 환영이 지긋지긋이 주야로 눈앞을 어른거리던 생각을 하고 '혹시나' 하는 마음을 졸이며 살그머니 떠들어 본 것이다.

어린애는 눈을 떴다. 제법 저의 어머니를 알아나 보는 듯이 두 눈을 또랑또랑이 뜨지 않는가.

"아, 애가 눈을 떴구려!"

인숙은 어린것이 눈을 뜬 것이 도리어 기적인 것처럼 봉희를 보고 부르짖었다.

이윽고 휘장을 늘인 유리창이 부유스름하게 겨울날 새벽빛에 물이 들었다. 간간이 불어오는 바람이 창밖에 앙상한 삭정이를 흔드는 소리가 들릴 뿐 더할 수 없이 피로한 산부는 안심과 만족감에 싸이어 깊이 모를 잠 속에 빠졌다.

🙂 256회, 1934.12.26.

⑦ 이튿날 저녁때에야 뚝섬집이 잠깐 다녀간 뒤에 뒤미처 봉희가 왔다. 미리 짜 두었던지 골무보다 조금 큼직한 하얀 털버선 한 켤레와 미역국을 진하게 끓여서 양재기 그릇에 담아가지고 왔다. 인제는 산파도 가고 의사나 간호부도 다른 환자를 보기에 분주한데 산모를 혼자 내버려두면 허수할 듯싶어서 하루 한 번이라도 와 있어 주려는 것이다.

모자가 다 산후의 경과가 좋아서 인숙은

"그걸 어떻게 손수 들고 왔우?"

하고 미역국을 밥도 안 말고 거의 한 사발이나 맛있게 마셨다. 병원에서 끓여주는 멀건 미역국은 입맛이 당기지를 않았던 것이다.

봉희는 잠이 깨어서 눈을 반쯤 뜬 조카를 들여다보고

"아—나 쩟구 쩟구."

하고 백날이나 지낸 큰 애처럼 얼러주다가

"참 젖 먹였우?"

하고 물었다.

"배가 고픈지 자꾸만 우는데 만 스물네 시간이 지나거든 먹이라는구려."

"젖은 잘 나우?"

"귀웅젖이 돼서 호두껍질을 대구 별짓을 다했었지만 젖꼭지가 작아서 아마 고생을 할까 봐. 억지로 짜면 조금씩 나오긴 해두…."

그러자 봉희는 어린애 곁에 뭉쳐 놓은 기저귀를 들고

'누가 빨아줄 사람이 있어야지.'

하고 아래층 수도간으로 내려갔다. 기저귀를 펴보자 봉희는 깜짝 놀라 두 눈이 휘둥그레 가지고 원장실로 뛰어들어갔다.

"선생님! 이것 좀 보세요. 어린애가 고약 같은 새까만 똥을 누었어요."

하고 어린애의 오장이 썩기나 한 듯이 호들갑을 떤다.

환자를 진찰하던 허 의사는 청진기를 귀에서 떼고 안경 밖으로 기저귀를 펴 보이는 봉희의 손을 훑어보더니

"아 저거 큰일 났군."

하고 입을 커다랗게 벌리어 놀라는 체하더니

"단단히 견습을 해두. 배내똥이란 으레 그렇게 누는 법이라우."

하고 허리를 잡으며 깔깔깔 웃는다. 봉희는 무안이나 당한 것처럼 두 말

못하고 기저귀를 빨아가지고 올라가서 인숙에게는 그런 말도 못하였다.

인숙은 봉희가 곁에 있어서 든든한 듯이 한 반 시간 동안 잠이 들었다가 무엇에 놀란 듯 눈을 떴다.

"작은아씨!"

"왜 그러우? 좀 잤우?"

"기운은 아주 폭 지쳤는데 당최 잠이 깊이 안 드는구려."

"그래서 어떻게 하우 최면제를 얻어 오리까?"

"아—니 조것 때문에 걱정이 돼서…."

"왜? 새근새근 잠만 잘 자는데."

"이름을 짓고 출생신고도 해야 하지 않겠우?"

"그게 그렇게 급하우? 어느새 별걱정을 다 하는구려."

"어째 걱정이 안 된단 말요? 아버지도 없는 자식을 만들 생각을 하니까…."

인숙의 목소리는 콧소리로 변했다.

"왜 새언니가 혼자 기른다구 결심을 하지 않었우?"

"그래두 낳구 보니 조것이 자라서 사생자 소리를 들을 생각을 하면…."

하고 인숙은 어린것의 장래가 걱정이 되어서 어쩔 줄을 모른다.

해산한 뒤가 돼서 매우 심약해진 탓도 있거니와, 딸도 아닌 아들을 떡 낳아 놓고 보니 전후의 생각이 달라지고 단단하던 결심이 웬만큼 풀어진 것도 사실이다.

봉희 역시 지금 같아서는 출생신고도 못하고 민적에도 오르지 못하게 되는 조카의 암담한 장래를 생각해 보니 참 정말 딱하였다.

"새언니, 그렇게 걱정 마우. 오늘이래두 오빠를 붙들구서 내가 대신 마지막 담판을 해 볼 테요!"

하고 일어섰다. 이번에는 인숙도 잠자코 한숨만 쉬며 말리지를 않았다.

😊 257회, 1934.12.27.

⑧ 그 이튿날 저녁 때 봉희는 발이 내키지 않는 것을 오라비가 따로 나간 집을 찾아 동대문 밖으로 나갔다. 어려서부터 친형제보다도 더 가까이 지냈을 뿐 아니라, 이 세상에서 저와 통사정을 하는 다만 한 사람인 여자를 위하여 의분을 느낀 봉희는

'오라비고 무엇이고 아주 단판씨름을 하리라.'

하고 잔뜩 벼르고 갔건만 봉환이가 쓰는 사랑채는 덧문이 첩첩이 닫혔다.

행랑방 같은 뜰아랫방에서 오라비가 부리는 듯한 식모가

"누굴 찾으시우?"

하고 내다본다. 그 여편네에게 들어본즉 봉환은 엊저녁에 찾아온 여자 손님하고 같이 나가서 그저 안 들어왔다고 한다. 그밖에는 더 말을 하지 않으려는 것을

"그 분이 우리 오빠라우."

하고 봉희는 식모를 슬슬 구슬려 가며 근자의 오라비의 행동을 자세히 캐어물었다.

"내가 이런 말전주를 한 줄 아시면 이 심동에 쫓겨납니다."

하면서 얻어먹지를 못해 그런지 얼굴이 누렇게 들뜬 어멈이 혼자 갇혀 있어서 입에서 군내가 나도록 말을 하고 싶던 차에 두서없이 지껄이는 말을 종합해 보면, 강보배가 거의 저녁마다 찾아오는 모양이다. 어느 날

은 봉환을 붙들고 늘어져서 울고불고 하는 것을 손이 발이 되도록 빌어
보내기도 하고 공일 같은 날은 대낮에 덧문을 닫고 둘이 드러누웠다가
가기도 한다는데 일전에는 비녀, 빗치개며 가락지와 조바위 장식까지 온
통 금두껍을 한 그 여자의 어머닌 듯한 마누라가 자동차를 타구 와서

"민적에 또렷이 본처가 있던데 입때 우리를 속이구서 그래 무남독녀
내 딸을 첩을 만들 배짱이냐?"

고 땅땅 을러메고 사뭇 몸부림을 치는 서슬에 주인은

"그저 한 달만 더 참어 줍시사."

고 설설 기더라는 것이다.

봉희는 더 물어볼 필요가 없어서, 말을 해놓고 주워 담지를 못해 자꾸
만 뒤를 다지는 식모더러

"걱정 말우. 내가 댕겨 갔단 말을 해두 큰일 나우."

하고 이르고는 그 집을 나와 버렸다.

라디오상회로 와서 학교로 전화를 걸어보니 숙직하는 선생인 듯한 목
소리가

"윤 선생은 오늘 시간이 없어서 안 들어왔습니다."

고 한다.

"그럼 강보배 선생님은요?"

하고 물으니

"강 선생님은 감기가 드셔서 결석을 하였습니다."

고 하면서

"당신은 누구시요?"

하고 묻는데, 봉희는 전화를 탁 끊어 버렸다.

사실 두 선생이 그 전날 서울서 가까운 온천으로 가서 연애병을 치료하는 중인 것을 학교에서 알 리가 없었다.

봉회는 병원으로 가서

"오빠는 사생(寫生)을 하러 나갔는지 없습디다."

하고 간단히 못 만나고 왔다는 말만 하였다. 그 집의 식모에게 들은 말을 가뜩이나 뇌심하는 산모에게다 차마 옮길 수가 없었던 것이다.

봉희는 그 뒤에 며칠을 두고 학교로 전화를 걸어보고 또 찾아도 다녔건만, 오라비는 어디로 쏘다니는지 요리 삐끗 조리 삐끗하고 만날 수가 없었다.

그러다가 한 이레 되는 날 인숙은 퇴원을 하였다. 허 의사는 더 있으라고 붙잡는 것을

"너무나 염치없이 신세를 져서 고만 나가겠어요. 선생님은 저를 두 번째 살려주신 은인이십니다. 제가 죽기 전엔⋯."

하고 눈물을 흘리며 어린것을 폭 싸안고 인력거를 탔다.

마침 경직이가 저를 위해 올라온 것은 아니나, 겸사겸사 다니러 올라와서 산파와 간호부에게는 약소하나마 선물을 보내 주었다. 그래서 산모는 얼굴을 들고 퇴원을 할 수 있었다.

누이의 가엾은 정상을 제 눈으로 보고, 봉희밖에 시집 편에서는 남편은커녕 어리친 개미 한 마리도 들여다보지 않았다는 말을 뚝섬집에게 들은 경직은,

"천하에 그럴 법이 어디 있단 말이냐."

고 주먹으로 방바닥을 치며 펄펄 뛰었다. 경직은 오래 금전판으로 돌아다녀 성미가 거칠 대로 거칠어졌거니와, 친누이가 아니라, 남의 일이라도

분개하지 않을 수가 없었던 것이다.

"봉환이란 놈을 가만 둘 줄 아니? 이번엔 요절을 내구 내려갈 테다."

하고 경직은 주먹을 떨며 매부를 별렀다.

😊 258회, 1934.12.28.

⑨ 경직은 학교로 전화를 걸었다.

"누구요?"

하는 것은 분명히 봉환의 목소린 데도 이경직이란 사람이 누구인 줄을 몰라서 두 번 세 번

"누구요? 이 뭐요?"

하고 재쳐 묻는다. 이경직이란 이름은 봉환의 기억에서 완전히 사라진 모양이다.

"나 경직일세. 자네 처남이야."

하고 저와의 관계까지 대니까 그때야 짐작이 난 듯 머뭇거리다가 비로소

"무슨 일이요?"

하고 수인사도 안하고 첫번에 요건부터 묻는다.

경직이가 시급히 의논할 일이 있으니 만나달라는 말을 하니까

"오늘은 시간이 없는데, 다음날 만날 수 있으면 만나지요"

하는 막연하게 비쌔는 것이 봉환의 대답이다. 그나마 이편에서는 말이 채 끝나기도 전에 매몰스럽게 전화를 똑 끊어 버렸다.

더욱 분개한 경직은 저녁때까지 ××여학교 문간에 가 딱 지키고 섰다가 학생들 틈에 섞여 나오는 봉환을 꼭 붙잡았다.

"시간이 없다던 사람이 일찍 나오네그려? 나허구 같이 좀 가세."

하고 못 가겠다는 핑계를 할 여유도 주지 않고 여차직하면 매부의 멱살이라도 바짝 추켜들 형세를 보이며 근처의 청요릿집으로 끌고 들어갔다. 봉환은 경직의 서슬이 시퍼런 데 위압을 느끼기도 하였거니와 학생들이 보는데 길에서 창피한 끝을 당할까 보아 겁이 나서 꼼짝 못하고 붙잡혀 들어왔다.

경직은 배갈과 안주 한 접시를 시킨 뒤에

"남매간에 너무나 격조했던 인사는 피차에 다 집어치우세. 허나, 그동안 자네가 득남을 한 줄이나 아나?"

어둔 밤에 홍두깨 내밀듯 불쑥 급한 말부터 심문하기를 시작한다. 봉환의 샐쭉한 눈꼬리는 동그래졌다.

"득남을 하다니?"

"아—니, 아비 되는 사람이 제가 첫아들을 난 지두 모르구 있단 말인가?"

"누가 첫아들을 낳았단 말요?"

봉환은 시꺼먼 수염이 왈살스럽게 뻗친 경직의 얼굴을 빤히 쳐다본다.

"아 내 누이가 순산을 해서 벌써 한 이레가 지냈네. 그걸 알지두 못하다니 사람이 어찌 그리 무책임한가?"

봉환은 칠피 구두 끝을 달달달 까불면서 경직은 감히 쳐다보지도 못하다가

"벌써 따루 지낸 지가 언젠데… 아이를 낳다니 난 모르는 일이요"

이 말 한마디가 떨어지기가 무섭게

"무엇이 어째? 그럼 내 누이가 어떤 놈하고 음행을 했단 말인가?"

경직은 펄쩍 뛰며 불을 뿜는 듯한 눈으로 봉환을 쏘아 본다. 그때에

보이가 술과 안주를 날랐다. 경직은 차 컵에다가 배갈 병을 거꾸로 기울여 단숨에 들이키고는

"그래 그게 어떡하는 말인가?"

하고 걸상을 들고 부적부적 다가앉으며 문초를 하는 바람에 봉환은 이번에도 겁이 슬그머니 나서

"글쎄…."

하고 어름어름한다.

"글쎄라니, 그런 모호한 대답이 어디 있나? 그래 내 누이한테 못된 병까지 옮겨주어서 그만큼이나 고생을 시키구두 모른 체했거든, 자네가 사람의 껍질을 썼으면야 인제 와서 난 모른다는 말이 터진 입으로 나온단 말인가?"

인제부터는 사뭇 추상 같은 호령이 내린다.

"도대체 자네가 누구를 업신여기구 무슨 까닭으로 내 누이를 쫓아 버리구선 자식을 낳아두 모른 체하는 겐가? 내 누이가 자네 집에 얼굴을 쳐들지 못할 작죄를 했더란 말인가? 말해보게. 시원하게 말이나 해봐."

하고 경직은 식탁을 주먹으로 쳤다. 쾅—하는 소리와 함께 배갈 병이 굴러 떨어져 우지끈하고 깨어졌다.

봉환은 원체 사납게 덤비는 경직이가 독한 술기운까지 빌어가지고 육박을 하니까 머리 위에 벼락 불똥이나 떨어질까 보아 얼굴만 샛노래가지고 고양이 앞의 쥐처럼 숨도 크게 쉬지를 못한다. 경직은 걸상을 걷어차고 벌떡 일어서며

"나두 조강지처를 버린 놈이다만, 네 따위 인정 없구 염치 빠진 놈은 금시초견이다."

하고 모자를 떼어 쓰더니

"내 집으루 가자! 아산이 무너지나 평택이 깨어지나 내 누이 앞에서 단판씨름을 하자!"

하고 씨근거리며 봉환의 팔을 움켜잡아 일으켜 세웠다.

259회, 1934.12.29.

⑩ 유도가 종시 시원치 못해서 펌프 같은 기계로 덜 곪긴 종처를 짜듯 참을 수 없이 아프도록 젖꼭지를 빨아대도 어린애는 조그만 입으로 물지를 못하고 몹시 보채었다. 하는 수 없이 암죽이나 가루우유를 타서 고무줄이 달린 젖꼭지를 빨리느라고 인숙은 무진 애를 썼다.

낳은 지 얼마 되지 않아서부터 인숙은 어린것에게 절망고를 해서 오라비나 봉희가 아기의 아비를 찾으러 다니는 줄도 잊어버린 듯.

그래도 젖이 좀 순순히 나올 때에는 그만큼 기쁜 일이 없다. 저의 젖가슴에 안겨 조그만 입을 홰홰 내두르다가 젖꼭지를 찾아 물고 오물거리는 것을 내려다보면

'요 조그만 게 어떻게 젖은 빨 줄 알까? 뱃속에서부터 누가 가르쳐 주었을까.'

하고 여간 신기하지가 않아서 처음으로 우주의 신비를 느끼는 듯 털복숭아 같은 뺨에 입을 맞추어 주기도 여러 번 하였다. 어린것이 울음을 그치고 고이고이 잠이 드는 순간만은 온 세상의 행복을 독차지한 것처럼, 인숙은 일만 가지 시름을 잊었다.

그 날도 경직이가 출입을 한 줄은 알았지만

'설마 남편에게 쫓아가기야 했으랴.'

하고 어린애를 안고 창 앞에 앉아서 입 속으로만 자장노래를 부르는데 대문소리가 삐걱하고 나더니

"얘, 네 남편 왔다."

하고 건넌방으로 대고 하는 오라비의 커다란 목소리가 들렸다. 인숙은 안고 있던 어린애를 떨어뜨릴 뻔하도록 가슴이 덜컥 내려앉았다.

봉환은 끌려오면서도 몇 번이나

"다음 날 가겠소"

고 앙탈을 하는 것을

"안 돼. 좋도록 말할 때 가야지. 내가 녹록히 자네를 놓칠 듯싶은가."

하고 경직은 지나가는 택시를 불러 도망가는 범인을 검거하듯 봉환을 태워가지고 와서는 앞뒤잡이를 시키다시피 하고 들어온 것이다.

"저 방일세. 들어가게."

경직은 봉환이가 구두도 벗기 전에 건넌방 문을 펄썩 열어 제치며 슬그머니 등을 떠다밀었다. 그러고는

"술상 좀 봐 와."

하고 뚝섬집에게 명령을 한 후, 안방으로 들어갔다. 봉환이가 따라오지를 않을까 보아 일부러 죽일 놈 잡도리를 해서 꺼둘러 가지고 오기는 했지만, 하여간 매부 대접을 너무 상없이 한 것 같았다. 그래서 건넌방의 담판이 원만히 진행이 되면, 술이나 한잔씩 나누며 풀어 주어 보낼 생각이다.

봉환이가 얼굴도 쳐들지 못하고 들어서는 것을 보자, 인숙은 어린애를 안고 일어섰다. 그것도 시집가던 날부터 남편 앞에 기거를 하던 버릇으로 부지중에 일어서기는 했으나, 두 다리는 몸을 지탱할 수가 없을 만큼

치마 속에서 사시나무 떨리듯 해서, 윗목에 가 반쯤 돌아앉았다.

봉환은 곁눈으로 인숙의 모자를 흘깃 보고는 매캐—한 젖 냄새와 기저귀를 널어놓은 데서 풍기는 시크무레한 냄새가 불쾌한 듯이 어둑어둑해가는 방바닥만 내려다보고 섰다. 그러나 인숙은

"앉으세요"

하는 말이 나오지를 않았다.

"이 애를 좀 보아 주세요"

하는 말은 더군다나 나오지를 않았다.

지척에 앉아서도 피차에 얼굴을 들지 못하는 남편과 아내! 두 사람 사이에는 한류(寒流)와 같은 찬바람이 가로 흐를 뿐.

부자가 처음 대면을 하게 되는 자리도 이다지 빡빡한 경우는 여간해 드물 것이다.

그러나 남편이란 사람이 처남에게 붙잡혀 온 경과를 모르는 인숙은

'어쨌든 자기 발로 찾아까지 온 사람을…'

하고 뼈에 사무치도록 야속하고 치가 떨리도록 분하던 생각이, 일시에 폭발이 되려는 것을, 입술을 깨물면서 참았다. 말도 못하고 바지랑대처럼 뻣뻣이 서 있는 것을 보니 방주인으로서 미안한 생각도 들어서

"앉으시지요."

하고 떨어지지 않는 입을 열었다.

봉환은 들은 체도 안하고 또 한참이나 잠자코 섰다가 기다란 외투자락에 바람을 풍기며 펄썩 주저앉았다.

⑪ 원수끼리 외나무다리에서 마주친 것이 아닌 다음에야 "앉으라"는 말까지 먼저 하는데 웬만한 남자 같으면

"얼마나 어려웠소?"

한마디쯤은 회답을 해주고 나서 볼 일이겠으나, 봉환은 꿀 먹은 벙어리가 되어 앉았다. 경직에게 강제로 끌려온 것이 누이가 시킨 줄로만 오해를 하고 독살이 꼭뒤까지 오른 데다가, 아직도 기연가미연가하면서도 인숙이가 장발이와 부정한 관계가 있어 그 죄악의 씨를 낳은 줄로 짐작을 하는 터이라, 어린애를 들여다볼 생각은커녕 인숙의 얼굴초차 마주보기가 싫은 눈치다.

하루바삐 이혼문제를 제출할 결심을 하고 그 기회를 노리고 있던 터인데 기왕 단 둘이 만나게 된 기회에 아귀를 짓고 일어서고 싶은 생각이 없지도 않다. 그러나 그런 말을 꺼내어 선불을 질렀다가는 인숙이가 증거를 대라고 한사코 덤벼들 것도 두렵거니와 말이 옥신각신하다가 언성이 높아지고만 보면 경직이가 범같이 달려와서 버들가지처럼 잔약한 저 하나쯤은 뼈도 추리지 못할 만큼 졸경을 치를까 보아, 여간 무섭지가 않았던 것이다. 그래서 어떻게든지 그 자리를 무사히 모면하고 빠져나갈 궁리만 하고 앉았다.

인숙이 역시 봉환에게 먼저 사죄를 받을지언정, 제가 먼저 다른 말을 꺼내기가 싫었다. 아무리 마음을 가라앉히려고 무진 애를 써도 말 대신에 눈물이 먼저 쏟아지려는 것을 죽기 기를 쓰고 참았다. 봉환에게 눈물을 보이기도 창피하기 때문이다. 두 사람 사이에는 끝까지 더할 수 없이 불쾌한 침묵이 흐르는데, 경직이가 손수 술상을 들고 들어왔다.

"허 이거 오래간만에 만났는데 왜 입들을 봉하구 있나? 내외간에두 이

렇게 만나면 데면데면해지는 법이니."

하고 농치는 것이 조금 전과는 딴판이다. 풍상도 많이 치렀거니와, 산전 수전 다 겪은 경직은 제 성미를 흠씬 녹여가지고 누이 내외 사이에 말을 붙여주려고 얼렁뚱땅하는 것이다.

"자, 날두 춥구한데 한잔 들게."

하고 따라

"싫소, 싫어요"

하고 짜증을 내는 봉환에게 억지로 한잔을 권하였다.

"아따, 이 사람아, 어린 거나 좀 들여다보구, 너무 모른 체해서 미안하다는 말이나 한마디 하게그려."

하고 경직은 제 손으로 술을 연거푸 따라 마시며

"아닌 게 아니라 오래간만에 만나니까 열적기두 하리. 허나, 사내대장부가 소견 좁은 여자를 먼저 풀어줘야 하느니. 내 누이는 워낙 성미가 좀 너그럽지가 못해서…."

하고 연방 구슬려도 봉환은 대답이 없다. 인숙이도 여전히 반쯤 돌아앉은 채 오라비가 피우는 담배연기가 어린애에게 미칠까 보아 손끝으로 날려줄 뿐.

"여보게 자네 어떡하려나? 입두 안 벌렸는데 천정에서 떡덩이가 떨어진 격으로 힘 안들이고 첫아들을 떡 낳았으니, 그래두 아비 되는 사람이 이름두 지어주구 출생신고두 해서 장자를 삼어야 하지 않겠나? 인젠 자네두 직업이 생겼으니 차차 데려다가 셋방살림이래두 시작할 배포를 차려야 않겠나?"

하고 타이르듯 해도 봉환은 쓰다 달다 말이 없는 것을 보고

"허, 이거 온 내 매부가 말 못하는 병신인 줄은 몰랐네그려. 자네 첫날 저녁에 병풍을 쥐어뜯으면서 울던 생각은 나나?"

하고 일부러 웃음엣말까지 꺼내도, 눈살을 펴지 않으니까

"내가 아까 너무 심하게 말을 하구 데리구 와서 그 감정이 그저 풀리지 않은 모양일세그려? 하지만 순순히 말을 했다면 자네가 여길 왔겠나?"

하고 사과 비슷이 하고는

"자네가 다른 여자한테 맘이 쏠려서 내외간에 불화하게 지낸 것 같지만, 잠시 오입하는 것쯤이야 누가 말리겠나. 용혹무괴지. 허나 열 계집 버리는 법 없다구 저 애의 정경두 생각하는 것이 남편의 도리요, 인제 와서는 아비 되는 사람의 의무가 아니겠나?"

하고 첩 하나 쯤이야 두더라도 본처만은 잊지 말라고 타협안까지 제출을 하였다. 인숙은

"난 그까진 대우는 받기 싫어요!"

하고 오라비의 말에 불복을 하려다가 꿀꺽 참았다. 화석(化石)이 된 듯이 앉았던 봉환은

"골치가 몹시 아파서 고만 가야겠소 나두 생각한 게 있으니까 일간 다시 이야기를 할 테니…."

하고 그제야 마지못해 한마디를 하고 일어선다.

😊 261회, 1934.12.31.

12 "또 누구를 속이려구. 오긴 언제 와."

하고 인숙은 봉환의 외투 자락이라도 붙잡고 이번 기회를 놓치지 않으려

고 하였다. 그러나 오라비가 가만 내버려 두라고 눈짓을 하고

"그럼 그러게. 맘 내키는 때 다시 와서 화평한 낯으로 얘기를 할 줄 믿겠네."

하고 선선히 봉환을 놓아 주는 바람에

"나두 생각한 게 있으니 오든 말든 하려무나."

하고 인숙은 꼬리나 붙잡힐 듯이 빠져나가는 봉환의 뒷모양을 잠자코 내어다만 보았다.

경직은 대문간까지 전송을 하고 들어와서

"속이 밴댕이처럼 좁은 사람이 골이 꼭두까지 오른 걸 억지루 붙잡는다구 얘기를 하겠니? 훨씬 늦춰 두면 제풀에 올 때가 있느니라."

하고 안방으로 들어가 버린다. 인숙은

'오빠두 뒤가 어지간히 무르군.'

하면서도 앞으로 하는 꼴이나 내버려두고 보리라 하였다.

"넌 나하구 살자, 응? 엄마하구만 살지? 응?"

하고 어미의 얼굴을 빤히 쳐다보는 듯한 어린것을 들여다보며 얼러주었다. 천상천하에 다만 하나밖에 없는 장중의 보옥을 누가 빼앗으러 왔다가 가기나 한 듯, 어린것이 제 곁에 누운 것만 태산같이 든든해서, 뒤설레는 가슴속의 폭풍우를 가라앉힐 수가 있었다. 이틀이 지난 뒤에 경직은 광산 사무소에서 온 급한 전보를 받고 내려갔다. 광구(鑛區)다툼으로 사철 재판질이 그칠 때가 없어서 양력 연말이 되었건만 집에서 편히 쉴 수가 없었다.

그 뒤로 한 일주일 동안은 봉환에게서는커녕 봉희의 소식조차 없었다.

'작은아씨는 궁금해서도 와줄 텐데 혹시 앓지나 않나?'

하고 찾아가 보려하나, 젖이 부실해서 그런지 밤낮으로 울고 보채는 어린것을 잠시도 떼쳐 놓고 나설 수가 없었다.

또 안 나오는 젖을 억지로 짜먹이느라고 유종이 난 것처럼 두 젖꼭지가 부릍고 저고리 안섶에 스치기만 해도 깜짝깜짝 놀랄 만큼이나 아파서 일어섰다 앉았다 하는 데도 고통이 심하였다.

봉희는, 방학 중이라 틈이 없거나 궁금하지가 않아서 인숙을 찾아가지 못하는 것이 아니었다. 나날이 반반해 가는 조카가 보고 싶기도 하건만 오라비는 그동안 강보배에게서 최후의 통첩인 듯한 편지를 받고는 술이 엉망으로 취해가지고 궁으로 들어가서 인숙의 나머지 세간을 온통 부수고

"이혼을 못하면 난 죽는다."

고 콩 튀듯 하며 날뛰다가 부모에게 대들어 사뭇 욕설까지 하고는 머리를 싸매고 누운 채 그저 일어나지를 않는다는 소문을 들었기 때문이었다. 인숙에게 가서는 그런 말까지 전하지 않을 수가 없고 산후에 조섭도 잘 못하고 있는 애어머니의 귀에 그런 말이 들어가고만 보면, 속만 뒤집어줄 것 같아서 당분간 두 편의 형세만 바라보고 있으려고, 행랑계집애를 시켜 염탐만 하고 있었다. 인숙을 여간 동정하지 않는 세철도,

"그까짓 자식은 진작 죽어 버려야 해. 인숙 씨가 참 정말 가엾긴 하지만 그런 문제는 다 시간이 해결할 테니, 인숙 씨한테두 자주 가서 이런 말 저런 말 들려주지를 마우. 아직 가만 내버려두구 보기만 하구려. 어떻게든지 될 대로 될 터이니…"

하고 봉희를 삼청동에 자주 다니지 못하게 하였다.

그러자 또 며칠이 지난 뒤였다. 아침나절에 수채에서 어린애 기저귀를

빨고 있는 인숙에게 속달우편으로 편지 한 장이 배달되었다. 뒷장에 쓰인 '윤봉환' 석 자는 분명히 낯익은 글씨다. 인숙은 행주치마에 손을 씻고 편지를 뜯었다.

그날 내가 경직에게 모욕을 당한 것은 말할 것도 없거니와, 그 어린애는 나의 자식으로 인정할 수가 없소 동시에 나는 모든 책임과 아비의 의무를 질 수 없을 뿐 아니라 우리들의 부부관계도 청산할 각오를 하고 기다려 주기 바라오.

262회, 1935.01.01.

이혼

 ① 인숙은 방으로 들어와서 넉 줄밖에 안 되는 편지 사연을 두 번 세
번 읽어 보았다.

 "인제 와서 이따위 소리를….."

하고 혼자 부르짖고는 편지를 방바닥에 내어던졌다. 될 수 있는 대로 흥
분하지 않으려 하며

 "제 자식으로 인정할 수가 없다구?"

 "부부관계까지 청산을 할 각오를 하라구?"

하고 입 속으로 뇌까리다가

 "흥, 마음대로 해보라지."

하고 천정을 쳐다보았다. 강보밴가 하는 계집과 살지를 못해서 핑계 댈
게 없으니까 멀쩡한 저의 씨를 남의 자식이니 책임을 질 수가 없다고 하
는 심사가 오뉴월 장마 통에 썩어 문드러진 생선 배 바닥 같아서, 인숙은
그 편지에 침을 탁 뱉고 싶었다.

 그나마 다른 이유를 붙인다면 모르거니와, 저를 모함하는 것은 둘째요,
세상 밖에 나온 지 얼마 안 되는 조그만 생명에게까지 누명을 씌워가지

고 이혼을 하자는 심보가 어쩌나 비열한지 더러운 것을 보고 꾸짖는 것 같아서 분개할 가치도 없을 것 같다.

　그러나 인숙은 아직까지도 봉환이가 참 정말 어린것을 장발의 자식으로 인정하고 제 자식이 아니라는 줄은 꿈에도 모른다. 다만 핑계거리를 생각다 못해서 그따위 억지의 수작까지 붙이는 것이거니 할 뿐이다.

　'어디 얼마나 몸이 달아서 애를 쓰나 두구 보자.'

하고 인숙은 치지도외를 하려고 들었다.

　'날더러 이혼할 각오를 하고 기다리라고? 누가 오래 기다리나 두구 볼걸.'

하고는 편지는 받은 체도 안 하고 있었다. 실상 그 편지의 내용이 답장을 할 성질의 것도 아니었던 것이다.

　그날 저녁에 인숙은 어린애의 이름을 지었다. 어떠한 경우와 부딪치든지 저의 혈족 하나만은 놓치지 않고 제 손으로 기르려는 결심을 더욱 단단히 하였던 것이다.

　처음에는 제가 '직'자 돌림이니까 그 아랫대의 항렬자로 이름을 지어줄까 하고 좋을 듯한 글자를 초저녁부터 입에 올려보다가

　'항렬은 찾아 뭘 하나.'

하고 또 다시 곰곰 생각해본 끝에 부르기 쉽고 쓰기 쉽게 일남(一男)이라고 지었다. 이 세상에 단지 하나밖에 없는 나의 아들이라는 뜻이다. 인숙은 무슨 보물이나 발견한 듯이

　"일남이? 일남이!"

하고 입 속으로 불러보다가 새근새근 잠이든 어린것의 손을 살그머니 잡으며

"애야, 인젠 네 이름이 일남이다. 일남아, 아—나, 일남아."
하고 얼러주다가

"이 담에 누가 네 성이 뭐냐구 그러거들랑 이(李)가라구 그래라 응? 넌 네 엄마가 혼자 길러주는 아들이지 응?"
하고 빰을 대고 비비며 장성할 때까지 일남이란 이름을 불러 주리라 하였다.

그 뒤로 봉환에게서는 아무 소식이 없었고 삼칠일이, 되던 날 오래간만에 봉희가 왔다. 가루우유 한 통과 조리꽃송이가피 한 통과 빨간 상모를 단 타래버선까지 제 손으로 만들어 가지고 왔다. 인숙은

"아이고 작은아씨, 궁금해 죽을 뻔 했는데 왜 그렇게 안 왔우? 난 요것 때문에 꼼짝도 못하는 줄 알면서."
하고 십 년만에나 만나는 듯이 반겼다.

"나두 어린애가 여간 보구 싶지가 않았지만 외무대신이 출장을 가고 없어서…"
하고 봉희는 마음에 없는 거짓말을 할 수밖에 없었다.

"벌써 저렇게 곧추 안우? 이리 좀 주."
하고 봉희는 조카를 받아서 얼러주다가

"아—니, 요 녀석 좀 보 콧부리하구 입모습이 영락없는 오빠로구려!"
하고 손가락으로 어린애의 코와 입을 꼭꼭 눌러보며 신통해 한다. 인숙은 쓸쓸히 웃으며

"그럼 누굴 닮었겠우. 그렇지만 머리통하고 얼굴 전형은 날 많이 닮었지? 그렇지 않우?"
하고 '일남'이라고 이름까지 지어 주었다는 말을 하고

"인젠 한 학기만 지나면 작은아씨가 선생님이 되는구려. 서울 안으로 취임이나 했으면!"

하고 다른 이야기를 주고받으며 앉았는데 대문간에서

"편지 받우. 이인숙이 있소?"

하는 소리에 봉희가 대신 나가서 도장을 찍어 달라는 편지를 받아가지고 들어왔다.

그것은 우표딱지가 여럿이 붙고 '내용증명'이란 붉은 도장이 찍힌 편지다. 뒤딱지를 보니 어느 변호사의 주소와 이름이 박혀 있다.

😊 263회, 1935.01.02.

② 내용증명의 내용인즉

이 편지를 받은 지 이주일 이내에, 귀하가 본인에게 사건을 위임한 윤봉환 씨와 협의상 이혼을 승낙하지 않는 경우에는 부득이 민법 제813조 제2호의 법규에 의하여 재판상 이혼청구소송을 제기할 터이오니 귀하의 신분과 명예와 또는 쌍방의 장래를 십분 고려하여 급속히 해결지으시기를 권고합니다. 만일 당사자 간에 협의하기에 거리끼는 사정이 있으면 당 변호사에게 회답하여 주시어도 원만히 처결하겠습니다.

라는 것이었다. 민법 제813조 제2호에는

아내가 간통을 한 경우인데, 해석하면 아내가 남편 이외의 남자와 관계한 사실이 있으면 강제로 당한 것이 아닌 이상, 단 한 번의 관계라도,

또는 상대자가 아내가 없는 독신자라 하더라도 그것을 이유로 남편은 이혼을 청구할 수 있다.

라는 조문이다.

"대체 이게 웬일이요?"

놀라는 사람이 어찌 이 봉희뿐이랴. 인숙은 붉은 정간에 복사지로 꼭꼭 박아 쓴 내용증명서를 한 자도 빼어 놓지 않고 들여다보다가

"내가 승낙을 안 해줄까 봐서 미리 위협을 하는 게지 뭐요"

하고는 이를 악물더니 내용증명을 박박 찢어서 조각조각 내어서는 방 한 구석에다 팽개쳤다. 이제 와서 인숙은 분한 것도 억울한 것도 아무것도 없고, 남은 것은 악밖에 없었다.

"전에두 이혼을 하자는 말을 비칩디까?"

봉희는 발갛게 익는 듯한 얼굴을 쳐들고 묻는다. 저의 친오라비의 행동 때문에 저까지 일종의 수치와 인숙에게 대한 더할 수 없이 미안한 생각에 얼굴이 들리지를 않았다.

"그런 말이래도 한마디나 하구서 이런 짓을 하면 그래도 사람대접을 하는 셈이게. 요전번에 와서도 말 한마디 못하구 가서는 다시 오겠다구 거짓말만 하더니…."

하고 봉환이 대신으로 찢어 던진 종이뭉치를 노려본다. 그리고는 한참이나 숨만 가쁘게 쉬고 앉았다가

"그런데 민법 8백 몇 조니 하는 건 도대체 뭐요? 혹시 작은아씨가 아우?"

하고 묻는다.

"내가 그런 걸 어떻게 아우. 변호사한테 물어보기 전에야."

사실 봉희가 그런 법률 조목은 보았을 리도 없고 들었을 리도 없다. 만약 그것이 간통한 경우에 해당한 조문인 줄을 인숙이가 알고 있었다면 당장에 큰일이 났을 것이다. 요행으로 인숙은 '남편에게 순종치 않는다' 거나 '시부모에게 불공하다'는 그런 따위 구실로도 이혼소송을 걸 수가 있나 보다 하고 막연히 생각할 뿐이었기 때문에, 그래도 그만큼이나 냉정한 태도를 계속할 수가 있었다. 봉희는

'기왕 일이 이렇게 벌어진 바에야 숨겨두는 것이 도리어 정의가 아니다.'

하고 비로소 동대문 밖에까지 나가서 식모에게 들은 이야기를 사실대로 토파하였다.

"난 벌써 그런 줄 알았우."

하고 인숙은 고개를 끄떡이다가 입을 꼭 다물어 버렸다.

한참만에야

"미안하지만 편지를 쓸 테니 오빠한테 전해줄 수 없겠우?"

하고 책상 앞에 돌아앉아 또 다시 한식경이나 머리를 짚고 생각을 해본 뒤에

거두절미하옵고 변호사의 이름으로 보내신 편지는 받았사오나, 하여간 일이 있든지 그런 중대한 문제를 당자인 나와는 일언반사의 의논도 없이 불시에 재판까지 하겠다는 것은 끝까지 사람을 무시하는 것입니다. 잘못이 누구에게 있든지 간에 이런 중사는 당사자 간에 협의한 후에 처결하는 것이 사리에 마땅할 줄 압니다. 이혼 운운은 처음 듣는 놀라운 말씀이

오나 그 이유를 소상 분명히 밝히지 않고는 어떠한 청구에도 응할 수 없을 뿐 아니라, 무어라고 회답을 할 수도 없습니다. 그러니 친히 오셔서 피차 상의한 후에 귀정을 짓기 전에는 내용증명쯤으로 위협을 당할 사람도 없는 줄이나 알아주시기 바랍니다.

264회, 1935.01.03.

③ 일주일이 지나고 열흘이 가까워도 어찌한 셈인지 봉환에게서는 답장이 오지를 않았다. 회답을 독촉할 성질의 편지는 아니건만, 인숙은 아침저녁 그 편지를 기다리고 봉환이가 쫓아오면 최후의 담판을 하려고 벼르다가 고만 병이 나고 말았다. 감기도 아니요, 몸살도 아닌데, 심화 때문에 생긴 울화병이라고 할까. 젖을 내기 위해서 억지로 먹는 음식도, 인제는 입맛이 뚝 떨어져서 수저를 들기가 싫고 입술이 바작바작 타들어가도록 머릿속이 메말라서 이틀 사흘씩 연거푸 눈을 붙이지를 못하였다.

'되는 대로 되려무나.'

하고는 마음을 눅이려고 애를 쓸수록 졸아붙는 등잔의 기름처럼 온몸의 진이 빠지는 듯 인숙의 고민은 깊어만 갔다.

일남이는 우유에 체했는지 감기기운이 있어서 그런지 밤이면 목이 쉬도록 울고 보채서 더한층 어머니의 애를 태웠다. 그러다가는 간신히 잠이 들면 어머니의 빡빡한 두 눈은 잠을 맡은 신(神)에게 사로잡힌 어린이의 얼굴을 언제까지나 지키면서 기나긴 겨울밤을 천 갈래 만 갈래로 흩어지는 생각 때문에 꼬박 밝혔다.

'요것이나 생겨나지를 않았더라면….'

하고 인숙은 몇 번이나 입 속으로 혼잣말을 하였다. 사실 절망의 깊은 연

못 속으로 빠져 들어가는 인숙의 생명의 줄을 붙잡고 있는 것은 일남의 조그마한 손이었다. 하루도 열두 번 자결이나 해서 모든 고민에서 해방되고 싶은 생각이 불현듯이 날 때마다 사랑의 결정인 어린것의 얼굴을 내려다보면서

"일남아, 나는 너 하나 때문에 죽을 수도 없구나. 너 하나 때문에 가엾고 불쌍한 너 하나를 길러 주기 위해서 내가 산다. 욕됨과 분한 것을 참아가며 죽기 기를 쓰고 살아야만 하겠다."

하고 불합리한 결혼제도의 희생을 당하고 방종한 남편에게 유린을 당한 몸으로 다시금 일점의 혈육을 위해서 세 번째 제 몸을 희생할 각오와 결심을 하는 것이 어머니로서의 신성한 의무로 생각이 되었다.

헛바늘이 돋아서 밥알이 모래 같은 것을 젖을 내기 위해서 억지로 떠넣으면 그것이 체하고 가슴에 얹혀서 무진 애를 쓰면서도

'복순이나 곁에 있었으면….'

하고 이혼 문제에 대해서 의논이나 해볼 사람이나 있었으면 하였다.

'사회상 격난도 많이 한 사람이니 허 의사나 찾아가 볼까.'

하다가도

'내 일을 내 손으로 해결을 못하고 남에게 하소연을 하러 다니는 것부터 수치스럽다.'

고 마음을 고쳐먹고 봉환이가 오면 저의 취할 태도와 대답할 말을 뱃멀미를 몹시 하고 난 것 같은 머릿속으로 궁리하면서 또 다시 이틀 사흘을 보냈다.

봉환이도 인숙의 편지를 받은 전날부터 병이 나서 누웠다.

강보배와 온천에서 며칠을 지낸 뒤에 실성이 되어서 쌍화탕을 먹을 병

이 걸린 데다가 강보배가

"늦어도 이 달 안으론 끝장을 내주지 않으면 난 이걸 삼키구 죽을 테예요."

하고 이름 모를 독약 병까지 내 흔들어 보이며 시위운동을 한 뒤부터는 죽자구나 하고 폭음을 하고 해질러 다녔다. 그러다가 친분 있는 변호사에게 미리 한턱을 단단히 내고 인숙에게 내용증명까지 발송하던 날부터 동대문 밖 집에 가 누워버렸다. 인숙의 편지는 받았지만, 뜻밖에 그 태도가 강경한데다가, 경직이가 그저 있을 줄만 알고 겁이 나서 갈래야 갈수도 없었던 것이다.

봉희는 오라버니에게 마지막 충고를 하려고 찾아갔었다. 그리고 봉환은 혼자 뒤집어쓰고 누워서 신열이 사십 도나 넘은 듯 누이도 못 알아보고 인사정신 없이 앓고 있었다. 식모더러 잘 간호를 하여 달라는 부탁을 하고 전찻길까지 나와서

'아무튼 의사나 한 번 데려다 보여야 할 텐데….'

하고 망설이고 섰는데 제가 타려는 전차에서 강보배가 내렸다. 그 여자의 손에 약병이 들린 것을 보고 봉희는 문 안으로 들어와 버렸다.

🙂 265회, 1935.01.05.

④ 일남은 약을 얻어먹은 뒤에야 신열이 내리고 기침도 덜하였다. 아기 어머니 역시 일어나지를 못하는 것을 보고, 뚝섬집이 허 의사에게를 다녀다 주었던 것이다.

밤에는 허 의사가 일부러 찾아와서 일남을 자세히 진찰해 보고

"이 애가 원체 기질이 좀 약한데다 폐렴 기운이 있으니 찬바람을 쏘였

다간 큰일 나우. 요새 돌림병 때문에 야단들인데 단단히 조심을 해요”
하고 주의를 시킨 뒤에 갓 해산을 하고 났을 때보다도 훨씬 여위고 혈색
이 없는 인숙을 보고는 모든 증세를 묻더니

　“이거 신경쇠약이로구려. 밤낮 걱정을 그렇게 몹시 하니 무슨 병인들
안 나겠소? 글쎄 나중 일은 운명에 맡기구서 턱 맘을 놓고 지내라니까.
신경계통의 병이란 약을 먹어서 낫기도 어려운 걸.”
하고 일어섰다.

　인숙은 무수히 고마운 인사를 한 후, 봉환에게서 내용증명이 왔다는
말을 하고 허 의사의 의견을 물어 보려다가

　‘이렇게 추운 밤에 일부러 와준 것만도 고마운데…,’
하고 그런 말을 꺼내서 바쁜 사람을 붙잡기가 미안한 생각이 들어 다음
날 조용히 의논을 하리라 하였다.

　허 의사가 다녀가서 안심이 된 데다가 약효가 있어 인숙이도 이틀 뒤
에는 머리를 들고 일어날 수가 있었다.

　봉희가 잠깐 다녀가서 봉환이가 대단히 앓는다는 소식을 듣고 저의 편
지대로 찾아오지 못할 줄을 알건만 밤이면 꿈자리가 어수선했다.

　학교에 다닐 때 단체 견학으로 방청을 갔던 재판소의 법정이 눈앞에
나타났다. 간부와 부동을 하고 나이 어린 남편의 밥에다가 양잿물을 타
서 먹이려다가 목적을 달치 못하고 전후 죄악이 탄로가 나서 법정에 서
게 된 푸른 옷을 입은 피고(被告)

　“직계존속을 모살하려는 죄는 사형이 마땅하지만 미수이므로 십오 년
징역에 처할 것이라.”
고 추상같이 논고를 하던 검사의 날카로운 눈과, 방청인들이 침도 삼키

지 못하도록 긴장을 시키던 그 짜랑짜랑한 목소리—— 그러다가

"아이고 하나님 맙소사."

하고 목소리를 지어서 꺼이— 꺼이— 울며 쓰러지는 것을 간수들이 달려
들어 용수를 씌워 가지고 끌고 나가던 그 뒷모양——인숙은 어렴풋한 꿈
속에서 제가 그 여죄수로 변해서 법정에 가 섰다. 수갑을 차고 용수를 쓸
죄가 있을 리 만무하건만 봉환이와 시집식구들은 물론, 변호사들까지도
원고의 편을 들어 차마 귀에 담을 수 없는 험언을 퍼붓고 거짓 증거까지
대어가며 저 하나를 핍박한다. 어쩐 일인지 봉희는 그림자도 나타내지
않아서 저 홀로 변명을 하며 악을 쓰다 못해서 입으로 거품을 품고 그만
기절을 해 버린다.

잠꼬대를 하다가 곁에서 일남이가 우는 소리에 잠이 깨면은, 인숙의
이마에는 식은땀이 흘렀다. 어떤 때에는 뭇사람의 돌팔매를 맞고 쓰러져
보기도 하고 또 어떤 날 새벽녘에는 일남이를 안고 물에 빠져 강가 모래
사장에 떠밀려 내려간 저의 시체를 까막까치들이 쪼아 먹는 꿈을 꾸고는
소스라쳐 깨어서 죽지 않은 일남을 껴안을 때도 있다. 그럴 때마다 인숙
은 다시 살아난 것이 신기한 듯이 꿈속에서 흘린 눈물을 베갯모서리에
비비며

자장 자장,
우리 아기 잘두 잔다.
자장골에 들어가니
그 골에는 잠두 많어
검둥이두 자더란다.

센둥이두 자더란다.

하고 함치르르한 일남의 머리를 쓰다듬어 주면서 자장노래를 나직이 불렀다. 그러면 일남이는 울음을 그치고 흑진주를 박은 듯이 새까만 두 눈을 두리번거리다가 사르르 잠이 들곤 한다.

인숙이가 이제까지 기억하고 부르는 자장노래는 옛날의 어머니가 손녀를 재울 때에 부르던 그 말과 그 곡조를 부지중에 닮은 것이었다.

'어머니가 나를 재우실 때에도 이 노래를 불러주셨겠지.'
하니 어머니의 생각과 함께 그 자장노래가 더 한층 애닯고도 정다웠다.

인숙은 다시 그런 악몽에 사로잡힐까보아 한번 깨기만 하면 일어나 일남을 안고 그 자장노래를 되풀이 하면서 공장의 첫 뚜— 소리를 들었다.

266회, 1935.01.06.

⑤ 일남은 백날도 못 되었건만 안고 앉아 추스르며 얼러 주면 방싯방싯 웃기를 시작하였다. 영양이 그다지 좋지 못해서 발육이 더디 되는 대신에 감정은 일찍이 발달이 되어 제법 좋은 것을 느끼고 어머니를 알아나 보는 듯이 조금씩 웃는 것을 볼 때, 인숙은 어쩌나 신통한지

"아, 일남이가 벌써 웃는구려. 이것 좀 와 봐요. 어서 이 앨 좀 와 봐요."
하고 안방으로 대고 소리를 질러 거짓말이라고 곧이를 듣지 않는 뚝섬집을 불러다 보이기까지 하였다. 귀가 띄어서 주발 뚜껑 덮는 소리에 깜짝 놀라 잠을 깨는 것을 볼 때보다도 신기해서 인숙은 도무지 무어라고 일컬을 수 없는 기쁨이 북받쳐 올랐다. 어린애를 안고 큰 길로 뛰어나가서

"이 애가 웃는 구경을 하시오—우리 아기가 웃는 걸 봐 주시오—."
하고 가는 사람 오는 사람에게 광고라도 하고 싶었다. 이제까지 저의 반생을 두고 받아온 모든 고민과 설움을, 금지옥엽같이 기르는 어린것의 웃음을 보는 한순간을 얻기 위해서 참아온 듯, 억만 사람의 어머니보다도 저 하나만이 행복스러운 것 같았다.

처음에는 거짓말 같은 일남의 웃음은 날이 지날수록 확실해간다.

은자동아 금자동아,

만첩산중 옥포동아,

은을 주면 너를 사며

금을 주면 너를 사랴.

하고 일어났다 앉았다 하며 얼러주고 놀려주는 대로 일남은 알아나 듣는 듯이 무어라고 옹알거리며 손가락을 입에다 문 채 웃고 또 웃고 한다.

인숙은 미쳐 날듯이 기쁘다.

"그래도 내가 사는 보람이 있지. 요걸 낳아서 기르니…"
하고는 어린것의 뺨과 이마에 수없이 입을 맞추면서

"애야. 일남아. 인제 엄마가 손 다우 하면 요 손을 납신 줄 테지. 도리도리를 해라 하면 요 머리를 살래살래 흔들 테지. 또 조금만 있으면 따로따로를 하고 아장 아장 걷다가 말을 배우느라구 참새처럼 재잘거리거든. 그러구설랑 유치원엘 들어가지 않겠니? 요 입으로 창가두 하구, 요 손을 폈다 오므렸다 하면서 유희두 곧잘 한단 말야. 그러다가는 소학교엘 들어가서 조그만 가방을 메구서 달랑거리구 댕기거든. 그러다간 중학교 대학교까지 떡 들어가서 우등 첫째루 졸업을 하구는 머리를 갈러 붙이구서 아주 훌륭한 신사가 된단 말야. 그러구 나선 어떡할까. 참 꽃 같은 색시한테 장가를 들거든."

하고 혼잣말을 하며 손가락으로 입모습을 꼭 누르니까 일남은 엄마의 말을 알아나 듣는 듯이 방긋이 웃어 보인다.

"아 요 녀석아, 어느 새부터 장가를 든다는 말만 들어두 좋으냐."

하고 놀려주면서 엄마는 손뼉을 치며 웃었다.

"아비 없는 자식이면 어떠냐. 이혼을 당한들 무슨 상관이 있니? 너 하나만 무럭무럭 자라나면 고만이지, 이 세상에 겁날 게 뭐구 무서울 게 뭐냐."

하고는

"그렇지? 일남아 우리 일남아!"

하고 인숙은 어린것의 뺨을 비비며 이번에는 기쁨에 넘치는 눈물을 흘렸다.

그러는 동안에 또 여러 날이 꿈결같이 지냈다. 인숙은

'병이 과히 대단치나 않은가.'

'강보배가 입에 혀같이 간호를 해주겠지만…'

하고 그래도 봉환에게서 소식이 없는 것이 궁금하였다. 변호사에게서도 다시 아무 통지가 없는 것을 보니, 사건을 위임한 당자가 아직도 정신을 차리지 못할 만큼 앓는 것만은 추측이 되었다.

그러다가 어느 날 아침에 봉환에게서 편지가 왔다.

내일 저녁 뒤에 찾아갈 터이니 기다려주기 바라오.

라고 황황히 연필로 갈겨쓴 단 한 줄기 사연이었다.

267회, 1935.01.07.

⑥ 온돌방 속에서도 코끝과 귓불이 얼던 추위도 한풀이 꺾여서 한강에는 얼음이 풀리기 시작하였다지만, 지난밤에는 영창 유리쪽에 서릿발 같은 성에가 끼고 방 윗목에 들여놓은 자리끼에 살얼음이 잡혔다. 이월에 대독이 깨진다고 며칠 눅였던 날씨가 마지막으로 극성을 부리려는 모양이다.

인숙은 저녁 때 일남의 세수를 깨끗이 시키고 가루분까지 토닥토닥 발라주었다. 일남은 천성으로 귀골이라 토실토실하게 살은 오르지 못하였어도 씻기고 닦아 놓으면 벌써부터 해사하고 재치 있는 선비의 풍도가 있는 것같이, 돋보기안경을 쓴 것 같은 어머니의 눈에는 보였다. 어찌 보면 시집을 가서 처음 보던 신랑의 얼굴 즉 열두 살 때 봉환의 모습과 비슷한 인상과 차츰차츰 가까워지는 것이 완연히 눈에 띄었다.

인숙은 봉환을 기다리는 동안, 저 자신이 생각하여도 이상하리만큼 마음이 동요되지 않았다.

'무슨 일이 있든지 끝까지 냉정한 태도로 대하리라. 이번에야말로 침착하게 내 속마음을 토파하고 말리라'
하고 봉환이가 올 시간이 가까워 올수록 출렁거리기 시작하는 마음을 이지(理智)의 몽깃돌로 눌렀다.

"애야 일남아, 조금 있으면 네 아버지가 오신단다. 너 입때 아버지 못 봤지? 오늘은 똑똑히 봐둬라. 응. 어쩌면 너 아버지를 다시는 보지 못하게 되는지두 모른단다."

317

하고 어린것에게 귓속 하듯 속삭여 주기도 한다.

사실 인숙은 오늘에 한하여서는, 먼 곳에 여행을 하던 남편이 첫아들을 낳았다는 기쁜 소식을 듣고 오는 듯한 기분으로 봉환을 맞이하고 싶었다.

봉환이가 와서 화평한 낯으로 어린것을 얼러주고 안아주고 전의 저의 잘못을 뉘우치는 기색이라도 보여줄 것 같으면 과거의 모든 것을 용서해 주고 싶었다. 봄바람이 건듯 불면 눈이 녹고 얼음이 물리듯이, 온갖 설움과 억울함과 뼈 속에 사무친 원한을 뒤숭숭한 초저녁의 한바탕 꿈으로 돌려보내리라 하였다. 그러다가도

'아이고 내가 어쩌자구 이런 공상을 할까. 일은 틀린 지가 고릿적인데… 암만해도 어리석은 건 여잔가 보다.'

하고 아직도 이생에 맺었던 지겨운 인연의 줄을 드는 칼로 선뜩 끊어버리지 못하고, 마음속 한 귀퉁이에는 옛날에 첫사랑을 속삭이던 남편에게 대해서 미련과 애착이 남아 있는 것을 느낄 때, 인숙은 스스로 얼굴을 붉히지 않을 수 없었다.

저녁상을 일찌감치 물린 후 인숙은 방까지 깨끗이 치워놓고 방석이 없어서 요를 둘에 접어서 아랫목에 깔아 놓았다.

벌써 얼마 전부터인지 청상과부가 된 듯 들여다보지 않던 경대 앞에 앉아서, 인숙은 얼굴에 분때를 밀고 머리에 군빗질을 하다가는

'온 우습기두 하지. 오늘은 왜 내 맘이 왜 이래질까.'

하고 쓰디쓴 미소를 지어보았다.

전등불이 들어온 지 한참만에야 대문소리가 나고 마당에서 구두소리가 나고 창 밑에서

"으흠 으흠."

하는 봉환의 기침소리가 들렸다.

인숙은 안고 있던 어린애를 내려놓고 발딱 일어났다.

인숙은 잠자코 방문을 열고 봉환이 역시 잠자코 들어섰다.

백납같이 창백한 얼굴에 목에는 붕대를 칭칭 감은 봉환의 입에서는, 술 냄새가 혹 끼쳤다.

7 '저의 일생에도 중대한 문제를 해결하려고 오는 사람이 술을 먹다니.'

하고 인숙은 우선 봉환의 입에서 술 냄새가 나는 것이 불쾌하였다.

봉환이가 여전히 어린애를 거들떠보지도 않고 말없이 앉는 것을 보고

"그동안 편치 않으셨다지요?"

하고 인숙은 거의 무의식적으로 물었다.

"몸살이 나서…."

마지못해서 하는 대답도 말끝을 여물리지 못한다. 제 딴에는 최후의 용기를 돋우기 위해서 술의 힘까지 빌려 가지고 온 눈치나 인숙의 앞에 앉고 보니 어쩐지 주눅이 들린 것처럼 기가 죽은 모양이다. 인숙이 역시

'만나기만 하면.'

하고 두고두고 별렀던 온갖 사설과 갖은 푸념이 함봉을 당한 듯 한마디도 나오지 않았다. 저편에서 먼저 말을 끄집어내기 전에 이쪽에서 이러니 저러니 입을 벌릴 까닭도 없다고 생각한 것이다.

봉환이가 웬만큼이나 활달한 남자면야 기왕 내용증명까지 보낸 터이니 노랗게 곪긴 뾰루지를 잡아떼듯이, 탁 터놓고 설파를 했으면 시원하

련만, 애꿎은 담배만 붙였다 껐다 하고 앉았다.

두 사람 사이에는 한 십 분 동안이나 무겁고 빡빡한 침묵이 흘렀다. 봉환의 태도가, 혹시나 하고 기대하던 바와는 딴판으로 여전히 찬바람이 도는데, 인숙은 다시금 열이 났다. 오긴 뭘 하러 왔길래

'변변치 못하게 왜 말을 못해.'

하고 갑갑증이 나서 그 이상 더 켕기고 있을 수가 없었다.

"내용증명까지 하셨더군요?"

하고 참다못해 비꼬듯이 한마디를 던졌다.

"아는 변호사에게 의논을 해봤더니 그 사람이 그렇게…"

하고는 제가 시킨 일을 변호사에게다 떠다밀며 우물쭈물한다.

"왜 그런 중난한 일을 나한테 먼저 얘기를 못하세요? 변호사가 무슨 상관이 있길래 재판까지 한다는 건 어디 당한 말이에요?"

질문의 화살은 점점 날카로워진다.

"…."

봉환은 아랫목에서 새근새근 잠이 든 어린애에게도 무심코 눈이 가면은 커다란 버러지나 누운 듯 보기만 해도 징그러운 것처럼 고개를 돌린다.

그 눈치를 곁눈으로 본 인숙은, 땅속 깊이 파묻혔던 분노의 불덩이가 차츰차츰 분화구(噴火口)를 향하여 치밀어 올라오는 것을 느꼈다.

"왜 대답을 못하세요? 이혼이 하구 싶으면 순리로 말씀을 해도 덮어놓고 '네 그럽쇼' 하지는 않을 텐데 여태 그런 말을 비치지도 않았다가 불쑥 재판까지 하겠다구 얼러대면 누가 벌벌 떨 줄 아셨어요? 한 십 년 부려먹던 종년이래도 그렇게 대접은 못하겠죠?"

인숙은 앞으로 다가앉으며 아편쟁이 같은 봉환의 얼굴을 똑바로 쳐다본다.

봉환이도 무어라고든지 한마디 대꾸를 하지 않을 수 없게끔 되었다. 혹을 떼러 갔다가 하나 더 얻어 붙이고 간다는 격으로 이혼을 하려고 간 사람이 이혼을 당하고 갈 형세다. 제가 경솔히 잘못 해놓은 일은 뉘우칠 줄 모르고 인숙에게 꾸지람을 듣듯 하는데 자존심이 상해서 어깨로 숨을 쉬다가

"지난 일이야 잘잘못간에 여러 말 할 게 없지 않소 나한테두 그렇게 불평이 많은 담에야 깨끗이 헤어지는 게 상책이니까… 이혼하는 데 동의만 하면 고만이 아니요"

하고 비로소 인숙의 빨개진 얼굴을 흘겨 쳐다본다.

"도대체 무엇 때문에, 어째서 이혼을 하자는 거예요? 그 까닭부터 애기를 해주어야 사리에 옳지 않겠어요? 좌우간에 대답을 할 수가 있지 않겠어요?"

인숙의 추궁은 점점 급해간다.

😊 269회, 1935.01.09.

8 "…"

봉환은 그 까닭을 말할 듯 말할 듯하면서도 차마 입 밖에 내지를 못한다.

"왜 말씀을 못하세요? 재판을 하더래두 어떻게 무슨 죄를 졌으니까 어떤 형벌을 받으라고 이유를 말해주는 법이 아니에요? 그런데 여자한테는 더군다나 내 처지로는 일생에 제일 중난한 일인데 그렇게 까닭도 모르고

호락호락이 이혼에 동의를 할 듯싶어요? 좀 바꿔서 생각을 해보세요. 나를 얼마나 만만하게 봐 오셨는진 모르지만 나두 생각해본 것도 있고 또는 이런 계제에 양단간에 귀정을 내려구 결심을 했으니 어서 말씀을 똑똑히 해주셔요?"

인숙은 될 수 있는 대로 흥분하지 않으려고 속으로 힘을 들이는데

"아무튼 결혼이란 한편에서 싫으면 해소(解消)할 수가 있는 게 원칙이니까 지금 와서 그렇게 여러 말할 게 없지 않소?"

봉환은 간신히 떠듬떠듬 한마디를 하였다.

"아마 외국에선 쉽사리 이혼을 하는지 모르지만, 그네들과 우리와는 모든 경우가 다르지요. 아무튼지 그런 모호한 말씀이 어디 있어요? 덮어놓고 갈라서자는 그런 경우가 어디 있어요?"

하고 인숙은 목소리가 저절로 높아가는 것을 깨닫지 못하다가

"이혼은 내 편에서 먼저 하자구 할 이유가 많지요. 들어 보실 테에요?"

하고 인숙은 바로 봉환의 턱 밑에서 종주먹을 대며 조목조목 캐기를 시작한다.

"부부간이란 남남끼리 모여서 사는 거니까 한편 쪽에서 사랑이 식고 같이 살기가 싫은 바에야 일찌감치 깨끗하게 갈라서는 것이 피차에 장래를 위해서 좋겠지요. 나부터도 싫다는 사람을 비릿비릿하게시리 같이 살자고 애걸복걸할 여자는 아니에요. 그렇지만 봉환 씨의…."

하고 처음으로 남편이라는 사람의 이름을 불렀다. 옛날 어른들처럼 '께서'라기도 안 되었고 '당신'이라기도 거북해서 '봉환'이라고 거침없이 불러버린 것이다.

"…첫째 봉환 씨는 날더러 먼저 이혼을 하자구 할 자격이 없어요. 무

슨 낯을 들구서 그런 청구를 그나마 간접으로 위협하듯 하는지 그 태도가 너무나 비겁하단 말씀예요."

하는데 봉환이가 얼굴을 붉히고 무슨 말을 하려고 입을 벌리니까

"가만히 계세요. 내 말부터 들으세요."

하고 손을 들어 막으며

"정당히 장가를 든 아내를 내버려두고 연골에 난봉이 난 것이나, 다른 여자와 세 번 네 번이나 연애를 하느라구 나를 무시하구 그동안 학대를 한 것만 해도 나한테 이혼을 당할 조건이 단단히 되지요 그래도 지금 와서 그런 말을 나부터 꺼내기도 싫어요. 하지만 그 몹쓸 병을 잠든 사람에게 강제로 옮겨 주고는 손톱만큼이나 미안한 생각이나 하셨어요? 그렇게 지독히 욕을 보면서 한 달이나 입원을 한 걸 뻔히 알면서, 단 한 번 들여다보셨어요? 발그림자나 하셨어요? 목석이 아닌 담에야 그런 인정에 벗어나는 일이 세상에 어디 있어요?"

하고 숨이 가빠지는 대로 말이 빨라지고 목소리는 철성을 띠워간다

"그렇지만 그런 건 다 용서할 수 있어요 죽기 작정을 하구 오늘까지 참아 왔어요. 그렇지만…."

여기까지 이르자, 인숙은 가슴이 턱 막혀서 말을 잇지 못한다.

270회, 1935.01.10.

⑨ 봉환은 머리도 감히 쳐들지 못하고 토죄를 당한다. 어려서부터의 버릇으로 발끝을 달달달 까불며 소견 좁은 계집애가 무엇에 토라진 것처럼 입을 뾰족이 다물고 앉은 것이, 어찌 보면 '어디 네 맘대로 실컷 지껄여보라'는 것 같기도 하고, '흥 네가 마지막으로 내게다 발악을 하는구

323

나' 하고 비웃는 듯한 태도 같기도 하다.

그럴수록 인숙은 더 한층 기가 났다.

'이번에 놓쳤다가는 언제 또다시 만날지 모르는데.'
하고는

"속 시원하게 대답이나 좀 해보세요."
해도 봉환은 여전히 오만살이나 찌푸리고는 말대꾸를 하지 않는 것을 보
고

"똑똑히 들어두세요. 봉환 씨가 나한테 이혼을 당할 제일 좋은 조건이
란 무엇인고 하니요, 자기가 저질러 놓은 일에 대해서 책임을 질 줄 모르
는 사람이기 때문이에요. 알아들으시겠어요? 별안간 불 같은 욕심이 치
받쳐서 더군다나 취중에 그런 짓을 하신거야, 남자란 으레 다 그 뽄샌가
보다 하구 여자 된 탓이나 할 밖에 없지만, 그 결과에 대해서 다른 사람
이 한 짓처럼 두 눈 딱 감고 모른 체를 한다는 건 부부간의 도덕상으로
커녕 인륜에 어그러지는 일이에요."
하고 인숙은 혀끝으로 물을 뿜듯 하며 봉환이가 무어라고 변명을 할 여
유를 주지 않는다.

"내가 그 뒤에 아이를 낸 줄 아셨지요? 동전 한 푼 없이 입원을 해서
여자만이 당하는 더할 수 없는 고통을 받다가…"
하고는 곁에 누운, 천사의 보드라운 날개로 고이고이 쓰다듬어 주는 듯
한 일남의 자는 얼굴을 가리키며,

"조것을 낳았건만, 자기의 피를 이은 것을 단 한번 들여다나 봐줬어요?
어미가 미우면 미웠지, 조 천진난만한 어린게 제 아버지한테 무슨 죄를
짓고 나왔길래 눈앞에 두고도 얼굴 한 번 들여다뵈주질 않느냐 말씀이에

요? 아버지 된 사람의 도리예요?"

하고 인숙은 분한 것을 참지 못하고 온몸을 바들바들 떨면서

"더군다나 더군다나…."

하고는 애석해서 다시금 말문이 콱 막혔다가

"내가 싫어졌든지, 다른 여자하구, 아—니 강보배가 이혼을 해 달라구 죽느니 사느니 하는데 내가 말을 들을 것 같지가 않아서 재판까지 하겠다고 을러메는 건 봉환 씨 같은 남자가 할 수 있는 짓인지는 모르겠지만…."

고 다시 한 번 일남의 편으로 얼굴을 돌려보고는

"아 그래 하늘이 내려다보는데, 조걸 자기의 자식이라고 인정할 수 없다는 건 사생아를 만들려는 것…."

인숙의 얼굴에서는 참고 참았던 두 줄기 눈물이, 말 대신에 주르르 쏟아졌다.

봉환은 그 눈물을 흘낏 보자, 고개를 홱 돌리고 담뱃진에 노랗게 겯은 상아 물부리를 빠드득 소리를 내어 깨물다가

"할 말 다했소? 인젠 내말 좀 들어 보"

하고 무릎을 고치며 엎드러진 인숙의 앞으로 다가앉는다.

😊 271회, 1935.01.11.

⑩ "어서 말씀해 보세요"

씻으려고도 하지 않는, 눈물에 어룽진 인숙의 얼굴이 봉환의 눈앞에서 번득였다.

봉환은 이때까지 상대자의 하는 꼴을 구경이나 하려는 듯이 인숙의 말

을 귀 밖으로 흘려듣고 있다가 짐짓 냉정한 어조로

"양심을 속이구서 그런 말이 순순히 나오는 거요?"

하고 날카로운 눈초리로 인숙의 얼굴을 똑바로 노려본다. 밑도 끝도 없이 불쑥 내미는 한마디에, 인숙은 놀라지 않을 수 없었다.

"양심을 속이다니요?"

두 사람의 네 줄기 시선은, 구름 속에서 마주치는 번개처럼 바지직 바지직 불이 날 것 같다.

"도대체 어느 누가 양심을 속였단 말씀예요?"

인숙은 재우쳐 물었다.

봉환은 의문에 빛나는 인숙의 눈을 또 다시 독이 오른 새매와 같은 눈초리로 말없이 노려보다가 깨었던 술이 다시 빨끈 올라서 눈동자에 핏줄이 질려가지고

"날더러 무책임하니, 인류에 어그러지는 놈이니 하고 터진 입으로 꾸짖기 전에, 제 행실이 부정했던 건 어째 반성을 못하는 거요? 언제꺼정이나 누굴 속여 볼 배짱이요?"

이 말 한마디를 듣자, 인숙은 용수철 방석에 가 펄썩 주저앉았던 것처럼 펄쩍 뛰어올랐다.

"아, 뭣이 어쩌구 어째요? 내 행실이 부정하다뇨?"

"자— 말할까. 내가 일본 있는 동안에 장발이란 놈하구 골목 속이나 정거장 식당까지 따라다니며 아이비키(밀회)를 하지 않았느냐 말야. 그것뿐이면 좋게, 장발이한테서 이혼을 하구 같이 살자는 편지까지 받아서 감춰뒀었지? 그 편지가 드러나서 쫓겨나고도…."

하는데 인숙은 하도 어이가 없어서,

"아—니 이게… 본정신으로 하는 말씀예요?"

하고 말을 막으며 열이 나게 주서 섬기는 봉환의 얼굴을 얼빠진 사람처럼 물끄러미 쳐다본다. 봉환이 역시 부르튼 김에 아주 탁방을 지어 버리려는 듯이

"그런 추악한 일이 있는 줄 번연히 알았지만, 첫째는 내가 창피하구 둘째는 우리 집 체면상 떠들지를 않구 쉬쉬 해오니까 편듯 싶어서 그래들입다 누굴 잡으려고 드는 거야? 저만큼 똑똑한 체를 하는 여자가 제 행실이 나뻤던 것부터 반성할 줄 알어야지. 남편 있는 여자가 간음죄를 졌으면 이혼 아니라 징역을 가는 법인 줄은 알 테지?"

하고 봉환은 침이 튀도록 소리를 지르며

"에익, 더러운 것, 뻔뻔스런 계집 같으니라구. 아 이게 내 자식이란 말야!!"

하는 호통과 함께 봉환은, 벌떡 몸을 일으키며 일남을 발길로 걷어차듯 해서 윗목 편으로 떠다밀었다.

세상을 모르고 잠이 깊이 들었던 일남은, 몹시 놀라 소스라쳐 깨었다.

처음에는 불의의 타격에 새파랗게 질려 남생이를 발딱 제쳐놓은 것처럼 사지를 바둥거리다가

"까르르!"

하고 울음이 터졌다.

인숙은 감전이 된 사람처럼 꼼짝 못하고 봉환의 행동을 쳐다만 보다가

"아이고 하나님 맙소사!"

하고 외마디 소리로 부르짖고는 흑흑 느끼다가 두 팔로 일남을 끌어안으며 고꾸라지듯이 엎어졌다. 방바닥에다가 격분과 억울과 원한에 뭉치고

뭉친 검붉은 피를 덩이덩이 토해내려는 듯이!

🙂 [작자로부터]
　독자에게 천만 미안하오나 작가의 신병으로 이 소설은 부득이 삼사일 동안
만 쉬었다가 계속하겠습니다.

🙂 272회, 1935.01.12.

⑪ 인숙은 비로소 시집에서 쫓겨난 까닭을 알았다. 봉환이가 제 자식
을 인정하지 않겠다는 원인도 그제야 짐작하게 되었다. 꿈에도 모르고
지내오던 인숙, 놀라움과 격분함에 전신의 피가, 엎드린 머릿속으로 쏟
아져 내려서 뇌출혈로 쓰러진 사람처럼 정신을 잃었다.

"작은아씨! 아 이를… 어쩌면 좋우? 응 응 작은아씨!"
하고 손톱으로 장판바닥을 긁어당기며 기어들어 가는 목소리로 실낱같
이 부르짖을 뿐….

안개 깊은 밤중에 아득히 먼 항구에서 반짝이는 등대와 같이 의식이
깜박깜박하는 중에 일남이가 목이 쉬도록 우는 소리에 섞여

"인제두 할 말이 있건 해 봐. 왜 일부러 죽은 체하구 엎드렸는 거야?
저렇게 낯짝두 쳐들지 못하면서 그래두 이혼은 못하겠다구 바락바락 대
들 테야?"
하고 주먹으로 방바닥을 쳐가면서 개 꾸짖듯 하는 봉환의 목소리도 인숙
의 귀에는 모기소리 만큼 들릴락 말락 할 뿐….

그럴수록 봉환은 더욱 기가 나서, 한번 엎어진 채 인제는 아주 넋을
잃은 듯이 어깨도 들먹거리지 못하는 인숙의 머리를 꾹 꾹 쥐어지르며

"누굴 속이려구 앙큼스럽게 또 이러구 엎드린 거야. 내일이래두 이혼

수속을 해 보낼 테니 도장을 찍어 보내. 그렇지 않으면 정말 간통죄로 고소를 할 테니, 콩밥이 먹기 싫건 생각해 하란 말이야."

하고 땅땅 을러메다가 어린애의 포대기 위로 방울방울 떨어지는 피를 발견하였다.

꼭 깨물은 인숙의 아랫입술이 터져서 턱으로 흘러내리는 한 줄기 새빨간 피를 보자, 봉환은 자라처럼 목을 움츠러뜨리며 물러앉았다.

봉환은 슬그머니 겁이 났다. 어깨를 슬근슬근 건드려 보아도 인숙은 감각을 잃은 대로 엎드러진 채 숨소리조차 들리지 않는데, 어린애는 울다 울다 지쳐서 경풍을 하는 것처럼 깔딱깔딱 딸꾹질하듯 한다.

봉환은

'이거 더 앉았다간 큰 봉변을 하겠군.'

하고 인숙의 모자가 이대로 죽으면 그 혐의가 저에게 씌워지기나 할 것처럼 모자를 집어 들고 일어섰다. 궁둥이로 방문을 밀고 뒷걸음질을 쳐서 마루로 나왔다.

어둠침침한 마루 끝에서 댓돌을 더듬어 구두를 찾아서 꼬이고 엉금엉금 기듯 하면서 문간으로 나가는데

"가긴 어딜 가요? 나 좀 봐요!"

하며 천방지축 쫓아 나오는 인숙의 헛김이 나는 듯한 목소리가 등 뒤에서 들렸다. 방문이 열리는 소리와 함께 칼끝 같은 찬바람이 방안으로 쏟아져 들어가서 기절을 하다시피 하였던 인숙은 제정신이 홱 들었던 것이다.

봉환은 뒤도 돌아다보지 못하고 캄캄한 골목 속으로 뺑소니를 쳤다.

대문턱까지 맨발로 쫓아 나왔던 인숙은

"날 좀 보세요! 어디로 달아나요—."

하고 외마디 소리로 외치다가 황급히 안으로 들어갔다.

　방으로 들어가서는 포대기째 일남을 들쳐 업고 나왔다. 안방에서 뚝섬집이 내달으며

　"글쎄 웬일들이오? 이 춥구 어둔데 어린앨 업구 가는 데가 어디요?"

하고 아무리 붙잡아 들이려고 빌다시피 하여도 인숙은

　"놔요! 왜 이래요"

하고 서릿발같이 쌀쌀하게 뿌리치며 실성한 사람처럼 봉환의 뒤를 따라 나갔다.

273회, 1935.01.16.

　⑫ 팽이를 거꾸로 세워놓은 듯, 뾰족이 솟은 북악산 꼭대기로부터 석벽을 깎으며 내려지르는 찬바람에, 인숙은 숨이 턱턱 막혀서 몇 번이나 돌아섰다가는 경복궁의 긴 담을 끼고 갈팡질팡 걸었다. 일남은 울음 끝이 그저 그치지 않았을 뿐 아니라, 자던 얼굴의 조그만 입과 콧구멍으로 벅차게 안기는 밤바람에 울지도 못하고 흑흑 느끼건만, 사실로 실성을 한 거와 다름이 없는 인숙은, 등에 업힌 어린애를 생각할 마음의 여유가 없었다.

　"오냐, 너구 나구, 죽자! 그렇지만 길바닥에다 거꾸러져서 빳빳이 얼어 죽는 한이 있더래도 우리의 누명만은 벗어야 한다. 네가 장 가의 자식이 아니라는 것을 변명해 줄 사람은 네 어미밖에 없다."

하고 인숙은 딱딱 마주치는 아래윗니 사이로 부르짖으며 돌멩이도 발길에 채이지 않는데도 엎드러지며 곱드러지며 안동 네거리까지 내려왔다.

　'작은아씨 때문에 이렇게 된 일이니까.'

하고 정신이 없는 중에도 봉희를 찾아서 응원을 청한다느니보다도 봉환을 놓쳤으니 갈 데가 없기도 하다. 봉환이가 어디로 간 줄을 모르는데 시집으로 불쑥 어린애까지 업고 들어갈 수도 없는 경우였다.

"작은아씨!"

소리를 간신히 하고 봉희의 집으로 들어서자,

"아—니, 이 밤중에 새언니가 웬일이요?"

하고 막 첫잠이 들었던 봉희가 옷을 주워 입고 문을 열었다. 세철은 원산 방면에 긴급한 볼일이 있다고 가서는 벌써 여러 날 째 돌아오지를 않아서, 봉희 홀로 집을 지키느라고 꼼짝도 못하고 있었던 것이다.

전등을 켜고 인숙을 맞아들이는 봉희의 자던 눈은 회동그래졌다.

"아, 어린앨 업구…대체 이게 웬일이요?"

하다가 인숙의 입술에 엉기어 붙은 피와, 저고리 앞섶에 흘러내린 시뻘건 한 줄기를 보고는 몹시 놀라서 입만 딱 벌리고 있다가

"그—예, 야단이 났었구려? 어서 말을 좀 하우. 그러니 이 추운 밤중에 어쩌자구 어린앨 업구 왔단 말요?"

하면서 입이 얼어붙은 것처럼 말도 못하고 사시나무 떨듯 하고 선 인숙의 등에서 일남을 끌어내려 뜨뜻한 아랫목에다 눕혔다.

"아이고 이를 어째. 어린애가 아주 얼음덩어리구려!"

하고 봉희는 일남의 꽁꽁 얼은 두 손과 뺨을 손가락으로 비비며 입김을 쏘여주다가

"온 갑갑해 죽겠구려. 어서 속 시원하게 얘길 좀 해요"

하고 인숙의 손을 끌어당긴다.

인숙은 펄썩 주저앉으며

"난 참 정말 물에라두 빠져 죽을 수밖에 없우."

하고 까무러쳤다가 피어나는 사람처럼 후유—하고 숨을 돌리더니

"오빠가 날더러 장발이 하구…."

하고 한숨 반 울음 반 섞어가며 봉환이가 하던 말을 간신히 옮겼다.

봉희는 인숙에게 지지 않을 만큼 놀랐다. 얼굴이 하얘졌다 빨개졌다 하다가

"내—가, 그럴 줄 알았우. 그럴 줄 알았어. 그러니 이를 어쩌우. 이를 어째. 생사람을 잡어두 분수가 있지. 그걸 여태 우리만 모르구 지냈으니… 아아 나 때문에, 나 하나 때문에 새언니가 그런 누명을 쓰구…."

하고 펄펄 뛰다가 엎드려 인숙의 무릎에 이마를 들비비며 울더니

"갑시다 가! 내 몸이 열 조각이 나는 한이 있더래도 내가 변명을 해주구야 말테요."

하고는 벌떡 일어서 발을 동동 구르며 재촉을 하다 못해서

"어서 일어서우. 어서 일어서요."

하고 인숙의 소매를 잡아당겨 일으켜 세웠다.

274회, 1935.01.17.

13 봉희가 인숙을 친정으로 끌고 가는 것은 먼저 장발이가 한 편지가 제게로 온 것이었다는 것부터 당자를 세워놓고 변명을 해주려는 것이다.

"아무튼 나부터 바보지. 오빠가 다른 생각을 먹구 새언니를 친정으로 보냈거니 하구만 지냈으니 이런 기막힐 일이 어디 있단 말요"

하고 봉희는 일종의 의분과 저 때문에 애매히 돌에 치인 인숙에게 대해서 무한히 미안한 생각이 들어 몸 둘 곳을 몰라 한다.

"그저 나만 따라오오. 새언닌 잠자쿠 있어요. 내가 다 변명을 해 줄 테니."

하고 봉희는, 울지도 못하고 할딱할딱 숨을 몰아쉬는 일남을 폭 싸서 인숙에게 업혀 주고는 앞장을 서서 나갔다. 인숙은 얼이 빠진 사람처럼 그 뒤를 따랐다.

××궁 산정채에는 아직 불이 꺼지지 않았다. 충충한 큰사랑 모퉁이로 돌아가는데 모자를 푹 눌러쓰고 외투주머니에 손을 찌르고는 도둑놈처럼 좌우를 돌려다보며 걸어 나오는 봉환이와 마주쳤다.

"오빠, 어딜 가우?"

뜻밖에 누이의 새된 목소리를 듣자 봉환은 문칫하고 물러섰다.

"마침 잘 만났우. 나하구 들어갑시다. 나하구 들어가요."

봉희는 다짜고짜 오라비의 외투 소매를 잡아당긴다. 인숙이가 어린것까지 업고 따라 온 것을 흘깃 본 봉환은

"놔라."

하고 누이를 뿌리친다.

"아 오빠 때문에 생사람이 죽게 됐는데 가는 데가 어디요? 어서 들어가 내 얘길 좀 들어요."

봉희는 오라비의 등을 떠다밀다 못해서 허리를 껴안아 깍지를 끼고 뒷걸음질을 시켰다.

봉환이가 누이의 힘을 당하지 못할 것은 아니건만, 앞을 막아선 인숙의, 어둠 속에서 이상한 광채를 발하며 저를 노려보는 홉뜬 듯한 두 눈이 무서웠다. 제가 만일 피해 달아날 것 같으면 인숙은 그 자리에 거꾸러져서 피를 토하고 죽을 것만 같아서

"너까지 왜 이러니? 놔라, 놔."

하면서도 못 이기는 체하고 붙들려 들어갔다.

"어머니!"

하고 봉희가 문을 홱 열어 제치는 바람에 자리 속에 든 자작 내외는 깜짝 놀라 일어났다.

"아 네가 웬일이냐?"

하는 말에 대답도 안하고 봉희는, 오라비를 놓칠까 보아

"사람의 목숨이 둘씩이나 죽고 사는 게 오늘 저녁에 달렸는데 편안히 들 주무신단 말예요?"

하고 일변 봉환의 팔을 끌어 아랫간으로 들이밀고는

"새언니두 들어와요"

하고 마루 끝에 가 등신처럼 서 있는 인숙을 끌어들였다. 이성(理性)을 잃은 봉희의 행동은 흡사히 병실에서 뛰어나온 열병환자와 같다.

"아—니 너희들이 이 밤중에 웬일이냐. 응 왜 이 야단들이야?"

봉희의 어머니는 벌벌 떨리는 손으로 치마를 두른다. 여전히 기거를 마음대로 못하는 자작은 아랫목에 누운 채 눈만 휘둥그렇게 뜨고 세 사람의 얼굴을 번갈아 쳐다보며 말도 못한다.

"이 집 식구들은 다 모여요! 다들 이리 들어와요!"

하고 부르짖으며 봉희는 아랫목으로 뛰어내려가서 두 오라범댁까지 후두들겨 깨워 가지고 올라왔다.

😊 275회, 1935.01.18.

14 그리하여 임시로 가족회의가 긴급히 열렸다.

여러 사람은 잠시 말이 없었다. 동서들은 어찌 된 영문인지를 몰라서 어리둥절하고 어린애를 업고 한구석에 가 머리를 숙이고 돌아선 인숙을 번갈아 곁눈질을 해볼 뿐….

"대체 이게 웬일들이냐?"

찢어질 듯이 긴장된 방안의 공기를, 자작의 목소리가 깨뜨렸다.

봉희는 숨만 가쁘게 쉬며 말을 꺼내지 못하다가

"웬일이라뇨? 저 새언니를 무슨 까닭으로 내쫓으셨어요?"

하고 부모의 앞으로 다가앉는다. 자작은 묵은 문서를 들출 것이 없다는 듯이

"인제 와서 그건 네가 알어 뭘 하느냐?"

그 목소리는 노염을 띠웠다.

"알어서 뭘 하다니요? 털끝만한 죄두 없는 사람을 여자한테는 제일 더러운 이름을 씌워서 내쫓은 게 누구예요? 하늘을 쳐다보지 못하게 만든 게 도대체 누구냐 말씀예요?"

"누가 일부러 내쫓았단 말이냐."

이번에는 어머니가 말을 받았다. 봉희는 고개를 돌려 작은오라범댁을 노려보면서

"그 편지를 내노 당장 내놔요. 나한테 온 편지를 모르고 시부모한테 갖다 바쳐서 새언니를 뒤잡은 게 누구냐 말요? 인제두 내가 모를 줄 아우?"

하고 달려든다.

작은오라범댁은 눈꼬리가 샐쭉해가지고

"별안간 편지가 무슨 편지란 말요"

하고 새침을 뗀다.

인숙은 그제야 낯을 들고 작은동서의 얼굴을 한참이나 잠자코 쏘아보다가,

"나하구 전생에 무슨 원수가 졌습디까?"

한마디를 간신히 하고 다시금 고개를 떨어뜨린다. 그 말 한마디는 백 마디 천 마디보다도 더 아프게 상대자의 가슴을 찔렀으리라.

그러나 작은동서는 빨끈해서

"자네 그게 무슨 소린가? 터진 입으로 말이면 다 하는 줄 아나?"

하고 종시 편지를 발각시킨 사실을 딱 잡아떼려고 든다. 인숙이가 다시 머리를 들며 무어라고 하려니까

"새언니 가만히 있어요? 나하구 직접 관계가 되는 일이니까 나부터 흑백을 가릴 테요"

하고 봉희가 가로막더니

"그래 정말 이혼을 할 테니 나와 결혼해 달라는 봉투도 없고 편지 받을 사람의 이름도 쓰지 않은 편지 조각을 본 일이 없단 말이요? 무슨 큰 보물이나 찾어낸 것처럼 이 사람 저 사람한테 보이고 뒤떠들어서 멀쩡한 새언니를 생으로 잡은 것이 다른 사람이란 말요? 그래두 영영 바루 대지를 못할 테요?"

하고 사내처럼 팔을 걷으며 과부댁의 멱살이라도 추켜잡을 듯이 달려드는 서슬에

"애야, 그 애가 무슨 짓을 했든지 네가 왜 저렇게 기가 나서 날뛰느냐."

하고 어머니가 일어나 딸의 치맛자락을 잡아당기니까

"놓으세요. 그 편진 장발이란 오빠의 친구가 나한테 한 편지에요. 그 얼간망둥이가 나한테 반해서 쫓아다니다 못해서 새언니까지 새중간에 넣구 귀찮게 군 거예요. 아무튼 내놓으세요. 그 편질 내놓으세요. 그 녀석이 동경 가 있으니까 편지를 해 봐두 알 테니 어서 그 증거품을 내놓으세요."

하고 부모에게 육박을 한다. 자작은 듣다 못하여

"그 편지는 내가 태워버렸다. 그러니 어쩔 테냐."

하고 호령이라도 할 형세를 보인다.

"그런 걸 왜 없애버리셨어요? 어떻게 된 까닭도 모르시고 얼토당토않은 사람을 십년이 넘도록 순종하구 나중엔 종처럼 내쫓으시는 법이 어디 있어요? 그것두 어른들이 잘 하신 일이세요?"

하고 공박을 하고 나서 그 편지를 남편에게 보이고 친한 친구니까 말썽없이 조처를 하도록 의논을 하려고 인숙이가 간직해 두었던 것과 자기가 지은 죄가 없으니까 그 편지를 집행 당하는 통에 잃어버리고도 찾으려다가 신지무의하고 내버려 두었다는 것과 오라비의 이불을 전하기 위해서 인숙이가 장발을 만났고 정거장까지 나간 것만 해도 저를 위해서 저의 특청으로 그자에게 단념을 시키려고 대신 만나보게 했었다는 것이며 장발이가 제 뒤를 쫓아다니며 성화를 받치던 것은 지금의 제 남편인 세철이까지 보아서 증인을 설 수 있다는 것을 하나도 빼어놓지 않고 물 퍼붓듯 하였다.

15 봉희의 도도한 열변에 방안에는 말대꾸를 하는 사람이 하나도 없

다. 자작 내외는 딸의 변호가 조리가 닿고 옴니암니가 꼭꼭 들어맞아서 그럴싸—하는 표정을 짓고 빨갛게 상기가 된 딸과 반쯤 고개를 떨어뜨리고 돌아앉은 채 입을 봉하고 있는 인숙의, 흐트러진 머리카락에 어린 창백한 얼굴을 번갈아 볼 뿐.

인숙을 음해한 장본인인 둘째댁은 그 이상 무릎맞춤이나 시킬까 보아 어느 틈에 꽁무니를 빼고, 큰댁은 그저 오도 가도 못하고 표정 없는 얼굴로 윗목에 가 멍하니 섰다.

봉환은 사타구니에다 머리를 틀어박듯 하고 앉아서 또 다시 인숙의 폭백이 나올까 보아 꿈쩍도 못하고 앉았다. 처음부터 장발이란 자는 주책이 하나도 없는 위인이요, 동경으로 떠날 때 정거장에서 맨 처음 누이를 본 이후로 저에게까지 죽겠느니 살겠느니 하고 비대발광을 하던 터이니까, 꿩 대신에 닭이나 쓴다는 격으로 인숙의 뒤를 쫓아다니는 거나 아닌가 하였다. 그런데 제 아내라는 사람의 조행이나 품성을 보더라도 결코 그런 자와 추잡한 관계까지 있으리라고 믿어지지는 않으면서도, 강보배와의 문제가 급박해 오기 때문에 이혼의 구실을 삼기 위해서 제 양심을 눌러가며 최후의 수단으로 협박을 하려던 것이다. 그러던 것이 전후 사실이 더 옭아 넣을 나위 없이 드러나고 보니 겁 많고 심약한 봉환은, 일분 동안이라도 빨리 이 자리를 벗어나고만 싶었다.

봉희가 또 다시 이 말 저 말 주워섬기니까, 인숙은 반쯤 머리를 들며

"그만두. 이 꼴이 된 바에야 구차스럽게 변명은 해 뭘 하겠우. 모든 게 내 팔자소관이지."

하고 기신없이 한마디를 간신히 하고는 긴 한숨과 함께 다시금 머리를 떨어뜨린다.

봉희가 이번에는 오라비의 앞으로 대들었다.

"오빠, 오빠두 인정이 있고 의리가 있는 남자요? 이 새언니를 처음부터 얼마나 속을 태워주구 애를 먹여왔우? 난 누구보다두 잘 알구 있으니까 말이지, 그래 한 여자의 반생을 두고 간장을 말리고 속을 지지리 태워주다가 무엇이 못마땅해서 이혼을 하자는 거요? 그동안 적지 아니, 은혜를 입어온 생각을 하기로서니, 인제 와서 이혼을 하자는 말이 순순히 나옵디까?"

하고 오라비의 턱을 치받치듯 하다가 벌떡 일어나 인숙의 등에서 죽었는지 살았는지 숨소리조차 없는 일남을 부등부등 끌어 내려놓고는

"자— 다들 이 애의 얼굴을 자세자세 들여다보세요 이 콧부리하구 입 모습하구 귓바퀴까지 똑똑히 보세요 그래 이 애가 다른 놈의 자식이란 말요? 오빤 미술가니까 다른 사람보다두 눈이 더 밝겠구려."

하고 일남을 안아 봉환의 눈앞에다 들이밀더니

"자 어머니두 아버지두, 다 같이 보세요. 이 애를 장가의 자식이라니, 마른날 벼락을 맞을 일이지."

하고 부모의 눈앞에다가 일남을 반듯이 눕혔다. 일남은 목구멍 속으로 가래를 끓이며 자몽을 한 듯이 눈을 감고 있다.

자작은 안 보는 체하면서도 곁눈으로 손자를 흘겨보며 담배를 퍽퍽 피우는데, 할머니는 눈곱이 낀 눈을 비벼가며 손자의 얼굴을 요모조모 뜯어본다. 심지어 아들의 얼굴과 번차례로 쳐다보고 내려다보고 하다가 슬그머니 대감의 무릎을 쿡 찌르며 의미 깊은 눈짓을 한다.

그러자 자작이 피우는 독한 담배연기에 일남은 콜록 콜록하고 기침을 몹시 하다가 쉰 목소리로 울기를 시작한다.

"고만 좀 담배를 끄슈."

면서 할머니는 어린애의 얼굴에 서리는 담배연기를 날려주며

"어쩌자구 이 추운 밤중에 어린 걸 업구 돌아다닌단 말이냐."

하고 일남을 안으며

"우애? 아가 배가 고프냐? 응 배가 고파?"

하고 얼러준다.

277회, 1935.01.20.

⑯ 자작 내외는 손자가 욕심이 났다. 혈통이 끊길 지경으로 자손이 귀한 집안이라, 아비를 그대로 닮은 것을 보아 불의의 자식이 아닌 것이 적확해지자, 막내아들의 첫번 낳은 혈속을 자기네의 손으로 기르고 싶은 생각이 불현듯이 난 것이다. 파산을 당한 뒤에 더구나 슬하가 고적한 두 늙은이는, 자기네가 죽기 전까지의 위안거리를 삼기 위해서라도 인숙에게서 손자를 빼앗아 하루바삐 재롱을 볼 생각은 굴뚝같건만, 당장

'그 애는 내 손자니 두고 가라.'

는 말은 차마 나오지 않는 눈치다. 할머니는

"젖을 먹여야지. 배가 납작하구나. 기저귀두 젖었는데 갈아 찰 것 가져오너라."

하고 자기가 받아서 길러오던 것처럼 일남을 안고 부산을 편다. 자작은 눈을 딱 감고 수염을 내려 쓰다듬으며 한참이나 무엇을 생각하다가

"넌 나가 있거라."

하고 아들에게 명령을 하였다. 그렇지 않아도 나중 일은 어찌 되든지 그 자리를 빠져 나가려고 꽁무니를 들먹거리던 봉환은

'옳다구나.'

하고 일어서 밖으로 나갔다. 지금 그의 머릿속에는 어디서든지 술이나 흠씬 마시고 싶은 생각밖에 없다.

봉희는 속사포를 놓다가, 탄환이 떨어진 것처럼 열변을 토한 끝에 피곤을 느끼고 머리가 아픈 듯 이마를 짚고 앉았는데, 자작은 다시 담배를 붙이며 인숙을 향하여 헛기침으로 목소리를 가다듬더니

"애야, 알구 보니 너를 볼 낯이 없다. 네 남편이 웬만만 하면야 그런 창피한 말까지 떠돌았겠느냐. 허나 네 신수가 불길해서 그런 누명까지 쓴 게니 어른들이 경솔했던 걸 용서해 다우."

하고 진심으로 사과를 하더니

"사람이 한 세상 살랴면 별별 경우를 다 당하느니라. 그 편지만 해도 일이 공교롭게만 되느라고 내 손에까지 들어와서…"

하고 셋째며느리 앞에 백발이 성성한 머리를 숙인다. 늙은 아내는 대감의 말에 부연을 달 듯이

"그렇구 말구 여부가 있어요. 저 애가 열네 살부터 우리 집엘 들어오자마자 할머님의 병구완을 저 혼자 했지만, 참 정말 오늘날까지 우리한테두 좀 극진히 했어요? 어느 친딸인들 부모의 봉양을 그 위에 더 어떻게 한단 말씀요"

하고 봉희를 흘낏 보더니 인숙의 앞으로 다가앉으며

"이 애야, 네 시아버니께서도 그렇게 간곡히 말씀을 하시니 오늘 저녁부터 예서 자구 전처럼 같이 지내자. 우리는 무슨 죄를 졌기에 저승길이 멀지 않은 늙은이들이 이렇게 슬하조차 고적하게 지낸단 말이냐. 난 이 어린 걸 못 내놓겠다."

하고 울상이 되어서 누가 채뜨려가기나 하는 것처럼 일남을 끌어안는다.

인숙은 시부모의 간청을 못 들은 듯이 여전히 고개를 떨어뜨린 채 대답을 안 한다. 자작 내외는 몸이 달아서 번차례로 며느리더러 다시 들어오라는 것보다, 손자를 맡아서 기르겠다고 빌다시피 한다.

인숙은 터질 듯이 아픈 머릿속으로 대답할 말을 곰곰 생각해 보았다. 그러나 아무리 호의로 해석한대도, 십여 년 동안이나 맺어오던 고부관계를, 출처도 분명치 못한 다만 한 조각의 편지로 말미암아 내어 쫓은 뒤에, 이제까지 생사간 돌아다볼 생각도 안하다가, 자기네의 핏줄이 닿은 어린것을 보고서야 불시에 욕심이 동해서 손자 하나를 얻기 위해서 저에게 사과까지 하는 것이 아닐까? 저 자신을 중심으로 볼 때, 목을 베어놓고 재를 뿌려주는 동정이나 호의로밖에 생각이 되지 않았다.

어찌 보면 그네들은 가난한 사람의 고혈을 빨아 먹는 고리대금업자와 같아 남이야 어찌 되었든 제 잇속만 차리는 것 같아서, 손자만 탐하는 시부모의 심보가 몹시 밉기도 하였다. 한참 만에 인숙은 돌아앉으며

"이리 주십시오."

하고 두 팔을 내밀었다. 시어머니는 조금 머뭇거리다가 젖을 먹이려는 줄만 알고 일남을 내 주었다.

인숙은 일남을 젖가슴에 꼭 끌어안으며

"이 어린애한테는, 아무나 손가락 하나도 대지 못합니다."

하고 그제야 자작 내외의 얼굴을 정면으로 보며

"제가 시부모만 모시고 살려고 이 댁으로 시집을 왔던 것이 아니니까 다시 들어올 수도 없고요, 저 혼자 낳은 자식은 끝까지 제 손으로 기르겠습니다. 아무도 이 애를 달라구 할 권리가 없으니까요."

하고 포대기를 둘러 일남을 안고 일어섰다.

😊 278회, 1935.01.21.

17 "아 자정이 넘었는데 어딜 간단 말이냐?"

"앉어라 앉어. 그렇잖아두 몸이 더운 어린 걸 데리고 이 춘데 촉상이 되면…. 너 제정신이 아니로구나."

하고 시부모는 한사코 인숙을 붙들었다. 그러나 인숙은

"염려 마십시오, 갈 사람은 가야만 합니다."

하고 냉정히 한마디를 남기고 여러 사람의 손을 뿌리치며 나왔다. 봉희까지 쫓아 나오며

"어린 애가 조심스러우니 하룻밤만 자구 가구려."

하고 만류를 하여도 인숙은 쌀쌀히 고개를 흔들며 고집을 세웠다.

'죽거나 살거나 어린것과 함께 하겠다'는 모진 결심이 무언중에 곁에 사람에게도 보여서, 감히 손을 대지 못하였다. 대문간까지 나오자

"그럼 우리 집으로 갑시다. 지금 삼청동으로 어떻게 올라간단 말요"

하고 봉희는 저의 집으로 인숙을 끌었다. 세철이가 집에 없는 것을 안 인숙은 미상불 일남이가 염려가 되어서, 마지못해 봉희의 집으로 끌려갔다.

아직도 명의상 남편이란 사람의 태도가 웬만만 하면, 인숙은 하루저녁쯤 시집에서 잤을는지도 모른다. 워낙 성치 않은 것이 그 추운 바람을 쏘이고 꺼둘려 다녀서 기함이 된 듯 울지도 못하는데, 아무 데서나 하룻밤 뜨뜻이 재우고는 싶었다. 그러나 불과 몇 시간 전까지 죽일 년 잡도리를 하고 못할 소리 없이 펄펄 날뛰던 남편이란 사람이, 누이의 말에 대답 한마디 못하고 사추리에 머리를 틀어박고 앉았다가 꽁무니를 떼는 그 비겁

하고 못나디 못난 행동에, 꺼졌던 불이 다시금 인숙의 가슴속에서 타올랐다.

남편과의 장래를 단념한 지는 이미 오래지마는, 봉희의 변호로 청천백일 아래에 깨끗한 몸이 되었다손 치더라도, 자선사업을 하듯이, 또는 개구멍받이처럼 일남을 그 집에다가 들이밀 수는 없었다.

하룻밤을 자면 이틀 밤을 자게 되고 사흘 나흘 붙잡히고 보면 인제는 지내기도 말씀이 아닌 시집에서 다시금 문서 없는 노예의 생활을 계속하게 될 것은 뻔한 사세다. 그러면 과연 제 꼴이 무엇이 될 것인가. 이제까지 그러한 환경에서 벗어나기 위해서 죽을 애를 써 온 것이 물거품으로 돌아가고 말 것이 아닌가. 남편이란 사람이 모든 것을 회개하고 마음을 잡고 형식적으로나마 부부생활을 할 희망조차 절망이 된 바에야, 잠시 잠깐이라도 그 집에 머무를 까닭이 없지 않은가.

이런 생각을 하고 인숙은 두 번째 기어들었던 함정에서 빠져 나온 것처럼 몸서리를 쳤다.

봉희는 인숙의 모자를 아랫목 자리에 눕히고는 불을 더 지피고 들어와, 저 역시 몹시 흥분했던 끝에 머리가 아프고 몸살이 날 것처럼 오슬오슬해서 세철의 이불을 뒤집어쓰고 누웠다가 잠이 들었다.

인숙은 봉희보다 곱절이나 몸이 괴로웠다. 괴롭다느니보다도 앞머리가 쪼개지는 것 같고 팔다리가 사뭇 송곳으로 쑤시는 것 같아서, 제 몸이 어디 와 누웠는지 모를 지경이다. 초저녁부터 겪은 일이 저승에서 몇 십 년 부대낀 것 같아서 정신이 들락날락하는 채로 잠이 들지를 않는다. 젖은 통통히 불었건만 젖꼭지를 대 주어도 일남은 빨지를 않는다. 젖 빠는 것을 잊어버린 듯이 입술을 다문 채 어머니보다도 더 괴로운 듯 눈살을 찌푸리고 할딱할딱 숨만 가쁘게 쉰다.

새벽녘에 일남이가 몹시 우는 소리를 듣고 인숙은 깜짝 놀라 눈을 떴다. 이마를 짚어보니 부다듯이 뜨겁다. 온몸은 땀에 촉촉이 젖었는데 콜록콜록하고 기침을 한바탕 할 때에는 얼굴이 새빨개졌다가, 숨이 막히는 듯 소리를 시원히 울지도 못하고 무엇에 놀라는 듯이 사지만 바동거린다.

279회, 1935.01.22.

[18] 이른 아침에 봉희가 끓여주는 콩나물국을, 인숙은 입맛이 소태 같아서 몇 모금 마시는 체만 하였다. 제 몸이 괴로운 것보다도 일남의 병 때문에 걱정이 되어서 혀 바닥에 백태까지 하얗게 끼었다.

'내가 미쳤었지. 성치도 못한 걸 어쩌자고 끌고 다녔던가.'
하고 몇 번이나 후회가 될 때마다,
'누구 때문이냐? 다 너의 아버진가 하는 사람 때문이지.'
하고 직접 간접으로 봉환의 탓을 하지 않을 수 없었다.

"열이 대단한데 어서 약을 먹여야 하지 않우?"
봉희 역시 적지 아니 염려가 되어서
"병원에 데려다 주리까?"
하고 교복으로 갈아입는다. 남편은 없는데 혼자서 끓여 먹으랴 집을 지키랴, 봉희는 학교에도 성실히 다닐 수가 없었다. 졸업시험이 며칠 안 남았건만 그 준비를 할 경황도 없이 그렁저렁 어수선하게 지내 왔었다.

"고만 두, 내가 다녀오리다."
인숙은 봉희가 너무 애를 쓰는 것이 미안스러워서 흐트러진 머리를 쓰

345

다듬어 올리며 일어서는데, 대문소리가 나더니,

"누구 손님 오셨우?"

하고 세철이가 마당으로 들어선다. 그의 손에는 함경도 명산인 정어리 한 두름이 들렸다. 봉희는 뛰어나가 남편을 맞아들이며

"아 오늘이야 겨우 오세요? 밤차를 타셨군요? 어쩌면 엽서 한 장두 안 하구…."

하고 일부러 입을 뾰족이 내밀어 보이다가

"혼자서 적적하길래 엊저녁엔 새언니하구 잤어요."

하고 남편의 구두를 끄르고 외투를 벗겨준다. 인숙과 세철은 간단히 인사를 주고받았다.

봉희가 아침상을 보려고 부엌으로 내려간 사이에 인숙은 일남을 안고 나왔다. 아직도 신혼의 단꿈이 깨지 않은 두 젊은 내외가 여러 날 만에 만났고 단칸방에서 옷도 갈아입고, 그동안 그리웠던 이야기도 하여야 할 텐데, 앓는 어린애까지 데리고 한구석에 가 우두커니 앉았을 수가 없었던 것이다.

봉희는 그 눈치를 채고도

"그 애를 또 안구 어딜 가우? 여기 있으면 어떠우?"

하고 겉으로만 붙잡는 체한다. 세철이도

"왜 그렇게 가세요? 이거 미안하군요."

할 뿐. 실상 인숙의 모자를 붙잡기도 어려웠다.

"병원엘 데리구 가봐야겠는데… 틈 있건 올러오우."

하고 인숙은, 병원에 다녀서 바로 삼청동으로 올라가겠다는 뜻을 보였다.

'아무래도 자기의 남편이 더 소중하지. 나 같은 사람이야….'

하고 인숙은 될 수 있는 대로 빨리 두 내외의 앞을 비켜 나왔다.

허 의사가 아침을 먹는 동안 인숙은 병원 대합실의 아직 피지도 않은 난로 앞에서 삼십분 동안이나 떨었다. 일남은 숨이 막히도록 폭 싸안았는데도 목구멍에 가래를 끓이며 신음하는 소리가 들린다.

허 의사는 진찰을 해보기도 전에 밤중에 어린애를 업고 돌아다녔다는 말을 듣고

"아―니, 어쩌자구 그랬단 말요? 온 큰일 날 짓을 했지. 그렇지 않어두 요새 독감 때문에 생때같은 애들이… 온 그만 지각이 없단 말요?"
하고 아이 어머니를 나무라더니 한참이나 손을 비벼 녹여가지고 인숙의 앞으로 다가앉더니 일남을 진찰해 본다.

체온기를 넣고 맥을 짚어보고 자꾸만 우는 입을 벌려 혓바닥까지 보고 나서 조그만 가슴을 헤치고는 청진기를 대고 한참이나 듣더니 눈살을 찌푸리고 쩌쩌쩌쩌 하고 혀끝을 찬다.

"어때요? 대단친 않어요?"

인숙은 전신의 신경을 의사의 입으로 모으며 떨리는 목소리로 간신히 물었다. 허 의사는 여전히 잠자코 체온기를 째어서 수은주를 창에 비추어 보고는 홱 뿌리치더니 천천히 머리를 좌우로 흔들 뿐….

😊 280회, 1935.01.23.

347

잃어버린 진주

[1] "대단해요?"

허 의사의 눈치를 살핀 인숙은 불길한 예감을 느끼면서 초조히 물었다.

"열이 사십 도나 되는 걸."

의사는 혼잣말하듯 하며 알코올 솜으로 주사기를 소독하면서

"산소 흡입을 시킬 테니… 어서."

하고 간호부에게 준비를 명령한다.

인숙의 마음은 더욱 불안해졌다. 바작바작 타는 입술을 떨면서

"무슨 병이에요?"

하고 주사기의 약물을 넣는 허 의사의 얼굴을 쳐다보니까

"독감이 쇄서, 가다루성 기관지 폐렴이 됐는데. 급성인데다가 때가 늦어서 오늘 저녁이 제일 위험하겠소 글쎄 어쩌자구 요 어린 걸…."

하고 또다시 혀를 차며 밤새도록 찬바람을 쏘이고 끌고 다닌 어머니의 지각없음을 꾸짖고는,

"절대로 안정을 시키는 게 필요하니까 입원을 해야겠소"

하고 허 의사는 보호자의 승낙을 얻을 필요도 없다는 듯이 뒤채의 온돌 방 하나를 치우라고 분부를 한다.

'아이고 또 어떻게 입원을 하나.'

인숙은 세 번째나 허 의사의 신세를 짓기가 진정으로 어려웠다. 그 눈치를 챈 의사는

"나 하라는 대루 안하면 큰일 나요. 개중만 났다가는⋯."

하고 반은 강제로 일남을 입원시켰다.

일남이가 주사를 맞는 것은 안타까워 차마 볼 수가 없었다. 바늘 끝이 고 나근나근한 가죽과 살을 찌를 때, 인숙은 동침으로 저의 염통을 꿰뚫는 것 같아서 고개를 돌렸다. 일남은 아픔을 견디지 못하고 사지를 움츠러트리며 발발 떨고 울지도 못한다.

새 가슴 같은 것을 헤치고 습포(濕布)를 하듯이 무슨 고약 같은 것을 바르고 산소 흡입을 시켜 보인 뒤에 간호부는

"이 마스크를 너무 가까이 대지 말구, 이렇게만 줄곧 해 주세요."

하고 방법을 가르쳐주고 나갔다. 우스운 소리도 곧잘 하고 남자처럼 쾌활하던 허 의사는, 일남을 진찰해 본 뒤부터 엄숙한 과학자의 태도로 변하였다. 사실 일남의 병은 자기로서도 장담을 하지 못할 만큼 위중하였던 것이다. 사람의 생명을 맡는 의사로서 무거운 책임을 느낄 뿐 아니라, 일남이가 인숙에게 있어서 다만 한줄기 생명선인 것을 잘 알고, 남유달리 동정을 해왔기 때문에, 구세주와 같이 신임을 받는 자기의 책임이 너무나 무거웠다. 더구나 일남의 맥박이 일 분간에 백에 가까운 위험한 상태에 빠진 것을 보니 말 한마디 할 여유가 없을 만큼 마음이 긴장된 것이다.

인숙이 역시 일남의 병 증세를 더 물어 보지 못하고 내뿜는 아들의 조
그만 입에 잠시도 그치지 않고 산소 흡입을 시켜주면서

"일남아, 엄마가 잘못했다. 몹쓸 엄마 때문에 네가 이렇게 고통을 당하
는구나. 오늘밤만 자구 나면 낫는다. 그렇지 오늘밤만 잘 자구 나면 전처
럼 웃구, 옹알옹알 하구 그러지? 응 우리 일남아!"
하다가는 눈두덩이 뜨끈하고 솟아오르는 눈물을 몇 번이나 마음속으로
소리 없이 삼켰다.

허 의사는, 다른 환자를 보다가도 틈틈이 들어와서 맥을 짚어보고 손
수 약을 먹이고 끊임없이 체온을 검사해 달라는 말만 이르고 나간다. 돈
을 버젓이 내고 입원을 한 것도 아닌데, 자기가 기거를 하는 뒤채의 온돌
방까지 내어주고 성심성의로 치료를 해주는 허 의사의 친절에, 인숙은
얼굴을 들 수 없었다. 그가 다녀나갈 적마다 궁금해서

"좀 어떱니까?"
하고 묻고 싶건만, 말도 감히 못하고 눈치만 볼 뿐이다.

오로지 제가 잘못해서 일남의 병을 더치게 한 것이 의사의 앞에 큰 죄
를 지은 것 같기도 하였던 것이다.

일남의 신열이 더 올랐다 내렸다 하는 동안에 해가 기울고 날이 저물
고 바람 소리 쓸쓸한 병원 뒤채에 밤이 들었다.

281회, 1935.01.25.

② "밤을 새울 텐데 요기를 해야 하우. 우리 저녁 같이 먹읍시다."
허 의사는 겸상을 해놓고 인숙을 권하였다.

"밥 생각 없어요"

인숙은 의사의 호의를 물리쳤다. 몸도 몹시 괴롭거니와 아침에 봉희에게서 콩나물국 몇 모금 마시는 체한 것밖에 입쩍도 하지 않아서 허기가 지다 못해 뱃속에서 찬바람이 이는 것 같고 어찔어찔해서 사람의 얼굴이 하나로 보였다 둘로 보였다 하건만, 잠시 잠깐도 일남의 곁을 떠나고 싶지가 않았다. 어쩐지 문밖에 나갔다만 들어와도 그동안에 누가 일남이를 머나먼 곳으로 데려갈 것만 같아서 눈 깜짝할 사이라도 머리맡에서 일어나고 싶지가 않았다.

"일남아, 네가 나아서 엄마의 젖꼭지를 다시 물 때까지, 난 아무것도 안 먹을 테다."

하고 인숙은, 극도로 흥분한 김에, 앞뒤를 생각지 못하고 성치 못한 어린 것을 업고 다녔던 벌을 받는 셈치고 생으로 굶었다. 굶기는커녕 살이 찢기고 뼈가 으스러져 가루가 되는 한이 있더라도 일남의 병을 낫게 해주기 위해서는 그보다 더 큰 고통이라도 참을 것 같다.

세간 하나 놓이지 않은 방은 무덤 속같이 고요해지고 일남의 숨소리는 높아만 간다.

이미 치료를 받을 때를 넘겨서 주사와 약효가 아직도 나타나지는 않는가.

체온기는 삼십구 도와 사십 도 사이를 오르락내리락하며 조금도 몸은 식지 않는다. 산소 흡입을 여전히 시켜주고 대야에 더운 물을 들여놓고 수증기 기운까지 쏘여주는 데도 일남은 금방 숨이 끊길 것같이 호흡이 거칠다. 갑갑하면 눈을 치뜨고 팔을 허공으로 내졌다가는 기저귀를 갈아채울 때처럼 두 다리를 쭉 뻗는다. 그럴 때마다

'아이고 쟤가….'

하고 인숙의 간은 콩알만 해진다. 몇 번이나

　"선생님, 이 앨 좀…."

하고 의사의 방으로 뛰어가려다가 숨소리가 조금 가라앉는 것을 보고는 도로 앉고 하였다.

　아들의 숨소리가 높아 가면 어머니의 숨소리도 높아 가고 조그만 것의 고통이 더해갈수록 어른의 마음은 몇 곱절이나 아팠다.

　밤이 깊자, 인숙은 머리맡에 약병을 정안수 삼아 그 앞에 꿇어 앉아 정성껏 기도를 올렸다.

　"하나님 부처님 이 세상에서 다만 하나밖에 없는 저의 아들을 살려주십시오! 그저 제가 잘못했습니다. 이 어미가 미쳤었습니다. 환장이 됐었습니다. 저것 하나 기르는 것밖에 소망이 없는 이 불쌍한 어미의 마지막 발원을 들어 주십쇼 죄 많은 저를 대신 잡어가 주십쇼"

하고 짭짤한 눈물을 빨아가며 손바닥을 땀이 나도록 비비면서 빌었다. 인숙은 하나님이나 부처님이 아니라도 아무에게든지 빌고 싶었다. 무당을 불러 굿이라도 하고 장님을 데려다가 경이라도 읽히고 싶었다. 하다 못해 죽이라도 쑤어다 길바닥에 버리고, 삼신메를 지어놓고 열 번 스무 번 절이라도 하고 싶었다. 일남이만 살려 준다면 어떠한 부끄러운 짓이라도 서슴지 않고 할 것 같았다. 하고 싶었다.

　산소(酸素)가 물속으로 방울을 지며 통해 나오는 소리만 뽀글뽀글—그러나 인숙의 귀에는 그 소리가 들리지 않았다.

　자정 때나 되어서 허 의사는 침의를 입은 채 들어왔다. 일남의 경과를 한참이나 보더니

　"인젠 한 가지 수단밖에 없소"

한다.

"네?"

인숙의 정기 없는 눈은 동그래졌다.

"수혈밖에는…."

"수혈이라뇨?"

"피를 뽑아 넣어보는 건데…."

그 말을 듣자, 인숙은 기다리고나 있었던 것처럼 선뜻 팔을 걷어 내밀었다.

"이 피를 뽑으세요. 다라두 뽑아 주세요!"

282회, 1935.01.26.

③ 주의 깊은 허 의사는 모자의 피를 조금씩 뽑아서 혈액의 형(型)이 맞고 안 맞는 것을 시험관에 넣고 그 반응(反應)을 검사해 본 뒤에 인숙의 팔에서 수십 그램의 피를 뽑았다.

젖먹이에게 수혈을 하기는 익숙한 의사로서도 가장 어려운 일이요, 또한 고작 위급한 경우에 마지막으로 취하는 수단이었다.

인숙은 눈 한번 깜짝거리지 않고 피를 뽑혔다.

묵묵히 간호부를 지휘하는 허 의사는 이마와 콧등에 땀이 내배도록 긴장이 되어 병마와 싸우다가 지쳐 늘어진 조그만 환자에게 무사히 수혈을 하였다. 그동안 주사기를 쥔 허 의사의 손끝이 떨리는 대로 인숙의 가슴도 떨렸다. 어머니의 산 피를 직접으로 받는 일남의 실고추 같은 혈관도 지극한 모성애에 가늘게 떨렸으리라.

"이젠 경과가 좋아야 할 텐데…."

하고 허 의사는 거의 반시간 동안이나 일남의 얼굴을 살펴보고 숨소리를 들어보고 하다가

"얼마동안 안심을 해두 좋으니 단 한 시간이래두 눈을 좀 붙이우."
하고 피를 뽑혀서 더구나 해쓱해진 인숙의 얼굴을 쳐다보고 자기 방으로 도로 나갔다. 인숙도 비로소 조금 마음을 놓고 일남의 곁에 가 쓰러졌다. 자기의 피 속의 혈구(血球)가 일남의 전신을 돌아다니며 병균을 하나씩 물어박지를 것을 상상하면서… 그러나 잠은 오지 않았다. 꿈도 아니요, 생시도 아닌 경계선에서 몽롱한 정신이 들락날락하는데, 온몸은 마비된 것처럼 감각을 잃어서 제 살을 꼬집어보고야 아직도 살아 있는 것을 깨달을 만한 정도였다.

한 십년이나 되는 듯한 기나긴 겨울밤이 밝았다. 일남의 조그만 육체를 사로잡은 병마도 인숙의 지성에 감동이 된 듯, 그날 밤에는 더 극성을 부리지 않았다.

인숙은 다리를 뻗지 못한 채로 한 두어 시간 눈을 붙이고 나서, 아침에 우유를 마시고 기운을 차리고, 허 의사 역시

"이대루만 가면 천행이요. 하지만 그동안 젖 한 모금 안 먹어서 극도로 쇠약하니까 아직 안심은 못하우."
하고 자기의 인술(仁術)이 효과가 나타남에 만족한 웃음까지 띄웠다. 인숙은

"선생님! 이 하늘 같으신 은혜를…"
하고는 무한히 감사한 뜻을 대신해서, 서리 맞은 풀잎과 같이 시들고 바래인 입술에 가냘픈 웃음을 담아보였다.

"그런 소린 뒀다하우. 나 없는 새에 개증이나 나지 말아야 할 텐데…"

하고 급한 전화를 받은 그는, 간호부에게 무어라고 이르고 문 밖으로 왕진을 나갔다.

저녁때까지 허 의사는 돌아오지 않았다. 몇 십리 밖으로 두어 군데나 다녔거니와 ××보육학교의 교의 노릇까지 하는 그는 나간 김에 오후의 생리학 시간을 보고 오느라고 그날은 늦게야 돌아오게 된 것이다.

그동안 일남은 얼른 보기에 혼곤히 잠이 든 것 같았다. 어머니는 혹시나 잠이 깨일까 보아 건드리기는커녕 숨소리까지 죽여 가며 그 곁을 지켰다. 그러나 일남은 경험이 없는 저의 어머니가 모르는 겨를에 고요히 고요히 숨을 거두었다. 다시는 깨어나서 그 어머니의 얼굴을 쳐다보지 못할 잠이, 깊이깊이 들고 말았다. 깜찍하고 안타까운 저의 임종을 보이지 않는 것이 저 하나로 말미암아 그다지도 애를 태운 어머니에게 대하여, 처음 겸 마지막인 효도나 되는 것처럼—어머니의 핏기운이 가시자, 그 틈을 타서 극도로 쇠약해진 저의 조막만한 심장이 병마의 침노를 받았던 것이다.

허 의사는 돌아오자마자, 맨 먼저 병실 문을 열고 슬리퍼를 신은 채 들어서며

"좀 어떠우? 아까 전화를 해 보구 별 탈은 없을 줄 알았지만…."
하고 묻는 말에

"그저 자나 봐요."
하는 것이, 실눈을 뜨고 누웠다가 벌떡 일어나며 하는 인숙의 대답이다.

😊 283회, 1935.01.27.

4 "아, 이 애가?!"

일남의 맥을 짚어 보던 허 의사는 안경을 고쳐 쓰며 부르짖었다.

"왜요?"

그제야 인숙은, 유리로 만든 눈알맹이를 박아놓은 것처럼 천장을 우러러 흐릿하게 뜨고 있는 일남의 눈동자를 들여다본다.

"왜라니?"

허 의사는 인숙의 말을 입 속으로 뒤받으며 일남의 가슴에 손을 대어 보고 심장의 고동이 그치고 숨이 끊어진 것을 확실히 알자, 금세 그의 얼굴에는 소낙비가 쏟아지려는 하늘처럼 시꺼먼 구름이 낀다.

"선생님! 이 애가 이게 웬일이에요?"

인숙은 누가 날카로운 침으로 찌르는 듯 펄쩍 뛰어올랐다.

허 의사는 눈을 내려 깔고 자기가 성심으로 보아주던 어린 환자의 명복을 빌어 주듯이 잠시 침묵하다가, 입을 벌린 채 다물지도 못하고 일남의 얼굴을 들여다보는 인숙의 어깨에 손을 얹으며

"아우님! 너무 낙심하지 마우, 나 할대로는 다해 봤소만…"

하는데, 냉정한 과학자의 눈에서 눈물이 떨어져 안경 속에 번진다.

허 의사가 일남의 눈을 쓰다듬어 내려 감겨주고 조그만 두 손을 가슴으로 모아서 올려놓고 긴 한숨과 함께 일어서 진찰실로 나간 뒤까지 인숙은 꼼짝 못하고 말 한마디도 못하였다. 말을 못할 뿐 아니라, 전신에 거미줄같이 얽힌 신경줄이 한 가닥 두 가닥씩 끊어지는 듯, 차츰차츰 감각을 잃어간다. 그의 얼굴에는 아무러한 표정도 나타나지 않는다. 놀라움도, 슬픔도, 분함도, 애처로움도—

설움과 괴로움으로만 가득 찬 인간 세상에 잠시 태어났다가, 어머니의 얼굴을 간신히 알아본 것과, 그의 따뜻한 가슴에 안겨 젖을 빨아본 기쁨

밖에는 아무것도 모르던 일남의 영혼은, 나면서부터 그 몹쓸 병마에게 사로잡혀 들볶이던 조그만 육체를 영원히 버렸다. 지금 어머니의 영혼은 그 뒤를 따르는 것이나 아닐까. 일남의 영혼의 고향으로 허위단심 쫓아가느라고 온몸의 감각을 잃고 있는 거나 아닐까.

한참만에야 인숙은 제정신이 돌아온 듯

"일남아!"

하고 제 귀에다 들리지 않을 만큼 부르짖고는 아들의 시체를 끌어안으며 엎드려졌다. 온기가 걷혀 싸늘한 일남의 뺨을 비비는 어머니의 얼굴의 탄력 없는 근육은 목소리와 함께 떨린다.

"일남아! 일남아! 눈을 떠라. 이 엄마를 좀 봐다오. 한 번만, 한 번만, 응 우리 일남아!"

달래듯 타이르듯 아무리 애원을 하여도 허 의사의 손에 곱게 감긴 일남의 눈이 떠질 리 없다.

"네가 정말 갔니? 나를 버리구 참 정말 갔니? 엄마 소리두 한 번 못 해보구…"

그제야 말라붙었던 어머니의 눈물이 일남의 하—얀 이마와 배냇짓으로 오물거리던 채 잠이 든 듯한 입모습에 방울방울 떨어졌다. 그 눈물은 구곡간장에서 우러나는 것이 아니요, 원한과 비통에 사무친 뼛속에서 골수(骨髓)를 뽑아내는 것이었다.

봄비 아닌 어머니의 눈물이 아무리 쏟아진들 한번 시들어버린 일남이가 소생할 수 있을 건가. 하루아침에 구만 리 창공으로 포르르 날아간 조그만 새를 다시금 제 보금자리에 돌아올 날을 기약할 수 있을 것인가.

아무리 생각해 보아도 거짓말 같은 일남의 죽음이 인력으로 어찌할 수 없는 엄숙한 사실인 것을 깨닫자, 눈물에 젖었던 인숙의 눈은 점점 무서운 광채를 발하더니 어쩔 줄을 모르고 방 안을 헤매다가 일남의 시체를 끌어안고 벌떡 일어섰다. 진찰실로 뛰어나가 테이블 앞에 머리를 짚고 앉은 허 의사 앞에 하얀 포대기에 싼 것을 치밀며

"이 앨 누가 죽였어요? 아 어떤 사람이 우리 일남일 죽였느냐 말예요"
하고 인숙은 거품을 끓이며 연거푸 외친다.

😀 284회, 1935.01.28.

⑤ 자기가 없는 동안에 당부한 대로 자주 병실에 들어가 보지 않았다고 간호부를 몰아세우고 난 허 의사는, 그렇지 않아도 자기의 책임을 느끼고 우울히 앉은 터에 인숙에게 그러한 청원을 듣고 보니 무어라고 대답할 말이 없었다.

그러나 "누가 내 아들을 죽였느냐"는 인숙의 뼈에 사무친 부르짖음이 반드시 의사의 탓을 하는 것만이 아닌 것은 이해치 못할 허 의사도 아니었다.

"이러지 마우, 아우님, 맘을 진정을 하우. 의산들 천명을 어떡하겠소"
하고 그는 그 자리에 쓰러질 듯한 인숙의 얼굴빛을 유심히 살펴보더니

'히스테리의 발작이로군.'
하고 간호부와 둘이서 인숙을 부축해서 병실로 데리고 들어갔다. 갖은 소리로 위로해 주는 말도, 이제는 귀에 들어가지 않는 듯, 인숙은 한눈을 팔듯이 눈을 멀거니 뜨고 있다가 일남을 누가 빼앗아 갈 것처럼 본능적으로 꼭 끌어안고 쓰러졌다.

전기불이 들어오기 조금 전, 황혼은 우중충한 병원을 에워싸고 병실의

유리창으로 기어든다.

허 의사는 일남의 시체를 다른 방으로 옮기고 밤 안으로 내가게 하려고 인력거꾼에게 준비를 명령한 뒤에 간호부를 병실로 들여보냈다.

조금 있자 간호부는 두 눈이 빨개가지고 나왔다.

"전 떼내 올 수가 없어요."

하고 돌아서며 소독복 소매로 얼굴을 가리며 훌쩍인다.

허 의사가 들어가 전등을 켜고 보니, 인숙은 가슴을 헤치고 시체의 입가에 젖을 물리듯 하며 품고 누워서 자장가를 부르는 구조로 무어라고 중얼중얼 혼잣말을 하고 있지 않은가.

그 광경을 한참이나 내려다보자, 의사 역시 차마 손을 대지 못하고 눈을 꿈적이며 돌아서 나왔다.

'이러다간 어머니마저⋯.'

하고 그는 다시 들어가 인숙에게 잠자는 약 한 봉을 억지로 먹이고 강심제 주사를 놓아 주었다.

삼청동으로 올라갔던 봉희가 뚝섬집과 같이 달려왔을 때, 인숙은 여전히 아들의 시체를 붙안고 앉았다.

몇 시간 전에 병원으로 전화를 걸었으나 "퇴원했어요" 하는 간단한 간호부의 대답을 듣고, 안심을 하고도 어쩐지 누가 끌어당기는 것 같아서 삼청동으로 올라갔던, 봉희와 '이제 시집에 다시 들어가 있게 됐나 보다' 하고 다행히 여기고 있던 뚝섬집은, 의사의 말을 듣자, 깡충 뛰어오르며 손뼉을 치며 놀랐다. 그들은 병실로 들어가서 둘이 함께 인숙의 모자에게 엉기어 붙듯 하고 울었다. 봉희는 죽은 애의 이름을 연거푸 부르며 무어라 사설까지 해가면서 눈두덩이 통통 붓도록 울었다.

얼마 있자 간신히 울음을 진정하고 가늘게 흐느끼기만 하는 봉희의 귀에는, 이상한 소리가 들렸다. 그것은 혼몽이 잠이 든 인숙이가 손을 끄떡여 일남의 머리를 쓰다듬어 주는 시늉을 하면서 잠꼬대하듯 아들을 얼러 주는 소리였다. 그 목소리는 말을 알아들을 만큼이나 똑똑하다가 다시 입 속으로 기어들곤 한다.

"애야, 일남아! 인제 엄마가 손 다우 하면 요 손을 납신 줄 테지… 따루따루를 하구. 유치원엘 드들어가설랑 창가두… 유희두… 하구. 소학교에… 가방을 매구 다니지? 우등 첫째 하구. 응응 일남아! 우 우리 일남아!"

다가는 눈먼 사람처럼 더듬더듬 어린애를 찾는다. 그러다가 자기가 유치원에서 유희나 하는 듯이 보모처럼 손가락을 폈다 오므렸다 하면서 다시금 어렴풋이 창가 하는 입내를 낸다.

봉희와 뚝섬집은 차마 그 소리를 들을 수 없어 눈물을 앞세우고 잠시 피해 나왔다. 그동안이었다. 염라국의 사자와 같은, 껌정 합비를 입은 인력거꾼은, 지카다비를 신은 채 병실로 성큼성큼 들어와, 인숙의 곁에서 허—연 뭉치를 슬그머니 빼앗아 들고 나갔다.

😊 285회, 1935.01.29.

⑥ 아들의 시체까지 빼앗긴 줄 안 인숙은 정말로 히스테리가 발작이 되어, 일남이를 내놓으라고 다리를 버둥거리며 머리를 쥐어뜯으며 눈에 띄는 사람마다 달려드는 것을, 여럿이 간신히 붙잡고 진정을 시켰다.

허 의사는 자동차까지 불러주어서, 봉희와 뚝섬집이 인숙을 삼청동으로 데리고 갔다.

안방 문을 열고 들어서다가 뚝섬집은

"이게 누구야?"

하고 새되게 소리를 지른다. 주인 없는 방 윗목에는 보지 못하던 마누라
쟁이가 쭈그리고 앉았던 것이다.

"저 셋째아씨께 여쭐 말씀이 있어서…."

하고 마누라쟁이는 어름어름하고 일어서더니 건넌방으로 건너간다.

"할멈, 어째 왔어?"

인숙을 눕히려고 요를 내려 깔던 봉희는 할멈을 알아보았다. 친정어머
니의 시중을 드는 안잠자기였던 것이다. 할멈은 어리둥절하며

"저…마님께서 애기하구 셋째아씨를 모시고 오랍셔서…."

하더니 허리춤에서 마님의 친필을 꺼내 놓는다. 자작 내외는 며칠을 두
고 손자를 데려올 의논을 하다가 봉환이까지 불러놓고

"분명한 제 자식을 눈뜨고 잃어버리는 그런 빙충맞은 놈이 어디 있느
냐. 우선 제 핏줄이 닿은 건 찾아놓고 볼 일이지."

하고 애어미야 나중에 어떻게 처치를 하든지 손주 새끼나 데려다 기르자
고 결의를 하고 손수 편지를 써서 안잠자기에게 보냈던 것이었다.

봉희는 어머니의 편지를 보지도 않고 밀어 던지며 한숨만 길게 내쉬었
다.

인숙은 할멈의 얼굴을 한참이나 똑바로 쳐다보더니

"누가 애길 데려오래? 응? 재주껏 데려가 보라지."

하고 벌떡 일어나며 소리를 지르는 것을,

"이러지 마우. 새언니, 고만 좀 잊어버류."

하고 봉희가 붙들고 빌다시피 하여서 인숙을 억지로 자리에 눕혔다.

"애기는 먼저 데려간 사람이 있다구 가서 여쭤."

하고 눈짓을 하여 할멈을 돌려보냈다.

…봉희까지 곁을 떠난 후 인숙은, 하룻밤 하룻낮을 오직 슬픔과 탄식 속에 보냈다. 눈물은 끊임없이 베개를 적시고, 빨릴 데 없는 젖은 통통히 불어서 요 바닥을 척척히 적시었다.

일남의 숨이 끊기자, 그와 동시에 인숙의 인생에 대한 희망도 끊어졌다. 완전히 끊어지고 말았다.

다만 한 가닥인 인숙의 생명선을 움켜쥐고 있던 조그만 손은, 그 줄을 탁 놓아버렸다. 영영 놓아버리고 말았다.

층암절벽에서 요행으로 휘어잡았던 한줄기 나무뿌리가 세찬바람에 흔들려 송두리째 뽑히는 찰나에, 깊이 모를 바다 속으로 떨어질 수밖에 없는 것이 인숙의 운명이었다.

이튿날 저녁, 최후의 결심을 한 인숙은 책상 앞에서 흐트러진 머리를 쓰다듬어 올리고 정신을 가다듬었다.

작은아씨! 일남이가 불러서 나는 가오. 고 어린것이 황천길을 저 혼자 걷는데 어미가 어떻게 따라가 보지를 않겠소 그 애의 손을 잡고 그 길을 같이 걸을 생각을 하니 여간 기쁘지가 않구려.

봉희 씨!

이 세상에서 이 몸을 가장 사랑해 주고 극진히 두호해주던 우리 봉희 씨! 봉희 씨는 아들 딸 많이 낳고 오래오래 오복을 누리다가 오우. 우리 저 나라에서도 이생에서처럼 둘이 의좋게 지냅시다.

아아! 이제 와서야 누구를 원망하고 무엇을 한탄하리까. 다만 까마귀

골에서 더럽힌 이 몸을 창파에 깨끗이 씻으려 할 뿐….

년 월 일

당신의 영원한 '새언니'로부터

🙂 286회, 1935.01.30.

⑦ 이 세상에서 골육을 같이 나눈 다만 한 사람인 경직에게와, 담 밖을 모르는 구식 여자였던 저에게, 새로운 사상과 변해가는 시대의 정신을 넣어준 복순에게와, 또 그리고 일남의 최후까지 정성껏 치료를 하여 준 크나큰 은혜를 입은 허 의사에게, 인숙은 각각 간단하고도 의미 깊은 유언장을 썼다. 자획 하나 틀리지 않게 써서 책상 위에 압정으로 꽂아 놓고 일어섰다.

그리고 장문을 열고 입던 옷가지와 아직도 월부를 다 붓지 못한 재봉틀과 공부하던 책이며 그밖에 모든 것을 찬찬히 정돈해 놓고 나서 경대 앞으로 앉았다.

인숙은 요새 며칠 동안에 한 십 년이나 다가 늙은 듯이 초췌한 저의 얼굴을 한참이나 물끄러미 들여다보았다.

흐렸다 개였다 하는 거울 속으로는, 제가 한평생 지낸 일이 어제런 듯 바로 오늘인 듯, 환등과 같이 비추었다가는 활동사진처럼 획획 달린다.

과천 집 뒤꼍에서 점례와 각시놀음을 하고, 달빛을 밟고 마당을 거니시는 아버지의 곁에서 당음을 외고, 인력거를 타고 온 사람을 구경하려고 앵두나무에 올라갔다가 치마를 찢기고 어머니에게 꾸중을 듣던 소녀 시대로부터, 꿈에도 생각지 못한 누명을 쓰고 이혼을 당하게 되고, 나중에는 일점의 혈육마저 참척을 보아 마지막 가는 길까지 밟지 않을 수 없

게 된 오늘날 이때까지에 지내오고 겪어온 모—든 것을 한 장의 유리조각을 통하여 들여다볼 때,

"아아 여자의 일생이란 이다지도 박행한 것일까?"

하는 오장이 썩는 듯한 탄식이 저절로 터져 나왔다.

"나와 같은 운명에 빠져서 허덕이는 여자들도 과연 이 세상에는 얼마나 많을까?"

하니 저처럼 자결을 할 결심조차 못하고 사람으로서는 참을 수 없는 온갖 고통과 갖은 설움을 죽는 날까지 참아가면서도 지긋지긋이 살아가지 않을 수 없는 그네들이, 무한히 가엾고 불쌍하였다.

그러자 인숙의 눈앞에는 두어 줄기 글발이 나타났다.

"행여 여자의 몸으로 태어나지 말라. 평생의 고락이 남의 손에 달렸느니라."

이것은 옛날 시인의 말이나, 남편이 도화란 계집애와 첫번 난봉이 나서 홧김에 친정으로 갔을 때, 어머니가 한숨 섞어 들려주신 말씀이었다.

인숙은 그 자리에 엎드려 어머니와 아버지의 혼령에게

"두 분께서 끼쳐주옵신 신체발부를 종신토록 고이 지키지 못하는 불효막심한 여식의 흉중을 굽어 살피소서."

하고 공손히 북창을 향하여 머리를 숙인 뒤에 찬찬히 일어섰다.

인숙의 눈에서는 눈물이 흐르지 않았다. 폭풍우가 지난 뒤처럼 한숨도 걷히고, 다만 눈앞에 훤하게 열리는 것은 한강의 시푸른 물결이었다. 철교 아래에 얼음장과 함께 흘러내리는 충충한 물이, 그의 마음과 육체를 유혹할 뿐….

물속에 잠긴 둥근 달과 같이 인숙의 눈 아래에서 어른거리는 것은 일

남의 얼굴이다. 엄마가 얼러주는 대로 벙글벙글 웃던 바로 그 얼굴이다.

일남은 얼른 따라오라는 듯이 고사리 같은 손을 까먹이며 부른다. 벙글벙글 웃으며 어머니를 불러낸다.

인숙은 일남이가 누웠던 자리를 몇 번이나 돌려다보면서 두루마기를 입고 목도리를 둘렀다. 방문을 살그머니 닫고 마루로 나와 안방 편으로 귀를 기울인 뒤에, 대문소리 조심스럽게 잠 깊은 길거리로 달려 나왔다.

기울기 쉬운 달빛을 따라 꺼지기 쉬운 아들의 환영을 쫓는 어머니의 걸음은 급하였다. 그 마음은 더 한층 바빴다.

—그리하여 인숙은 붉은 전등을 켠 한강행 전차를 타게 된 것이었었다.

🙂 287회, 1935.01.31.

비극 이후

[1] 봉희는 그날 저녁 세철의 손이 와서 저녁 대접을 하고 난 뒤에 몸이 고단한데 감기 기운이 있어서,

'새언니가 별고나 없나? 여간해 맘을 못 잡을 텐데….'

하고 몹시 궁금해서 삼청동으로 올라가보려고 교복으로 갈아입기까지 하고는 고만 아랫목에 가 쓰러졌었다. 손들과 함께 나간 남편이 들어오면, 늦더라도 잠시 다녀오리라 하고 눈을 감고 있다가 어렴풋이 잠이 들었다. 꿈도 아니요, 생시도 아닌, 그야말로 비몽사몽간이다. 눈이 부시도록 새하얀 털옷을 기다랗게 늘인 천사들이 알연히 나타나더니, 곱다랗게 눈을 내려 깔고 입모습에 실낱같은 가냘픈 웃음까지 띄운 일남이를 고이고이 싸고 받들고 하늘로 올라간다. 뭉게뭉게 피어오르는 구름장을 타고 가벼운 바람에 그 흰 옷자락을 하늘하늘 나부끼면서….

천사들이 일남을 데리고 올라가는 것을 보자, 어디선지 인숙이가 머리를 풀어 헤치고 나타나더니 그 뒤를 쫓아갔다. 줄이 끊어진 연을 잡으려는 것처럼 고개를 들고 하늘만 쳐다보면서 갈팡질팡 따라가다가, 어찌어찌하여 천사의 늘어뜨린 옷자락 한 가닥을 간신히 휘어잡았다. 인숙은

허공 중천으로 따라 올라간다.

인숙이가 까마아득하게 올라가는 것을 보자, 봉희는 어쩌나 조마조마한지 손에 땀을 쥐며

"저를 어쩌나? 아이고 저를 어쩌나!"

하고 입 속으로 부르짖었다. 간이 졸아드는 듯이 아슬아슬한 판에 인숙은 고만 천사의 옷자락을 놓쳤다. 봉희는 깜짝 놀라 손등으로 입을 막으며

"앗―"

소리를 질렀다. 인숙은 끊어진 흰 옷자락을 낙하산(落下傘)처럼 받고 내려온다. 강인지 바다인지는 모르나, 눈앞에는 천야만야한 시푸른 물결이 굼실거린다. 크고 작은 물결은 고래의 입이 되고 악어의 주둥이가 되어 다투어가며 머리 위에 떨어지는 인숙을 통으로 삼키려고 널름거린다.

인숙이가 철썩―하고 떨어지는 찰나에, 봉희는 벌떡 일어났다. 지겹고 무서운 꿈에서 소스라쳐 깨었다.

남편은 그저 돌아오지 않고 방안의 전등불만 흐릿하게 내려 비칠 뿐…. 제정신이 든 봉희의 머릿속에는

'정말 새언니가 물에나 빠지러 나가지 않았나.'

하는 생각이 번갯불같이 번쩍하고 났다. 그와 동시에

"인젠 참 정말 한강으로나 갈 수밖에 없우."

하고 고민이 절정에 이룰 때마다 한숨 섞어 하던 인숙의 말을 제 귀로도 몇 번이나 들었던 생각이 났다.

'새언니 성미에 한 번 결심만 했으면야.'

하니 봉희는, 잠시도 더 멈칫거리고 있을 수가 없었다.

삼청동으로 달음질을 해 올라간 봉희의 눈에 맨 먼저 띄운 것은 아니나 다를까 인숙의 눈물겨운 유언서였었다…

　× ×

　× ×

…파출소로 끌려들어 갔던 인숙과 봉희는 거의 한 시간 동안이나 순사의 잔소리를 듣다가 무사히 나왔다.

그는 한 번 입을 다문 후 끝까지 자살을 하려던 까닭을 말하지 않으나 봉희가

"단 하나밖에 낳지 못한 첫아들을 잃고 고만 히스테리가 발작이 됐던 거예요. 내가 잘 보호해 가지고 들어갈 테니 염려 마세요"

하고는 밖에서 기다리는 자동차에 인숙을 태웠다. 자동차 속에서 인숙은

"이번엔 작은아씨가 나한테 적악을 했우."

하고 저를 살려준 것이 되려 못할 일을 한 것이라는 뜻으로 한마디를 한 뒤에는 '되는 대로 되려무나' 하는 자포자기의 태도로 눈을 감고 말도 안 하였다. 다시금 정신을 잃은 사람처럼 자동차 안석에 턱 실린 몸이 쿠션에 조금씩 흔들릴 뿐이었다.

　　　　　　　　　　　　　　　　　　😊 288회, 1935.02.01.

②　그 후 며칠 동안 봉희와 뚝섬집과 삼청동집 행랑에 든 여편네가 번차례로 인숙의 곁을 떠나지 않고 번을 돌았다.

한 번 단단히 놀랜 뚝섬집이 경직에게 전보를 쳐서 불러올리겠다는 것을 인숙은 한사코 말렸다.

"다시는 그런 생각을 하지 않을 테니, 아무한테든지 내가 한강까지 나

갔다는 말은 하지 말어주."

하고 부탁까지 하는 것을 보고 여러 사람은 비로소 안심을 하였다.

그러나 인숙은 여러 날 동안 누워 앓으면서도 일남의 생각을 하고는 새로운 눈물을 흘렸다. 더구나 한 번도 실컷 빨려보지 못한 젖이, 퉁퉁히 불어서 짜낼 적마다 톱으로 써는 것처럼 가슴속이 쓰렸다.

뚝섬집이 일남이가, 조그만 손으로 쥐고 흔들던 장난감이나, 장 속에 넣어둔 옷가지까지도 어머니의 눈에 띄지 않게 하느라고 말끔 모아다가 뒤꼍에서 살라버렸건만, 인숙은 일남이가 누웠던 방바닥만 보아도 눈물이 듣거니 맺거니 하였다. 집채가 반이나 헐려간 듯이나 허수해서 자나 깨나 일남에게로만 달리는 생각을 걷잡을 길이 없었다.

그 뒤에 인숙의 시집에서는 다시금 잊어버린 듯이 아무 소식이 없었다. 손자가 죽은 줄은 안잠자기의 말을 듣고 알았건만

"내—개, 그럴 줄 알았다. 그 춘 데 어린 걸 업구 미친년처럼 까질러 다녔으니 무쇠덩이면 성하겠느냐."

하고 시부모는 손자를 죽인 그 어미를 꾸짖기는 했어도, 언제 정이 든 손자라고 가엾다든지 불쌍한 생각이 날 리는 없었다. 다만 꿈에 얻었던 떡으로만 여길 따름이다. "죽거나 살거나 제 손으로 기르겠습니다" 하고 악지를 쓰고 누가 빼앗을까 보아 바득바득 어린것을 안고 가던 인숙이가 어찌나 미운지

"흥 그런 꼴을 제 눈으로 봐 싸지."

하고 시어머니란 이는 콧방귀를 뀌었다.

그 소식을 들은 봉환은 비로소 마음이 놓였다. 심중으로 적잖이 기뻤다.

‘고것 때문에… 고놈의 건 괜히 생겨나서 성화를 받쳐.’

하고 처치하기 곤란한 고민의 씨가 되던 차에, 그 눈엣가시가 형적도 없이 뽑히고 나니 여간 시원하지 않았다.

‘인제 제가 들고 나설 것이 없겠지.’

하니 잠시라도 인숙이와 육체적 접촉이 있었던 증거품까지 소멸이 된 것이, 이혼을 하거나 앞으로 자유로이 연애를 하려는 저의 평생의 사업을 위하여 얼마나 다행한지 몰랐다.

“어디 좀 더 두고 보자. 인제야 제가 자청을 해서라도 결말을 내자고 할 테지.”

하고 그 기회를 기다리리라 하였다.

그러나 강보배의 편에서는 아직도 봉환에게는 이인숙이란 본처가 또렷이 민적에 나란히 올라 있고 더구나 소생까지 있는 것을 수소문해 알고는 펄쩍 뛰었다.

“천하에 죽일 놈 같으니라구. 그놈이 내 딸을 버려놓고는 할 말이 없으니까 뻔뻔스레 이혼을 한다고 거짓말만 질질 흘리고 돌아다녔지 뭐야. …어디 너 이놈 귀족의 자식 성한가 두구 보자.”

하고 보배의 아버지는 천정을 받았다. 아랫대에서 더러운 누명을 듣는 그는, 깍지똥 같은 몸을 주체하지 못하면서 모주 먹은 도야지 벼르듯 하였다.

그러나 보배의 부모는 자기네의 무남독녀가 그동안 봉환에게서 못된 병을 올려서 저 혼자 무한히 고통을 받고 있는 줄은 알 리가 없었다. 그뿐 아니라, 그 위에 봉환의 씨를 밴 지가 벌써 서너 달이나 되어서, 학교에도 가지 못하고 머리를 싸매고 누운 것은 까맣게 모르고 있다.

부모들은, 봉환이와 얼른 정식으로 결혼을 하지 못해서 딸이 심화로 식음을 폐하고 누운 줄만 알았다.

🙂 289회, 1935.02.02.

③ 늦추위가 극성맞던 일기가 흠씬 풀려 제법 봄날같이 따뜻한 공일 날 점심때였다. 자하문 밖에서도 한 십 리나 더 나가있는 조용하고 조그만 암자에서는 인숙의 위로회가 열렸다. 발기인은 허 의사로 세철과 봉희가 일테면 배빈처럼 참석하였다.

인숙이가 한강까지 나갔더라는 말을 들은 허 의사는 얼마 동안 마음을 진정하기를 기다렸다가 인숙을 시원한 바람이나 쏘여줄 겸 연거푸 한 달째나 환자 치다꺼리에 눈코 뜰 새 없이 지내던 자기 역시 하루 동안 소창도 할 겸 해서 인숙을 찾아 갔었다.

아직도 머리를 싸매고 누워서 다시금 자살할 기회만 엿보고 있는 듯한 인숙을 다짜고짜 끌어내어 자동차를 태웠다. 인숙은

"일남이 무덤이나 가르쳐 주세요. 다른 덴 가구 싶지 않어요"

하고 굳이 사양하는 것을 허 의사는

"글쎄 오늘 하루만 잊어버려요. 제발 남의 말을 좀 들우. 내 좋은 구경 시켜줄게."

하고 꾀어가지고 그 길로 세철에게로 들러서 그들 내외를 태워가지고 나갔던 것이다.

차창으로 씽씽 달리는 바람은 흉금을 스치는 대로 여간 시원하지 않았다. 인숙은

'팔자에 없는 자동차는 여러 번째 타는구나.'

하고 가벼이 탄식을 하면서도 이른 봄의 교외를 달리며 오래간만에 과천 집 근처 같은 밭과 논과 산이며 벌판을 내다보니 차츰차츰 기분이 바꾸어지는 것을 느껴졌다. 사람으로서는, 더구나 심약한 여자로서는 참을 수 없는 일을 참고 겪을 수 없는 일을 겪느라고, 지글지글 끓다가, 도가니 밑바닥에 졸아붙은 부레풀처럼 옥죄었던 인숙의 머릿속이, 잠시 시원한 바람을 쏘이고 창밖에 경치를 내다본다고 금세로 씻은 듯 부신 듯 명랑해질 수야 있으랴. 그러나 침울한 좁은 방 속에서 낮과 밤을 이어죽기도 임의로 못하는 신세를 비탄만 하고 있던 사람으로는, 한 모금의 청량제를 마신 것만큼 잠시 상쾌해지는 것도 사실이다.

세철과 봉희는 그렇지 않아도 인숙을 위로해 준다느니보다, 그의 장래를 함께 걱정이라도 하고 서로 자기네 일처럼 의논이라도 하려고 한자리에 앉아서 저녁이나 먹어가며 이야기할 기회를 짓고자 벼르던 차에, 마침 허 의사와 동행을 하게 된 것이었다.

세 사람은 자동차 속에서 될 수 있는 대로 우스운 이야기를 주고받았다. 그 중에도 허 의사는 전처럼 쾌활한 태도로 인숙의 마음속의 상처를 건드리지 않을 화제를 꺼내 가지고, 떠들며 인숙의 무릎을 쳐가면서 남자처럼 웃는다.

인숙이도 속으로는

'저이가 나를 일부러 웃기려고 저러는구나.'

하면서도 대접상으로 조금씩 따라 웃었다.

이른 봄 승방의 대낮은 조용하였다. 만수향 냄새 그윽한 법당 층계로 초막으로 오르내리는 여승들의 장삼 자락이 미풍에 나부끼는 것을 바라보니 딴 세상에나 온 것같이 한가로웠다.

나이 오십쯤 되어 보이는 스님인 듯한 여승이 회색 두루마기 소매를 모아 합장을 하며

"어서들 나오십쇼"

하고 허 의사의 일행을 맞아들였다.

그의 거처하는 방인 듯 뒤채에 정갈히 치어놓은 방안의 검소한 문갑 위에는 흰 매화 한 송이가 웃으며 손들을 반겼다.

"이런 데가 좀 깨끗하구 조용하우? 시내에다 대면 별유천지지. 우리 점심이나 시켜 먹으면서 맘 턱 놓구 이야기나 합시다."

하고 허 의사는 상제 중을 불러 점심을 분부한다. 그는 별배처럼 여자들의 뒤를 따라온 세철을 가리키며

"저런 남자하구 같이 들어오는 걸 주인이 싫어하는 눈치지만 여승들이 눈요기래두 하면 해롭지 않지 뭘."

하고 낄낄 웃더니

"우리 몇 사람은 갑갑할 때면 한 달에 한 번쯤 이 집으로 나와서 소창을 하구 들어간다우. 나 같은 올드미스가 어째 맘이 좀 센티멘털해 질 때가 없겠소?"

고 연방 일행을 웃긴다.

290회, 1935.02.04.

4 "세상 근심 잊어버리고 이런 데 와서 사는 여자들은 참 좋겠어요 쓸쓸하긴 해두 평생 제 몸 하나는 깨끗할 테니까요"

인숙의 입에서도 비로소 조금 긴 말이 나왔다.

"그야 얼른 겉으로 보기엔 그럴지 모르지만 꽃같이 젊은 여자들이 이

런 산 속에서 염주나 주무르면서 속절없이 청춘을 늙히는 것두 비참한 사실이지 뭐요. 아주 특별한 수양을 쌓아서 도가 통해서 생사 문제까지 초월했다면야 속된 사바(娑婆)가 부러울 게 없겠지만…. 연전에 나왔을 때 아까 우리를 맞아주던 늙은 스님하구 이야기를 해 보니까 여승 노릇을 하게 된 사정이 기막힙디다. 세상이 그리운지 터놓구 말하면 사내 생각이 나서 더구나 봄이 되면 몇 번이나 밤중에 보따리를 쌌었는지 모른대. 나두 여승 한 가지니까 여간 동정이 되지 않더구먼."

하고 허 의사는 자기의 무릎을 치며 웃는다.

이번에는 세철이가 말을 받았다.

"그네들두 모두 생활 때문에 이런 데 와서 억지로 부처님을 위하는 체하는 게지요. 저 어린 여자들이 인생에 대한 철학이나, 종교에 대한 신앙심이 생겨서 소위 수도(修道)를 하고 있는 건 아닐 테니까요. 근대에 와서는 종교를 믿는다는 것두 요컨대 밥벌이지요. 어디 밥벌이나 되나요. 제 목구멍 하나를 위해서 신앙 대상자의 이름을 파는 기생충들에 불과하지요."

"세철 씨는 유물론자(唯物論者)니까 그렇게 생각을 하는지는 모르지만 인생이란 그렇게 단순한 것도 아니겠지요. 세철 씨처럼 저런 장안의 미인하구 결혼생활을 하는 행복한 분의 눈으로야 그렇게 보일 테지만…."

허 의사는 슬쩍 봉희를 흘겨본다. 봉희는 숫색시처럼 얼굴이 빨개지면서

"허 선생님은 꼭 그런 말씀만…."

하고는 머리를 숙인다.

"참 정말 두 분이야 누구보다두 행복하지 뭐요?"

인숙이도 한마디를 거들었다.

"글쎄, 지금 우리의 생활이 행복할까요? 연애를 한바탕 굉장히 하다가 성공을 한 셈이니까요 그렇지만 연애에 성공을 했다든지 원만한 결혼생활을 한다든지 하는 것이 보통 사람의 눈에는 부러워 보일 때두 있는지 모르지만, 실상 당자들이 생각해 보면 그다지 행복스러운 것두 아니에요 구차스럽게 월급 몇 푼 얻어먹는 것으로 생활이 안정되었다구 할 수도 없구요…. 밥두 제때에 못 얻어먹고 돌아다니던 총각 시절보다야 몸은 편안해졌겠지만 그 대신 정신상 고민은 점점 커지기만 해요."

"아 무슨 고민이 그렇게 혹처럼 커지기만 한단 말요?"

허 의사는 놀리듯이 묻는다.

"저이는 무에 못 마땅해 그러는지, 벌써부터 밤이면 말두 안하구 끙끙 앓아요 벌떡 일어나서 우두커니 앉았기도 하구 어떨 땐 그야말로 실연이나 한 사람처럼 뛰어나가서 길거리로 쏘다니다가 새벽녘에야 들어오기가 일쑤예요. 선생님, 그럴 땐 무슨 약이 없나요?"

봉희의 말이 떨어지기가 무섭게 세철은

"듣기 싫우. 남의 속은 알지두 못하면서 쓸 데 없는 소릴 하는구려."

하고 아내를 윽박지른다.

"그럼 말두 안하구 벙어리 냉가슴 앓듯 하는 사람의 속을 내가 어떻게 알아요?"

봉희는 빨끈하고 쇠면서 남편의 말을 뒤받는다.

"허— 이거 전쟁이 시작되는군. 내외 싸움일랑 집에 가 방속에서들 하우. 이거 우리 같은 사람들은 눈꼴이 틀려 못 보겠구려."

하면서도 허 의사는 짓궂게도 두 젊은 내외의 싸움을 더 찐덥게 붙여주고 싶은 듯이 번갈아본다.

그러나 점심상이 들어왔다. 인숙과 봉희는 일어서 상을 받아 들여왔다.

밥상을 들이밀고 뜰아래로 내려서는 상제 중들의 박통같이 빤들빤들한 머리가, 내려 쪼이는 볕에 번쩍번쩍한다.

291회, 1935.02.05.

⑤ 세철의 이야기는 중단이 되었다.

"새언니 취나물 좋아하지 않우. 어쩌면 튀각을 이렇게 탐스럽게 잘 튀겼어. 집에서 한 번 해먹는다다가 기름이 적어서 새까맣게 태웠더라우."
하면서,

"아우님이 소채를 좋아하는 줄 알구 일부러 이런 데로 왔으니 그동안 못 먹은 양을 다 채우."
하고 지글지글 끓는 신선로의 두부전골을 공기에 떠 주는 허 의사와 함께, 스스러운 손님처럼 인숙을 권하였다. 인숙은 오래간만에 입맛이 나서

"그래두 산 사람은 맛있는 걸 아는구려."
하고 남의 운에 딸려 이것저것 집다가

"참 복순 씨는 병이나 아주 다 낫는지 몰라."
하고 복순의 생각이 나서 젓가락을 세운다.

"일전에 편지가 나왔는데 건강은 편찮대요 공소를 해서 복심법원으로 올라올 테니까 서울서 면회는 할 수가 있겠지요"
하고 세철이가 최근의 소식을 전한다.

"참 복순이 때문에 우리가 다 이렇게 알게 된 게 아니오, 사람의 인연이란 알 수 없는 거야."

허 의사의 말 한마디에 인숙과 세철과 봉희는 제각기 복순이와의 관계며 전에 지내던 일을 추억하고 일제히 복순이가 몸 성히 치르고 하루바삐 나오기를 마음속으로 빌었다.

　"뭐 그 배포 유한 사람이 피둥피둥하게 살이 쪄 가지구 나올 걸. 복순이가 나오면 내 한턱을 다시 낼 테요."

하고 허 의사는 바리때에 고사리와 도라지나물을 넣고 보기만 하여도 침이 고이도록 맛있게 비비면서

　"어서 덤벼들우."

하고 인숙을 다가앉힌다. 인숙이로 하여금 조금이라도 처량하거나 가슴 답답한 생각은 할 틈을 주지 않으려고 그는 말머리를 이리 두르고 저리 두르면서 패사를 부린다.

　"선생님 익살엔 초상 상제두 웃겠어요."

하고 인숙이도 웃는 낯으로 모든 것을 잊어버리고 점심을 맛있게 먹었다. 죽지 못해서 음식을 약처럼 먹어오던 뱃속이, 놀랄 만큼이나 많이 먹었다.

　세철의 내외도 한 그릇에 밥을 탐스럽게 비벼 가지고

　"이게 새언니 덕이에요."

　"아—니, 허 선생 덕이지."

해 가면서 게눈 감추듯 하고 과일 접시를 다가놓고 부끄럼을 탈 때의 봉희의 얼굴빛 같은 사과를 집어서 반에 쪽 쪼개가지고 어적어적 나눠 먹는다.

　실상 이 젊은 부부도 명색 결혼이라도 하자마자, 젓국 같은 살림에 쪼들리며 상점 일을 보랴 하나는 학교에 다니랴 이런 절간에 나와서 음식

을 사먹기는커녕 동부인해서 창경원 같은 데 산보도 한번 가보지 못했었다. 그래서 오늘은 일테면 봉희 내외의 간친회(?)까지 겸친 것쯤 되었다.

그러나 두 사람은 될 수 있는 대로 저희들의 의초 좋은 것을 인숙의 눈앞에 보이지 않으려고 일부러 데면데면한 체를 해 보이려는 것이, 허의사의 눈에 띄었다. 그러면서도 생으로 자기의 본능을 참고 청상과부처럼 직업부인으로 늙는 자기 역시, 정다운 두 젊은 내외의 일동일정이 속으로는 슬그머니 부럽기도 하였다. 겉으로는 미소를 띠우면서도 사람으로 완성되지 못한 반편과 같은 외로움과 쓸쓸함을 느끼고 문갑 위에 향기 없이 홀로 핀 매화송이를 맥 놓고 들여다보는 것을 인숙은 몇 번이나 눈치를 채었다.

밥상을 물린 뒤에 인숙은 실과를 벗겨 허 의사에게 권하면서 방바닥을 한참이나 내려다보더니

"세철 씨는 무슨 고민을 그렇게 많이 하세요? 내 생각에는 인제 첫아들이나 하나 나셨으면 느긋하실 것 같은데요"

하고 찬찬히 머리를 쳐들고 묵묵히 앉은 세철의 얼굴을 쳐다본다.

봉희의 시선도 허 의사의 시선도 일제히 세철의 얼굴로 모였다.

292회, 1935.02.06.

⑥ 세철은 무거이 입을 열었다.

"요령부터 간단히 말씀하면 앞으로 어떠한 길을 밟아 나갈까 하는 것이 큰 고민거리에요 내가 그 지독한 고생을 해 가면서 이 현실과 싸워온 것은, 지금처럼 소시민적(小市民的)인 생활 안정을 얻기 위한 것이 아니었으니까요. 사실 가만히 따져보면 내가 그동안에 한 사업이라고는 극히

개인적인 연애에 성공한 것뿐이지요. 바꾸어 말씀하면 부르주아의 딸 한 사람을 빼앗은 것이 그동안 내 사업의 전체이었단 말씀이에요"

하고 얼굴을 조금 돌려 봉희의 눈총을 피하다가

"앞으로 무엇을 할까? 이 시대에 처한 조선의 젊은 사람으로, 계급인의 하나로서 무슨 일을 어떻게 해나가야 할까 하는 목표를 확실히 정하지 못하고 방황하는 것보다 더 마음 괴로운 것은 없어요. 다른 사람들은 보기에 딱하기는커녕, 나 자신의 생활이 너무나 무의미하구 기분이 침체해진 데 분개하지 않을 수가 없어요"

세철의 얼굴은 점점 혈조를 띠운다.

"그야 조선의 젊은 인텔리치고는 다 같이 느끼는 고민이지, 유독 세철 씨만 당하는 정신상 고통이 아니겠지요"

허 의사 역시 여성운동에 가담해서 복순이 같은 전위 분자의 뒷배를 보아오던 사람이라, 세철이와 같은 시대의 고민과 조선의 지식분자로서의 번뇌를 받고 있다는 뜻을 보인다.

"그렇지만 나는 처지와 환경이 남유다르게 자라왔고 또는 이 사회의 불합리한 것과 끝까지 싸워 나갈 것을 철학으로 삼고 왔었기 때문에, 목구멍을 위해서만 저의 생명인 시간 전부를 빼앗기는 근자의 결혼생활에 고만 환멸을 느꼈어요. 그렇다고 지금 형편으로는 무작정 하구서 날뛰는 것이 상책이 아니겠구요"

인숙과 봉희는 잠자코 세철의 말에 귀를 기울이고 허 의사만이 대꾸를 한다.

"내가 의사니까 이렇게 생각이 되는지는 모르지만 중병이 든 환자는 무엇보다 먼저 엑스광선으로 병의 근원부터 비쳐볼 필요가 있을 줄 알어요. 약을 먹이는 것쯤으로는 듣지 못할 경우면, 당연히 큰 수술을 해서 그 병근을 뽑아버리는 수밖에 없으니까요. 그리하여 우선 우리네 같은 소위 인텔리들은 조선의 가슴 한복판에 청진기를 대볼 줄 알아야겠어요"

"그 병명을 모르는 건 아니에요. 병근을 뽑아 버려야 할 것두 물론 알지 못하는 게 아니지만 다만 그 수단과 방법에 달렸거든요. 선무당이 사람을 죽인다는 격으로 함부로 날뛰다가는 저 한 몸이 희생되는 것쯤은 문제가 아니지만 그 결과를 생각하지 않구는…."

하는데 허 의사는

"자, 우리 그런 골치 아픈 문제는 다음 날 천천히 토론을 합시다."

하고 손을 들어 세철의 말을 막는다. 오늘의 모임이 인숙을 위로해 주고 그의 장래를 지도해 주려는데 있는데, 그 동기와는 이야기가 탈선이 되어 가는 것을 본줄기로 끌어들이려 함이다.

"왜요, 퍽 유조한 말씀들인데요"

인숙은 두 사람이 계속해서 이야기하기를 청하였다. 그러나 세철이 역시

"됐다 하지요. 말로만 할 게 아니라, 조만간 어떤 형식으로든지 지금 우리 두 사람의 생활에 큰 변동을 일으킬 테니까 그때 두구 봐주세요"

하고 물러앉는다. 세철은 인숙이가 질문을 했기 때문이었으나 제 말만 길게 늘어놓은 것을 뉘우치는 듯이 허 의사의 입에서 다른 말이 나오기를 기다린다. 한편으로는 그런 중대한 문제는 며칠 동안 밤을 새워가며 토론을 해도 끝이 날 것 같지가 않았고, 근자에는 생활 안정을 제일가는 주의로 삼는 듯한 허 의사에게, 그만한 정열이 남았을 상 싶지도 않았던

것이다.

🙂 293회, 1935.02.08.

7 "그래 아우님은 앞으로 어떡할 작정이요"

허 의사는 인숙의 속을 떠본다.

"아—무 작정 없어요 아직도 내가 죽었는지 살아있는지 나도 모르겠어요."

"그럴 테지, 어때 안 그렇겠소 하지만 아우님 내 말을 좀 들어 보 '자녀를 잘 기르기 위해서는 그 부모가 죽어도 좋다'고 어떤 서양 사람은 말했답디다마는 죽은 자식의 뒤를 따라서 그 어머니가 자살을 한다는 건 당초에 잘못된 생각이요. 그야 앞뒤가 절벽인 아우님의 사정을 모르는 건 아니지만 그렇길래 우리도 무한히 동정을 하는 게지만 말요. 어떠한 경우든지 제 목 숨을 제 손으로 끊는다는 건 어리석은 일인 줄 알아요 그건 반드시 하느님한테 죄가 된다거나 부모에게 불효가 된다는 관념으로가 아니라, 사실 우리 조선 사람들이 남녀나 노소를 막론하고 살기가 즐거워서 무슨 행복을 누리려고 사는 사람이 얼마나 되는 줄 아우? 실상은 죽지들을 못해서 사는 게지. 그 사람들이 환경을 비관한다든지 생활이 곤란하다든지 또는 이 세상에 소망이 끊겼다고 뒤를 이어 생목숨을 끊는다면 살아 남아있을 사람이 몇 사람 못 된다구 해두 과언이 아니리다. 참 정말 아우님보다 몇 곱절 불행한 사람이 우리 조선에는 얼마나 많은지 모른다우."

허 의사의 말이 끝나기 전에 세철은 인숙의 앞으로 다가앉으며

"나두 어떠한 경우에든지 자살하는 행위는 어리석은 줄 알아요 돈이

없어 죽는 사람은 돈한테 지는 게구, 실연을 하구 죽는 사람은 연애한테 생명까지 빼앗기구 마는 게니까요. 세상을 비관하구서 자살을 한다는 것 두 실상은 소극적인 인생관 때문에 죽음을 당하구마는 거라구 생각해요. 사실 엄정한 의미로 보면 피살(被殺)은 있을지언정 자살이란 없는 거예요."

이번에는 이제까지 잠자코 남의 말만 듣던 봉희가 남편의 말끝을 채뜨렸다.

"그렇지만 새언니와 같은 가슴 쓰라린 결혼생활을 해보거나, 뜻밖에 얻은 아들 하나한테만 소망을 붙이고 살다가 남유달리 기막히게 참척을 본 경험을 해보지 못한 우리로서, 덮어놓고 자살행위를 큰 죄악으로만 생각할 수는 없지 않아요?"
하고 인숙을 두둔하듯 한다.

"그야 죽음이라는 것을 경험해본 사람이 없는 것과 마찬가지로, 한 사람이 여러 사람의 온갖 경우를 다 체험해 볼 수야 없겠지. 꼭 저 자신이 당해본 일이라야만 비판을 할 수가 있는 것두 아니니까⋯. 그렇지 않우?"

세철은 인숙이가 강물에 몸을 던지려고 하기까지의 사정을 제 색시가 너무 지나치도록 동정하는 나머지 그런 말을 하는 줄을 모르는 것이 아니면서도, 어떠한 경우든지 자살을 하는 행위는 가장 어리석은 일이라고 고집을 세웠다.

인숙은 여러 사람의 말을 한마디도 빼어놓지 않고 명심해 듣고 앉았다. 그들이 주고받는 말 가운데에 어떠한 구절에서 새로운 그 무엇을 얻으려는 듯이.

두 젊은 내외가 한참이나 토론을 하는 것을 듣고 있던 허 의사는 영창

의 조그만 유리쪽을 새어 장판바닥에 한 줄기 비낀 볕을 내려다보다가

"두 분의 말이 다 그럴 듯 하우만, 아 인숙 씨에게는 앞으로 살아나갈 길이 확실히 터질 수 있는 것을 나부터 자신 있게 믿을 수가 있어요 내 생각 같아서는 무엇보다도 먼저 과거의 불합리했던 결혼을 이번 기회에 깨끗하게시리 청산을 해버리기를 권고하구 싶어요 무슨 일이든지 순서 대로 처리를 하여야 하니까요"

하고 자기의 의견을 꺼낸다.

🙂 294회, 1935.02.09.

⑧ "말씀해주세요 저 때문에 모처럼 이렇게 모여주신 터이니… 난 여러분께 도무지 뵈일 낯이 없어요"

인숙은 종시 얼굴을 들지 못한다. 허 의사는

"새삼스레 그런 말은 왜 하우?"

하고는 천정을 쳐다보며 무엇을 한참 생각해 보더니

"신문인가 잡지에선가 본 듯한데, 어느 사람이 이런 말을 했습디다. '결혼은 하품의 문, 어리석은 여자는 행복을 찾아서 기어들고, 영리한 여자는 지루하고 갑갑한 희극의 히로인(여주인공)으로서 기어든다'고. 난 이 말이 어느 정도까지 옳은 줄 알우. 그야 나 자신이 남자한테 압제를 받기 싫거나 가정생활에 맛을 못 붙여서 그런지 입때까지 독신으로 버티고 지내니까 그런 말에 공명이 되는지는 모르지만 하여간 남녀 간에 결혼이라는 것은 반드시 해야만 하는 것은 아닐 줄 알어요 그야 이 두 분처럼 첫번 연애에 성공을 해서 원만한 결혼생활을 하다가 자녀를 낳아 기르는 재미를 보구 사는 것이 인생의 가장 행복된 일인지 모르지만 불

행히 그러한 인간의 복록을 누리지 못할 경우에 처했다고 한 여자가 살아 나가지 못하는 법은 없을 줄 알아요. 그런 사람들에게는 보통 경우와는 달라도 따로 밟아나갈 인생의 길이 있으니까요. 그 길을 여자 홀로 걷자면 생리적으로도 외롭고 쓸쓸하기야 하지요. 하지만 바꾸어 생각하여 보면 부부간에 사랑과 이해가 없는 남편에게 생활 때문에 목을 매달고 온갖 토심스러운 일을 다 참어 가면서 자녀를 낳어주고 길러주는 기계 노릇을 하면서 한평생을 방구석 부엌 구석에서 보내는 보통 여자들보다 나 같은 사람의 생활이 얼마나 자유스럽고 깨끗한지 몰라요. 병든 사람의 육체적 고통이나마 덜어 주는 것을 신성한 천직으로 여기고 저 스스로 위안을 받을 수가 있으니까요"

"그렇지만 나 같은 여자야 무얼 알아야지요. 허 선생님은 전문으로 공부를 하셨으니까 독립생활을 하실 수가 있지만…"

"무얼 새언니는 그렇게 고생을 해 가면서 고등과까지 마치지 않었우? 앞으로 이삼 년 동안만 더 하면 훌륭한 선생 자격을 얻을 수 있을걸."

봉희가 인숙의 실력을 보증한다. 허 의사도

"암 그렇구 말구. 아우님이야 원체 얌전한데다가 신구식을 알만치 겸했으니까 무슨 일이든지 손에 잡히기만 하면 여간 사람이 못 따러갈 줄 아우."

하는데 세철은

"애기가 또 삐뚜루 나가는군요. 그건 장래의 일이지만 지금 인숙 씨의 형편으로는 우선 과거를 청산해 버릴 것이 급하지 않겠어요. 그 문제부터 좀 더 구체적으로 의논해 보시지요."

하고 인숙의 의견을 묻는다. 허 의사는 그 말을 받아

"아우님의 장래의 일은 나두 생각한 게 있는데 그건 다음 날 이야기하기로 하고 먼저 이혼문제부터 다시 생각해 봅시다. 그런 일은 곁의 사람이 이래라 저래라 할 수 없는 중대한 문제니까, 우선 당자 되는 아우님의 의견은 어떤지?"

그러나 인숙은 여전히 머리를 떨어뜨린 채 얼른 대답을 하지 않는다. 봉희는 인숙의 눈치를 살피며

"난 이런 말만 나오면 오빠한테 관한 일이 돼서 여간 거북하지가 않어요 그렇지만 난 새언니가 우리 오빠하구 이혼을 하는 데 찬성을 해요 사실 이젠 더 두구 볼 게 없으니까요. 나 같으면 얼른 도장을 찍어 버릴 테예요"

이왕 제가 무슨 잘못된 책임이나 있는 듯이 흥분되어 얼굴을 붉힌다.

295회, 1935.02.10.

⑨ 봉희나 다른 사람들이 이혼을 찬성하지 않더라도 인숙의 마음속에는 벌써 작정한 바가 있었다.

"벌써 여러 해를 두고 그 문제로 머리를 썩혀왔고 생각도 많이 해왔으니까 끝장까지 다본 오늘날 와서 내가 고집을 세우는 건 아니에요 그렇지만 순리로 해도 경솔하게시리 동의를 할 수 없는 일을 아주 비열한 수단까지 써가면서 사뭇 위협을 하니까 난들 심사가 나지 않겠어요"

인숙은 제가 이혼에 동의를 하지 않는 것이 아니라는 변명을 한다. 허의사는 그 말을 받아

"그러니까 이번에는 아우님이 자발적으로 탁방을 지란 말이요 그럼 아우님이 이혼을 당하는 게 아니라 윤봉환이가 되려 아우님에게 이혼을

385

당하는 셈이 아니겠소?"

"글쎄요…."

"글쎄요라니? 그래두 용기가 나지를 않는 게로구려. 아직두 '봉환'이란 사람에게 미련이 있남. 애착심이 남었남?"

그 말에 인숙은 쓸쓸한 웃음을 띄우고 고개를 천천히 좌우로 흔들며

"이 세상하구 하직을 하려던 이 몸에 못 잊어할 사람이 어디 있겠어요"

하고 과거를 추억하는 듯 눈을 내려 깔며 한숨을 짓더니

"그래두 얼마 전까지는 그이가 마음을 돌리고 본정신을 차리기만 속으로 기다리고 있었어요. 그렇지만 인젠 남몰래, 바라던 것조차 얼마나 어리석었던가 하구 뉘우쳐질 뿐이에요. 아무튼 나 한평생에는 그이가 처음 겸 마지막인 단 한 사람의 남자였으니까요…."

인숙의 얼굴에는 억지로 떠돌던 화기가 걷히고 다시금 수심이 첩첩히 낀다.

"인제 와서는 이혼 아니라, 더한 일을 한데도 조금도 양심에 찔릴 건 없어요. 내 힘껏 정성껏은 다해 봤으니까요. 사랑이 없는 사람에게 무조건하고 복종만 하는 것이 얼마나 여자에게 불행하고 억울한 일인지도 깨달아졌어요. 사랑이란 억지로 주고받을 수가 없는 것인 줄도 알어지고요"

허 의사는 그 말을 기다리고 있었던 듯이

"그렇게 단단히 각오를 했으면서야 나쁜 꿈을 한바탕 지겹게 꾸어버린 셈만 치구서 지금부터 새로운 생활의 길을 밟기 위해서 노력을 해야지요. 내가 비록 힘은 없지만 아우님 하나야 지도를 못하겠소. 아까두 말

했지만 나두 생각한 게 있으니까…"

하고 말을 채 맺기 전에

"무슨 생각을 하셨어요? 우리 새언니가 앞으로 무얼 했으면 좋겠어요?"

하고 봉희가 인숙을 대신한 것처럼 궁금해서 다가앉으며 묻는다.

'저이가 자기 병원에다가 두고 간호부나 산파를 만들 생각이 아닐까.'

하는 의심도 들었던 것이다. 세철이 역시 허 의사가 이해 상관이 없이 인숙에게 저다지 호의를 보이고 신세를 입히는 것이, 사람이 얌전하니까 자기의 수하로 두고 만만히 이용을 하려는 수단이나 아닌가 하는 의심이 없지 않아서 흘금흘금 허 의사의 눈치를 본다.

허 의사는

"그건 됐다 이야기합시다. 오늘은 다른 이야기를 많이 했으니 천천히 일어서 산보나 하구…"

하고 그는 명확한 대답을 회피한다. 이번에는 당자인 인숙이가 정면으로 얼굴을 들며

"좋은 길이 있으면 아주 이 자리에서 말씀해 주세요. 고맙구 미안한 거야 이루 형용할 수가 없지요만…"

하고 허 의사의 대답을 조르듯 허 의사는 안경 속으로 눈을 꿈적거리며

"그럼 아우님이 먼저 소망을 말해 보우. 우리 그것부터 압시다."

하고 도리어 인숙의 의향을 떠보려든다. 그러나 인숙이도 당장에 무어라고 대답을 할 수가 없었다. 마음속으로 궁리하는 것이 있기는 하나 저의 후반생의 가장 중난한 일을 경솔히 말하기를 망설인다느니보다도, 사실 인숙의 머릿속은 아직도 그런 문제를 연구하리 만큼 정돈이 되지 못하였

다.

"저두 좀 더 생각해본 뒤에 다음 날 찾어가 뵙구서 말씀하겠어요"
할 수밖에 없었다.

296회, 1935.02.11.

[10] 인숙의 장래에 대한 이야기는 그만큼 해두고 네 사람은 다른 이야기들을 하다가 해가 설핏할 때에 일어서 절에서 나왔다.

노루꼬리만한 해가 기울자 그늘진 산골짜기로 스며들며 인숙의 치맛자락을 날리는 저녁 바람은 오싹오싹 소름이 끼칠 만큼이나 쌀쌀하였다.

인숙은 새다리처럼 떨리는 것을 약약하게 걸어서 건강한 세 사람의 뒤를 간신히 따라 전찻길까지 왔다.

전차 속에서 봉희는

"저녁은 우리 집에 가서 먹읍시다. 허 선생도 모시고… 누가 기다려주는 사람이 있다고 집엘 일찍 들어가 뭘 하우."
하고 세철이와 함께 중간에서 내리자는 것을

"다릿심이 풀려서 쓰러질 것 같은데 바루 올라가 누워야겠우."
하고 인숙은 사양을 하였다. 허 의사도

"입원한 환자가 있으니까 나두 오늘은 더 놀 시간이 없어요"
하고 다음 날 만나기로 약속을 하고 병원 앞에서 내렸다. 그래도 봉희는 인숙이가 문안으로 들어오는 것이 더 쓸쓸하고 심난해 할 것을 동정하고 저녁이라도 같이 먹은 뒤에 어디 구경이라도 데리고 가서 오늘 하루는 완전히 모든 근심을 잊어버리게 해주고 싶었다. 인숙이가 안동 네거리에서 기신없이 내려서는 서리 맞은 가랑잎 모양으로 후줄근하니 혼자서 길바닥만 굽어보며 삼청동으로 올라가는 것을, 두 내외는 한참이나 바라다 보았다. 차마 돌아설 수가 없었던 것이다.

그 뒤 한 일 주일 동안이나 인숙은 저의 장래를 곰곰 생각해 보았다. 봉희 내외의 간곡한 위로와, 허 의사의 분수에 넘치는 친절이며 그네들이 지성으로 권고하고 격려해 준 덕택으로 정신적으로 죽음의 세계에서 거듭 날 용기가 차츰차츰 생기고, 새로운 희망의 서광이 제 몸을 뒤늦게나마 비쳐오는 것을 느꼈다.

'내가 그대로 죽었더면 이 세상에 태어났던 아—무 보람이 없었을 뻔하지 않았나. 남을 위해서 짓고생만 하다가 어린것의 뒤를 따라 생목숨을 끊었더면 너무나 가치 없는 인생이 될 뻔하지 않았나.'
하고 극단의 행동을 취하려던 것을 뉘우치게까지 되었고

'오냐, 죽으려던 용기를 가지고 살아보자! 정말 이 세상에 불행한 사람들을 위해서 자살해 버린 셈만 치고 나 한 몸을 바쳐보자! 이번에는 참 정말 남을 위해서 자발적으로 적으나마, 쓸모가 없으나마 이 몸 하나를 희생으로 바치자!'
하고 열 번 스무 번 마음을 고쳐먹으니까, 눈앞에 무서울 것도 겁날 것도 없을 상 싶었다. 힘은 미약하고 아무것도 아는 것은 없으나마, 한 사람의 남편이나 자녀를 위하기보다, 더 큰 행복을 위해, 알몸뚱이 하나를 던지는 것이 얼마나 거룩하랴. 그 얼마나 신성하랴.

그리하여 인숙은 오직 봉사(奉仕)의 정신으로 삶으로써 지난날의 모—든 설움과 가슴 쓰라린 기억을 잊어버리고자 하였다.

열병을 지독하게 앓고 난 사람이 전신의 세포(細胞)가 바뀌고 온갖 잡병이 다 떨어지는 것과 같이, 큰 수술을 받아 군살을 흠씬 도려낸 자리에서 빨간 새살이 쑥쑥 솟아나는 것과 마찬가지로, 생사의 경계선에서 헤매던 인숙은 그의 인생관(人生觀)이 차차 바뀌었다. 큰 변화를 일으키게 되었다.

어느 날 저녁 뒤였다. 인숙은 저의 새로운 결심을 보이려고 허 의사를 찾아나서는데 컴컴한 중문간에서 깜짝 놀라

"이게 누구야?"

소리를 지르며 몇 걸음 물러섰다.

인력거에서 뛰어내려 황급히 들어오는 시꺼먼 양복쟁이와 마주쳤던 것이다.

297회, 1935.02.12.

11 "잠깐 들어갑시다."

봉환은 인숙을 바로 쳐다보지도 못하고 저 먼저 앞을 서 마루로 올라가더니 건넌방으로 들어간다. 무슨 일인지는 모르면서도 인숙은 그 뒤를 따라 들어가지 않을 수 없었다.

두 사람은 서로 눈이 마주치지 않으려고 하면서 될 수 있는 대로 멀찌감치 떨어져 앉았다. 봉환의 얼굴도 인숙이만 못지않게 초췌하다. 가뜩이나 여위고 핏기가 없는 그의 얼굴은 얼른 알아보지 못할 만큼이나 아주 반쪽이 되었는데 무슨 일이 있든지 모던 보이 식으로 기를 쓰고 옷 모양을 내고 다니던 사람이 오늘은 자리옷 위에다가 외투를 뒤집어쓰고 인력거로 달려온 것을 보니, 어지간히 긴급한 일이 생긴 눈치다.

뜻밖에 봉환과 마주 앉은 인숙의 가슴속에는 일만 가지 감회가 한꺼번에 끓어올랐다. 그러나 소위 남편이란 사람과 모든 것을 단념하고 여무

지게 결심을 한 것이 있는 그는 의외로 침착한 태도를 지을 수 있었다.

"무엇하러 왔어요 나한테 무슨 볼일이 있어요?"

하고 대문간에서 한마디를 쏘아붙이고 방으로 들어가지도 못하게 할 수가 없는 것은 아니건만

'아무튼 끝까지 나만은 사람대우를 해주리라.'

하고 입술을 깨물며 뒤설레는 감정을 참고 따라 들어와 앉기는 했어도, 무어라고 말은 나오지 않았다. 이편에서 먼저 찾아온 까닭을 묻기도 싫었던 것이다.

그러나 봉환이가 무슨 말을 할듯할듯하면서도 차마 입 밖에 내지를 못하고 손톱여물만 썰면서 제 버릇으로 발끝만 까불고 앉아있는 것이 보기에 하도 갑갑해서 인숙은

"어째 오셨나요?"

하고 냉정히 한마디를 물었다. 봉환은 금세 울상이 되어서 외투 안주머니에 삐죽이 내민 것을 꺼내더니

"이걸 좀 봐주."

하고 떨리는 손으로 펴놓는 것은 그날 저녁에 돌린 ××일보다.

인숙의 눈은 신문의 사회면 첫 머리에 굵다란 활자로 난 기사의 사단으로 뽑은 제목 위로 급히 달렸다.

연애전선에 대이상(戀愛戰線에大異狀!)

이라고 가로 지른 제목 아래에는

강부호의 무남독녀 윤자작의 아들을 걸어 정조 유린 죄로 소송제기 위 자료로 일만 원을 청구 ××일 경성지방법원에

제목만 보고도 인숙의 눈은 동그래졌다. 저와는 직접 관계가 없는 듯 하나 봉환의 사진과 강보배의 사진까지 대문짝같이 박아낸 데는 놀라지 않을 수 없었다. 기사의 내용을 훑어보니

××궁 윤자작의 셋째 아들이요 ××여학교의 도화 교사인 미술가 윤방 한(假名)은 본처인 이○○과 이혼을 하겠다고 동교의 음악교사인 원고를 감언이설로 유인하여 온양온천과 기타 각처에서 정조를 유린한 후 화류 병까지 전염시켜 더할 수 없는 육체의 고통을 주고 더욱이 임신까지 시 켜 오륙 개월이 되었으나 본처와 이혼하겠다는 약속은 이행치 않을 뿐 아니라, 피고는 원고에 대한 태도가 날로 냉정하여 근자에는 돌아보지도 않고 책임을 회피하므로 피고는 극도의 고민 끝에 자살까지 하려는 것을 그 가족이 감시 중인 바, 피고가 약속한 대로 이혼을 하고 안함을 불구하 고 위자료로 일만 원을 청구하는 것이다.

라고 자세한 사실과 봉환의 평소의 행동이며 강보배와 그의 부모의 담화 를 속기한 것이며 사건을 담임한 변호사의 말까지 게재되었다.
    인숙은 하도 기가 막혀 잠자코 봉환의 얼굴을 쳐다보았다.
    "이 일을 어떻게 하면 좋우?"
    봉환의 눈에서는 닭의똥 같은 눈물이 뚝뚝 떨어진다.

298회, 1935.02.13.

⑫ 턱이 뾰족하도록 여윈 두 뺨에 흘러내리는 두 줄기 눈물을 씻으려고도 하지 않고 이 일을 어떡하면 좋냐고 애원을 하는 것을 물끄러미 쳐다보니, 인숙은 봉환이가 가엾었다. 가엾다느니보다도 차라리 인생이 불쌍한 생각이 들었다. 야속하다 못하여 밉고, 몹시도 미운 끝에 치가 떨리도록 분하고 절통하던 남편이란 사람에게 대한 감정이, 가련하고 측은한 생각으로 변할 때, 인숙은 여자로서의 일종의 자존심을 느꼈다. 눈은 눈을 떼어서 갚고 이는 이를 뽑아서 갚는 그러한 극단에 가는 복수의 수단을 쓰지 않고도, 적수가 되는 사람이 제 풀에 머리를 숙이고 기어들어 살려달라고 애걸복걸을 하는 것을 눈앞에 앉혀놓고 볼 때, 인숙은 남성에게 대해서 어느 정도로 우월감(優越感)까지 느껴졌다.

봉환은 눈물 콧물이 뒤범벅이 되어 가지고 오늘 밤 안으로 잡혀나 가면 징역이라도 살 것처럼 겁이 나서

"예전에 한 일은 죄다 내가 잘못했으니 그저 날 살려 주는 셈만 치구서…"

하면서 말끝도 맺지를 못하고 훌쩍이는 것을

'지지리도 못났다. 수챗구멍에가 빠지고 들어와서 "나 옷 주" 하던 때와 낙제를 하고 술을 마시고 떠메어 다니고, 활동사진에 반해서 담을 넘어 다니던 시절처럼 미거하기는 매 일반이로구나.'

하였다. 개꼬리 삼년을 묻어도 황모가 못 된다고 그동안에 정신적으로는 아무러한 발달과 진보가 없는 것이 사실인 것 같기도 하였다.

'저런 사람이 어떻게 계집을 호리는 재주 하나는 남보다 월등하게 타고 났을까. 제가 저질러 놓은 일을 제 손으로 휘갑을 못하는 주제에…'

하고 인숙은 새삼스럽게 모멸(侮蔑)에 가까운 생각도 들었다.

그는 흐릿한 전등 빛에 죽여줍시사 하고 머리를 떨어뜨리고 앉아서 저의 처분만 기다리는 봉환을 한참이나 말없이 내려다보다가

"그럼 날더러 어떡해달란 말씀이에요?"

하고 간단히, 또는 여전히 냉정한 어조로 물었다. 모—든 감정이 죽어버린 인숙의 머릿속에는 오직 차디찬 이성(理性)만이 달밤의 서릿발같이 빛날 뿐. 긴 사정은 더 물을 필요가 없고 듣고 싶지도 않아서 결론만을 들으려함이다.

봉환은 손등으로 눈두덩을 비비고 나서 외투 안 포켓을 훔척훔척하더니 누런 봉투지에 든 서류를 꺼내 놓으며

"여기 이름을 쓰구… 도장을…."

하면서도 감히 상대자는 쳐다보지도 못한다. 그것은 인숙이가 상상한 것과 틀림없이 협의이혼을 제출할 서류이었다. 강보배 편에서 이혼을 하겠다고 속여 온 것을 제일 큰 조건으로 들고 일어나서 정조를 유린한 위자료를 만 원 탐이나 청구하는 소송을 제기한 것인즉, 급속히 이혼수속만하고 나면 원고 편에서 소송을 취하하도록 알선을 해볼 여지가 있겠다는 변호사의 권고를 듣고 쫓아온 것이나 아닌가 하고 인숙은 어림치고 짐작할 수 있었다. 봉환은 친구의 집주소로 분가를 해서 내외가 살림을 하고 있는 것처럼 꾸며서 부모의 도장이 필요치 않고, 인숙은 양친이 다 돌아간 터이라 당자 두 사람이 서명 날인을 하고 아무나 양편의 보증인으로 도장을 찍으면 고만이라, 그 형식은 매우 간단하였다.

인숙은 숨소리도 안내고 머릿속으로 십여 년 동안 이른바 저의 결혼생활을 다시 한 번 더듬어 본 뒤에

"내 도장 하나로 일이 무사히 필 수만 있다면 찍어드리지요. 이보다

더한 일은 못하겠어요?"

하고 나직이 한마디를 하고 책상 앞으로 다가앉았더니 벼루에 먹을 갈아 인찰지 위에 이인숙(李仁淑) 석 자를 썼다. 지나간 옛날에 남편의 옷을 밤새가며 정성스럽게 꿰매듯이 한 획 두 획 꼭꼭 박아서 쓴 뒤에 서랍에서 도장을 꺼내어 인주빛 선명하게 저의 이름 밑에다 찍었다.

인숙은 머리를 들고 고마워서 어쩔 줄을 모르는 듯한 봉환의 표정을 물끄러미 바라다보더니 침착하고도 부드러운 목소리로

"인제는 고만 정신을 차리세요. 조선 청년의 할 일이 연애뿐이 아니니까요. 다른 사업을 못하시겠거든 맘을 잡구 그림이라도 열심으로 그리세요. 그때엔 내가 모델은 못 되더라도 전람회에는 가봐 드릴께요…."

하고 다시 한 번 봉환을 유심히 쳐다보고는 애원하는 말씨로, 그러나 조금도 슬픈 빛은 보이지 않으며

"마지막으로 이 말 한마디만은 꼭 들어주실 줄을 나는 믿구 싶어요!"

하더니 도장 찍은 종이를 봉환의 앞으로 조심스럽게 밀어놓는다.

🖼 299회, 1935.02.14.

13 이튿날 아침 뜻밖에 봉환은 또 다시 삼청동으로 쫓아 올라왔다. 이번에는 택시를 몰아가지고―.

"부청엘 갔더니 같이 와야만 한대서…."

하는 것이 구두도 채 못 벗고 무릎으로 마루로 기어올라 머리만 들이밀며 하는 봉환의 말이었다.

이 생각 저 궁리로 하룻밤을 고스란히 밝힌 인숙의 입에서

"가지요!"

하는 한마디는 기다란 한숨에 휩싸여 나왔다.

봉환을 먼저 나가 기다리게 한 후 인숙은 물만 찍어 발라 세수를 하는 체하고 머리에 군빗질을 하고는 일어섰다. 자동차는 엔진 소리를 요란히 내며 좁은 골목을 돌아나가느라고 상여처럼 몇 번이나 뒷걸음질을 치다가 뿡뿡거리고 떠났다.

인숙과 봉환은 함께 몸이 흔들리며 나란히 앉아서 큰 길로 나간다. 지나가는 사람이 언뜻 보기에는 의초 좋은 두 젊은 내외가 일가 집에 경사나 있어서 동부인을 하고 가는 호강스러운 행차로 알기도 쉬우리라. 그러나 인숙과 봉환은 아직도 호적부에 부부로 나란히 붙어있는 이름까지 붉은 줄로 에워지는 조금 전인, 즉 법률상으로도 갈라서서 아주 남이 되려고 나란히 자동차를 타고 큰길을 달리는 것이 결혼한 지 십여 년 만에 처음 겸 마지막으로 명색 동부인이라고 해보는 것이었다. ××궁의 후원에서 같이 거닐어 본 것과, 삼청동 집 뒷동산으로 같이 올라가서 동경 갈 노자를 주던 때밖에는 함께 행보를 해본 일이 단 한 번도 없지 않았던가.

부청의 호적계 창문 앞에서 같은 걸상에 나란히 앉아 기다리는 동안 인숙은 들락날락하는 사람이 제 얼굴만 들여다보는 듯 창피해서 머리를 푹 수그리고 있으면서도

'형식이란 다 무엇인고? 종이 한 장으로 사람의 한평생을 얽어매고 풀어놓고 하다니!'

하니 세상만사가 가소로운 생각이 들었다.

'남녀 간의 애정은 무엇으로 얽어매고 사람과 사람 사이의 심령상 교통은 무엇으로 잇고 끊고 할 수가 있노?'

하니 제 손으로 꾸며놓은 형식과 법률에 제 몸이 옭히고 구속을 받는 인

간들이 봉환이와 같이 가엾기도 하였다. 그러다가는

'나를 여기까지 오게 하느라고 우리 부모가 혼인이라고 시켜주셨던가.'
하니 하늘을 우러러 한바탕 남자처럼 껄껄껄 웃고 싶도록 모—든 것이
허무한 생각도 들었다.

한참 만에 까만 사무복 토시를 끼고 노랑수염을 꼬아 올린 호적계원은
두 사람을 불러 세우고

"당신이 정말 이혼에 동의를 했소? 두 사람이 사실로 협의를 했느냐
말요. 이게 당신의 친필이요?"
하고 캐어묻고 뒤를 다지고 하는 대로 인숙은

"네, 네."
하고 입 속으로 대답만 하였다.

그 전날 봉환의 일이 난 신문을 돌려보고 이야깃거리를 삼던 호적계에
서는 봉환이가 혼자 온 것을 의심하고 퇴짜를 놓았던 것이다.

이혼계가 접수된 후 두 사람은 부청 앞에서 갈라섰다. 작별의 인사 한
마디도 없이 서로 한번 돌아다보지도 않고서—.

아침 햇빛에 뿌—옇게 번득이는 전찻길의 두 줄기 아득한 평행선(平行
線)은, 푸른 하늘에 걸친 은하수(銀河水)인가. 직녀는 서로 견우는 동으
로 헤어져 간다. 무형한 오작교가 소리 없이 끊어지자, 가슴을 졸이던 상
사의 꿈도 깨어지고 칠월칠석이 일 년에 열 번 스무 번 온들 두 번 다시
인연을 맺기 어려운 것이 옛날로부터 내려오는 전설이 아닌 인간 세상의
사실이요, 또한 그네들의 숙명(宿命)이었거니, 굳이 이별의 눈물로 녹이
다 남은 간장을 마저 짜낸들 무엇이 시원하랴.

철없는 봉환이가 인숙을 '직녀성'이라 부른 것도 짧은 여름밤의 한낱

희롱에 지나지 못하였으리라.

300회, 1935.02.15.

백의(白衣)의 성모(聖母)

[1] 지향 못하는 마음 걷잡을 길 없어서 인숙은 발길을 어느 편으로 옮겨놓았으면 좋을지 몰랐다.

지난날의 모—든 것을 깨끗이 청산하고 신변의 누(累)를 훌훌 털어버리고 나니

'아아 인제는 천상천하에 나 한 몸뿐이로구나!'

하는 외침이 저절로 입 밖을 새어 나오는 동시에, 날을 것처럼 제 몸이 가볍고 홀가분한 것이 느껴졌다. 그러나 인숙은 그다지도 목마르게 바라던 자유를 얻고 보니 어둡고 갑갑한 조롱 속을 벗어나기는 했어도 쭉지 떨어진 새처럼 넓은 천지에 어느 편으로 날아야 할지 헤매지 않을 수 없고 회오리바람에 떨어진 도토리 같기도 하여서 외따로 어디를 굴러야 할지 난감하였다.

삼청동으로 올라가기도 싫고 봉희를 찾자니 내외가 다 집에 없을 때요, 그렇다고 무슨 자랑스러운 일이라고 허 의사를 찾아가서 이혼 수속을 하고 오는 길이라고 보고를 하기도 싫었다.

그는 내키지 않는 걸음걸이로 전동으로 들어서 맥없이 걷자니 수송동

골목으로부터

"동동 당당 도드랑 동당"

고 피아노소리가 들렸다. 자못 유쾌한 행진곡은 골목 안의 유치원에서 흘러나오는 것이었다.

인숙은 피아노 소리에 저도 모르게 끌려들어갔다. 대문간에 비켜서서 들여다보니 유치원 마당에는 명랑한 아침볕이 따뜻이 내려쪼이는데, 원아들이 한 사오십 명 가량이나 보모의 뒤를 따라 손짓 발짓을 하며 유희실에서 나온다. 울긋불긋한 때때옷을 입고 귓머리에 리본을 나비같이 꽃은 계집아이들 사이에는, 해군복이나 조그만 재킷을 앙증스럽게 입은 사내아이들이 섞여서 활발스럽게 답보를 한다.

등 뒤에서 다른 보모가 창밖을 내다보며 치는 피아노 소리가 컸다 작았다 하는 대로 아이들은 그 어여쁘고 귀여운 얼굴과 등에 햇볕을 눈이 부시게 받으며 유쾌해서 견딜 수가 없다는 듯이 창가를 부른다. 서로 서로 손을 잡고 잔디 깔린 마당에 원(圓)을 그리면서, 보모가 피아노 곡조를 따라 노래를 먹이는 대로

뒷동산의 할미꽃

꼬부라진 할미꽃.

늙어서도 할미꽃

젊어서도 할미꽃.

싹 날 때에 늙었나

호호백발 할미꽃.

'꽃' 할 때에는 아이들의 조그만 입들이 일제히 제비 주둥이처럼 오므라졌다가, '할' 할 때에는 그 빨간 입술들이 화판처럼 일제히 벌어진다.

보모는 한복판에 서서 빙빙 맴을 돌듯 하면서 자기도 노래를 부르고 손뼉을 쳐가며 박자를 맞춰준다.

천만가지 꽃 중에
무슨 꽃이 못되어
가시 돋고 등 굽은
할미꽃이 되었나
아하하하 우습다
꼬부라진 할미꽃.

한참이나 그 광경을 바라다보자니 인숙은 눈이 황홀해졌다. 눈보다도 마음속이 차츰차츰 황홀해졌다.

'이 땅 위에도 이러한 낙원이 있었던가. 저다지도 자유롭고 즐거운 세계가 있었던가.'

싶어서 몇 번이나 손을 대지 않고 눈을 비볐다. 유치원 구경을 이제까지 못해본 것이 아니요, 천진난만한 어린이들이 다시 없이 귀여운 것을 몰랐던 것이 아니건만, 오늘날 이때를 당하여는 유난히 어린이들이 귀엽고 참 정말 지상의 낙원과 같이 보인 것이다.

응달에 비켜서서 엿보듯 하는 인숙은, 아이들이 '할미꽃' '할미꽃' 할 때마다 저를 손가락질 하여 젊어서도 가시 돋고 등 굽은 할미꽃이라고 놀려대는 것 같기도 하였다. 그러면서도 수십 명이나 되는 어린이들이 모두 일남이 같은 젖먹이들이 자라서 뛰노는 것이로구나 하니, 인숙은 뛰어들어가 조무래기들을 한 아름씩 끌어안고 뺨을 비벼주고 싶은 충동을 억제할 수 없었다.

301회, 1935.02.16.

② 인숙은 저도 모르는 겨를에 한 걸음 두 걸음씩 가까이 들어갔다. 아이들이 미끄럼을 타는 파—란 칠을 한 층층대가 있는 데까지 가서 유희하는 것을 보고 섰으니까, 해군복장을 한 아이가 저희들 틈에 빠져나와 인숙의 앞으로 쭈르르 달려온다.

'저 애가 누굴까?'

하고 바라보는데, 그 아이는 오지랖을 두 손으로 움켜쥐고 쩔쩔매다가

"선생니—ㅁ."

하고 소리를 지르며 발을 동동 구른다. 인숙은 그 아이에게로 달려갔다. 조그만 병정은

"오줌, 오줌."

하더니 어찌 급한지 그대로 싸는 모양이다. 인숙은

"잠깐만 참어라 참어. 내 뉘어주마."

하고 대들어 양복바지에 꼭꼭 끼인 단추를 끄르고 붓 끝 같은 고추자지를 꺼내어 입 속으로 쉬— 쉬— 해가며 오줌을 뉘어주었다. 인숙은 탐스럽게 생긴 그 아이의 발그스름한 뺨에 가벼이 입을 맞추어주고 머리를 드는데 마주친 것은 뒤따라온 보모의 얼굴이다.

"아이고 이게 누구요?"

보모는 인숙인 줄을 알자 반색을 하며 손을 잡는다. 인숙이도

"난 누구라구. 아이들만 정신없이 바라보고 섰노라고 선생님은 똑똑히 보지도 못했구려."

하고 반겼다. 보모는 다른 사람이 아니라, 인숙이가 다니던 학교를 삼년 전에 졸업한 사람인데, 성은 그도 이 가요 '딸고만'이란 부르기 까다로운 이름을 가진 여자다. 인숙이가 처음 ××학교에 들어갔을 때 그는 졸업반이었는데, 인숙이가 자수에 솜씨가 훌륭한 것을 알고 한 번은 수틀을 가지고 일부러 찾아와서 밤늦도록 둘이서 산수를 그린 바탕에 수를 놓으면서 그의 사정을 들은 적이 있었다. 그의 어머니가 딸을 오형제나 줄달아 뽑아내니까, 그의 아버지가 홧김에 딸은 그만 처질러 낳으라고 '딸고만'이란 이름을 지어주었다 한다. 열여섯에 시집을 갔다가 소박을 맞고 쫓겨 와서 인숙이처럼 뒤늦게 학교에 다니던 여자로, 미인과는 거리가 상당히 멀게 생겼다. 키는 늘여 재어도 넉 자가웃이 될락 말락 하고 두 눈은 얼굴가죽이 모자라서 빠끔히 뚫어놓은 것처럼 작은 여자다.

"××보육을 졸업했단 말은 누구한텐가 들었지만, 내란 사람이 이제나 저제나 누굴 찾아 다녀야죠. 여기서 만나긴 참말 뜻밖이구려."

동무 하나 없는 인숙은 딸고만이가 정말 반가웠다. 몇 해 전에는 줄창 울상이 되어서 다니던 사람이, 직업을 얻고 재미있는 생활을 해서 그런지 두었다보아도 어여쁜 구석은 찾을 수 없으나 양미간이 훨씬 트이고 매우 활기가 있어 보였다.

"저—리 들어가서 잠깐만 기다려 주. 이번 시간만 끝나면 고만이니 우리 이야기나 합시다."

딸고만이는 인숙을 운동장이 내다보이는 사무실로 안내하고 마당으로 내려가 보던 일을 계속한다. 만국기와 가화로 색스럽게 꾸며놓은 유희실은 조금 큰 아이들이 옹기종기 모여 앉아서 종이로 고깔 같은 것과 삼각 관 같은 것을 만들고 또 한 무더기는 머리를 마주 모으고 둘러앉아서 무어라고 재잘거리면서 나무토막으로 산도 쌓고 집도 짓는다. 아이들 틈에 그야말로 할미꽃처럼 꼬부라진 할머니와 유모인 듯한 여편네들이 섞여서 다 각기 데리고 온 아이를 보호하는데 어떤 마누라는 손녀가 하는 은 물을 훈수하다가

"저희들 의사대로 하게 내버려 두라니깐요."
하고 담임 보모에게 핀잔을 맞고는 멀쑥해서 물러앉기도 한다.

인숙은 한 귀퉁이에 놓인 걸상에 가 잠자코 걸터앉아서 이 아이 저 아이들이 희희낙락하며 노는 꼴을 바라다보느라고 시간 가는 줄을 몰랐다. 그저 아침도 못 먹었건만 몹시 시장하던 것도 잊어버리고….

302회, 1935.02.17.

③ 딸고만이는 장국밥을 시켜다가 인숙을 대접하였다. 다른 보모들과 같은 식탁에서 점심을 먹어가며 원아들의 생활과 보육 사업에 관한 이야기를 한 시간 동안이나 주고받았다. 집이 먼 아이들은 털실로 짠 망태기에 우유통보다도 작은 벤또를 담아가지고 와서 반찬 다툼을 해가며 냠냠거리고 먹는데, 보모들은 물을 먹여주고 코를 씻겨주고 우는 아이를 달래주고 하느라고 일어섰다 앉았다 하건만 조금도 싫어하지를 않는다.

"보모 노릇을 하기가 참 정말 귀찮기는 해요. 그렇지만 우리 같은 사람한테는 이 사업처럼 재미있는 건 없을 것 같아요. 저 애들하구 섞여서 뛰놀면 세상 근심 저절로 잊어버려지거든요."
하고 입에 침이 마르도록 유치원 사업을 예찬하더니

"댁의 사정은 모르지만 인숙 씨도 기왕 나선 김이니 보모 노릇이나 하구려."

하고 열심히 권고도 한다. 말하는 눈치를 가만히 살펴보니, 귀가 여럿이라 터놓고 말은 안하여도 딸고만이 역시 신문에서 봉환의 사실을 알고 있는 것 같다.

인숙은 무슨 말이 나올지 몰라서 더 앉아 있고 싶지가 않았다. 아이들이 노는 것을 언제까지나 바라다보고 제 손으로 그들의 시중까지 들어주고는 싶건만, 꼬리가 길면 밟힌다고 저의 사정을 물을까 보아

"참 고만 가 봐야겠어요. 신선놀음에 도끼자루 썩는 줄 모른다더니 아이들한테 홀려서 너무 오래 방해를 했어요"

하고는 더 놀다가 이야기나 하자고 붙잡는 딸고만이의 손을 뿌리치듯 하고 유치원을 나왔다.

골목 밖으로 빠져서 큰 길로 나올 때까지 원아들이 고사리 같은 손들을 까딱이며 저를 부르는 것 같아서 인숙은 무엇이 지남철 기운처럼 끌어당기는 것을 등 뒤에 느꼈다.

그날은 집에 돌아와 밤 깊도록 다시금 저의 살아나갈 길을 곰곰 생각하다가, 이튿날 아침 인숙은 조용한 시간을 타서 허 의사를 찾아갔다.

"아우님이 점잖은 사람 노릇은 못하겠소 호랑이가 제 말을 하면 온다더니…"

하고 허 의사는 진찰실로 인숙을 맞아들여 '그러지 않아도 어째 안 오나 또 한강 가는 전차나 타지 않았나' 하고 간호부와 이야기를 하는 판이었다고 너스레를 놓는다.

인숙은 일남이 생각이 불현듯이 나서 간호부의 얼굴을 보나 유리창 속

의 주사기를 보나 눈이 달리는 데마다 기억이 새로워서 마음이 언짢은 것을 간신히 참고 앉았다.

"아 봉환이가 그—예 한 대를 단단히 맞았습디다그려. 어쩌나 고소한지 몰랐소 그깟 놈은 백 번 천 번 그런 일을 당해두 싸지."
하는 허 의사도 신문을 읽고 그 일을 알고 앉았다.

인숙은 한참만에야 자꾸만 눈에 밟히는 일남의 환을 쫓으며, 설레는 마음을 억지로 진정하느라고 애를 쓰다가

"이젠 아주 이혼을 했어요!"
하고 그동안의 경과를 이야기해 들려주었다.

허 의사는

"그래서? 아 그래서?"
하고 의자를 들고 버쩍버쩍 다가앉으며 인숙의 이야기를 다 듣고 나더니 눈앞에 놓은 체온기가 뛰어오르도록 책상 모서리를 치면서

"잘됐소 참 잘 됐어. 이젠 종문서까지 뽑아버렸구려!"
하고 자기의 일처럼 감격해하다가

"그야말로 앓던 이 빠진 것보다도 더 시원하겠소 그렇지만 좀 섭섭두 할 걸. 그게 인정이니까…."
하고 인숙이 대신으로 처량한 표정을 짓더니

"그래 어떡하기로 했소? 그동안 많이 생각을 해 봤겠구려?"
하고 인숙의 얼굴을 똑바로 들여다본다.

🙂 303회, 1935.02.18.

4 "유치원 보모 노릇을 하구 싶어요!"

다시 한참 동안을 생각해보던 인숙의 대답이었다.

허 의사는 자기 역시 그런 생각을 했다는 듯이 손뼉을 치며

"그거 참 잘 생각했소 어쩌면 그렇게 내 생각하구 꼭 들어맞는단 말요?"

하고 맞장구를 친다. 실상 허 의사는 세철이나 봉희가 추측한 바와 같이, 인숙을 자기 병원에 두고 산파나 그렇지 않으면 간호부라도 견습을 시켜서 자기의 조수를 만들 생각을 해보았었다. 그러나 그러한 일은 취미가 없고, 고될 뿐더러, 인숙이처럼 마음의 상처가 깊이 난 사람을 남의 아이를 받아주거나 어린 환자의 간호를 맡기는 것은 너무나 가엾었다. 도리어 참혹한 일이 아닐 수 없었다. 인숙에게는 좀 더 조촐하고 인생의 재미를 붙여서 제 설움을 잊을 만한 직업을 구해줄 궁리를 하던 차에 ××보육학교에 가서 생리학 시간을 보다가

'워낙 영리하고 얌전한 사람이니까 보모 노릇을 하면 썩 잘할걸.'

하는 생각이 언뜻 났었다.

"어저께 부청에 다녀오는 길에 우연히 ××유치원엘 들렀다가 보모 노릇을 하는 것이 나 같은 여자한테 알맞은 천직 같은 생각이 들었어요 그래서 밤새도록 궁리를 해 봤는데요…."

"그래서요?"

"평생을 선생님처럼 독신으로 지내면서 남의 아들딸—이라느니보다 우리 조선의 귀엽고 조그만 싹들을 어루만져 주고 북돋아 주는 데 나 한 몸을 바칠 결심을 했어요! 누구의 자녀든지 일남이처럼만 소중하게 여기면 아들 하나는 잃어버렸어도, 그 대신 수없는 아들딸을 얻는 셈이 아니겠어요?"

"옳은 말이요. 암 그렇구 말구. 무럭무럭 자라는 어린이들이야말로 우리 조선의 별이요, 꽃이지요 우리의 희망의 전부니까…."

허 의사는 환자가 온 것도 기다리라고 대합실에다 앉혀놓고 인숙의 말에 매우 감탄을 하며

"나는 아우님이 누구보다도 보모 될 자격이 훌륭한 줄 아우. 창가나 율동이니 하는 것 따위는 다른 사람만큼 못할는지 몰라두, 보모로서의 고결한 인격과 정신적 교양으로는 아우님을 따를 사람이 없을 줄 아우. 보모가 될 학생들을 내 손으로 가르치면서도 느끼는 바지만 겨우 스무 살쯤 되거나 조금 넘었거나 한 옷 모양이나 낼 줄 아는 애송이 계집애들이 어떻게 남의 귀중한 자녀들을 맡아서 보육을 시키나 하니 한심합디다. 학과 공부도 공부려니와, 엄정한 의미로 보면 보모가 되려는 여자일수록 세상 경난을 많이 하구, 적어도 어린애 하나쯤은 제 배로 낳아본 체험이 있어야만 비로소 남의 아이가 얼마나 소중한 줄을 알 것 같아요."

하면서 보육 사업에 대한 자기의 의견을 한바탕 늘어놓더니

"요새 와서 유치원이 필요하냐 필요치 않으냐 하는 문제까지 일어납디다마는 가정교육이 여간 미비하지가 않은 조선에 있어서는, 어린이들을 맡아서 구체적으로 가르치고 남유다른 환경 속에서 자라서 짓눌린 정서(情緖)를 마음껏 펴주는 유치원이 더욱 필요할 줄 알아요 지금처럼 유치원이라면 돈 있는 자녀들의 놀이터나 재롱을 가르치는 데로 알게 되니까 걱정이지만 그럴수록 정말 자격이 상당하고 인격 있는 보모들을 양성할 필요가 있어요."

하고 근래에 보육 사업을 하는 사람이나 나이 젊고 철없는 보모들이 타락해가는 데 얼굴을 붉히며 분개한다. 인숙은 그의 말을 명심하고 듣다

가

"그렇지만 보육학교에 들어가야 하지 않겠어요? 이태 동안이나 댕겨야 할 텐데 어떡했으면 좋을지 난감해요."

한다. 허 의사는 청진기를 들고 벌떡 일어서며

"걱정 마우 걱정 말어요. 뒷일은 그저 나한테만 맡겨주. 그렇지만 한 가지 조건은 들어줘야 해요."

하고 쓸쓸한 웃음을 띠우며 인숙의 얼굴을 쳐다본다.

"무슨 조건이에요?"

인숙은 따라 일어섰다.

"나는 인숙 씨를 여태 '아우님'이라구 불러왔건만 아우님은 언제 한 번이나 나더러 '형님'이라구 불러봤소? 피차에 외로운 사람인데…."

…그리하여 인숙은 허 의사의 주선으로 ××보육학교에 무시험으로 입학할 수가 있었다. 그리고 광산에서 신문을 보구 놀라서 누이의 신변을 염려하고 급히 올라온 경직의 도움으로, 또 한편으로는 전과 같이 틈틈이 바느질품을 팔아서 근근이 학비를 계속할 수가 있었다.

🙂 304회, 1935.02.19.

5 봄 여름 가을 겨울, 또 한 번 봄 여름 가을 겨울— 매어놓은 데 없는 세월은 인간의 모—든 오뇌와 비극을 곁눈으로 흘러만 간다.

이태 뒤 사월 초순 어느 명랑히 개인 이른 아침에 인숙은 경성역에서 경함선을 탔다. 기차가 떠나기 조금 전이라, 차창을 열고 전송 나온 사람들을 내다보며 인사를 주고받는 인숙은 알아보지 못할 만큼이나 건강해지고 살이 올랐는데 얼굴 가득히 화색을 띠웠다.

전송을 나온 사람은 경직과 허 의사와 딸고만이와 그리고 올 봄에 ○○보육학교를 함께 졸업한 동창생이 대여섯. 그네들은 차창으로 꽃다발을 들이밀고 과일 바구니와 과자상자를 찻간으로 들고 들어와 얹어주며 여러 승객들 틈을 비비면서 부산을 떤다.

경직은 그동안 광산에서 돈을 잡아가지고 올라와서 제 힘껏은 멀리 떠나가는 누이를 치송할 수가 있었다. 노자는 물론, 담요와 가방 등속을 사주고 시집이나 가는 것처럼 금침까지 새로 장만을 하여서 따로 부쳐주었다. 다만 하나뿐인 누이를 머나 먼 타향으로 떠나보내는 것이 무한히 섭섭하였던 것이다.

"따르르…."

하고 발차할 전령(電鈴)이 정거장 안을 울렸다. 모자끈을 턱에다 늘인 차장은 손을 들어 신호를 한다.

"오빠 안녕히 계세요!"

"오냐, 잘 가거라. 내리는 대로 곧 편지해라."

기차는 움쭉움쭉 움직이기 시작한다. 차바퀴가 천천히 미끄러져 나간다.

"아우님 잘 가우. 여름에 꼭 가리다."

허 의사는 차창에 붙어서 인숙의 손을 잡고 따라가며 차마 놓지를 못한다.

"형님! 안녕히 계세요 좋은 사업 많이 하세요!"

인숙은 아랫입술을 깨물며 눈물을 삼킨다. 그는 그동안 허 의사를 그의 소청대로 형님이라고 부르고 정말 친형제처럼 더한층 자별히 지내오던 터이라 오늘날에 영광스러운 길도 그가 열어준 생각을 하니 차마 그

의 손을 놓을 수가 없었다. 허 의사는

"언짢어 하지 마우. 언짢어 하지 말아요. 좋은 길을 떠나면서…"

하면서도 기차가 푸―파― 푸―파―하고 속력을 놓기 시작해서 인숙의 손을 놓을 수밖에 없을 때, 그의 안경 속에도 구름이 끼었다.

"인숙이 잘 가아―."

"굳 바―이―."

동창생들은 일제히 손을 들고 달음질을 해서 따라오며 작별의 인사를 합창한다. 그러나 인숙은 차창으로 머리를 내밀고 뒤를 돌려다보면서 조금씩 손을 흔들어 보일 뿐. 가슴속에서 감격의 뭉치가 치밀어 올라서 인사 대답은 할 수가 없었다.

기차는 플랫폼을 벗어났다. 차체에 가리웠던 아침 햇발이 정거장 구내로 눈이 부시도록 퍼지자, 여러 사람이 흔드는 손수건이 어른거리는 인숙의 눈에 번득번득 보이더니 그것조차 점점 멀어간다.

그러나 누이를 떠나보낸 경직이가 돌아서서 쇠기둥을 붙안고 이마를 비비며 흐느끼는 것은 보지 못했으리라.

기차는 한강의 강변을 끼고 달린다. 인숙은 차창에 턱을 고이고 앉았다. 햇빛이 닦아놓은 거울같이 번득이는 물결! 그러나 그 물결은 얼음이 풀려 성애장이 떠밀려 내려오는 깊은 밤에, 인도교 위에서 내려다보던 때와 달빛에 번득이던 것과는 달랐다. 흰 얼음장 사이로 드러나던 충충한 물결, 사람을 집어 삼키려고 넘실거려 몸서리가 쳐지던 그 시꺼먼 물결은, 주야로 흐르고 흘러 끝없는 바다로 영원히 흘러가고 말았다. 지금 인숙의 눈 아래에 깔린 것은 낚시질 거루가 서너 척 둥실둥실 떠있는 한가하고 평화스러운 봄 물결이다. 손수건을 담갔다 꺼내면 옥색물이 곱다

411

랗게 들듯이 맑고 깨끗한 강물이다. 산골짜기와 들판 몇 백 리를 구비 쳐 흘러내리면서 연안의 만물을 소생시키고 산천초목의 마른 목을 축여주는 생명수다!

강 건너로 아지랑이 속에 아득히 바라다보이는 것은 관악산(冠岳山)이요, 그 중에 오뚝하게 솟은 것은 상투봉이 아닌가? 인숙이가 소녀 시대에 아침저녁으로 우러러 보던 과천의 관악산! 아버지가 쓰신 삼각관 속의 상투 같구나 하던 상투봉이 아닌가?

인숙이가 눈을 내려 감고 고향산천을 생각하고 어버이를 그리워하는 동안에 기차는 서빙고를 지나고 뚝섬나루터를 끼고 달렸다.

305회, 1935.02.20.

⑥ 그동안 세철은 서울 살림에 진력이 나고 구명도생으로 그날그날 밥이나 얻어먹는 생활에 환멸을 느껴, 저의 나아갈 길을 찾느라고 몹시 고민하던 끝에, '원산'서도 몇 백 리나 더 올라가는 해변의 조그만 도회로 떠났다. 고학생 시대에 친하게 지내던 동지의 한 사람이, 저의 고장에 내려가서 동지들을 규합해 가지고 노동조합을 만들고 활동을 하다가 비합법운동으로 몰려서 다수한 동지들과 부자유한 몸이 된 후에, 그네들의 일의 뒤를 이어주기 위해서 분연히 일어섰다. 그가 원산 방면에 다녀온 것도 (일남이가 죽기 전 봉희가 인숙이를 저의 집으로 데리고 갔을 때) 그네들과 연락을 취하기 위함이었다.

그러나 표면 운동은 할 수 없게 되었어도, 그 단체에 소속된 그 지방에 하나밖에 없는 교육기관이 문을 닫게 되어 근 이백이나 되는 무산아동들이 거리로 방황하게 되는 것을 차마 보고만 있을 수가 없었던 것이

다. 그래서 그는 봉희가 졸업을 하기 전에

"우리들은 떨어져서 있더래두 나는 그 사람들이 하던 일을 모른 체할 수가 없우!"

하고 아직도 단맛이 가시지 않은 결혼생활을 제 손으로 깨뜨리고 떠났었다.

그러자 사범과를 졸업한 봉희는 뒤미처 남편이 가 있는 곳에서 십 리쯤밖에 안 되는 보통학교로 부임을 하게 되었다. 서울이나 그 근처 학교로 지원하는 사람이 많은 터에 봉희는 일부러 먼 시골로 지원을 했기 때문에 도(道)가 달라서 소원을 성취할 수가 있었고 마침 그 보통학교는 새로이 육학년제가 실시되기 때문에 훈도 한 사람을 더 쓰게 되었던 것이다.

지금은 간판까지 떼어버리고 수축하는 사람이 없어 비바람에 다 쓰러지게 된 청년회관을, 세철은 그의 무쇠 골격과 돌 근육으로 버티고 있다. 한편으로는

"조선의 젊은 인텔리들은 어느 때 무슨 일을 당하든지 한 가지 전문기술을 배워야 한다. 남에게 의식을 의뢰해서는 안 된다."

하는 그의 평소의 주장대로 회관 곁에다가 조그만 라디오상회를 내고 근처 지방의 주문을 맡고 기계의 수선도 하러 다녀서 저의 검소한 생활비만은 아내의 월급을 기대하지 않았다. 두어 달 전에 복순이마저 감옥에서 나왔다. 의지할 데 없는 그는 나오는 대로 인숙에게와 허 의사에게서 며칠 동안 묵다가 세철을 찾아 내려갔다. 한 달쯤 바닷가에서 정양한 후 전과 같이 건강해진 그는 세철과 함께 힘을 합해서 ××학원의 일을 보살피며 주야학을 겸하여 가르치고, 팔을 걷고 나서서 아이들의 구둘까지

치느라고 눈코 뜰 사이 없이 바쁘게 지낸다. 학부형과 연락을 취하고 지방 유지들을 찾아다니면서 학원의 기부금을 모집해 들이는 데는 복순을 당할 남자가 없다. 그런 경험이 풍부할 뿐 아니라, 입담 좋고 교제 수단이 능란한 그는 돈 있는 사람에게 한번 붙어 다니기만 하면 우거지 같은 떼를 써서라도 돈을 빼앗아 오고야 만다. 그 고장 사람들은

"저런 험상스런 딱정떼가 어디서 왔어."

하고 복순과 만나기를 딱 질색을 하면서도

"아무튼 여걸이야. 여중에 호걸이거든."

하고 감탄을 하고 기부금을 빼앗긴다.

그러자 그 곳의 예수교회에서 경영하는 조그만 유치원이 있는데, 보모 한 사람이 아이를 배고 들어앉게 되어서 '옳다구나.' 하고 복순과 세철의 내외가 주선을 하여서 그들이 백 퍼센트로 선전을 한 대로 새로 졸업한 얌전하고 인자하고 나이찬 보모! 즉 이인숙을 후임으로 데려 내려오기로 한 것이었다. 졸업은 했으나 인숙은 그러지 않아도 어디로 갈지를 몰라서 걱정 중이던 차에 천행으로 저와 이 세상에서 가장 친하고 인연 깊은 사람들이 모여 있는 곳으로 든든하고 의지성 있게 가 있기로 된 것이다.

🙂 306회, 1935.02.21.

⑦ 해가 기운 지도 한참 만에 기차는 ○○역 못 미쳐 정거장에서 그 지쳐 늘어진 듯한 차체를 잠시 가로 눕혔다. 인숙은 차멀미를 하는데다가 어찌나 지루하였는지

"이젠 요 다음이로구나."

하고 행장을 수습하는데 누군지 앞으로 뛰어오는 구두 소리가 나더니

"새언니!"

소리와 함께 달려드는 것은 봉희였다. 그립고 그립다가 이태 만에 낯을 대하는 봉희였다.

"작은아씨!"

하는 부르짖음과 함께 두 사람은 곁의 사람도 불계하고 서로 끌어안았다. 힘껏 끌어안고는 반가움에 눈물이 글썽글썽한 얼굴을 비비며 "새언니!" "작은아씨!" 밖에는 피차에 말을 못한다.

한 덩이로 뭉쳤던 두 몸이 떨어져 앉아서도, 지나치게 반갑고 감격에 겨워서 둘이 다 처음 보는 사람처럼 멀거니 눈에 손수건을 대었다 떼었다 하는 동안에 기차는 마지막 정거장에 다다랐다.

창밖은 으스름달밤인데 등불을 켜들은 사람들이 정거장 구내에 수십 명이나 늘어섰다.

봉희는 차창을 열고 손을 내두르며

"이리로 오세요——."

하고 소리를 쳤다.

복순은 찻간으로 뛰어올라 인숙의 손을 잡고 절레절레 흔들며

"차멀미를 했구려? 새 생활의 첫번 걸음이 너무 쓰겠우."

하고 인숙의 어깨를 두드려준다. 세철이도 올라와서

"퍽 지루하셨지요?"

하고 짐을 내려준다. 저녁이 되어서 유치원의 원아들은 마중을 나오지 못했으나 교회의 관계자며 학부형들이 나와서, 인숙을 에워싸고 인사를 주고받았다.

인숙은 생후 처음 해보는 호강이건만 정신이 얼떨떨해서 새로 인사한

사람의 이름은, 저와 같은 유치원에서 일을 할 나이 사십도 넘어 보이는 보모 한 사람밖에는 기억할 수 없었다.

아직 전등의 설비가 없어서 여기저기 남폿불이 반짝이는 동해변 조그만 도회의 저녁거리는 침침하고 쓸쓸하였다. 그러나 인숙은 앞뒤에 등불을 든 사람의 호위를 받고, 봉희 내외와 복순이가 좌우에서 떠받들어 주듯 하여서 인숙은 바로 큰 벼슬을 하고 부임이나 하는 것 같았다.

'오빠나 허 선생이나 서울 동창생들이 이 광경을 보아 주었으면….' 할 만큼 자랑스러웠다.

마중 나왔던 사람들은

"내일 뵙겠습니다."

하고 하나씩 둘씩 떨어져서 이 골목 저 골목으로 들어갔다.

"가는 길이면 우선 유치원 구경부터 합시다."

"뭘 밝은 날 보지, 그리 급하우."

하면서도 인숙의 청대로 복순은 앞을 서서 꼬부랑꼬부랑한 산길을 걸어 올라가다가

"저기 저기라우."

하고 가리키는 데를 보니, 생철지붕에 검은 판장으로 둘러싼 것이 예배당이다. 불을 켜고 들여다보니 피아노는커녕 발틀 재봉기계만한 풍금 하나가 동그마니 놓이고 칠도 안한 조그만 걸상이 한 사오십 개 벌려 놓은 것이 유치원이었다. 복순은

"서울 안목으로 보아서는 안 되우. 이 아무 설비도 없는 유치원 하나를 유지하느라고 죽을 애를 쓰는 중이라우."

하고는 예배당 마당으로 나와서

"저 바다를 좀 보우."

하고 가리키는 편 쪽을 내려다보았다. 으슴푸레한 달빛 아래에 휘―ㄴ하게 된 것은 끝닿은 데 없는 동해였다.

"어쩌면, 저기가 바루 동해로구려!"

인숙의 가슴은, 연기가 자욱하게 든 방문을 활짝 열어 제친 것처럼 시원하였다. 그는 한두 번 폐량(肺量)껏 심호흡을 하고 복순을 따라 내려와 세 사람이 동거하는 청년회 곁에 조그만 초가집으로 들어갔다.

먼저 들어와 정주간에서 저녁 준비를 하던 봉희가 팔을 걷은 채 내닫더니

"오죽이나 시장하겠우? 어서 방으로 들어가우. 우리도 그저 저녁을 안 먹었는데…."

하고는 생글생글 웃으며 방문을 막아서면서

"내 새언니가 제일 반가워할 사람을 보여주리까? 눈 꼭 감고 섰어요"

하더니 인숙의 앞을 비켜서며 방문을 살그머니 연다.

'내가 제일 반가워할 사람이 누구람.'

하고 호기심에 빛나는 인숙의 눈이 남폿불을 환하게 켜놓은 방 안을 둘러 살피자

"아 저게 누구야?"

하는 부르짖음과 함께, 그는 누가 등이나 떠다미는 것처럼 구두를 벗어 던지고 방안으로 뛰어들어갔다.

🙂 307회, 1935.02.22.

⑧ 인숙에게 가장 반가운 사람이란 과연 누구였던가? 그는 누구한테나

말을 하지 않고 지냈으나 마음속에 항상 못 잊히고 '어디 가서 어떻게 사나' 하고 길에서라도 한 번 만났으면 하던, 옛날의 오라범댁도 아니요, '그가 경직과 작별한 후 어느 장사하는 사람의 후취로 팔자를 고쳐 전 남편의 딸 이외에 아들 딸 낳고 참따랗게 사는 줄 알 리 없었다.'

그렇다고 여러 해 소식이 끊긴 것으로 보아 벌써 세상을 하직하고 백 골만 청산에 묻혔으리라고 생각되는 유모가 살아와 앉았을 리가 없었다.

지금 인숙에게 세상에 가장 반가운 사람은 세철과, 봉희가 창작한 사 랑의 결정체인 생질이었다.

백설 같은 융 포대기에 싸여 외숙모를(이혼을 하였어도) 언제 보았다 고 방싯방싯 웃으며 흑진주 같은 두 눈을 똑바로 뜨고 쳐다보는 것은 일 남이가 다시 살아와서 누운 듯한, 꼭 고만 터수의 옥동자였다.

"아이구 어쩌면 작은아씨두 나한텐 입때 통지두 안했더란 말요? 어쩌 면 어느 틈에 이런 금자동이를 낳았단 말요?"

인숙은 어찌나 신기하고 귀여운지 어린애의 토실토실한 손을 쥐어보 며 젖살이 뽀얗게 찐 이 뺨 저 뺨에 입을 맞추며 어쩔 줄을 모른다. 방 안에 세간이 어떻게 놓였는지 둘러볼 사이도 없이, 하루 종일 기차에 시 달린 피곤도 잊은 듯이.

"편지를 하려구 몇 번이나 별렀지만 일남이 생각을 하구 되려 언짢아 할까 봐 어디 차마 알리고 싶습디까. 언제든지 한 번 깜짝 놀랠려고 감쪽 같이 속여 왔다우."

봉희의 변명이 그럴 듯도 하였다.

"그래 첫아들을 낳았으니 얼마나 기쁘세요? 한턱내세요"

인숙은 윗간에 가 앉아서 싱글싱글하고 제 아들을 바라다보는 세철을

보고 축하 겸 놀리듯이 물었다. 세철은 눈을 꿈쩍하더니

"그렇지만 그 애는 벌써 제 임자가 있는 걸요"

하고 시침을 딱 갈긴다.

"아, 임자가 있다뇨?"

인숙의 눈은 동그래졌다. 그 판에 복순이가 들어오며

"한턱은 인숙 씨가 내야 경우가 옳을 걸."

하고 세철의 얼굴을 쳐다보며 눈짓을 슬쩍 한다.

"내가 한턱을 내다뇨?"

인숙은 수수께끼를 얼른 풀지 못해서 이 사람 저 사람의 눈치만 본다. 그러자 봉희가 정주에서 방으로 통한 문을 열고 들여다보며

"내 시원하게 말하리까? 우리는 앞으로 자꾸 낳을 테니까, 첫아들은 새언니 아람치로 바치자구 약속을 했다우."

하는데 복순이가

"무수거, 문어리를 자궁이 아주망이게 바치능게 앙이라, 강아지처리 노나준다는 수작이랑이."

하고 함경도 사투리를 서투르게 흉내를 내어서 인숙과 세철이 내외는 허리를 잡으며 웃었다.

그런 말을 듣고 보니 인숙은 정말 일남이보다도 더 잘 생기고 튼튼한 아들 하나를 힘 안들이고 얻은 듯싶었다. 입모습이 일남이와 흡사한 것이 당장에 꿰어 차고 싶도록 귀여워서

"아들 하나가 하늘에서 뚝 떨어졌구려!"

하고 어린애를 안아들고 다시 한 번 이마에 뜨거운 입술을 대었다.

"이름은 뭐라고 지었어요?"

"나하구 둘이 낳았건만 어미가 더 애를 썼다구 이름의 끝에 자를 거꾸로 붙였어요. 희윤이라구요"

세철은 여전히 이죽거린다. 인숙은 웃음을 참으며

"희윤이? 희윤이! 부르기두 좋구나."

하고 희윤을 연거푸 부르며 얼러주느라고 정신이 없는데, 봉희와 복순이가 그야말로 원님의 도임상 같은 밥상을 마주 들고 들어왔다.

"새언니가 좋아하는 채소는 귀해두, 생선은 얼마든지 있다우."

하는 주부의 말에 상을 들여다보니, 종류가 다르기는 하여도 지지고 조리고 붙이고 구워놓은 것이 말끔 생선이다.

"우린 벌써 생선 비린내에 코가 젖었지만…"

하고 봉희는 새로 담근 새빨간 깍두기 보시기를 인숙의 앞에 다가놓는다.

세철이가 잠깐 일어섰다가 앉자 별안간 천장에서 웅장한 관현악이 하늘나라의 음악인 듯 울려 내려온다. 여기까지 끌고 온 라디오 통에서 쏟아지는 심포니 오케스트라는 듣는 사람의 어깨가 으쓱으쓱해지도록 유쾌하고 활발한 행진곡이었다.

'방송하는 시간이 지났을 텐데…'

하고 인숙이가 팔뚝시계를 들추어 보니까

"새언니가 저런 음악을 들어봤겠수. 이만저만한 게 아니라, 해삼위 방송국에서 오는 아라사 음악이라우."

하고 봉희는 박자를 맞추어 젓가락을 컨덕터의 지휘봉(指揮棒)처럼 내젓는다.

🙂 308회, 1935.02.23.

⑨ 식사는 즐겁게 끝났다. 이 고장의 형편과 인정풍속을 이야기하고 또한 여러 식구가 소임은 각각 다르나, 앞으로 한마음 한뜻으로 활동해 나아갈 것을 의논하느라고 밤이 이슥해가는 줄을 몰랐다. 다 각기 적으나마 벌어들이는 대로 공평히 추렴을 내어서 생활을 하여 나갈 것과, 될 수 있는 데까지 생활비를 절약해서 여유를 만들어 ××학원과 유치원에 바칠 것이며 (인숙의 월급은 삼십 원으로 정하였다 하나 이십 원만 받으리라 하였다) 조그만 나라를 다스리듯이 이 공동 가정의 대표자로는 복순을 내세워 외교를 맡게 하고, 살림을 주장해 하는 것과 어린애를 양육하는 책임은 인숙이가 지고, 회계위원 노릇은 봉희가 하는데, 세철은 몸을 몇으로 쪼개고 싶도록 바쁜 터이라, 무임소대신(無任所大臣)격으로 대두리 일을 통찰하게 하기로 헌법을 제정하였다.

그리고 봉희가 십 리나 되는 학교로 간 동안이나 다녀온 뒤라도 희윤은 이웃집 여편네에게 맡겨 젖을 먹이고 보아주게 한 후, 밤에도 쉬지를 말고 집안 식구가 청년회관으로 총동원을 하여서 오직 공변된 사람으로서 글눈이 먼 아이들과 어른들과 여자들을 반을 나누어 가르치고 지도하기로 의논이 귀일하였다.

세철은 라디오의 스위치를 끊고 식구들 앞으로 다가 앉으며

"이만 일 하는 것으로 만족할 것은 아니에요. 그렇지만 무슨 일이든지 시작이 반이라구 작은 일부터 착수해 나가야지요. 큰일을 한꺼번에 성공하려는 공상만 하는 것이 조선 사람의 큰 결점이니까요. 요행수를 바라거나 남을 의뢰하거나 공평하고 행복한 사회가 별안간 닥쳐오기를 바라고 이리저리하는 기회주의(機會主義)는 우리에게 있어서 비상 한가지에요. 사회의 한 단위인 우리의 생활부터 이상적으로 해 가려고 제각기 노

력하는 것으로 작으나마 위안을 두고 지내야지요. ××학원 하나를 끈기
있게 꾸준히 붙들고 나아가는 것만 해도 우리의 힘으로는 벅찬 일인 줄
알아요"

하고 그 검붉은 얼굴이 더욱 붉어진다.

"아는 건 없지만 내 힘껏은 하지요 남을 위해서 한 몸을 바치려는 결
심을 하고 여기까지 왔으니깐요"

하는 것이 조금도 피곤한 빛을 보이지 않는 인숙의 대답이었다.

복순은 이 사람 저 사람의 얼굴을 무엇이 묻기나 한 것처럼 번차례로
쳐다보더니

"참 각 계급의 인물들이 골고루 한 집에 모였구려. ××가의 아들에, 귀
족의 따님에, 인숙 씨 같은 양반의 며느님이 없나 나 같은 아비도 모르는
계집종의 사생녀가 없나…"

하고 그 건순이 긴 두툼한 입술을 실룩거리며 호걸웃음을 웃는다.

사실로 이 집의 같은 지붕 아래서 한 솥의 밥을 먹게 된 식구들은 각
인각색이건만 한 마음과 같은 주의로 뭉쳐진 것이 여러 사람에게 새삼스
럽게 인식되었다. 상전도 없고 종도 없고 부자도 없고 가난한 사람도 없
다. 오직 옛날의 도덕과 전통과 또한 그러한 관념까지도 깨끗이 벗어버
린 오직 발가벗은 사람과 사람들끼리 남녀의 구별조차 없이 똑같은 목적
을 가지고 한 몸뚱이로 뭉쳤을 뿐이다.

복순은 하품을 두어 번 하더니

"여간 곤하지 않을 텐데 우리 홀아비끼리 가서 잡시다."

하고 쌔근쌔근 잠이 깊이 든 희윤의 얼굴을 정신없이 들여다보는 인숙을
딴채처럼 돌아앉은 뒷방으로 데리고 갔다. 간반쯤 되는 반듯한 방은 도

배장판을 깨끗이 해 놓았는데 가지고 온 것이 있는데도 봉희는 어느 틈에 제가 새로 꾸민 이부자리를 펴놓고 나갔다.

"참 오래간만에 한 방에서 자 보는구려!"

두 외로운 여자는 피차에 감회가 깊었다. 그러나 인숙은 평생 처음인 듯이 마음을 턱 놓고 두 다리를 쭉— 뻗고 꿈 없는 잠이 깊이 들었다.

서창을 물들였던 달도 기울고 동해의 파도소리조차 잠이 든 듯 고요한 봄밤은 지새워간다.

309회, 1935.02.25.

10 그동안 봉환은 어찌 되었는가. 그는 지금 동경 가서 있다. 그 일이 한 번 신문에 난 후, 자작은 이제까지 살아온 것이 불찰이었다고 불인한 손에 주머니칼을 들고 자결을 하려다가 그나마 뜻을 이루지 못하였다. 강보배의 집에서는 이혼을 하였어도 강경히 한 걸음도 양보를 안 하여서 자작은 하는 수 없이 들어 있는 ××궁 안채마저 내어놓고 세간집물을 팔아 간신히 오천 원을 변통하였다. 봉환은 변호사와 함께 그 돈을 가지고 강보배의 집으로 가서 소송을 취하해 달라고 진땀을 흘리며 손이 발이 되도록 빌어서, 불행 중 다행으로 재판소까지는 불려가지를 않게 되었었다. 자작은 다시 울화병으로 몇 달 동안을 신음하다가

"인제는 선영으로 가서 백골이 묻히는 날이나 기다리겠다."

하고 김포 땅에 있는 묘막으로 내려갔다. 아직도 서울서 살겠다고 앙버티는 며느리들을 끌고 낙향을 하였다. 그동안 강보배가 낳다가 개구멍받이처럼 바친, 눈 하나가 멀어 나온 손자를 안고 기차를 타는 대방마님과 백발이 성성한 대감을 전송해주는 사람도 몇 사람밖에 없었다. 그때

까지 중국으로 피신을 한 큰아들은 생사간 소식조차 전하지를 않았던 것이다.

그 뒤에 강보배는 어느 미두꾼의 첩이 되어 인천으로 내려가고, 게도 구럭도 잃은 봉환은 신세를 극도로 비관하고 취식객 모양으로 일갓집과 친구의 집으로 두 어깨가 축 처져서 돌아다니다가 겨우 노자만 변통해 가지고 다시 동경으로 건너갔다. 유언과 같은 인숙의 간곡한 부탁을 저버리지 않으려 함인지 전에 드나들던 선생의 집으로 찾아가서 그의 아틀리에에서, 등걸잠을 자고 구차히 조석을 얻어먹으며 다시 그림공부를 하는 중이다. 전처럼 돈이 없으니 사요코 같은 계집이야 수두룩하건만 거들떠볼 용기도 나지 않고, 박귀양과 장발은 오다가다 길에서 한두 번 만났으나 서로 원수처럼 고개를 돌렸다.

객창에 부슬비 뿌리는 아침이나 별만 총총한 한밤중에, 봉환은 몇 번이나 남유달리 현숙하고 적지 아니 은혜를 입은 조강지처를 버린 것을 뉘우쳤다. 아득히 먼 고향의 하늘을 바라다보며 뜨거운 눈물로 베개를 적시기도 한두 번이 아니었다.

    × ×

동해바다를 건너 북녘나라의 하늘 밑에서 첫날밤을 지낸 인숙은, 바다 저편에 해가 붕긋이 솟을 때에 곤한 잠을 깨었다.

'오늘부터 새로운 생활이 시작되는구나!'

하니 마음이 긴장되어 찬물에 세수를 한 후 건너가서 잠시 희윤을 안고 얼러주다가 이른 아침을 억지로 먹었다.

세철과 봉희는 벤또를 싸가지고

"일찍 돌아오리다."

하고 각각 일터로 활발스럽게 나간다. 복순은 신부의 뒤를 따르는 수모 모양으로 인숙을 앞세우고 유치원이 있는 예배당 언덕으로 올라갔다. 그날 인숙은 과거의 모—든 것을 깨끗이 청산하고 또는 지난날을 조상하는 듯이 흰 저고리에 흰 치마를 입었다.

인숙은 유치원 안을 한바탕 둘러보고 낡은 풍금을 몇 곡조 쳐보다가 마당으로 나왔다. 신록이 피어오르는 듯한 마당으로 아침 해는 쨍쨍히 내리쬐는데, 풍금소리를 들었는지 원아들이 먼저 있던 보모의 두 팔과 치맛자락에 매어달려 올라온다. 인숙을 가리키고 무어라고 재깔거리면서….

그 뒤를 이어 유치원의 관계자며 부형들이 아들딸을 안고 혹은 업고 올라온다. 아이들은 마당가에 미소를 띄우고 선 인숙에게로 가까이 오더니 귀에 서투른 악센트로

"선생님!"

"선생님!"

하고 줄창 보아오던 사람처럼 반기며 팔을 벌리고 앞을 다투어 우르르 달려든다. 인숙은 순식간에, 사람의 꽃송이들에게 에워싸였다. 아이들은 서울 애들처럼 꾸미지는 않았으나 부숭부숭하고 혈색이 좋다.

인숙은 사랑에 겨워 그 중에 제일 키가 작고 인형처럼 귀엽게 생긴 계집아이를 번쩍 들어 가슴에 꼭 끌어안았다. 무어라고 형용할 수 없는 감격에 눈두덩이 뜨끈하였다.

"거기 그리고 스셨으니까 흰 옷을 입은 성모 마리아 같군요!"

하는 것은 늙수그레한 보모의 감탄사였다.

하늘은 새파랗게 개어 구름 한 점 찾을 수 없다. 인숙은 눈을 들어 하

늘보다도 더 푸른 바다를 바라보았다. 무한히 넓은 바다, 끝닿은 데 없는 동해의 수평선으로, 순풍에 흰 돛을 단 어선 한 척이 아침볕을 눈이 부시게 받으며 떠내려간다. 줄 끊어진 연 하나가 하늘바다를 헤엄치며 깜박깜박하고 떠내려가듯이—.

인숙은 잠자코 그 흰 돛을 한참 동안이나 유심히 바라보고 섰었다.

1935.02.20.

[작자로부터]

이 소설은 미진한 채로 그만 끝을 맺습니다. 방금 단행본으로 출판하고자 첫 회분부터 고쳐 쓰는 중이온데, 오자와 낙자는 물론, 내용에 있어서도 부주의한 것과 모순되는 것이 많사오니 애독자로부터 지적해주시고 비판을 내려주시면 완전한 작품을 만드는 데 크게 참고가 되겠습니다. (住所는 唐津市 松岳邑 富谷里)

310회, 1935.02.26.

부 록

1901년(1세) 9월 12일(양력 10월 23일) 현 서울 동작구 노량진과 흑석동 부근(어릴 때 본적지는 경기도 시흥군 신북면 흑석리 176)에서 아버지 심상정(沈相珽)과 어머니 해평 윤씨(海平尹氏)의 3남 1녀 중 막내로 태어났다. 본명은 대섭(大燮)이며, 아명(兒名)은 '삼준', '삼보', 호(號)는 소년 시절 '금강생', 중국 항주 유학시절의 '백랑(白浪)' 등이 있다. '훈(熏)'이라는 이름은 1926년 ≪동아일보≫에 영화소설 「탈춤」을 연재하면서 사용했다(이후 많은 글에서 필자명이 '沈薰'으로 기록된 경우가 있는데 이는 편집자의 실수로 보인다).

심훈의 본관은 청송(靑松)으로 소현왕후를 배출한 명문가였다. 부친은 당시 '신북면장'을 지냈으며, 충남 당진에서 추수를 해 올리는 3백석 지주로서 넉넉한 살림이었다. 어머니 윤씨는 기억력이 탁월했으며 글재주가 있었고 친척모임에는 그의 시조 읊기가 반드시 들어갔을 정도였다고 한다. 4남매 가운데 맏형 우섭(友燮)은 ≪매일신보≫에서 '심천풍(沈天風)'이란 필명으로 기자활동을 했으며 이광수 『무정』(1917)에서 신우선의 모델로 알려져 있다. 누님 원섭(元燮)은 크리스천이었다고 하며, 작은 형 설송(雪松) 명섭(明燮)은 기독교 목사로 활동했으며 심훈의 미완 장편 『불사조』를 완성(『심훈전집 (6): 불사조』(한성도서주식회사, 1952)한 것으로 알려져 있는데 한국전쟁 중에 납북되었다.

1915년(15세) 교동보통학교를 거쳐 같은 해에 경성 제일고등보통학교(현 경기고등학교)에 입학했다. 졸업 후의 지망은 의학교였으며, 당시 급우(級友)로는 고종사촌인 동요 작가 윤극영, 교육가 조재호, 운동가 박

열과 박헌영 등이 있었다. 보통학교 재학 시 소격동 고모댁에서 기숙했으며, 고보에 입학하면서부터 노량진에서 기차로 통학하고 이듬해부터는 자전거로 통학했다.

1917년(17세) 3월에 왕족인 후작(侯爵) 이해승(李海昇)의 누이이며 2살 연상인 전주 이 씨와 결혼했다. 심훈의 부친과 이해승은 함께 자란 죽마지우라고 한다. 심훈은 나중에 집안 어른들을 설득하여 아내 전주 이 씨를 진명(進明)학교에 진학시키면서 '해영(海英)'이라는 이름을 지어주었다. 학교에서 일본인 수학선생과의 알력으로 시험 때 백지를 제출하여 과목낙제로 유급되었다.

1919년(19세) 경성보통고등학고 4학년 재학 시에 3·1운동에 가담하여 3월 5일에 별궁(현 덕수궁) 앞 해명여관 앞에서 일본 헌병대에 체포되었고 서대문형무소에 투옥되어 11월에 집행유예로 출옥했다. 이 사건으로 학교에서 퇴학을 당했다. 서대문형무소에서 목사, 학생, 천도교 서울대교구장 장기렴 등 9명과 함께 지냈는데, 이때 장기렴의 옥사를 둘러싼 경험을 반영하여 「찬미가에 싸인 원혼」(≪신청년≫, 1920.08)이라는 소설을 창작했다. 그리고 옥중에서 몰래 「감옥에서 어머님께 올린 글월」의 일부를 써서 어머니에게 보냈다고 한다. 당시 학적부 성적 사항은 수신, 국어(일본어), 조어(조선어), 한문, 창가, 음악, 체조 등이 평균점보다 상위를, 수학·이과(理科) 등에서 평균점보다 하위를 차지하고 있다.

1920년(20세) 흑석동 집과 가회동 장형 우섭의 집에 머물면서 문학수업을 하는 한편, 선배 이희승으로부터 한글 맞춤법에 대해 배웠다. 이 해의 1월부터 4월까지의 일기가 ≪사상계≫(1963.12)에 공개된 바 있으며, 이후 『심훈문학전집(3)』(탐구당, 1966)에 수록되었다. 그해 겨울 일본 유학을 바랐으나 집안의 반대로 중국으로 갔고 거기서 미국이나 프랑스로 연극 공부를 하고자 희망했다.

1921년(21세) 북경에서 상해, 남경 등을 거쳐 항주 지강(之江)대학에 입학하여 수학하였으나 졸업은 하지 못했다. 이 시기 석오(石吾) 이동녕, 성제(省齊) 이시영, 단재(丹齋) 신채호 등과의 교류를 통해 많은 감화를 받았으며, 일파(一派) 엄항섭(嚴恒燮), 추정(秋汀) 염온동(廉溫東), 유우상(劉禹相), 정진국(鄭鎭國) 등의 임시정부의 청년들과 교류하였다. (이 당시의 경험을 소재로 하여 장편『동방의 애인』과『불사조』를 창작함)

1922년(22세) 9월 이적효, 이호, 김홍파, 김두수, 최승일, 김영팔, 송영 등과 함께 '염군사(焰群社)'를 조직하였다.(이듬해에 귀국한 심훈이 염군사의 조직단계에서부터 동참을 한 것인지 귀국 후 가입한 것인지 불분명함)

1923년(23세) 중국에서 귀국. 귀국 후 최승일 등과 '극문회(劇文會)'를 조직하였으며, 조직구성원으로 고한승, 최승일, 김영팔, 안석주, 화가 이승만 등이 있었다.

1924년(24세) 부인 이해영과 이혼했다. ≪동아일보≫ 학예부 기자로 입사하였고 당시 이 신문에 연재되고 있던 번안소설『미인의 한』의 후반부를 이어서 번안한 것으로 알려져 있다. 그리고 윤극영이 운영하는 소녀합창단 '따리아회' 후원회원으로 활동하면서 신문에 합창단을 홍보하는 활동을 하였다. 이 시기 후에 둘째 부인이 되는, 당시 12세의 따리아회원이었던 안정옥(安貞玉)을 만났다.

1925년(25세) 정확한 시기는 확인할 수 없으나 ≪동아일보≫ 학예부에서 사회부로 옮긴 심훈은 5월 22일 이른바 '철필구락부 사건'으로 24일 김동환·임원근·유완희·안석주 등과 함께 해임되었다. 그리고 조선프롤레타리아예술동맹(KAPF)에 가담하였다. 그리고 조일제가 번안한『장한몽』을 영화화할 때 이수일 역의 후반부를 대역(代役)했다고 한다.

1926년(26세) 근육염으로 8개월간 대학병원에서 병상생활을 했다. 8월에 문단과 극단의 관계자들인 김영팔·이경손·고한승·최승일 등과 함께 라디오방송에 적합한 각본 연구 활동을 위하여 '라디오드라마 연구회'를 조직하여 이듬해까지 활발하게 활동하였다. 11월부터 ≪동아일보≫에 필명 '沈熏'으로 영화소설 「탈춤」을 연재하였으며 이듬해 영화화를 위해 윤석중이 각색까지 마쳤으나 영화화되지는 못했다.

1927년(27세) 2월 중순 영화공부를 위해 도일(渡日)하여 경도(京都)의 '일활(日活)촬영소'에서 무라타(村田實) 감독의 지도를 받으며 같은 회사의 영화 <춘희>에 엑스트라로 출현했다. 5월 8일에 귀국(≪조선일보≫, 1927.05.13.기사)하고 7월에 연구와 합평 목적으로 이구영·안종화·나운규·최승일·김영팔·김기진·이익상 등과 함께 '영화인회'를 창립하고 간사를 맡았다. '계림영화협회 제3회 작품'으로 심훈(원작·감독)이 7월말부터 10월초까지 촬영한 영화 <먼동이 틀 때>를 10월 26일 단성사에서 개봉했다.

1928년(28세) ≪조선일보≫ 기자로 입사하였다. 영화 <먼동이 틀 때>에 대한 한설야의 비판에 장문의 「우리 민중은 어떤 영화를 요구하는가」로 반론을 펼치는 등 영화예술 논쟁을 벌였다. 11월 찬영회 주최 '영화감상강연회'에서 「영화의 사회적 의의」로 강연하기도 했으며 미완에 그쳤지만 시나리오 <대경성광상곡>, 소년영화소설 「기남의 모험」 등을 연재하는 등 영화예술 활동에 적극적이었다. 1926년 12월 24일 개최된 카프 임시 총회 명부에 심훈의 이름이 보이지 않는 것으로 미루어 이 시기 이전에 카프를 탈퇴했거나 거리를 둔 것으로 보인다.

1929년(29세) 이 시기 스무 편 가까운 시를 썼다.

1930년(30세) 10월부터 소설 『동방의 애인』을 ≪조선일보≫에 연재하지만 불온하다는 이유로 검열에 걸려 2개월 만에 중단되었다. 12월 24일 안정옥과 재혼하였다.

1931년(31세) 《조선일보》를 퇴직하고 경성방송국 조선어 아나운서 모집에
1위로 합격 문예담당으로 입국(入局)하였다. 거기서 문예물 낭독 등
을 맡아하다가 '황태자 폐하' 등을 발음할 때 아니꼽고 역겨워 우물쭈
물 넘기곤 해서 3개월 만에 추방되었다. 8월부터『불사조』를 《조선
일보》에 연재하지만 검열에 걸려 중단되었다.

1932년(32세) 4월에 평동(平洞) 집에서 장남 재건(在健)을 낳았다. 경제생활
의 불안정으로 전 해에 낙향한 부모와 장조카인 심재영이 살고 있는
충남 당진군 송악면 부곡리로 내려가서 본가의 사랑채에서 1년 반
동안 머물렀다. 9월에『심훈 시가집』을 출판하려 했으나 검열에 걸려
무산되었다.

1933년(33세) 5월에 당진 본가에서『영원의 미소』탈고하고 7월부터 《조선
중앙일보》에 연재했으며, 8월에 여운형이 사장인 《조선중앙일보》
학예부장으로 부임했다. 같은 신문사 자매지인 《중앙》(11월) 창간
의 편집에 간여했다.

1934년(34세) 1월 《조선중앙일보》 학예부장을 그만두었으며, 장편『직녀성』
을 《조선중앙일보》에 3월부터 이듬해 2월까지 연재하였다. 그 원
고료로 4월초 '필경사(筆耕舍)'라는 집을 직접 설계하여 짓고 본가에
서 나갔다. '필경사'에서 차남 재광(在光)을 낳았고, 이 시기 장조카
심재영을 중심으로 한 부곡리의 '공동경작회' 회원과 어울려 지냈다.

1935년(35세) 1월에『영원의 미소』(한성도서주식회사) 단행본을 간행하였으
며, 《동아일보》 창간 15주년 특별 공모에 6월에 탈고한『상록수』
를 응모하여 8월에 당선되었다. 이 작품은 《동아일보》에 9월부터
이듬해 2월까지 연재되었다. 상금으로 받은 500원 가운데 100원을
'상록학원' 설립에 기부하였다.

1936년(36세)『상록수』를 영화화할 준비를 거의 마쳤으나 일제의 방해로 실
현되지 못했다. 4월에 3남 재호(在昊)를 낳았다. 4월부터 펄벅의『대

지』를 ≪사해공론≫에 번역 연재하기 시작했다. 8월에 베를린 올림픽 마라톤 우승 소식을 듣고 신문 호외 뒷면에 즉흥시 「오오, 조선의 남아여—마라톤에 우승한 손·남 양 군에게」를 썼다. 『상록수』를 출판하는 일로 상경하여 한성도서주식회사 2층에서 기거하다가 장티푸스에 걸려 9월 16일 경성제국대학병원에서 별세했다.

심재호가 작성한 『심훈문학전집(3)』(탐구당, 1966)의 '작가 연보', 이어령의 『한국작가전기연구(上)』(동화출판공사, 1975)의 '심훈' 부분, 신경림의 『심훈의 문학과 생애: 그날이 오면, 그날이 오며는』(지문사, 1982)의 '심훈의 연보' 그리고 『탄생 100주년 문학인 기념문학제 2001』(대산재단/민족문학작가회의)에 문영진이 작성한 '심훈—작가 연보' 등을 참고하여 편자가 수정—보완하였음.

1. 시

『심훈 시가집』(1932) 수록 작품			
제목	발표매체	발표시기	비고(창작일)
밤―서시	―	―	1923.겨울.
봄의 서곡	―	―	1931.02.23.
피리	―	―	1929.04.
봄비	조선일보	1928.04.24.	1924.04.
영춘삼수(咏春三首)	조선일보	1929.04.20	1929.04.18.
거리의 봄	조선일보	1929.04.23.	1929.04.19.
나의 강산이여	삼천리	1929.07.	1926.05.
어린이날	조선일보	1929.05.07.	1929.05.05.
그날이 오면	―	―	1930.03.01.
도라가지이다	신문예	1924.03.	1922.02.
필경(筆耕)	철필	1930.07.	1930.07.
명사십리	신여성	1933.08.	1932.08.19.
해당화	신여성	1933.08.	1932.08.19.
송도원(松濤園)	신여성	1933.08.	1932.08.02
총석정(叢石亭)	신여성	1933.08.	1933.08.10.
통곡 속에서	시대일보	1926.05.16.	1926.04.29.
생명의 한 토막	중앙	1933.11.	1932.10.08.
너에게 무엇을 주랴	―	―	1927.03.
박군(朴君)의 얼굴	조선일보	1927.12.02.	1927.12.02.
조선은 술을 먹인다.	―	―	1929.12.10.

독백(獨白)	—	—	1929.06.13.
조선의 자매여	동아일보	1932.04.12	1931.04.09.
짝 잃은 기러기	조선일보	1928.11.11.	1926.02.
고독	조선일보	1929.10.15.	1929.10.10.
한강의 달밤	—	—	1930.08.
풀밭에 누어서	—	—	1930.09.18.
가배절(嘉俳節)	조선일보	1929.09.18.	1929.09.17.
내 고향	신가정	1933.03	1932.10.06.
추야장(秋夜長)	—	—	1932.10.09.
소야악(小夜樂)	—	—	1930.09.
첫눈	—	—	1930.11.
눈 밤	신문예	1924.04.	1929.12.23.
패성(浿城)의 가인(佳人)	중앙	1934.01.	1925.02.14.
동우(冬雨)	조선일보	1929.12.17.	1929.12.14.
선생님 생각	조선일보	1930.01.07.	1930.01.05.
태양의 임종	중외일보	1928.10.26~29.	1928.10.
광란의 꿈	—	—	1923.10.
마음의 낙인	대중공론	1930.06.	1930.05.24.
토막생각―생활시	동방평론	1932.05	1932.04.24.
어린 것에게	—	—	1932.09.04.
R씨(氏)의 초상	—	—	1932.09.05.
만가(輓歌)	계명	1926.11.	1926.08.
곡(哭) 서해(曙海)	매일신보	1931.07.13.	1932.07.10.
잘 있거라 나의 서울이여	중외일보	1927.03.06	1927.02.
현해탄(玄海灘)	—	—	1926.02.
무장야(武藏野)에서	—	—	1927.02.
북경(北京)의 걸인	—	—	1919.12.
고루(鼓樓)의 삼경(三更)	—	—	1919.12.19.

심야과황하(深夜過黃河)	—	—	1920.02.
상해(上海)의 밤	—	—	1920.11.
평호추월(平湖秋月)	삼천리	1931.06.	
삼담인월(三潭印月)	—	—	
채련곡(採蓮曲)	삼천리	1931.06.	
소제춘효(蘇堤春曉)	삼천리	1931.06.	
남병만종(南屛晚鐘)	삼천리	1931.06.	
누외루(樓外樓)	삼천리	1931.06.	
방학정(放鶴亭)	—	—	
악왕분(岳王墳)	삼천리	1931.06.	
고려사(高麗寺)	—	—	
항성(杭城)의 밤	삼천리	1931.06.	
전당강반(錢塘江畔)에서	삼천리	1931.06.	
목동(牧童)	삼천리	1931.06.	
칠현금(七絃琴)	삼천리	1931.06.	

『심훈 시가집』(1932) 미수록 작품			
제목	발표매체	발표시기	비고(창작일)
새벽빛	근화	1920.06.	
노동의 노래	공제	1920.10.	
나의 가장 친한 유형식 군을 보고	동아일보	1921.07.30.	
야시(夜市)	계명	1926.11.	1925.07.
일 년 후	계명	1926.11.	
밤거리에 서서	조선일보	1929.01.23.	
산에 오르라	학생	1929.08.	1929.07.01.
제야(除夜)	중외일보	1928.01.07.	1927.12.31.
춘영집(春詠集)	조선일보	1928.04.08.	
가을의 노래	조선일보	1928.09.25	
비 오는 밤	새벗	1928.12.	
원단잡음(元旦雜吟)	조선일보	1929.01.02.	1929.01.01.
저음수행(低吟數行)	조선일보	1929.04.20.	1929.04.18.
야구	조선일보	1929.06.13.	1929.06.10.
가을	조선일보	1929.08.28.	1929.08.27.
서울의 야경	—	—	1929.12.10.
3행일지	신소설	1930.01.	
농촌의 봄	중앙	1933.04.	1933.04.08.
봄의 마음	조선일보	1930.04.23.	1930.04.20.
'웅'의 무덤에서	—	—	1932.03.06.
근음삼수(近吟三首)	조선중앙일보	1934.11.02.	12.11

漢詩	시해공론	1936.05.	
오오 조선의 남아여!(마라톤에 우승한 孫 南 兩君에게)	조선중앙일보	1936.08.11.	1936.08.10.
전당강 위의 봄 밤	심훈문학전집3	탐구당, 1966	04.08.
겨울밤에 내리는 비	심훈문학전집3	탐구당, 1966	01.05.
기적	심훈문학전집3	탐구당, 1966	02.16
뻐꾹새가 운다	심훈문학전집3	탐구당, 1966	05.05.

2. 소설 및 시나리오

제목	발표매체	발표시기
찬미가에 싸인 원혼	신청년	1920.08.
기남(奇男)의 모험 〔소년영화소설〕	새벗	1928.11.
여우목도리	동아일보	1936.01.25.
황공(黃公)의 최후	신동아	1936.01.
탈춤 〔영화소설〕	동아일보	1926.11.09~12.16.
대경성광상곡 〔시나리오〕	중외일보	1928.10.29~30.
5월 비상(飛霜) 〔掌篇小說〕	조선일보	1929.03.20~21.
동방의 애인	조선일보	1930.10.21~12.10.
불사조	조선일보	1931.08.16~ 1932.02.29.
괴안기영(怪眼奇影) 〔번안〕	조선일보	1933.03.01~03.03
영원의 미소	조선중앙일보	1933.07.10~ 1934.01.10.
직녀성	조선중앙일보	1934.03.24~ 1935.02.26.
상록수	동아일보	1935.09.10~ 1936.02.15.
대지 〔번역〕	사해공론	1936.04~09.

3. 영화평론

제목	발표매체	발표시기
매력 있는 작품: 영화 〈발명영관(發明榮冠)〉 평	시대일보	1926.05.23.
영화계의 일년: 조선영화를 중심으로	중외일보	1927.01.04~10
조선영화계의 현재와 장래	조선일보	1928.01.01~?
〈최후의 인〉 내용 가치	조선일보	1928.01.14~17
영화비평에 대하여	별건곤	1928.02.
영화독어(獨語)	조선일보	1928.04.18~24.
아직 숨겨가진 자랑 갓 자라나는 조선영화계 (여명기의 방화)	별건곤	1928.05.
아동극과 소년 영화: 어린이의 예술교육은 어떤 방법으로 할까	조선일보	1928.05.06~05.09.
〈서커스〉에 나타난 채플린의 인생관	중외일보	1928.05.29~30.
우리 민중은 어떤 영화를 요구하는가—를 논하여 '만년설 군'에게	중외일보	1928.07.11~07.27.
관중의 한 사람으로: 흥행업자에게	조선일보	1928.11.17.
관중의 한 사람으로: 해설자 제군에게	조선일보	1928.11.18.
관중의 한 사람으로: 영화계에 제의함	조선일보	1928.11.20.
〈암흑의 거리〉와 밴크로프의 연기	조선일보	1928.11.27.
조선 영화 총관	조선일보	1929.01.01~?
발성영화론	조선지광	1929.01.
영화화한 〈약혼〉을 보고	중외일보	1929.02.22.
젊은 여자들과 활동사진의 영향	조선일보	1929.04.05
프리츠 랑의 역작 〈메트로폴리스〉	조선일보	1929.04.30.

문예작품의 영화화 문제	문예공론	1929.01.
내가 좋아하는 작품, 작가, 영화, 배우	문예공론	1929.01.
백설같이 순결한 〈거리의 천사〉	조선일보	1929.06.14.
성숙의 가을과 조선의 영화계	조선일보	1929.09.08.
영화 단편어(斷片語)	신소설	1929.12
소비에트 영화, 〈산송장〉 시사평	조선일보	1930.02.14.
영화평을 문제 삼은 효성(曉星) 군에게 일언함	동아일보	1930.03.18.
상해 영화인의 〈양자강〉 인상기	조선일보	1931.05.05.
조선 영화인 언파레드	동광	1931.07
1932년의 조선 영화―시원치 않은 예상기	문예월간	1932.01
연예계 산보: 「홍염(紅焰)」 영화화 기타	동광	1932.10
영화가 산보: 연예에 관한 수상(隨想) 수제(數題)	중앙	1933.11
영화소개: 〈영원의 미소〉	조선중앙일보	1933.12.22
민중교화에 위대한 임무와 연극과 영화사업을 하라	조선일보	1934.05.30~31
다시금 본질을 구명하고 영화의 상도에로: 단편적인 우감수제(偶感數題)	조선일보	1935.07.13~17
영화평: 박기채 씨 제1회 작품 〈춘풍〉을 보고서	조선일보	1935.12.07.
조선서 토키는 시기상조다.	조선영화	1936.11.
〈먼동이 틀 때〉의 회고 [遺稿]	조선영화	1936.11.
10년 후의 영화계	영화시대	1947.05.

4. 문학 및 기타 평론

제목	발표매체	발표시기
『무정』, 『재생』, 『환희』, 「탈춤」 기타	별건곤	1927.01.
프로문학에 직언 1,2,3	동아일보	1932.1.15~16.
『불사조』의 모델	신여성	1932.04.
모윤숙 양의 시집 『빛나는 地域』 독후감	조선중앙일보	1933.10.16.
무딘 연장과 녹이 슬은 무기 ―언어와 문장에 관한 우감	동아일보	1934.6.15.
삼위일체를 주장: 조선문학의 주류론	삼천리	1935.10.
진정한 독자의 소리가 듣고 싶다 ―『상록수』의 작자로서	삼천리	1935.11.
경성보육학교의 아동극 공연을 보고	조선일보	1927.12.16~18.
입센의 문제극	조선일보	1928.03.20~21.
토월회(土月會)에 일언함	조선일보	1929.11.05~06.
극예술연구회 제5회 공연관극기	조선중앙일보	1933.12.02~07.
총독부 제9회 미전화랑(美展畫廊)에서	신민	1929.08.
새로운 무용의 길로: 배구자(裵龜子)의 1회 공연을 보고	조선일보	1929.09.22~25.

5. 수필 및 기타

제목	발표매체	발표시기
편상(片想): 결혼의 예술화	동아일보	1925.01.26.
몽유병자의 일기	문예시대	1927.01.
남가일몽(南柯一夢)	별건곤	1927.08.
춘소산필(春宵散筆)	조선일보	1928.03.14~15.
하야단상(夏夜短想)	중외일보	1928.6.28~29.
수상록	조선일보	1929.04.28.
연애와 결혼의 측면관	삼천리	1929.12.
피기비밀결사 상해 청홍방(靑紅綁)	삼천리	1930.01.
새해의 선언	조선일보	1930.01.03.
현대 미인관: 미인의 절종(絶種)	삼천리	1930.04.
도망을 하지 말고 사실주의로 나가라(기사)	조선일보	1931.01.28
신랑신부의 신혼공동일기	삼천리	1931.02.
재옥중(在獄中) 성욕문제: 원시적 본능과 청년수(靑年囚)	삼천리	1931.03
천하의 절승: 소항주유기(蘇杭州遊記)	삼천리	1931.06.01.
경도(京都)의 일활촬영소(日活撮影所)	신동아	1933.05.
문인서한집: 심훈 씨로부터 안석주(安碩柱) 씨에게	삼천리	1933.03.
낙화	신가정	1933.06.
나의 아호(雅號)—나의 이명(異名)	동아일보	1934.04.06
산도, 강도 바다도 다	신동아	1934.07.

7월의 바다에서	조선중앙일보	1934.07.16~18.
필경사잡기: 최근의 심경을 적어서 ―K군에게	개벽	1935.01.
여우목도리	동아일보	1936.01.25.
문인끽연실	중앙	1936.02
필경사잡기	동아일보	1936.03.12~18.
무전여행기: 북경에서 상해까지	심훈문학전집3	탐구당, 1966.
독서욕(讀書慾)	심훈문학전집3	탐구당, 1966.
1920년 일기	심훈문학전집3	탐구당, 1966.
서간문	심훈문학전집3	탐구당, 1966.

1. 작품집

『영원의 미소』, 한성도서주식회사, 1935.

『상록수』, 한성도서주식회사, 1936.

『직녀성 (상), (하)』, 한성도서주식회사, 1937.

『상록수』, 한성도서주식회사, 1948.

『영원의 미소 (상), (하)』, 한성도서주식회사, 1949.

『직녀성 (상), (하)』, 한성도서주식회사, 1949.

『심훈전집 (1): 상록수』, 한성도서주식회사, 1953.

『심훈전집 (2): 영원의 미소 (상)』, 한성도서주식회사, 1953.

『심훈전집 (3): 영원의 미소 (하)』, 한성도서주식회사, 1953.

『심훈전집 (4): 직녀성 (상)』, 한성도서주식회사, 1953.

『심훈전집 (5): 직녀성 (하)』, 한성도서주식회사, 1953.

『심훈전집 (6): 불사조』, 한성도서주식회사, 1953.

『심훈전집 (7): (시가 수필) 그날이 오면』, 한성도서주식회사, 1953.

『심훈문학전집 (1~3)』, 탐구당, 1966.

신경림 편저, 『그날이 오면, 그날이 오며는: 심훈의 생애와 문학』, 지문사, 1982.

백승구 편저, 『심훈의 재발견』, 미문출판사, 1985.

정종진 편, 『그날이 오면 (외)』, 범우사, 2005.

심재호, 『심훈을 찾아서』, 문화의 힘, 2016.

2. 평론 및 연구논문

1) 작가론

서광제 · 최영수 · 김억 · 김태오 · 이기영 · 김유영 · 이태준 · 엄흥섭, 「애도 심훈」, ≪사해
　　공론≫, 1936.10.

김문집, 「심훈 통야현장(通夜現場)에서의 수기」, ≪사해공론≫, 1936.10.

이석훈, 「잊히지 않는 문인들」, ≪삼천리≫, 1949.12.

최영수, 「고사우(故思友): 심훈과 『상록수』」, ≪국도신문≫, 1949.11.12.

윤병로, 「심훈과 그의 문학」, 성균관대 『성균』16, 1962.10.

윤석중, 「고향에서의 객사: 심훈」, ≪사상계≫128, 1963.12.

이희승, 「심훈의 일기에 부치는 글」, ≪사상계≫128, 1963.12.

심재화, 「심훈론」, 중앙대, 『어문논집』4, 1966.

유병석, 「심훈의 생애 연구」, 『국어교육』14, 1968.

이어령, 「심훈」, 『한국작가전기연구 (上)』, 동화출판공사, 1975.

윤병로 , 「심훈론: 계몽의 선각자」, 『현대작가론』, 이우출판사, 1978.

유병석, 「심훈론」, 서정주 외, 『현대작가론』, 형설출판사, 1979.

백남상, 「심훈 연구」, 중앙대 『어문논집』15, 1980.

류양선, 「심훈론: 작가의식의 성장과정을 중심으로」, 『관악어문연구』5, 1980.

한점돌, 「심훈의 시와 소설을 통해 본 작가의식의 변모과정」, 『국어교육』41, 1982.

유병석, 「심훈의 작품세계」, 전광용 외, 『한국현대소설사연구』, 민음사, 1984.

노재찬, 「심훈의 <그날이 오면>」, 부산대 『교사교육연구』11, 1985.

전영태, 「진보주의적 정열과 계몽주의적 이성: 심훈론」, 김용성 · 우한용, 『한국근대작가연
　　구』, 삼지원, 1985.

최원식, 「심훈 연구 서설」, 김학성 · 최원식 외, 『한국근대문학사의 쟁점』, 창작과비평사,
　　1990.

임헌영, 「심훈의 인간과 문학」, 『한국문학전집』, 삼성당, 1994.

강진호, 「『상록수』의 산실, 필경사」, 『한국문학, 그 현장을 찾아서』, 계몽사, 1997.

윤병로, 「식민지 현실과 자유주의자의 만남: 심훈론」, ≪동양문학≫2, 1998.08.

류양선, 「광복을 선취한 늘푸른 빛: 심훈의 생애와 문학 재조명」, ≪문학사상≫30(9), 2001.
　　09.

한기형, 「습작기(1919~1920)의 심훈」, 『민족문학사연구』22, 2003.

정종진, 「'그 날'을 위한 비분강개」, 정종진 편, 『그날이 오면(외)』, 범우사, 2005.

주 인, 「'심훈' 문학연구 방법에 대한 서설」, 중앙대 『어문논집』34, 2006.

한기형, 「'백랑(白浪)'의 잠행 혹은 만유: 중국에서의 심훈」, 『민족문학사연구』35, 2007.
권영민, 「심훈 시집 『그날이 오면』의 친필 원고들」, 『권영민의 문학콘서트』, 2013.03.19.
　　　(http://muncon.net)
권보드래, 「심훈의 시와 희곡, 그 밖에 극(劇)과 아동문학 자료」, 『근대서지』10, 2014.
하상일, 「심훈과 중국」, 『비평문학』(55), 2015.
박정희, 「심훈 문학과 3·1운동의 '기억학'」, 명지대 『인문과학연구논총』37(1), 2016.

2) 시

M. C. Bowra, 「한국 저항시의 특성: 슈타이너와 심훈」, ≪문학사상≫, 1972.10.
김윤식, 「박두진과 심훈: 황홀경의 환각에 관하여」, ≪시문학≫, 1983.08.
김이상, 「심훈 시의 연구」, 『어문학교육』7, 1984.
노재찬, 「심훈의 「그날이 오면」, 이 시에 충만한 항일민족정신의 소유 攷」, 『부산대 사대
　　　논문집』, 1985.12.
김재홍, 「심훈: 저항의식과 예언자적 지성」, ≪소설문학≫, 1986.08.
김동수, 「일제침략기 항일 민족시가 연구」, 원광대 『한국학연구』2, 1987.
진영일, 「심훈 시 연구(1)」, 동국대 『동국어문논집』3, 1989.
김형필, 「식민지 시대의 시정신 연구: 심훈」, 한국외국어대 『논문집』24, 1991.
이　탄, 「조명희와 심훈」, ≪현대시학≫276, 1992.03.
김　선, 「객혈처럼 쏟아낸 저항의 노래: 심훈의 작가적 모랄과 고뇌에 관하여」, ≪문예운
　　　동≫, 1992.08.
조두섭, 「심훈 시의 다성성 의미」, 대구대 『외국어교육연구』, 1994.
박경수, 「현대시에 나타난 현해탄체험의 형상화 양상과 의미」, 『한국문학논총』48, 2008.
김경복, 「한국현대시에 나타난 관부연락선의 의미」, 경성대 『인문학논총』13(1), 2008.
윤기미, 「심훈의 중국생활과 시세계」, 『한중인문학연구』28, 2009.
신웅순, 「심훈 시조고(考)」, 『한국문예비평연구』36, 2011.
장인수, 「제국의 절취된 공공성: 베를린올림픽 행사 '시'와 일장기 말소사건」, 『반교어문
　　　연구』40, 2015.
하상일, 「심훈의 중국체류기 시 연구」, 『한민족문화연구』51, 2015.

3) 소설

정래동, 「三大新聞 長篇小說評」, ≪개벽≫, 1935.03.
홍기문, 「故 심훈씨의 유작 『직녀성』을 읽고」, ≪조선일보≫, 1937.10.10.
김　현, 「위선과 패배의 인간상: 『흙』과 『상록수』를 중심으로」, ≪세대≫, 1964.10.

유병석, 「심훈의 생애 연구」, 『국어교육』14, 1968.

홍효민, 「『상록수』와 심훈과」, 《현대문학》, 1968.01.

천승준, 「심훈 작품해설」, 『한국대표문학전집6』, 삼중당, 1971.

홍이섭, 「30년대 초의 심훈문학: 『상록수』를 중심으로」, 《창작과비평》, 1972.가을.

정한숙, 「농민소설의 변용과정: 춘원·심훈·무영·영준의 작품을 중심으로」, 고려대 『아세아연구』15(4), 1972.

신경림, 「농촌현실과 농민문학」, 《창작과비평》, 1972.여름.

김우종, 「심훈편」, 『신한국문학전집9』, 어문각, 1976.

이국원, 「농민문학의 전개과정: 농민문학의 새로운 방향을 위하여」, 서울대 『선청어문』7, 1976.

이두성, 「심훈의 『상록수』를 중심으로 한 계몽주의문학 연구」, 명지대 『명지어문학』9, 1977.

조진기, 「농촌소설과 귀종의 지식인」, 영남대 『국어국문학연구』, 1978.

최홍규, 「30년대 정신사의 한 불꽃: 심훈의 작품세계」, 『한국문학대전집7』, 태극출판사, 1979.

백남상, 「심훈 연구」, 중앙대 『어문논집』, 1980.

송백헌, 「심훈의 『상록수』: 희생양의 이미지」, 《심상》, 1981.07.

전광용, 「『상록수』고」, 『한국근대문학사론』, 한길사, 1982.

김붕구, 「심훈: '인텔리 노동인간'의 농민운동」, 『작가와 사회』, 일조각, 1982.

김현자, 「『상록수』고」, 서울여대 『태릉어문연구』2, 1983.

오양호, 「『상록수』에 나타난 계몽의식의 성격고찰」, 『한민족어문학』10, 1983.

이인복, 「심훈과 기독교 사상―『상록수』를 중심으로」, 《월간문학》, 1985.07.

송백헌, 「심훈의 『상록수』」, 충남대 『언어·문학연구』5, 1985.

최희연, 「심훈의 『직녀성』에서의 인물의 전형성과 역사적 전망의 문제」, 『연세어문학』21, 1988.

구수경, 「심훈의 『상록수』고」, 충남대 『어문연구』19, 1989.

조남현, 「심훈의 『직녀성』에 보인 갈등상」, 『한국소설과 갈등상』, 문학과비평사, 1990.

김영선, 「심훈 장편소설 연구」, 대구교대 『국어교육논지』16, 1990.

신헌재, 「1930년대 로망스의 소설 기법」, 구인환 외, 『한국현대장편소설연구』, 삼지원, 1990.

윤병로, 「심훈의 『상록수』론」, 《동양문학》39, 1991.

유문선, 「나로드니키의 로망스: 심훈의 『상록수』에 대하여」, 《문학정신》58, 1991.

김윤식, 「상록수를 위한 5개의 주석」, 『환각을 찾아서』, 세계사, 1992.

송지현, 「심훈 『직녀성』고: 그 드라마적 특성을 중심으로」, 『한국언어문학』31, 1993.

오현주, 「심훈의 리얼리즘 문학 연구: 『직녀성』과 『상록수』를 중심으로」, 한국문학연구회

편, 『1930년대 문학연구』, 평민사, 1993.

오현주, 「심훈의 리얼리즘문학 연구」, 『현대문학의 연구』4, 1993.

류양선, 「『상록수』론」, 『한국문학과 리얼리즘』, 한양출판, 1995.

류양선, 「좌우익 한계 넘은 독자의 농민문학: 심훈의 삶과 『상록수』의 의미망, 『상록수·휴화산』, 동아출판사, 1995.

김구중, 「『상록수』의 배경연구」, 『한국언어문학』42, 1995.

조남현, 「『상록수』 연구」, 조남현 편, 『상록수』, 서울대출판부, 1996.

윤병로, 「심훈의 『상록수』」, ≪한국인≫16(6), 1997.

곽　근, 「한국 항일문학 연구: 심훈 소설을 중심으로」, 동국대 『동국어문논집』7, 1997.

민현기, 「심훈의 『동방의 애인』」, 『한국현대소설연구』, 계명대출판부, 1998.

장윤영, 「심훈의 『영원의 미소』 연구」, 상명대, 『상명논집』5, 1998.

김구중, 「『상록수』, 허구/역사가 교접하는 서사의 자아 변화 연구」, 『한국문학이론과 비평』6, 1999.

신춘자, 「심훈의 기독교소설 연구」, 『한몽경제연구』4, 1999.

심진경, 「여성 성장 소설의 플롯: 심훈의 『직녀성』」, 『현대소설 플롯의 시학』, 태학사, 1999.

임영천, 「근대한국문학과 심훈의 농촌소설: 『상록수』 기독교소설적 특성을 중심으로」, 채수영 외, 『탄생 100주년 한국작가 재조명, 국학자료원, 2001.

박소은, 「새로운 여성상과 사랑의 이념: 심훈의 『직녀성』」, 동국대 『한국문학연구』24, 2001.

진선정, 「『상록수』에 나타난 여성인식 양상」, 『한남어문학』25, 2001.

채상우, 「청춘과 연애, 그리고 결백의 수사학, 동국대 한국학연구소 엮음, 『한국문학과 근대의식』, 이회, 2001.

이상경, 「근대소설과 구여성」, 『민족문학사연구』19, 2001.

김윤식, 「문화계몽주의의 유형과 그 성격: 『상록수』의 문제점」, 1993. 경원대 편, 『언어와 문학』 역락, 2001.

박상준, 「현실성과 소설의 양상: 박종화, 심훈, 최서해의 1930년대 장편소설을 중심으로」, ≪작가≫, 2001.

최원식, 「서구 근대소설 대 동아시아 서사: 심훈 『직녀성』의 계보」, 성균관대 『대동문화연구』40, 2002.

임영천, 「심훈 『상록수』 연구: 『여자의 일생』과의 대비적 고찰을 겸하여」, 『한국문예비평연구』11, 2002.

문광영, 「심훈의 장편 『직녀성』의 소설기법」, 인천교대, 『교육논총』20, 2002.

권희선, 「중세서사체의 계승 혹은 애도: 심훈의 『직녀성』 연구, 『민족문학사연구』20, 2002.

이인복, 「심훈의 傍外的 비판의식」, 『우리 작가들의 번뇌와 해탈』, 국학자료원, 2002.

류양선, 「심훈의『상록수』모델론: '상록수'로 살아있는 '사랑'의 여인상」,『한국현대문학연구』13, 2003.

박헌호, 「'늘 푸르름'을 기리기 위한 몇 가지 성찰:『상록수』단상」, 박헌호 편,『상록수』, 문학과지성사, 2005.

이진경, 「수행적 민족성: 1930년대 식민지 한국에서의 문화와 계급」, 동국대『한국문학연구』28, 2005.

김화선, 「한글보급과 민족형성의 양상: 심훈의『상록수』를 중심으로」,『어문연구』51, 2006.

이혜령, 「신문・브나로드・소설」,『한국근대문학연구』15, 2007.

남상권, 「『직녀성』연구:『직녀성』의 가족사 소설의 성격」,『우리말글』39, 2007.

김화선, 「심훈의『영원의 미소』에 나타난 근대적 글쓰기의 양상」,『비평문학』26, 2007.

이혜령, 「지식인의 자기정의와 '계급'」,『상허학보』22, 2008.

김경연, 「1930년대 농촌・민족・소설로의 회유(回遊): 심훈의『상록수』론」,『한국문학논총』48, 2008.

한기형, 「심훈의 중국체험과『동방의 애인』」, 성균관대『대동문화연구』63, 2008.

강진호, 「현대성에 맞서는 농민적 가치와 삶」,『국제어문』43, 2008.

장영은, 「금지된 표상, 허용된 표상」,『상허학보』22, 2008.

송효정, 「비국가와 월경(越境)의 모험」,『대중서사연구』24, 2010.

정호웅, 「푸르른 생명의 기운」, 정호웅 엮음,『상록수』, 현대문학, 2010.

정홍섭, 「원본비평을 통해 본『상록수』의 텍스트 문제」,『한국문학이론과 비평』47, 2010.

조윤정, 「식민지 조선의 교육적 실천, 소설 속 야학의 의미」, 고려대『민족문화연구』52, 2010.

노형남, 「브라질의 꼬엘류와 우리나라의 심훈에 의한 저항의식에 기반한 대안사회」,『포르투갈—브라질 연구』8, 2011.

박연옥, 「희망과 긍정의 열린 결말: 심훈의『상록수』」, 박연옥 편,『상록수』, 지식을만드는지식, 2012.

권철호, 「심훈의 장편소설에 나타나는 '사랑의 공동체': 무로후세코신[室伏高信]의 수용양상을 중심으로」,『민족문학사연구』55, 2014.

강지윤, 「한국문학의 금욕주의자들: 자율성을 둘러싼 사랑과 자본의 경쟁」,『사이』16, 2014.

엄상희, 「심훈 장편소설의 '동지적 사랑'이 지닌 의의와 한계」, 대구가톨릭대『인문과학연구』22, 2014.

박정희, 「'家出한 노라'의 행방과 식민지 남성작가의 정치적 욕망:『인형의 집을 나와서』와『직녀성』을 중심으로」, 명지대『인문과학연구논총』35(3), 2014.

권철호, 「심훈의 장편소설『직녀성』재고」,『어문연구』43(2), 2015.

4) 영화

만년설, 「영화예술에 대한 관견」, ≪중외일보≫, 1928.07.01~07.09.

임 화, 「조선영화가 가진 반동적 소시민성의 말살: 심훈 등의 도량(跳梁)에 항(抗)하여」, ≪중외일보≫, 1928.07.28~08.04.

G. 생, 「<먼동이 틀 때>를 보고」, ≪동아일보≫, 1927.11.02.

윤기정, 「최근문예잡감(其3): 영화에 대하야!」, ≪조선지광≫, 1927.12.

최승일, 「1927년의 조선영화계: 국외자가 본(3)」, ≪조선일보≫, 1928.01.10.

서광제, 「조선영화 소평(小評)(2)」, ≪조선일보≫, 1929.01.30.

오영진, 「중대한 문헌적 가치: 심훈 30주기 추모(미발표)유고특집」, ≪사상계≫152, 1965. 10.

김종욱, 「『상록수』의 '통속성'과 영화적 구성원리」, ≪외국문학≫, 1993. 봄.

김경수, 「한국근대소설과 영화의 교섭양상 연구: 근대소설의 형성과 영화체험」, 『서강어문』15, 1999.

전흥남, 「심훈의 영화소설 「탈춤」과 문화사적 의미」, 『한국언어문학』52, 2004.

강옥희, 「식민지시기 영화소설 연구」, 『민족문학사연구』32, 2006.

주 인, 「영화소설 정립을 위한 일고」, 『어문연구』34(2), 2006.

조혜정, 「심훈의 영화적 지향성과 현실인식 연구」, 『영화연구』(31), 2007.

박정희, 「영화감독 심훈의 소설『상록수』연구」, 『한국현대문학연구』21, 2007.

김외곤, 「심훈 문학과 영화의 상호텍스트성」, 『한국현대문학연구』31, 2010.

전우형, 「심훈 영화비평의 전문성과 보편성 지향의 의미」, 『대중서사연구』28, 2012.

3. 학위논문

유병석, 「심훈 연구: 생애와 작품」, 서울대 석사논문, 1965.

류창목, 「심훈작품에서의 인간과제: 주로 『상록수』를 중심으로」, 경북대 석사논문, 1973.

임영환, 「일제 강점기 한국 농민소설 연구」, 서울대 석사논문, 1976.

이주형, 「1930년대 장편소설연구」, 서울대 박사논문, 1977.

오경, 「1930년대 한국농촌문학의 성격 연구: 이광수, 심훈, 이무영의 작품을 중심으로」, 이화여대 석사논문, 1974.

심재홍, 「심훈 소설 연구」, 연세대 석사논문, 1979.

신상식, 「『흙』과 『상록수』의 계몽주의적 성격」, 고려대 석사논문, 1982.

오양호, 「한국농민소설연구」, 영남대 박사논문, 1982.

이경진, 「심훈의 『상록수』 연구: 작품 분석을 중심으로」, 고려대 석사논문, 1982.

정대재, 「한국농민문학 연구: 춘원, 심훈, 김유정, 박영준, 이무영의 작품을 중심으로」, 중앙대 석사논문, 1982.

이정미, 「심훈 연구: 「탈춤」, 『영원의 미소』, 『상록수』를 중심으로」, 충북대 석사논문, 1982.

김성환, 「심훈 연구」, 충남대 석사논문, 1983.

이정미, 「심훈 연구」, 충북대 석사논문, 1983.

이항재, 「뚜르게네프의 『처녀지』와 심훈의 『상록수』 간의 비교문학적 연구: Parallel study 에 의한 시도」, 고려대 석사논문, 1983.

임무출, 「심훈 소설 연구: 작품 속에 나타난 작가의식을 중심으로」, 영남대 석사논문, 1983.

심재복, 「『흙』과 『상록수』의 비교연구」, 충남대 석사논문, 1984.

이병문, 「한국 항일시에 관한 연구: 심훈, 윤동주, 이육사를 중심으로, 공주사대 석사논문, 1984

오종주, 「『흙』과 『상록수』의 비교 고찰」, 조선대 석사논문, 1984.

고광헌, 「심훈의 시 연구: 그의 생애와 관련하여」, 경희대 석사논문, 1984.

조남철, 「일제하 한국 농민소설 연구」, 연세대 박사논문, 1985.

정경훈, 「심훈의 장편소설 연구: 인물과 배경을 중심으로」, 충남대 석사논문, 1985.

이재권, 「심훈 소설연구」, 전북대 석사논문, 1985.

임영환, 「1930년대 한국 농촌사회소설 연구」, 서울대 박사논문, 1986.

하호근, 「소설 작중인물의 행위양식 연구: 심훈의 『상록수』와 채만식의 『탁류』를 대상으로」, 부산대 석사논문, 1986.

한양숙, 「심훈 연구: 작가의식을 중심으로」, 계명대 석사논문, 1986.

백인식, 「심훈 연구: 작품에 나타난 현실인식의 변모양상을 중심으로」, 경북대 석사논문, 1987.

유인경, 「심훈소설의 연구」, 건국대 대학원, 1987.

이중원, 「심훈 소설연구:『동방의 애인』,『불사조』,『직녀성』을 중심으로」, 계명대 석사논문, 1988.

박종휘, 「심훈 소설 연구」, 서울대 석사논문, 1989.

신순자, 「심훈 농촌소설의 재조명: 그의 문학적 성숙과정을 중심으로」, 경희대 석사논문, 1989.

김 준, 「한국 농민소설 연구: 광복 이전의 작품을 중심으로」, 경희대 박사논문, 1990

최희연, 「심훈 소설 연구」, 연세대 박사논문, 1991.

백원일, 「1930년대 한국농민소설의 성격연구: 이광수, 심훈, 이무영 작품을 중심으로」, 동국대 석사논문, 1991.

신승혜, 「심훈 소설 연구」, 고려대 석사논문, 1992.

최갑진, 「1930년대 귀농소설 연구」, 동아대 박사논문, 1993.

장재선, 「1930년대 농민소설 연구: 이광수의『흙』, 이기영의『고향』, 심훈의『상록수』를 중심으로」, 동국대 석사논문, 1993.

백운주, 「1930년대 대중소설의 독자 공감요소에 관한 연구:『흙』,『상록수』,『찔레꽃』,『순애보』를 중심으로」, 제주대 석사논문, 1996.

박명순, 「심훈 시 연구」, 한국외국어대 석사논문, 1997.

이영원, 「심훈 장편소설 연구」, 경북대 석사논문, 1999.

이정옥, 「대중소설의 시학적 연구: 1930년대를 중심으로」, 서강대 박사논문, 1999.

김종성, 「심훈 소설 연구: 인물의 갈등과 주제의 형상화 구도를 중심으로」, 성균관대 석사논문, 2002.

김성욱, 「심훈의『상록수』연구」, 한양대 석사논문, 2003.

박정희, 「심훈 소설 연구」, 서울대 석사논문, 2003.

최지현, 「근대소설에 나타난 학교: 이태준, 김남천, 심훈의 장편소설을 중심으로」, 동국대 석사논문, 2004.

이호림, 「1930년대 소설과 영화의 관련양상 연구」, 성균관대 박사논문, 2004.

조제웅, 「심훈 시 연구」, 영남대 박사논문, 2006.

김 선, 「한국 현대시에 나타난 '밤' 이미지 연구: 이상화, 심훈, 윤동주의 시를 중심으로」, 경희대 석사논문, 2008.

조윤정, 「한국 근대소설에 나타난 교육장과 계몽의 논리」, 서울대 박사논문, 2010.

양국화, 「한국작가의 상해지역 체험과 그 문학적 형상화: 주요한, 주요섭, 심훈을 중심으로」, 인하대 석사논문, 2011.

박재익, 「1930년대 농촌계몽서사 연구:『고향』,『흙』,『상록수』를 중심으로」, 연세대 석사논문, 2013.